JUESHI XIANLUO

绝世仙罗

石子狂徒◎著

中國華僑出版社

图书在版编目（CIP）数据

绝世仙罗 / 石子狂徒著. —北京：中国华侨出版社，2014. 6

ISBN 978-7-5113-4640-7

Ⅰ. ①绝…　Ⅱ. ①石…　Ⅲ. ①长篇小说—中国—当代　Ⅳ. ①I247. 5

中国版本图书馆 CIP 数据核字（2014）第 109307 号

绝世仙罗

著　　者 / 石子狂徒
出 版 人 / 方　鸣
策　　划 / 周耿茜
责任编辑 / 付艳杰
责任校对 / 孙　丽
装帧设计 / 顽瞳书衣
经　　销 / 新华书店
开　　本 / 710 毫米×1000 毫米　1/16　印张 /17　字数 /300 千字
印　　刷 / 北京中印联印务有限公司
版　　次 / 2014 年 10 月第 1 版　2020 年 5 月第 2 次印刷
书　　号 / ISBN 978-7-5113-4640-7
定　　价 / 48. 00 元

中国华侨出版社　北京市朝阳区静安里 26 号通成达大厦 3 层　邮编：100028
法律顾问：陈鹰律师事务所
编辑部：（010）64443056　64443979
发行部：（010）64443051　传真：（010）64439708
网　址：www. oveaschin. com
E-mail：oveaschin@sina. com

目录 绝世仙罗

第一章　唯我真传

酒都，风氏集团大厦的十九楼办公室窗口晃过一道矮小的身影，随后窗口处的窗帘一阵晃动，从中探出了一个贼眉鼠眼的光头，手中拿着一部新版的苹果手机，沙哑的声音传了出来。

“清明，我在开会……嗯……有啥事情等我开完会再跟你联系……啥……你等着……我一刻钟后就到。”风扬脸青面黑地挂断了电话，便心急火燎地开车来到香格里拉酒店，他阴沉着脸缓步登上了电梯。

胡清明看见风扬来了，小心翼翼地说道：“风哥，我……我……”

“说吧，怎样回事？”风扬冷冷地问道。

“我们集资的财源公司……老总卷钱跑了，十几家集资的公司已然将我们告上了法院。”神情不自然地顿了一下，胡明清又道：“对不起，我也许太相信财政局的刘局长了……”

“你先去调查一下这是怎么回事！”风扬挥了扬手，胡清明开始打起了电话，风扬两只眼睛眯成了两条缝，望着正在通话的胡清明，一股难明的眼神一闪而过。

“就这样吧，老胡，我先回公司开会，有情况电话联系。”风扬揉了揉太阳穴，匆忙回到车上，开车回公司。刚到公司停车场门口，风扬一部私密手机“嘟嘟嘟”地响起。挂断了电话，风扬惨白的脸上双眼赤红，面目有些歪曲地再次开车来到了香格里拉酒店。

他再次回到香格里拉酒店 908 房间，站在门外，隐约中听见两个熟悉的声音，正是自己最信任的兄弟和自己深爱的妻子。

“嘻嘻，清哥哥……轻点……风扬才来过此处……会不会太危险了啊！”

“我的心肝宝贝，古人以前说过最危险的地方就是最安全的地方，嘿嘿……更何况，等会儿，风扬的钱就全部洗白了成为我们的了，随后去俄罗斯买栋古堡，谁找得到我们……”

风扬眼前一黑，一阵头晕目眩踢开了门冲了进去。屋内两人慌乱了起来，胡清明惊恐地说道：“风哥，我……”

阴沉着脸，风扬一言不发地拔出匕首，用力戳进了胡清明的心口处，寒光一闪后，鲜血如喷如洒地射了风扬一身。

“啊……”见状，风扬的妻子睁大了双眼尖叫起来，风扬拔出匕首一步一步地走到妻子面前，寒光再次闪过，尖叫声戛然而止。胡清明和她脸上浮现出悔意与临死前的绝望。

颤抖着丢下匕首，风扬茫然地走出了房门，心如刀割，似乎灵魂被地狱恶鬼撕扯。刚到酒店大门口，风扬瞧着那一排排包围酒店的警车，双眼空洞无神，心想："就如此结束了吧……"

正在这时候，还是那部私密手机震动了起来，风扬木然地接通了电话："风扬，你现在的情况不妙啊。"一阵惊颤掠过心头，风扬呆呆问道："你是？"

"我是武岩，就在你身后。"风扬惊异转身，一个伟岸的长发身影挺立在他的面前，那人眸子里的沧桑深沉与年轻的脸庞极不协调，平添了几分神秘与洒脱。

"师尊！我……"

"不用说了，我都晓得了，现在你尘缘已了，跟我走吧！"武岩打断了风扬的话，拍了拍风扬的肩膀，威严有力地说道。

这时，许多警察的身影在相互掩护之下持枪慢慢地围拢过来。武岩单手一挥，星光笼罩二人，骤然间无影无踪。

黄山之巅，云雾氤氲，其间星光明灭，显露出两道模糊的身影。

风扬匪夷所思地揉了揉双眼，一副傻子的模样，"五年前莫名其妙拜师，没想到这师尊居然会有如此的神通。"

"风扬，斩断了尘缘，明悟了道心，今后你即是'唯我宗'第七十二代真传弟子！"武岩神情威严，单手一握，紫光涌动在其手间，隐约间他的手心中如同有一尊魔方在旋转，接着说道，"这是我宗为弟子筑基的神尊'方舟'，现在闭上眼睛，为师帮你筑基。"

风扬不可思议地瞧着武岩，随后像是清楚了什么的模样，慢慢地闭上了双眼。随后，风扬只感觉到一股强大的暖流，顺着头顶流向四肢百骸，不禁惬意地叹息了一声。

一个月后，风扬睁开了双眸，瞳孔闪过一道精光，感觉到了浑身有使不完的劲，视力与听力在飞速地拓展，云雾不能抵挡他的视线，眼光落到了另一座峰上，鸟鸣虫嘶清晰可见可闻。他晓得自己的身体发生了不可思议的变化，使劲一转身，跪倒在地："谢谢师尊！"这次他是诚心诚意。

"呵呵，起来吧，我们唯我宗没这么多的规矩，今后你只要不欺师灭祖就行了！"武岩手中显露出一只星光朦胧的指环，温和地说道，"来，这是为师以前用过的储物指环，里面有一些炼器材料，修炼丹药和唯我宗的修炼影灵玉，往后慢慢看，现在我们要离开地球了！"说完，武岩双手使人眼花缭乱地叠加起来，最终使劲按向地面，山摇地动中圆形的白光闪过，黄山之巅失去了两人的身影，云雾再次罩了上来，复原了宁静。

荧惑星，武岩和风扬站在庞大的陨石坑内，星光明灭的挪移阵就在他们的脚下。武岩指着挪移阵，笑道："黄山之巅那小型挪移阵是唯一离开地球的途径，但只好到此处了，下一站即是唯我宗所在的天枢星了。”

“你等会儿，我先更换灵石。”武岩说完后便开始沿着阵纹镶嵌灵石，天星石炼制的大型挪移阵开始有慢慢的光芒流动。镶嵌完成后，武岩惊异地说道：“有人不久前操纵过这座挪移阵，除了我之外还有谁会来地球呢？”

“呜……”

倏然间，荧惑星的另一端，尖啸声一股股地涌动而来。武岩长身而起，浓眉紧锁，神情威严地说：“是哪位灵界高手至此，报上名号！”

“嘻嘻，原来真武大哥呀？真是巧啊，没想到在这么偏僻的陨石都能遇见大哥，莫非这即是缘分。”妩媚蛊惑的声音朦胧缥缈，远处涌来遮天蔽日的妖娆烟障，霎时间便停在了挪移阵的边沿。

武岩神色铁青又略显无可奈何：“嫦娥，你跟踪我做什么！?”桃红色氤氲从中间括开了一条隧道，婀娜多姿地走出了一位娇滴滴的绝世大美女。见此情景，风扬不禁赞道：“你真的是传说中的嫦娥？美女啊！”

嫦娥娇媚地冲风扬抖了抖眉峰，勾了勾手指，嗲嗲地娇笑道：“小弟弟，姐姐漂亮吗？可要到姐姐这儿来？”那勾魂的姿势，引得风扬目瞪口呆地流了一地口水。

“嫦娥，你究竟要做什么？从天枢星跟踪我到荧惑星不会是来勾引我弟子的吧！”武岩怒喝道。嫦娥花枝招展地舒展着身姿，玉唇微张道：“哟，小妹千里迢迢来追寻真武大哥，当然是想来追求你的啦。”

“我师尊可不会喜欢你这种淫荡的女人啦，你就省省吧！再追几颗陨石都没用。”风扬戏谑地笑道。嫦娥神色骤然间垮了下来，凶暴地说道：“小子……老娘剐了你……”

“我好怕怕呀……”风扬浑身舞动着做着鬼脸。

“你去死！”嫦娥挥了挥衣袖，手中显露半截桂花枝，倏地一刷，淡黄色星点般的桂花骤然间满天飞舞，犹如九天仙女散花般在半空倏然显露，赤凉荒芜的荧惑星就像换成了一片世外桃源。

“妖女，你敢……”武岩急忙将风扬护在身后，抬手即是一道金光涌现，直袭嫦娥手中桂花枝。金光一闪，速度太快了，只听“啵”的一声，灵力爆炸，嫦娥抵挡不及，手中的桂花枝断裂开去。

“你居然毁了我的上古寒桂……”嫦娥狼狈不堪，桂花枝折断了，桂花也凋零了，她心中涌起阵阵无可奈何，武岩不是她能够对付得了的。

霎时间，一丝阴笑倏然浮现在其脸上，她厉声喝道：“广寒宫！去！”话音刚落，从嫦娥身上陡然冒出一件水晶般靓丽的玲碧绿楼阁，环绕着她急速旋转，猝不及防下，直接砸向了武岩。

“哼，还来，看你有多少法宝能够毁！”武岩笑道，怕将挪移阵毁去，随即飞出挪移阵出手。使人意外的却是嫦娥完全就不和武岩交手，目的只在于把武岩引出挪移阵，她那婀娜的身形几个明灭间便显露在风扬的身旁。

“哇呀……你想干啥?”风扬神色刷地一下就白了。

“妖女，你敢……”武岩大惊失色地怒喝。

“我追了你无尽岁月未果，你还毁了我的寒桂，我还有什么不敢的?!”“咯咯，小弟弟，我替你师尊送你上路!”

下一刻，她娇笑了一声，便启动了挪移阵，五色光一闪之后便失去了风扬的身影。没锁定方向的挪移阵会把风扬传到何方，只有天晓得了。

见此情况，武岩勃然大怒，张嘴便喷出本命法宝“玄武刀”悬在他的头顶，瞧不见的狂暴震荡四散开去。“玄武刀”慢慢飞出，看如同慢实是快，似乎突破了时间的界限，空气越来越凝重，武岩怒喝道：“我剐了你!”

“铮!”

一声圆润的亮响，“玄武刀”像是切开纸片一样穿过“广寒宫”。瞧瞧“广寒宫”上的血迹，武岩气得一跺脚，晓得嫦娥又跑了。果然，地上留着一挂鲜嫩的桂花，散落了四五片鹅黄色星点，上面沾了点鲜血，嫦娥已不知所踪。

武岩并没有去追赶她，反而飞身来到挪移阵前，一瞧之下心中叫苦不迭。“我要扒了你这小妖精的皮! 唉，只好先回天枢星派弟子四处寻找了。”武岩蹙起眉头，不甘心地站上挪移阵。

白光闪过，荧惑星再次赤凉荒芜了起来。

……

黑夜中的原始森林，幽深惊悚。风扬安静地站在一座古挪移阵中，脚踏冰冷的天星石，心里阵阵发寒。“这是哪儿? 算了，反正不是地球了，还是先修炼吧!”风扬晓得要想在神秘的修仙世界生存下去，就务必让自己强大起来。下一刻，握着影灵玉，风扬盘膝而坐，圣识投入影灵玉中。

影灵玉里数不清的信息资料如潮水般地涌入风扬的思绪：

灵界是这片宇宙的称呼，渺渺无边，就连归一期的逐仙者也不可能走遍整个灵界。

元神、灵雎、返虚、四极、天人五衰、归一，是逐仙者划分的境界。逐仙者若能修炼到元神期，就会结出自己的元神，达到元神不灭。若是修炼到归一境，那就能够飞升仙界。

十年后，风扬在这片森林中修炼，直至到了元神期，顺带着，风扬还炼制了几件武器防身。

“此处的日子过得太难受了，还是出去玩玩的好……”

迈开大步，风扬随意选择了一个方向暴掠而去。

飞了大半个月，风扬仍旧没有飞出森林，稍稍复原片刻，他想要飞到半空瞧瞧地形，让他惊恐的是居然飞不出去了，他飞多高，那森林的树居然就长多高。

心惊之下，风扬落在了地上。

他惊骇道，连续飞行了大半个月，以他现在的速度都能够围着地球飞几圈了，居然还没出森林。在半空落下来，思索良久，风扬断定是落到阵法中了。

“老子的运气就这么倒霉！”风扬破口大骂起来。

冷静下来思索片刻，风扬倏然一跃而起，大声叫道：“对啊，天上行不通，地下总行得通吧！”运行地行诀，双脚一跺，风扬的感觉就像跳进了泥潭一样。不晓得潜行了多久，身上一轻，风扬进到一条隧道里，这是一条黄色的隧道，不晓得是什么材料制作的，光滑平整。

他忐忑地向前行去，转过一个弯，前面是向下的阶梯。一路行来，风扬十分惊异，没有发觉任何的人和物。低头猛走，“咕咚”一声脆响，风扬感觉四周有了变化，隧道如同震荡了起来，瞧不见的气息在扩散，他显得有些手足无措，自言自语道：“这个地方太古怪了！”

霎时间，隧道大放光芒，空气一阵震荡，像是掀起了惊天巨浪，一股股的吸力蜂拥而来。

“啊呀……”话音未落，风扬便被卷了进去。

“这是啥玩意儿！”风扬心里咒骂着。

慢慢的，无尽的重压袭来。

“叮咚！”擦去冷汗，风扬灵力遍布身形抵抗这股重压。不知年月，风扬只感觉浑身一颤，四周倏然冷静了下来，他睁开双眼，莫名其妙地触摸了下脑门，“怎样还在隧道之中？”

呆傻了一阵子，他接着向前飞去。不久后，他就抵达了一处大厅，此处太诡异了，风扬小心翼翼地驻足在大厅门口观察，迟迟不敢踏入其中。大厅十分空旷，只有一方石台。没发觉有啥危险，风扬蹑手蹑脚地走了进去，只见石台上方只有一块玉石。

风扬刚要伸手去拿，倏的一声，从角落飞出一个光灿灿的元神向他摆手。

“莫非石台上有危险？”那元神点了点头。风扬慢慢地靠近那元神。那元神畏怯万分，不停地向后退去，声音有些颤抖地说道：“你怎样进到周天寂灭禁制里来的。”风扬古怪地说道：“你好，我叫风扬，是无意中闯进来的，你又是谁？这又是哪儿？”

那元神手中托起一盏古灯，警惕地瞧着风扬。那元神黯然道：“我姓姬，名莫言，此处是上古古仙安置的周天寂灭禁制。”姬莫言又道：“我也是无意中进入此处的，不留意触碰了那方石台，失去了肉身，困在此处已然几千年了，如若不是我的元神已入归一之境，早就化成飞灰了。”

风扬满脸疑忌，啧啧称奇道：“在此处待了几千年？那你为啥不出去。”姬莫言苦笑道：“我不能出去了，失去了肉身，我连先天期的逐仙者都打不过，若是有逐仙者将我收取后，用来炼制法宝的兵灵就悲惨了。”

“莫非就没有其他方法了？”

姬莫言愁容满面地说道："还差一样事物，我就能转修虚神。"

"啥事物，我帮你找。"

姬莫言激动地说："那事物叫'幽冥轮转珊瑚'，产自一个叫'修罗海'的地方，具体啥模样我也没有见过，这修罗海原本既是在紫霄星附近的一颗佛宗发源地的陨石上，无尽岁月过去了，也不晓得这颗陨石还在不在？"

"尽管不能修成古仙，成为虚神也比元神好过多了。"姬莫言感慨道。姬莫言想了想，说道："风兄弟，我此处有些用不上的法宝，你都带走吧！"姬莫言又取出柄神光闪耀的长剑，伤感地说道："这是北斗剑，你带着防身吧，今后不管能不能寻到那事物都没关系，常回来陪陪我吧！"

第二章　幽冥轮转

风扬说道：“姬大哥，你不用担忧，我肯定能寻到幽冥轮转珊瑚！”

姬莫言带着风扬离出了地宫，飞在半空，风扬犯难了，往哪儿去才是正确的方向呢？四周荒野一片，连个人影也没有。往高空升去，四下张望，风扬也不晓得往哪儿去，便一路向北慢慢飞去。

北极天星谷地，终年酷寒无比，寒风无情地刮着大地。平常人完全就别想走进去，纵使是逐仙者，不到元神的实力也不敢贸然闯进去。

“这北极比地球上的北极要宏伟多了，咦，前面有人在打架！”风扬飞到雪山上，身影暴掠而出。从小峡谷中撑起了一道绝强的禁制，在阵外只见一道身影来回纵横在妖兽中厮杀。

风扬心想：“去帮帮他吧，也好有人打听打听那颗佛宗发源陨石的情况。”

风扬长啸一声，顺着陡峭的山壁，盘旋着冲了下去。没多久，妖兽群便被打得四散而逃。

“老弟，身手不错嘛，哪个宗门的？”那人拍拍手，走过来搭住风扬的肩膀，亲热地说道。风扬见这人的实力一点都看不透，恭敬地说道：“天枢星，唯我宗门下，武岩亲传弟子风扬，见过先辈！”

“武岩，武再道!？他可是我的老对头啦，不错，不错，他可是收了一个好弟子啊！我是科多星武王门的古纣道人，来来来，我给你介绍介绍……”众人相互介绍，客套一番。

禁制内的三人是小星门的长老和护法，在紫霄星上名气不小。不久后，一行人进入了小星门的禁制，古纣和老友星河见面后，一路谈笑，将风扬丢给了星河的孙女星野四处参观游玩。星野像是八爪章鱼一样拽着风扬道：“风哥哥，我带你去瞧瞧我们小星门的炼丹密室！”

“好，好，好！”风扬被搞得没办法了，只好同意。纵横交错的隧道，两人进去后就东拐西拐地绕来绕去，风扬都已然头晕眼花了。

“小心，这是乌木煞阵，不能碰的。”

“别踩，是陷阱。”

……

风扬畏手畏脚地说：“我说小妹啊，你们这炼丹密室修成迷宫做啥呀?”星野咯咯笑道：“当然是防盗呀!”

星野向一面墙走去，居然穿了进去，风扬也跟着穿了过去，原来这面墙居然是幻境。立刻，星野讶然的声音传了出来：“你在此处做啥?”

“啊……”

星野一声痛哼传了出来。风扬心中大惊，冲了过去。炼丹密室里居然还有其他人，但风扬一个都不了解。星野不晓得是啥捆住了她，不停地挣扎，呜咽道：“三叔，你怎样能勾结外人来偷盗自家……”

那人脸上闪过一丝羞愧，转瞬神色一冷道：“别叫我三叔，我星田是小星门的弃徒而已，本来既是外人了，他是谁?”见此，风扬大骂：“你说什么!”话音未落，风扬人已跃到星野身旁，一把揽住星野的腰，向后飞去。

星田惊叫道：“杀了他，不然会触动禁制的!”

半半空一张巨掌袭来，凌厉的震荡凶暴压向了风扬。他暗道一声不好，惊呼：“小妹，跑!”他单臂一扔将星野扔了出去，骤然间丹房的禁制被触动，狂暴的震荡四溢。星野潸然泪下地啜泣道：“风哥哥……”

星田惊慌地说道：“糟了，快打开挪移阵!”另一人怒骂道：“小崽子，坏我大事，我要将你撕成碎片。”在半半空的那张巨掌一卷，风扬觉得自己就像被压进了万丈深渊寻常，随后巨掌一扯，风扬就被拉了过去。

另外那人已然启动小星挪移阵，星田跃身形跳进阵来，风扬恰在此时也被拽了进来。风扬七窍喷血，面目狰狞，心中的怒火三江之水都不能浇灭。

“轰!”

元神里的方舟紫芒大盛，“啪”地将那只巨手震碎，顺带将三人轰出了挪移阵，同时也将挪移阵的指示方向震歪了。就在这时候挪移阵启动了，风扬被挪移了未知的领域，正是这紫霄星空间附近的上古大战断裂层。

当风扬再次清醒之后，已然身处夜空下的海滩边，他浑身疼痛难忍，全身像是被铁锤猛烈地轰击过，艰难地盘膝而坐运功疗伤，花了将近半年时间才复原了过来。

四处游历了一番，才晓得此处已然不是紫霄星了，而是被挪移了破碎的上古战场空间，值得庆幸的是风扬在此处打听到了修罗海消息。

三年后，风扬结识了修罗海的第一高手李易，他俩乘坐此处特有的飞舟去了修罗海的幽冥岛，而李易也收到了幽冥岛主的邀请一同前往。两人来到了幽冥岛，听了风扬的来意，修罗海第一高手李易古怪地瞧着风扬，说道：“万年幽冥轮转珊瑚?这玩意儿只对元神修炼有用。老弟用来做啥?”

风扬暗喜，激动地问道：“李老哥，你晓得万年幽冥轮转珊瑚?快告诉我哪儿能得到?”幽冥岛主笑道：“在我修罗海，能收集幽冥轮转珊瑚的地方就只有一家，那即是我们幽冥岛。风弟别慌，能告诉我你用幽冥轮转珊瑚做啥吗?”

李易也笑道："那是归一期的逐仙者，肉身损毁后用来转修虚神用的，但寻常很难用上，归一期的逐仙者已然是灵界的巅峰了，算得上是半个古仙，随时都会飞升仙界，谁能将其肉身毁去?"

风扬笑道："我有位朋友即是在归一期被毁去肉身的，正好用得上。"幽冥岛主倒吸了一口冷气，道："我的天啊，谁能毁去归一期逐仙者的肉身，除非是古仙，莫非仙界派了古仙下界?"

李易也是惊叹不已，风扬那位朋友只要得到幽冥轮转珊瑚就能直接修成虚神，战斗力马上就能与归一期的逐仙者不分高下，绝顶高手啊。

李易问幽冥岛主道："海兄，你们幽冥岛还存了多少万年幽冥轮转珊瑚?"幽冥岛主笑道："风扬兄不用担忧，支持一位虚神足够了。"李易点点头，说道："风扬老弟尽管不用担忧，我这就叫人去取幽冥轮转珊瑚!"

幽冥岛主随即起身，招来一个黑衣武人，吩咐他去取万年幽冥轮转珊瑚来。不久，黑衣武人托着玉盘进来了，得到幽冥岛主的示意后将玉盘恭敬地放在风扬的桌前，施礼离开。

风扬喜出望外，将万年幽冥轮转珊瑚精髓收入储物指环之中。旋即一想，他觉得自己有些不劳而获的感觉，有些难看地看了李易和幽冥岛主一眼。

李易似乎是觉察到了风扬心中所思，笑道："举手之劳，风扬兄弟不必放在心头，若是风扬兄弟着实觉得不好意思，幽冥岛主眼下正有一点难事，这次邀我来希望既是解决此事，风扬小兄弟能施加援手就再好不过了，不知风兄意下如何?"

风扬愣了愣，能马上将人情还清，再好不过了，他即刻说道："李易兄相邀，小弟岂敢拒绝!"李易激动地说道："老弟先去幽冥宫休息。过几天，我俩要探幽冥极阴寒眼。"李易也才灵睢期的实力，能邀请到风扬如此的高手，心情十分高兴。

不久，风扬晓得了事情的始末之后，也来了兴味，原来幽冥岛在上古时期被古仙下了禁制，逐年下沉，近几年之内就会完全沉入修罗海，只有解除了禁地内的禁制才能解除幽冥岛的危机。

几天时间一晃而过，两人便来到幽冥岛的禁地——极阴寒眼，进入里面后，一路下降。两人没遇到啥阻拦，很快来到了底部，放眼望去，一片水晶铸成的轮回幻世界。

穿过几道极地裂痕，迎面而来的是一道九色光霞昆仑阴阳戳，李易上前解开禁制，两人飞进一个方形的极阴寒洞。倏然，一阵奇妙的魔音震裂空气，急速包裹住了两人，将两人的身影都歪曲了。其间，一团极阴玄煞被魔音搅动挡住了两人的去路，两人全力运行灵力护体，拼命向前挤去，两人都晓得若是陷进极阴玄煞里，两人就会被封存在里面了。

"啪，啪!"

两道像是水泡破裂的声音响起，两人终于冲过了那团极阴玄煞。李易擦去冷汗，后怕道：“以前跟随师尊进去时，倒是没这么费力，原来这极阴玄煞是如此可怕，还好有惊无险地进来了。”

风扬沉默，由于眼前的虚半空显露了一座金光四溢的七级浮屠，神光无尽撑开了一片清净的空间，就连能够腐蚀万物的极阴玄煞都被逼开，风扬两人就如此悬空在金色的神光中。七级浮屠玲珑剔透，只有巴掌大小，风扬吃惊道：“这要怎样进去啊？”

“飞进去！”李易纵身向七级浮屠底层飞去，笑道：“风扬兄弟，这是佛宝，有一沙一世界的须弥之能。”风扬睁大了双眼，傻了，只见李易跟着四溢的金光慢慢走去，身形越来越小，等他到了七级浮屠底层时，已然变城蚂蚁大小了。

风扬不可思议地说道：“天啊，终归长见识了！俺也去觉察一下这神通的滋味。”

“轰隆隆！”

李易推开了底层浮屠的大门，两人闪身而入。

“轰隆隆！”

大门又闭合上了。

风扬刚定住身形，就听得一声怪笑：“哈哈，居然有人到‘七级玄天镇妖浮屠’来啦，太怀念了，我好可怜啊，连人是啥模样都记不清楚了。”

风扬似冷气直灌头顶，惊道：“有人？”李易神情格外凝重道：“糟了，那人破禁而出了！”

“答对了！老子终于挣脱禁制了！”

李易浑身颤抖……

风扬问道：“那人是谁？”李易身形微微发颤：“被封印在第七层浮屠的一名四极期逐仙者，在七级浮屠的镇压下，没人能渡得过天人五衰劫难的，三千多年了，他很可能已然通过秘术强行化道后修成虚神了！”

风扬好奇地问道：“倘若他渡过天人五衰期会如何？”李易白了他一眼，指了指天上，道：“当然是飞升进仙界了。”下一刻，李易仰起头，骤然间大喝：“既然挣脱禁制了，那就出来吧！”

那个声音再次传出：“几千年了，老子终于见到人啦，哈哈，你们别慌，等老子洗完澡再来见见你们。”

风扬愣了愣，心想：“莫非这人关了几千年，神志不正常了，不会是疯了吧！”他转过头对李易说道：“别管他，我们赶快解除幽冥岛的禁制，随后走人。”李易拍了拍脑门，刚才被那人镇住了，清醒后眼光到处寻觅。

风扬大笑道：“老妖怪，慢慢洗喔，当心被洗澡水淹死！”

那声音有些不在心：“没关系，老子不会淹死的，你们再等会儿，等我再用口水抹一遍身体就下来……”风扬傻了，自己怎么就和一个精神病人讲起话来了？莫非自己神经也不正常了，呸呸呸！

风扬两人找了很久都没寻到那所谓的禁制，同时来路也打不开了，一时之间，都沉默下来。

过了很久，那人又传来话音："咦，你们在找啥？嗯……对了你们谁有剪刀，老子的鼻毛长了几千年啦，需要剪一剪，借我用一下！"

两人四个眼球一翻，不再理会他，谁愿意和脑子有问题的人谈话，谁脑子就有问题。风扬小声问道："李大哥，你晓得第七层上面的那人是谁吗？"李易苦笑道："那人叫独孤刹，三千多年前，天枢星七玄宗的四极高手，由于杀人如麻，被大日如来宗的佛家高手镇压在了此处，后来大日如来得到了一处新世界，诸佛者都搬到佛界去了，这件七级浮屠也跟着上古仙佛大战流落到这片破碎空间。"

"你们快陪老子说话，不然老子出去后弄死你们！"

"砰砰砰……"

似乎雷神震世，一锤一锤地打击天地的巨响传出，骤然间，那人如同是在做最终的突破，七级浮屠激烈地晃动起来。李易反应过来，惊呼："怎样办？那人要突破最终的禁制了，一旦突破，我两人加在一起也不够他塞牙缝的。"

风扬眼尖，看见中央的金柱在旋转，指着金柱，他倏然说道："金柱，那根金柱，稳住它。"只见那根擎天般的金柱居然在旋转，每一次巨响过后，金柱就旋转一圈，吓得风扬两人急忙飞到金柱旁边，灵力喷洒而出向相反的方向旋转起来。

两人旋转金柱十几圈，终归长长地舒了一口气。

当他们旋转到第十八圈的时候，出乎二人意料的事情发生了，只听一声巨响，金柱上面涌现无尽的符文，金光大盛，照亮了整个浮屠空间，底层浮屠的顶部风起云涌地风狂翻腾起来。

"轰！"

震天巨响轰然来临，七层浮屠联合在了一道再也没有层数了，一道身影从极高之处落下，一声狂笑响起："蠢货！谢谢你们了，老子终于下来了！"

其实，那只金柱越是朝那个方向旋转，禁制之力就越发强大，只有朝相反的方向旋转十八圈才能解除禁制。

咯噔一声，风扬骤然间晓得上当了，被人卖了还帮人数钱，这即是真实的写照。

风扬目瞪口呆地瞧着那人，心头滋味不太好受，确实不好受，任谁被一个疯子耍了都会有如此的感觉。

风扬回过神，即刻祭出北斗剑，做出防御之势。

那人一下来就在风扬两人身上扫来扫去，笑道："喔，小朋友，绷着一张苦瓜脸做啥，老子又没欠你钱，赶快笑一个欢迎老子，咦哟……飞剑舞得挺好看的，哟嗬？想砍老子呀！信不信老子弄死你……算了，今天老子心情高兴，看你们比较顺眼，就放过你们一次。"

那人一头比身高还长的黑发无风舞动，显得格外飘洒，刀刻刃凿般的脸上挂着邪邪的微笑，身上一丝不挂，没有一点难看的神情，反而有些小人得志的模样。

风扬反应非常快，他晓得斗不过眼前这个活了几千年的疯子，于是收起了飞剑，随手一扬，取出一件长袍抛了过去，说道："老疯子，先穿件衣服。"

独孤刹接过长袍，惊异地瞧着风扬，像是发觉了一块美玉，眸子中发出阵阵精光，倏然说道："不错，真是不错，好完美的修仙之体啊，等会儿老子就不弄死你了，做'面首'很不错，哈哈哈。"

独孤刹没有一点不好想法的感觉，脸不红气不粗地就如此当着两人的面慢条斯理地穿起了长袍，加上刚才那句"面首"，让风扬二人一阵恶寒，浑身起了鸡皮疙瘩。

独孤刹随意地整理了一下长袍，扭扭身形，说道："穿上衣服怎么总觉得有些别扭呢？还是不穿的惬意，哎，算了，总是不穿也不是办法……咦，这件长袍没有你那件好看……"独孤刹指着李易。

李易吓得急忙岔开话语，说道："独孤先辈，你不能伤害我们，要破开外面的极阴玄煞，需要我们破禁……"

独孤刹摇摇头，沉吟了一会儿，倏然喜形于色地手舞足蹈起来，说道："我太聪明了，哈哈哈，不愧是灵界最伟大的清道夫，蠢的跟我当门童，聪明的跟我当弟子，好主意，太好了。"

第三章　疯魔虚神

风扬两人骤然间呆若木鸡，这疯子自言自语地念叨了起来，看来情况有些不妙。独孤刹小人得志地指着风扬说道："你，还不快快跪下拜师，老子传授你几十种弄死人的方法，特别过瘾的，哇哈哈，老子也有当师尊的一天，回七玄宗要好生地炫耀炫耀一番。"

李易火冒三丈骂道："你个老不死的，门童!？我跟你拼……额……"

他话没说完，独孤刹单手一招就把他囚禁在原地动弹不得。

独孤刹咧嘴做出了一个自觉得很和蔼的神情，对风扬笑道："看来这个傻子不太适合当门童，更适合做我的宠物或者坐骑，呵呵，老子真是聪明啊……灵界也许还没有人形的坐骑和宠物……老子的发明创造本事无可限量，咦……万一有人争先了怎样办？嗯，是个问题，对啦，老子把他弄死就行了，好手段……嘿嘿。"

李易被囚禁在原地冷汗直冒。

风扬低头不语，思忖了良久，跟不正常的人打交道要讲道理才行，随即他也笑道："嗯，要我拜师也能够，但……"

独孤刹激动地笑道："但啥？快说，老子修成了虚神，这灵界就没有老子办不到的事情，我这弟子真聪明，还没进门就跟老子讲条件了，我喜欢，哈哈哈……"

只见风扬朝天竖起了一根指头，但是中指，他一字一顿地说道："第一，我已然拜师了，所以，你只好当老二。"

"嗯，当老二，不成！不成！老子不当老二，你师尊是谁，老子去弄死他就行了。"独孤刹叫道。

风扬郁闷地说道："那就没得商量了！你杀了我吧。"

"老子不杀弟子，你是老子的开山弟子……算了，算了，老二就老二吧。"独孤刹不耐烦地说道，"好了，下一个条件。"

风扬竖起第二根手指，说道："第二，不能伤害我的亲朋好友，包括他。"李易感动得浑身哆嗦，一想到给疯子当坐骑，他差点就哭了。

风扬竖起第三根指头，说道："第三，我在此处还有事情没办完，你自己先去玩，我要离开这处空间时再和你联系，你跟我走。"独孤刹思索了片刻，总觉得哪儿有些不对，他盯着风扬说道："我怎样感觉你才是师尊一样，算了，算了，依你，谁叫老子是你师尊呢！师尊也许就应该听徒弟的，这是铁律，等老子回到七玄宗，将宗门的规矩改一改，这才能创新，好玩！"

风扬想到那时的场景，忍住笑道："老二师尊在上，请受弟子风扬一拜。"说完，他就不情愿地拜了下去，拜精神不正常的逐仙者为师，他心里就像是吃了一只死苍蝇那么难受。

"哎，谁叫我打不过他呢?!"风扬心想。

独孤刹乐得喜形于色，连声道："我的好徒儿，起身免礼，哈哈哈，老子也有继承人了。"

风扬心里这个气啊，心想："还继承人？整得我像你的儿子一样啊……"

他接着跪在地上一动不动，双手摊开高举，说道："请老二师尊赐弟子法宝，以显师恩。"

独孤刹正陶醉在收徒的愉悦之中，闻言一愣，心想："法宝，得送一件超级强大的法宝，今后不能弱了我的名头，同时也能把他的老大师尊比下去，送啥法宝好呢?"

他想了想，取出一件青光溢彩的皇冠，得意地说道："还是我的徒儿聪明，晓得讨要法宝，给，这是'紫金真龙巽'，遇到危险就将其罩在身上，只要灵力足够，灵界没有逐仙者能破得了，赐你了。"

风扬将紫金真龙巽收进储物指环中，说道："请老二师尊放了我的朋友。"

独孤刹大义凛然地说道："算了，老子不收你做坐骑了。"

他手指一点，解开李易身上的禁制，笑道："傻子，你觉得老子会怕那点极阴玄煞，如若不是着破烂佛宝镇压我，老子早就将其收了。"

独孤刹走到金柱前，说道："乾坤金相，这才是宝贝啊，老子被你镇压了三千多年，今天就将你收了当作利息，哈哈哈，你们小心了，我收了这金柱，七级浮屠即失去了依靠，会天崩地裂，我们要走啦……哈哈！"

风扬一脸晦气，苦笑着对李易说道："李哥，我悔不该今天出门没看皇历啊，居然碰到了个极品。"

独孤刹不晓得啥是极品，只当是风扬赞美他的语言，乐得眼睛都弯成了月牙，开怀大笑，不停地炫耀自己的徒儿聪明伶俐，善解人意。

旋即，他神色一震，如同是想到了啥，变脸比翻书还快，满脸煞气地说道："对了，你们晓得大日如来宗的消息不？居然囚禁老子三千多年，老子要弄死他们。"

风扬微微一愣，旋即说道："大日如来宗？不在灵界了，大日如来获得了一件混沌圣物，能够演化周天世界，创造出了一片新宇宙，叫佛界，上古大战之后，他们就全都搬迁了，若是你要去找他们的晦气，能够试着杀进佛界。"

独孤刹大叫道："啥？搬进佛界了，这还要老子怎样报仇，死光不死绝，我不甘心啊。”

“杀进佛界，还是算了吧！别说杀进去了，没有大日如来的允许，老子进都进不去，就算进去了也没用，我可不是佛家大能的对手。”他垂头丧气地自言自语起来。

李易冲风扬说道：“风扬老弟，七级浮屠都破灭了，幽冥岛的禁制也被毁了，我们还是回去了吧，城主还在等着我们的回音呢。”

风扬点头道：“走吧！”

幽冥岛主在李易和风扬降入极阴寒眼中后，就在禁忌堂边等待极阴寒眼再次打开。风扬他们进去的时间太长了，这让他疑忌了片刻，轻飘飘揉揉太阳穴，就在这时，大地猛烈地战栗了起来，土石翻飞而起，幽冥岛主飞身来到极阴寒眼前，叫道：“是他们回来了！但动静怎样会这么大？这是怎样回事？”

幽冥岛主大手一挥，所有的黑衣武人都飞到半空之中，将这处布满了幽冥禁制。

“轰！”

土石冰块冲天而起，一道金光顺势冲出，使劲撞在了幽冥禁制上。

“老子终于重见天日啦！”

一道声音如雷吼骤然在人们耳际响起。只见半半空三道身影骤现，其中一人手掌轻按，青色的长虹划破天际，极阴寒眼上半空的禁制一道道破裂开去，滚滚灵力风暴瞬间席卷苍穹，“噗噗噗”的闷雷之声乍响。

只听那人状若疯狂地大笑起来：“居然还敢禁制老子，老子弄不死你们！”

那人将手一招，上百个黑衣武人便飞速朝他手心吸去。

李易心头一跳，恭敬地惊叫道：“孤独老前辈，手下留情！”

风扬也生怕独孤刹伤人性命，焦急地叫道：“老二师尊住手，此处全是我的朋友，你敢伤他们的性命，我就马上破门出墙。”

闻言，独孤刹怪叫了两声，收回了灵力，上百个黑衣武人垂直笔陡地坠落下去，他邪邪一笑：“嗯，动不动就拿反出师门威胁老子，但老子喜欢，嘿嘿。”

一番修整后，独孤刹耐不住脾气要出去游玩一番。在动身之前，他发给了风扬一块联络影灵玉，便离开了幽冥岛四处生事去了，有他在的日子里，这片破碎的小空间被掀得鸡飞狗跳，咒骂声不绝。

一个月之后，风扬从独孤刹那里得知了万流山有一处大日如来宗的旧址。本着走过路过绝不放过的人生宗旨，风扬孤身前往了万流山，望着废墟般的大日如来宗旧址和下面幽深的裂痕，他一阵发愣。

“过了这门多年，此处还遗留了大量的禁制，也许还有宝物留在下面，下去瞧瞧。”

破开了那些密密麻麻的佛宗禁制，寻到了一处隧道，风扬停了下来，他现在对隧道十分警惕，圣识朝表面辐射了出去，这是一处纵横交错的地宫，比紫霄星姬莫言居住的周天寂灭宫还要大很多。

“不愧是大日如来宗，佛教的领头人，这派头比古仙的行宫都大得多。”

踌躇了片刻，风扬觉得还是升到地面上再做决断。

就在他要飞上去的时候，一股庞大的万钧之力铺天盖地地从头顶涌来，硬生生地将他再次镇压了回去。

风扬无可奈何地嘀咕道：“这回该不会轮到我被镇压在这下面了吧。”

他定下神来细致观察起这条不起眼的小隧道。只容两人并排行走的隧道向来往下延伸出去，空气污浊而阴沉，看不到一丝光亮，也不晓得隧道的尽头是啥地方，水珠滴落的声响，平添了几分幽深可怕的气氛。

“咚咚咚!”

脚步声落针可闻，隧道垂直笔陡，没有弯折之处。

他小心翼翼地来到了一处石室，空荡荡的室内只有一方石桌。上表面积累的灰尘有几厘米深，注释着此处已然有很长时间没有人来过了，拂去灰尘，风扬发觉了一页黄金铸就的经文，弄不清楚，他就收进了自己的储物指环中。

倏然，一条墨色的虚影快速在前面闪过，霎时间，风扬祭出了北斗剑，室内光华大盛。这时，他听到求饶声：“放过我，求求你了……”

风扬喝道：“谁?”

“请不要伤害我!”

风扬说道：“出来吧!”

他收起了祭出的北斗剑，小心地端详着四周。

刹那间，一股阴寒之气席卷而来，一道灰影骤然凝结。原来是一位女鬼，她有一头长长的黑发，朦胧地将身体掩盖。

风扬微微一呆，说道：“你叫啥名字?”

女鬼颤颤巍巍地说道：“小女子叫魅灵儿，很久以前，人们都叫我灵儿。”风扬望着那张略显慌张的娇容笑道：“你怎样会到此处的?”

魅灵儿畏惧地娇声道：“灵儿是来大日如来宗遗址探宝的，早已出佛家禁止里面失去了肉身，后来来到这处隧道，发觉了这个往生殿，就躲在此处修炼，以我的实力只有返虚期，不能转修虚神，只好转修鬼神。”

风扬叹了一口气，心想：“看来肉身对于逐仙者而言是万分重要的，我千万不能毁去肉身。”他寻思一会儿，轻道：“灵儿，你是想接着留在此处，还是跟我到外面去，我会想办法凝结你的鬼神之躯。”

魅灵儿十分踌躇，若是眼前这位逐仙者真心助她，她的鬼神之路将会十分平坦，但若是这位逐仙者居心叵测将其困禁，炼制成兵灵就十分悲惨了，因此她心里有所顾忌。

魅灵儿踌躇了良久，迟迟下不了决心，最终她决定赌一次：“我跟你走，希望哥哥能好生待我。”

风扬宽慰道："我叫风扬，灵儿不用担忧，你的情况与我一位朋友相同，能在修仙的路上有一个伴，我哪会忍心害你。"

魅灵儿飘到风扬身旁，搂住风扬的胳膊娇声道："风大哥，灵儿好可怜啊，很久没人对我这么好了。"

风扬随即问道："灵儿，往生殿你熟悉吗？"

灵儿一下失去了笑容，说道："这是一处密闭的佛家密地，本来是准备给圆寂的高僧们转世轮回的地宫，没有出口，但有一处地方灵儿向来不敢靠近，我感觉里面格外的危险，这是一种畏惧的本能，想要离开此处只有那个地方有可能，若是风哥哥要去的话，灵儿能够引路。"

没多久，一人一鬼便来到一处偏门，灵儿笑道："这扇门看起来不起眼，实际上是通往往生殿的最神秘的路径，如若不是风哥哥要出去，我也不会来此处。"

风扬推开沉重的石门。

一人一鬼接连向着隧道深处小心地前行，风扬问道："灵儿，此处显得有些诡异。"

灵儿摇头："我也没来过此处，不清楚此处的情况，但风哥哥可要小心点，这里的事物都很神秘诡异，自从佛陀们全部搬离了灵界，就更没有人弄得清楚这里面的事物了。"

风扬倏然驻足下来，觉得有啥地方不对劲，问道："等等，灵儿！"

他停了下来，四处细致地勘察一会儿，发觉这处隧道时刻都在变幻着形态，他问道："灵儿，这处隧道你是啥时候发觉的？灵儿，灵儿，你去哪儿了？"

风扬倏然间发觉失去了灵儿的身影，不由得焦急万分，眉心处光亮大盛，磅礴的圣识辐射而出，瞬间将隧道内的事物扫视一遍，发觉灵儿的鬼神之体越来越淡，颤巍地蜷缩在不远处的角落里。

风扬长长地松了一口气，走到了灵儿的身旁，柔声道："灵儿，你怎么了？"

灵儿的玉手颤抖着抓住了风扬的大手，大哭道："灵儿很害怕，里面有事物让我浑身发抖……"

风扬急忙慰藉道："有哥哥在，灵儿不怕。"

牵着灵儿的玉手，风扬急速地向下坠落而去，降落的速度很快，没多久，风扬就来到了底部，却发觉下面的路被数不清的碎石堵住了。灵儿哈着热气在风扬的耳际说道："风哥哥，这隧道被堵死了，怎样办？"

风扬微微一笑："灵儿，看你风哥哥的厉害。"

北斗剑从风扬的指环中飞出，灵雾如真如幻旋绕着北斗剑。灵儿睁大了秀眸瞧着旋绕的雾灵之气，惊声叫道："这是雾灵追星剑气！风哥哥，你是上古幻雾剑宗的掌教吗？"

风扬奇道："上古幻雾剑宗？没听说过，我是天枢星唯我宗的弟子，上古？莫非这个宗门已然隐没了？"

灵儿说道："灵儿是根据一些历史圣经晓得这个宗门的，上古幻雾剑宗在上古时期异常地强大，这灵雾追星剑气是该宗掌教才能修炼的神通，上古大战之前，幻雾剑宗的掌教莫名地失踪，整个上古幻雾剑宗的很多圣经被掌教带走，不知所踪，逐渐地没落了。哥哥，你是早没学会幻雾追星剑气的，莫非你遇见了哪位失踪的掌教?"

风扬笑道："灵儿，我可没学过啥幻雾追星剑气，至于你看见的这剑气，是北斗剑自己散发出来的，咦，莫非姬大哥即是幻雾剑宗那位失踪的掌教……"

他沉吟了一刻钟后，说道："传我这柄北斗剑的是我的一位元神朋友，和你的情况有些相同，但，他是不是幻雾剑宗的掌教，我也不晓得。"

灵儿说道："看这灵气十足的剑气，我想你那位元神朋友已然将幻雾追星剑气修炼到了最高的境界，大道归一，幻由心生的地步了，真强悍。"

他夸奖道："没想到灵儿的学识是如此地广博，你风哥哥可是孤陋寡闻得很啊!"

第四章　大日如来

风扬修仙的时间很短，自从被武岩带出地球后，就一直漂泊流浪至今，没有系统地学习过灵界的常识。

灵儿偎在风扬的怀里撒娇道：“风哥哥真是太谦虚了，天枢星唯我宗也算得上是灵界的大宗门，其中的圣经数不清，哥哥怎么会不晓得呢?”

灵儿完全想不到以风扬元神顶峰的实力，会不晓得这些常识，其实风扬也是格外郁闷，拜了武岩为师，学到的只有唯我宗最完全的功法，而拜了独孤刹为师，他所传授的只有一件法宝，还有一大堆折磨人的事物，不是他不好学，而是他没地方能够学，同时他所遇见的朋友，都觉得风扬晓得这些常识，所以就没有跟他讲解，终究身为元神期以上的逐仙者，要学事物那可是格外的方便，只要拿着一片宗门的圣经遇见拓印一份在元神中就完事了。

风扬心情有些恼火地喝道：“灵儿，我们走!”

灵儿有风扬搂在怀里，很不用担忧，说道：“灵儿只要跟在风哥哥的身旁就不会害怕了。”

北斗剑飞离了风扬的头顶，在半空转了个圈，便使劲激射下方的碎石。

“轰隆隆……”

北斗剑包裹在幻雾追星剑气中，急速地旋转了起来，就像是一台性能卓越的钻井机，急速地向下方推进。

灵儿叹道：“风哥哥，你这柄北斗剑的幻雾剑气好强悍啊，有它在手中，你都能够直接挑战四极期的逐仙者了。”

时间飞速地流逝，北斗剑陡然一顿，风扬说道：“行了，坍塌的碎石被打通了。”

一人一鬼穿过隧道转了几个弯，眼前光芒大盛。望着石厅上的牌匾，灵儿小声说道：“没想到此处是功德殿。”

风扬问道：“灵儿晓得这个地方?”

灵儿说道：“我以前在这地宫里寻到过一本圣经，其中就有记载功德殿的，只不过那本圣经丢失的页数太多了，我能从中晓得的事物不多，不过这功德殿的主要功用是用来测算佛陀的功德值，为转世身为参考之用，不过此处很危险。唉，时间太久了，灵儿的记忆力有所损伤，不记得了。”

一听有危险，风扬大惊失色，他可是被地宫坑得有些害怕了，当即便将圣识放了出去，四处探测了一番。

灵儿说道："风哥哥，不用太小心了，佛宗的事物只有在格外中的地方才会安置上佛禁，不会到处都有佛禁的。"

风扬点头道："没关系，小心没大错。"

一人一鬼向前慢慢地走去。

刚刚踏进大厅，风扬傻眼了，他面前的景色骤然间一变，高山流水，松柏常青，仙鹤祥云缭绕其间，一副神仙府邸的模样。

风扬不仅没有心情看景色，而且心中大惊，"这是幻觉！"

着实是太真实了，如若不是风扬经历了好几次幻境的考验，早就迷失在其中不可自拔了，他心里不禁感叹："佛道之路尽管截然不同，但神通却寻常无二，在幻境的造诣上面，佛宗也许还更强。"

灵儿焦急地传音道："风哥哥，这是如来掌中幻界，大日如来亲自安置的幻阵，我们小心一点。"

"如来掌中幻界？"

风扬叹道："大日如来，果然是上古佛家大能啊，看来这次想要出去有些麻烦了，若是再往前走去，弄得不好就要迷失其中了。"

灵儿胆怯地说道："如来掌中幻界是上古时期最强横的几种幻界之一，尽管佛家的幻界在杀伤力上面不足，但对心的伤害是最大的，是最难化解的幻界了。要不我们退回去，再次找一条出去的路。"

风扬盯着幻界，心里面不晓得在想啥，但随即他坚定地说道："没有其他的路了，灵儿也许晓得这是唯一有可能出去的路，再麻烦我也要闯一闯。更何况要修仙就务必闯过一切阻碍，心中不能有后退的路，这既是道心。"

当风扬和灵儿的脚步再次向前踏出后，他们身后的大门彻底地闭合了，此处化成了一个完美的世界，太逼真了，这时候，风扬发觉自己正踏在轻飘飘的草地上，不远处小溪环绕，还能听到"咚咚"的潺潺流水声，笑道："灵儿，若是我们能生活在这个地方该多好啊！尽管它是幻境。"

一只仙鹤从天上降落了下来，在风扬和灵儿的身旁悠闲地轻舞着，舒展自己柔美的身形，一阵凉爽的清风拂过，传来了淡淡的芬芳。风扬蹲下身来，拾起一片落叶，细数精致的纹理，没发觉和真实的落叶有啥区别。

风扬觉得太不可思议了，看不出其中丝毫的破绽，不由得皱起了眉头。所以，他一动不动地站在原地，细细地体味其中的不同。

随即风扬便放松了下来，他晓得焦急也没有用，冲灵儿说道："灵儿，此处的景色尽管优美至极，似乎包揽了人世间一切最美好的事物，但在我心中，只有故乡那淳朴的农村景象才是最美的。"

他的话音刚落，天地骤变。

时间不长，周遭的景象逐渐定格，风扬发觉自己正躺在离家不远的一块大石头上面晒太阳，群山环绕的山沟里，俨然一幅世外桃源的模样。风扬惊叫道：“相由心生，这幻界居然晓得我心里的想法，幻境能做到这个地步，着实是前无古人后无来者了，神了。”

风扬长身而起，吼道：“不晓得你还能幻化出啥事物，统统使出来，我想瞧瞧我的父母，我想瞧瞧我儿时最要好的朋友，我想回到大学里见见我的同学……全都给我出来。”

风扬心境大乱，四周景象风云变幻，当景象再次定格后，他脸青面黑地瞧着香格里拉酒店房门上的牌子——908 号，里面传来了一阵男女的调情声。

他心中疯魔滋生，心境彻底被击破了，无边的恼怒化成灰影遮住了半边半空。

灵儿被风扬的模样吓呆了，她搂着风扬的胳膊，轻飘飘地摇动着，希望能将风扬从心魔中拉扯出来，梨花带雨的玉容上，惊恐而无助。

倏然，一片黄金铸就的经文从风扬的指环中飞了出来，悬在其头顶上下沉浮，无边的金光铺洒而下，在风扬的四周化成一篇经文，从里面传出一阵阵佛陀诵经之声，响彻天地。

风扬双手高举，跟着诵经之声不停地变换了起来，琳琅繁复的印记一层层地叠加了起来。

灵儿从惊骇中醒来，呆呆地瞧着风扬的各种恍惚的印记，脸上的神情从狰狞再到一片宁静，震撼不已。

“这是……如来神掌！那片黄金经文原来记载的是如来神掌，太不可思议了。”

风扬紧闭着双眼，印记在以一种不可想象的速度叠加了，已然看不见他的双手，他的面前凝结出了一朵金色的花朵，慢慢的，金色的花骨朵在凝实长大，最终成为了一个庞大的九品金莲。

风扬猛地睁开了紧闭的双眸，涌现两道璀璨的金光，脸上逐渐显出一丝淡淡的微笑：“原来这张黄金铸就的经文才是整个地宫的关节，没想到这次不仅学会了大日如来神掌，而且还得到了佛家至宝九品金莲……”

当九品金莲最终定型的时候，风扬大喝一声：“开!”

“开”“开”“开”……

声音如雷霆席卷，回绕天地而不绝。

同一时间，灵儿眼前骤然间一亮，一切幻象烟消云散，如来掌中幻界破灭，逐渐显现出此处的真实面貌。

这是一处球形的铺天般石窟，地上散落着数不清的白骨和破碎的法宝，看模样都是在环境中被心魔占据了元神，疯狂地自我毁灭。

灵儿惊叹道：“太可怕了，没想到会有这么多人进来过，全都死在了此处，大日如来掌不用出手就能将人置于死地。”

风扬圣识四射，不放过任何一个角落，倏然，他发觉了一颗晶莹的佛珠，被埋在皑皑白骨的最底下，历经数年而没有丝毫损毁，其中的佛力依旧澎湃，可想而知它的不同之处。

风扬取出了那颗晶莹剔透的佛珠，自从在莫名其妙之中学会了大日如来神掌之后，便对佛教的修炼原理有了深层次的理解，对一切与佛有关的事物都会生出十分亲切的感觉。

灵儿说道："原来这颗佛珠才是大日如来安置幻界的心眼啊，风哥哥，你真厉害！"

那颗佛珠宛若有灵性，在风扬手中不停地挣扎，想要脱离风扬的掌控。

灵儿细致一瞧，惊声叫道："风哥哥，这颗珠子是大日如来宗最有名的大幻佛珠，它是大日如来第一世转生遗留下来的舍利子炼制而成，跟随了大日如来转世了九九八十一次，佛力至强，没想到被大日如来遗留了下来镇守大日如来宗，这颗佛珠以囚禁鬼灵并将其逐渐地净化而著称，相传其中被大日如来开创了一个鬼神世界，也不晓得是不是真的，但只有鬼神之体才能进去。恭喜风哥哥，得到如此一件宝贝，赶快炼化了，灵儿也好进去瞧瞧里面是啥模样。"

大幻佛珠即是如来掌中幻界的心眼，被风扬炼化后就瓦解了这个幻界，但风扬想要再次安置出大日如来的掌中幻界也是不可能了。

一个明晃晃的黑瞳显露在了风扬和灵儿的头顶，那即是离开地宫的唯一隧道，从此往后，这处大日如来宗的遗迹便是彻底的没有任何危险了。

风扬与灵儿回到地面，身影暴掠而去，一人一鬼来到了幽冥岛与李易、幽冥岛主辞别后便通过联络影灵玉的传音，前去与独孤刹会合。

这片破碎空间的挪移阵外，天半空掠过两道身影，慢慢地降落了下来。

独孤刹倏然仰首道："我的小疯子徒儿来了，怎么还带了一个，咦，女的，莫非是他的新道侣，好玩！"

一人一鬼停在了独孤刹的身旁，魅灵儿一瞧其模样便喜形于色了起来。她飞到独孤刹身旁，围着独孤刹转了几圈，娇声道："这位哥哥的打扮好新颖哦，整个大腿都裸露在了外面，哇，你的腿毛好长……"

风扬傻了。

独孤刹没有理会灵儿说的是啥，反而有些惊异地说道："咦，你是啥事物？有些像是鬼灵，但又有鬼神的一丝气息，嗯，原来是个修炼了一半的鬼神之体啊，好难得，不错不错，我看中的人真是不一样，找个道侣都要找最珍惜的女人，我喜欢。"

见到一位形象如此怪异的人，又听这人说她是风扬的道侣，不仅不怒反而很高兴地欣然接受了，灵儿开心地笑道："面带邪气，衣着暴露，头发都能够当扫帚了，嗯……往后我就叫你小扫帚吧！咯咯咯。"

风扬急忙一把抱回灵儿，他晓得自己这个老二师尊的性格，生怕将其惹恼了，要晓得这可是一个刚从疯人院出来的绝世高手，忙道："灵儿不得无礼，他是我老二师尊，独孤刹。”

灵儿被惊住了，这才定了下来细致端详起了独孤刹，倏然惊声叫道：“虚神!”

独孤刹嘿嘿嘿地一脸使坏道：“我的徒儿真是特别啊，啥稀奇古怪的事物都能找得到，今后帮师父弄个仙女当坐骑也不是不可能的事情，好，好，好。”

风扬叫道：“老二师尊，这是我在大日如来宗遗址里带出来的妹妹，你老人家可要多关照关照。”

灵儿倏然想起了独孤刹是谁了，那可是几千年前就杀人如麻的顶级大魔头了，浑身一阵哆嗦后便躲到了风扬的身后，不敢出来了。

独孤刹一脸馋相，说道：“小疯子，这鬼灵拿来当道侣可惜啦，这可是好食物啊，吃了她以后你的实力能直接跃升一个大境界的好事物，浪费了。”

风扬就晓得这疯子师尊想出来的点子，没一件是好事情的，没好气地说道：“你可别打她的主意，她可是我的好妹妹，灵儿别怕，出来见见我的老二师尊，叫声二农皇就行了。”

灵儿面带紧张地飘出来，拘谨地说道：“二农皇，您好!”

说完后，灵儿又一溜烟地飘回了风扬的身后。

风扬笑道：“老二师尊啊，麻烦你的神情温和一点行不行，吓着我的灵儿妹妹了，而且我这妹妹礼数已到，见面礼呢。”

独孤刹神情一换，僵硬地做出自觉得和蔼的神情，取出一只玉瓶，从中倒出了几片细小的叶子。他温和地说道：“小丫头，不用担忧，今后没人敢吃你，既然是我小疯子徒儿的道侣，谁敢欺负你，就报老子的名号，若遇上不信邪的，老子就去弄死他，叫他尝一尝老子钻研了三千多年的杀人手法，嘿嘿嘿。”

灵儿从风扬身后探出小半个头来，瞟了瞟独孤刹手中的小叶子，不可思议地叫道：“那是……是九幽肌研!”

独孤刹得意地说道：“小丫头不错嘛，这么珍稀的宝贝都了解，老子喜欢，今天就帮你凝结鬼神之体，还不快快感谢老子。”

灵儿惊喜万分，玉躯轻颤着嗖的一声飞了出来，急忙将独孤刹手中的几片小叶子夺了过来，连声道：“谢老二师尊，老二师尊神威盖世，万寿无疆。”

灵儿深知，没有阴寒之物的帮助，要靠自己慢慢地凝结鬼神之体，少则七八百年，多则上千年，倘若有独孤刹这么一个虚神帮忙，再加上九幽肌研，用不了几年，就能成功地凝结出鬼神之体了，她哪能不激动。

风扬脸上显出笑容，上前拍着独孤刹的肩膀说道：“我的老二师尊真是好。”

谁知独孤刹一巴掌拍在了风扬的脑门上，十分生气地说道：“你小子没大没小的，真的觉得老子就不敢修理你了。”

风扬难堪地摸了摸被拍得生疼的脑门，弱弱地说道：“原来，老疯子也会有不好想法的时候呀，不错，我也喜欢。”

“喜欢你妹，不教训教训你小子，你还真的要翻天了。”独孤刹又是一巴掌拍出，化成一张遮天大手向风扬抓去，凌厉的灵力震荡肆虐而起。

风扬喷出北斗剑雾，剑气纵横之间不停地抵挡那只骇人的灵力大手，四处逃窜，被拍得嗷嗷直叫。

独孤刹化成青色的指头按向风扬，激动地大呼小叫起来："哈哈哈，老子教训弟子都这么有艺术感，着实是天才啊……咦，雾灵追星剑气……不愧是小疯子啊，失传了漫长的绝学都能搞到手，不错，瞧瞧你还有啥稀奇古怪的事物。"

风扬被那一跟幻化出的指头搞得焦头烂额，拼命地抵挡，就连张口大骂的时间都省了。

独孤刹见风扬能抵抗住他的一根手指，第二根手指再次点出。这一下子，风扬就觉得受不了了，他手足无措之间，哪顾得上使出啥功法，学过啥就胡乱地劈了出去，狼狈中，几只金灿灿的掌印携带者浩大佛力狂涌而出。

见状，独孤刹怪叫道："好呀，这是……这是大日如来神掌，你不会是去逛了一趟大日如来宗的遗址就学会了这门绝世神功了吧？莫非还有大日如来宗的余孽在这一界？"他第三根手指点出，大日如来神掌便被瓦解了。

第五章　重归七玄

风扬见到独孤刹停手后，不由得换了一口气，说道：“灵界再也没有啥大日如来宗了，我可是历经九死一生才学到的。”

“你莫非是仙王转世，运气逆天啊！”独孤刹招手叫来灵儿，说道：“小丫头，我来帮你凝结鬼神之体，过程有些痛苦，要挺住，不然不仅连累了我，你也得魂飞魄散，可记住了？”

“老二师尊，灵儿记住了。”

“把九幽肌研吞服了，运行灵力护住鬼灵之体！”

独孤刹以虚神之气来凝结灵儿的鬼神之体，完全是小事情。

灵儿在九幽肌研的刺激下，痛苦地哼了几声，鬼神之体开始真正地凝结起来，加上有独孤刹的虚神之气协助，这个过程速度非常快，没多久就在灵儿的泥丸宫处凝结了一颗鬼神灵核，并逐渐长大。

慢慢的，九幽肌研都被吸进灵儿的身形里，鬼神灵核越变越大。

“啵”的一声脆响，像是啥事物破裂了一样，只见那颗鬼神灵核从中间分成了两半，一个墨绿色的小灵儿诞生了。

“终于好了，小疯子，剩下的事情就交给你了，灵儿还需要一段时间的静修才能巩固鬼神之体，将她收进你的储物指环中是最好的办法，等她醒来自然会被拉扯出指环空间的。”

风扬闻言一招手便将灵儿收进了储物空间。风扬问道：“老二师尊啊，灵儿需要多长的时间才能醒来啊？”

独孤刹笑道：“这可说不准了，短则一两个月，长则一两年，不用忧虑，这期间她没有任何的危险。”

风扬异常开心想道：“好不容易能遇到一位有缘的知己，肯定要好好地待她。”他从指环中取出一块仙泪神木，就原地开始炼制起法宝来，准备给灵儿一个惊喜。

独孤刹尽管疯疯癫癫的，当心里却是透亮，长叹道：“那可是仙泪神木啊！能炼制成半仙器的神材啊！你……你这个小疯子，哎，我在想你往后会不会将她宠坏了？”

风扬双耳不闻不问地凝神炼制法宝，不一会儿就将仙泪神木炼制成了一个璀璨的戒指，戴在手指上，转头对着独孤刹笑道："完工，走人!"

"师尊，我记得你已然三千多年都没有回天枢星了吧，不回去瞧瞧?"

"那是当然的，走，跟我回天枢星!"

大日如来宗的上古挪移阵尽管很难掌控，但对于已然是虚神的独孤刹来说，也算不上是难事。

独孤刹双手虚神之力猛烈地灌了进去，以至没有镶嵌一颗灵石，这样就全凭自身的实力撑持挪移阵所需的海量灵力，只见一道惊天的白光闪过，骤然间失去了两人的身影。

天枢星是灵界数不清陨石之中格外奇妙的一颗，上面一片汪洋大海，只有三个大陆漂浮其中，而且从外太空看，这三块大陆能以肉眼可见的速度在移动，平常人完全就不能在这颗陨石上面生存。在天枢星的三块大陆上，有上百大小不一的修仙宗门，以至还有一些修仙的世家，逐仙者所熟知的陨石中，此处是最繁华的修仙陨石，但占据着霸主身份的却是三大修仙宗门。

这三大修仙宗门分别主导了这三块大陆，它们是罗天宗、七玄宗、唯我宗。其中，罗天宗十分神秘，战斗力深不可测，没人敢挑战其天枢第一宗门的身份。而七玄宗原本是天枢星第二宗门，可是自从当时的第一高手独孤刹失踪后，七玄宗却被唯我宗反超，被迫居于第三的方位，只差一点儿就要被另一强势崛起的太岁宗挤出三大宗门了。

七玄宗坐落在七玄山川至高的主峰，那是天枢星的三大龙脉枝节点之一，灵气浑厚充实，群山环绕，青山绿水之间，修仙资源也是格外丰富，各种各样妖兽险地也为七玄宗的弟子提供了极好的修炼场所。七玄宗几近将整个七玄山川划成了自家的后花园，除了主峰以外还在七玄山川的入口处架设了宗门禁制，非宗内弟子不得进人，要进入七玄宗务必先到接引山门，由七玄宗门禁弟子许可，经挪移才能到达七玄宗。

接引山门依偎半山而立，进入了山门的广场上有一处挪移阵，那既是挪移到主峰的唯一途径也是连接天枢星所有宗门的便捷路径。此处每十年就会有大量想要拜入七玄宗的逐仙者，有本陨石的也有从其他陨石前来的，能够说七玄宗是这片星域最有名望的仙门之一。

独孤刹带着风扬落在接引山门上。此时正逢十年一度的接引，接引山门下人山人海，人头攒动，天荒尊影青光交织，有的是慕名而来拜师的，有的是乘着人多来做交易的……

风扬哪儿见到如此的场面，不由感叹道："没想到师尊所在的宗门这么热闹。"

独孤刹百感交集，说道："看来我被囚禁的三千多年的时间里，宗门依然昌盛兴旺。"

风扬叹道："这才像个逐仙者生活的陨石嘛。"

独孤刹没有像往常一样疯疯癫癫，他冷静地带着风扬径直走向七玄宗的接引山门。

风扬瞧着远处庞大而光芒四射的山门，惊叹道："好嚣张的山门，居然弄得这么大，完全是一件大功率的灯泡嘛！"其实，风扬并不晓得这山门不仅仅是用来充门面的，而且是七玄宗护山禁制的心眼所在。

独孤刹摆摆手，没做任何的解释，一反往常的模样并没有多言。

来到山门前，没等风扬反应过来，便从里面落下七名逐仙者，其中一个身穿红袍的老者上前拱手问道："不知二位贵客来我宗何事？可有我七玄宗的接引信物？"

独孤刹一扬手止住了即将说话的风扬，围着这名红袍老者转悠了几圈，随后摆出一副天下第一的模样，嚣张至极地指着他说道："你是赤玄阁的弟子？怎么实力如此地不上路，一把年纪了才炼神期？"

红袍老者和身后的六个弟子触摸不清独孤刹的来路，待在了原地不晓得怎样回应。

独孤刹又问："七玄宗现任宗主是哪个？"

山门外，不远处的逐仙者见到如此的情景，也是好奇地围了上来，人越围越多，让红袍老者心里发慌，不知所措。看不清来人的实力境界，他生怕说错话对不住眼前这位不知深浅的高手。

正在此时，山门里的两名七玄宗弟子发觉了此处的异状，飞了出来停在了红袍老者的身前，防备着端详风扬二人。

独孤刹没做理会，佯怒道："怎么都哑巴了，再不说话，看老子拆了这山门再进去自己找人了。"

来的两个身着青袍的逐仙者是青玄阁弟子，他俩也摸不清楚眼前这位两条毛茸茸的大腿裸露在外面的逐仙者究竟是何方神圣。其中一人上前说道："不知贵客究竟是哪个宗门的先辈？光临本宗所为何事？"

独孤刹真的有些恼怒了，细长的眼睛眯成一条缝："小混蛋，究竟是我问你话，还是你问我的话，信不信我弄死你。"

青袍弟子也火了，正欲破口大骂，风扬见情况不妙，急忙上前抢先说道："老二师尊啊，你老人家都虚神了，怎样还和徒子徒孙们闹别扭，传出去也不怕闹笑话。"

他一语道破独孤刹的实力。

青袍逐仙者的怒火骤然间被浇灭得无影无踪，神色变了又变，哪能听不懂风扬话里的想法，忙说道："七玄宗现任宗主是叶问天，不知你老是？"

独孤刹又复原那副疯疯癫癫的模样，喃喃自语道："叶问天？叶问天？不了解……既然不了解，要不先弄死了再说？让我的小疯子做宗主，但如此恐怕不太好吧……"

风扬一听独孤刹又在疯魔了，急忙上前施礼道："这位小弟，这是我的老二师尊，七玄宗的‘疯魔老人’独孤刹，别和他一般计较。”

这句话就像是惊雷一样轰击着在场七玄宗弟子的大脑，全场石化。风扬笑道：“老二师尊，看模样，你的这些徒子徒孙们都不了解你呀。”

话音未落，在场的七玄宗的弟子“扑通”声不绝，全都木讷地跪了一地。青袍逐仙者是在场身份最高的弟子，他浑身轻颤地一转身，七玄印记快速打出，庞大的山门陡然发出璀璨七色光。独孤刹从疯魔中醒来，他晓得这是七玄宗最高等级的七色信号，代表着七玄宗发生了最重大的事情。

青袍弟子发完信号，转身恭敬叩头大呼：“七玄宗门下青玄阁弟子杜子藤叩见……嗯，那个……叩见……”

他算不出其中的辈分，焦急得一个劲叫道叩见。

另一个青玄阁弟子也不知所措地呼道：“范剑，那个叩见……”

七色光华即刻惊动了整个七玄宗，这种信号是七玄宗近千年内没有显露过的情况，骤然间只见数不清长虹从主峰方向飞来。从主峰飞来的上百道青光落到了山门前，见到一地的跪拜弟子后，个个惊骇不已。

独孤刹由于转修虚神之后重塑肉身，与原来的模样已然大不相同了，脸上的邪气更甚，双手叉腰浑身不停地得瑟。

他的眼睛斜斜地瞥着最前方的那名逐仙者，正想着怎样找借口弄残宗主后扶持小疯子掌控七玄宗，只见那人胸前别着宗主信物，七玄真叶，只有七玄宗的宗主才能持有这件半仙器信物。独孤刹瞧着眼前这人忽然觉得有些眼熟，思索片刻后，他想起了这人是大哥的二弟子的最小那位弟子。

叶问天惊骇莫名，喝问道：“杜子藤，你晓得你在做啥吗？若是没有灭宗危机的重大事情是不能打出七玄印记的。”

杜子藤浑不在心地答道：“回宗主，是七玄宗的老祖独孤刹回来了。”

叶问天大惊失色地叫道：“啥？是师叔祖回宗了，人呢？在哪儿？”

独孤刹暗叹了一口气，这人是我大哥的徒子徒孙，也不好将他弄残了，不然没法和大哥交代，算了，还是让他接着做宗主吧，他没好气地说道：“你眼睛长到膝盖上去了呀，老子这么大一个人，你莫非瞧不见？可要将你眼球子掏出来清洗清洗？”

独孤刹疯疯癫癫的话让所有人集体失声。

风扬笑道：“老二师尊啊，你明说你即是疯魔就行了，教训晚辈很有办法吗？”

独孤刹嘿嘿地说道：“还是我的小疯子聪明，我听你的，你们听好了，我即是人见人爱，花见花开的那个啥……对了，疯魔独孤刹。”

一边说，他一边取出了自己的印信。

叶问天即刻跪迎独孤刹，之后又响起上百道“扑通”的下跪声。

这时的山门外驻足了大量的逐仙者，疯魔独孤刹在失踪三千多年后，以虚神的实力回归七玄宗的消息像长了翅膀般传遍了天枢星，这使得天枢星的逐仙者在惊骇之余，不由得暗自揣测三大宗门的身份除了超然的罗天宗，唯我宗与七玄宗之间是否会发生变化。

七玄宗占地约上百平方公里，附近近千平方公里也是它的势力范围。天枢星没有真正意义上的国家，每个大宗门就相当于一个国家，七大宗门相当于七个国家，它们占据了天枢星的一些地域和资源，同时它们的作用力也辐射到附近的一些陨石。七玄宗的地下不仅有灵脉灵泉，还有两座高品质的灵石矿，同时还掌控着六个集镇，潜力格外之大。

独孤刹的强势回归，七玄宗即刻宣布紧闭山门，短时间延缓招收弟子，所有弟子都集结七玄殿参拜这位传说中的师祖级人物。

七玄宗所处的环境美妙异常，风扬一路飞去，心里十分感叹，他有一种到了仙境的感觉。成片的参天古树郁郁苍苍，山谷中繁花似锦，犹如天上的彩虹落入人间，还有一些不大的池塘点缀其中，池水清澈，碧波荡漾，山峦间云蒸霞蔚，似乎隐约能够看见半半空有许多亭台楼阁掩映在烟霞中。风扬惊异道："房子居然能修建在半空？"

叶问天在路上得知了风扬的身份后也是暗暗吃惊，要晓得武岩可是在灵界修仙者的大腕级人物，现任唯我宗的宗主，身份极其显赫，他心想，尽管这是件好事情，但今后这辈分可就扯得乱套了。但只要疯魔师祖回来了，那七玄宗可就要翻身了。七玄宗近三千多年来势力逐渐萎缩，尽管门人弟子多，但输在没有高手坐镇。

众多逐仙者飞进七玄殿，早有门下弟子摆好座位。叶问天恭请独孤刹坐上尊台。独孤刹摆手拒绝，毫不客气地说道："我不当宗主，坐啥尊台，我喜欢站着听，如此吧，你坐上去，我站在你的前面，如此的感觉也许不错。"

叶问天苦笑道："好！好！好！就依师祖，只要你喜欢，躺着都行。"独孤刹点点头怪声道："听你小子的语气，如同还有些不满的模样啊。"

叶问天冷汗直冒，他这师祖疯魔成性，喜怒哀乐难以捉摸，一言不合大有可能杀人，在整个灵界都可是出了名的，这次终于让自己觉察到了。他急忙说道："师祖，徒孙哪敢！"

"这还差不多！"

这群人中也许就只有风扬抱着无所谓的态度，完全不用考虑独孤刹的神色，他看到殿里的所有人都是一副唯唯诺诺的神情，不屑地心想："那可是独孤刹求着自己跟他当弟子的，大不了老子不干了，走人，躲回唯我宗不出来，你奈我何？"他本来想坐下来的，但师尊都站着，他也很郁闷地站着，一言不发。

这时，独孤刹很不客气地发言道："我不喜欢在人多的地方说话，只喜欢在人多的地方杀人，叶问天这小子留下，其他人都赶快给我滚了。"但七玄宗的门人似乎很受用的模样恭恭敬敬地退了下去。

风扬心头暗骂一声："犯贱！"

第六章　大幻驱劫

见所有人都退出了，叶问天焦急地说道："师祖，你老人家这次回来可要帮帮徒孙啊，我们七玄宗的日子现在不怎么好过啊……"他不等独孤刹说话，便将一肚子的苦水倾诉而出，现在这七玄宗宗主一辈的门人，失踪的失踪，死了的死了，就剩下他一个高手在充门面，门下的弟子出去游历都不敢说自己是七玄宗的弟子了。

独孤刹疯笑道："我在一个地方坐不住，但若是你不想做宗主了，我不是跟你带了一个小疯子回来吗？"风扬听见这老疯子将事情朝自己身上拉，急忙叫道："不干，我不稀罕做啥宗主。我要去找我老大师尊。"

叶问天目瞪口呆，他们哪见过像风扬如此跟自己师尊肆无忌惮说话的弟子啊。独孤刹两只眼睛瞪得像铜铃，疯癫地指着叶问天道："小疯子又在顶撞我了，小心我打你屁股。你那唯我宗的老大师尊有啥好的，还不是和这小子一样的身份，你只要做了七玄宗的宗主，身份和身位就和你那老大师尊是一样的了，这有啥不好的。"

两人大呼小叫地争吵了起来，最终两人各退一步，风扬莫名其妙地就成为了七玄宗的太上长老。

叶问天接着说道："师祖，我宗打听到一则惊人的消息，在紫霄星发觉了古圣遗落灵界的混沌圣物，罗天宗和唯我宗都在到处拉拢高手准备争抢，据说这宝物就要出世了。"

风扬惊奇地问道："莫非是圣指？这我是晓得的，科多星武王宗的古纣道人以前跟我淡淡地提到过，出世的地点我也晓得，这在紫霄星上面可不是什么秘密了，不过，这件混沌圣物离出世还早着呢！"叶问天眼睛一亮，说道："还是师叔厉害，这消息在我们天枢星却没几人晓得。"

独孤刹一反常态地沉默不语起来，眉头越皱越深，他回想起被大日如来宗的佛陀镇压，即是为了争夺一件混沌圣物，当时灵界被搅得风雨满天，几十颗陨石上的宗门都被卷了进来，最终还是被大日如来宗夺走后开创了佛界，佛门至此集体搬迁到了一个新世界。

见独孤刹不说话，叶问天接着说道："另一件即是唯我宗和通天星的枯木宗打了起来，现在有很多宗门都卷了进去，唯我宗的宗主武岩是由于妖女嫦娥受到枯木尊者庇护的事情开战的，但具体是啥原因，我就不清楚了。”独孤刹听了也来了精神，疯疯癫癫地说道：“武岩？不就是你的老大师尊吗，我既然也是你的师尊，老大和老二也许就是一条线上的，哈哈哈，打架杀人啥的，我最喜欢了，我也去。”

风扬趁机一个马屁拍了过去笑道：“有老二师尊出马，通天星那些逐仙者哪能是您老的对手，那还不被打得回家抱着孩子痛哭流涕，呵呵。”

“哈哈哈，还是我的弟子善解我的意，不错，着实是太聪明了！”独孤刹风狂大笑起来。

叶问天说道：“师祖和师叔都去了，我们七玄宗也去。赤鸥，等一会儿我派人去通知一声唯我宗。”风扬插话道：“顺便通知师尊武岩，告诉他，我去紫霄星等他。”

独孤刹亢奋地说道：“老疯子要去打架了，呵呵，想想都很高兴。”

“老二师尊，我要先去紫霄星一步，我那位归一期的元神朋友需要万年幽冥轮转珊瑚转修虚神，现在七玄宗需要你坐镇此处，复原七玄宗的威严，我在紫霄星等你！”风扬说道。

“对了，差点忘了你那位归一元神朋友，你去吧，等我先去弄死几个小辈后，随后就到。”

七玄宗有大型的星际挪移阵，风扬告别众人后被挪移到紫霄星。

到达紫霄星后，风扬发觉此处居然不是原来从荧惑星挪移到紫霄星天星石挪移阵，四周一片茫茫的沙漠景观，星际挪移阵被埋在了十几米深的黄沙之下。刚才他还觉得是不是七玄宗的星际挪移阵将他传错地方了，但他一想又觉得以七玄宗如此的修仙大佬级宗门怎么会犯这种低级错误。

取出了古纣道人送他的紫霄地图影灵玉，发觉此处确实是紫霄星没错，但此处距离姬莫言那片森林却相隔半个陨石。

以风扬现在返虚期的实力，穿越半个紫霄星只用了一天。

故地重游，风扬感叹不已。他穿过外面的迷幻森林，轻车熟路地来到了有一方石台的大厅，周天寂灭禁制的心眼仍然光亮照人，一块玉石在其中忽隐忽现，一道灰影从一旁倏然飘了出来。

“咦……风扬老弟，你回来啦！”

风扬闻言转身而立，只见姬莫言相隔几丈元的距离用难以置信的目光瞧着他。

两人相视良久，一时间沉默下来。

姬莫言心情激动得不能言语。最终，还是风扬飞了过去搂住姬莫言，笑嘻嘻地喊出了声：“姬大哥，你还好吧？我寻到万年幽冥轮转珊瑚啦！”姬莫言发自内心地高兴，同时，他也感觉到风扬的实力与原来已然大有进步，跃升至反虚期实力。

姬莫言感慨地说道："风扬老弟，姬莫言尽管孤独数千年，但上天终于是对我不薄，将你送来了，我的好老弟。"他深知，自从上古大战之后，修罗海便跟着破碎的世界隐没，风扬为了找幽冥轮转珊瑚少不了吃苦，跃升的实力完全是磨炼出来的。

风扬放开姬莫言，手掌一翻，取出万年幽冥轮转珊瑚，说道："姬老哥，这是万年幽冥轮转珊瑚，不晓得是不是你要的那种？"姬莫言取出一支青光明灭的暗金色珊瑚，他惊叹道："啊！这是极品幽冥轮转珊瑚！没错，既是这种，但我还要将其中的幽冥轮转之力提取出来才能操纵。"

风扬长舒一口气，笑道："那就好，只要能用就好。那姬老哥转修虚神所需的时间长不长？若是不长的话，我就帮你护法，长长见识！"姬莫言点头道："几千年的元神沉淀，功力早就到了，就差幽冥轮转之力，不用担忧，几天时间就够了。走，我们到寂灭宫去。"

寂灭宫和大日如来宗的掌中幻界有些类似，所不同的是，如来幻界是对心的考验，属于幻由心生的绝世佛门幻禁，而寂灭宫的幻界是固定的景象，只要不触碰心眼就不会触发其中的杀阵。

青夏紫云在眼前闪过，风扬不禁惊叹，此处的景色极美，可是与如来掌中幻界相比，少了一点灵动。烟波浩渺的潭水深不可测，郁郁葱葱的树木挺拔威严挺立，湖边浓密的芦苇荡中，一群白鹭惊起展翅而飞。

姬莫言笑道："风扬兄弟，此处的日出才是一绝，变换的朝霞包容了世间万象。"风扬点头赞道："很美的地方，但终究是假的，可惜了。"姬莫言道："假亦是真，真亦是假，世间的虚虚实实谁能分得清楚？"

"风扬老弟再请看！"姬莫言袖袍一挥，景象骤然间一变。

千里冰封，万里雪飘，眼前尽是皑皑一片，冰山绵亘蜿蜒，遥相争锋，鹅毛大雪飘舞而下，两人站在峰顶，更增添了几分神仙景象。风扬见识过如来掌中幻界后，对寂灭幻阵的幻化没有大惊小怪，他笑道："姬老哥原来对周天寂灭禁制已然完全掌控清楚了啊！这般变化完全不弱于仙家手段了。"

姬莫言很高兴，笑道："风扬兄弟，走，去我的大明湖畔，我在那儿转修虚神，你帮我护法。"

姬莫言袖袍再次一挥，两人的身影骤然间隐没得无影无踪。

碧波如锦，花团锦簇，风扬摘下一朵奇葩，叹道："姬老哥说得对啊，虚虚实实……谁能分得清楚呢？真是让人不可思议啊，这让我倏然感觉到我们修仙的灵界、仙界……都如同是假的了，咦，我怎样会有如此的念头呢？真的是如此吗？……我是多虑了，呵呵，这怎样会呢？"抖落身上晶莹欲滴的露珠，风扬各种念头纷纷而至。

大明湖上有一座墨玉做成的小岛。姬莫言和风扬飞身而至，姬莫言提醒道："风扬老弟，你在一旁帮我护法就行了，我在转修虚神期这几天时间里，会有各种不可思议的情况，你只用瞧瞧便行了，不可出手相助，切记!”

姬莫言的声音微微有些颤抖，几千年的孤独元神终于能够光明正大地重回灵界了，哪能不激动?

风扬问道：“姬老哥，不晓得我能做些啥呢?”

姬莫言说道：“谢谢风扬老弟的好意了，转修虚神最难熬过去的便是无边心魔滋生，只能自己熬过去，谁也帮不上忙！若是在大日如来宗的佛宝七级浮屠里面修炼，万魔不侵，诸邪亦避，但那可是佛宗的至宝，哪能得到?”风扬惊异道：“七级浮屠我去过……我的老二师尊既是在里面转修虚神的?”

姬莫言一愣，问道：“嗯，还有如此的事情？这件佛宝我见过，原来我去拜访大日如来宗的时候，十八佛陀相邀一道参观这件佛主亲手炼制的无上佛宝，真是大开眼界了。”风扬笑道：“老哥啊，那是很多年前的事情了，几千年前，道佛魔三教相争一件混沌圣物，最终佛教得去，炼化了另一个宇宙，他们命名为佛界，至此，佛教集体搬进了佛界。”

“我还去了上古大战时的空间碎片，幽冥轮转珊瑚即是在那处空间的修罗海得到的，另外，我还去探了一次大日如来宗的遗址……”

风扬将所晓得的事情慢慢说了一遍，姬莫言又惊又喜，问道：“啥？大幻佛珠在你的手上！那可是如来佛祖自己八十一次转世舍利子炼化的至宝啊，同样有七级浮屠的功效，太好了，老弟，借我用用。”

风扬从指环中取出了大幻佛珠抛了过去，悬在姬莫言的头上上下沉浮，无尽的佛光骤然间将其罩住。姬莫言亢奋地说道：“风扬老弟，你可真是我的贵人啊，有了大幻佛珠，我转修虚神完全是顺风顺水的事情。”

风扬笑道：“小心点，姬老哥，你可别粗心了。”姬莫言说道：“好，记住，转修虚神这几天，我也说不清究竟会遇到啥危险，但你千万别插手。”

风扬点点头，但若是姬莫言真是遇上了啥危险，他是不可能袖手不管的。

下一刻，姬莫言那金色的元神慢慢闪亮起来。旋即，大手一抓，万年幽冥轮转珊瑚显露在了他的手中，只听一阵轻微的“啪”声响起，他手上的幽冥轮转珊瑚骤然间炸开，暗金色的雾气一拥而出。同一时间，他的印记一变，炸开的雾气又被拉扯了回来，包裹在了灵力之中，慢慢浓缩成了一滴暗金色的黏液。他大口一吸就将其吞了进去。

正在这时，风扬发觉天地陡然一暗，显露了数不清的阴霾魔头围着姬莫言尖啸，就连离得较远的他都是一阵心摇神动。只见姬莫言轻喝一声：“灭!”

大幻佛珠骤然间佛光四射，在半空幻化出一尊古佛虚影，无尽佛光渲染虚空，“啊……”心魔惨叫声此起彼伏，竞相诛灭，没多久动静渐小，复原了冷静。

那是被姬莫言转修虚神引来的万千心魔，瞧不见无相，但大幻佛珠中的佛力正好是他们的克星，万千心魔一扫而空。

佛光照耀下的姬莫言失去了身形，化成一团金光灿灿的模糊人影，暗金色的身形不停翻腾歪曲。所谓修仙，即是逆天伐道，而转修虚神更是麻烦，那是要逆转轮回，再世造化。风扬目睹了姬莫言转修虚神的全部过程，对修炼有了更深层次的感悟，对今后的修仙起了不可估量的效用。

有大幻佛珠驱散无尽心魔的滋扰，转修的地方又正好是上古古仙布下的周天寂灭仙阵，大大地削减了姬莫言转修的虚神的难度，而且他的元神灵力经过了几千年的沉淀，格外深厚，所以姬莫言的转修十分顺利。

其实，风扬不晓得的是，在灵界中，虚神的数量格外稀少，要诞生一个虚神比飞升仙界还要麻烦得多。

六天过后，风扬激动地发觉，大幻佛珠下的那团人形雾气正在慢慢收拢定型，暗金色的光芒越发辉煌，一个似乎绰约的人影盘膝其中。他不晓得的是，姬莫言已然到最关节点，也是最危险的“斩道期”了，天道会降下无边劫难阻止转修虚神的人踏入这一境界。

这片天地又复原了风轻云淡的模样，可风扬却感觉到有种风暴即将来临的感觉，他不假思索祭出北斗剑环绕身周。经过了无尽岁月的修仙生涯，他对每一件反常的情况都异常地小心。

风扬圣识一动，骤然间举目一望，一团十分诡异的黑云正朝着姬莫言此处飘来。浑身一震，风扬有种大难临头的感觉，他不晓得那即是元神修虚神的劫难，名叫逆轮劫，和修鬼神的逆煞劫、修魔神的逆狱劫、修佛者的逆转劫、逐仙者天人五衰的逆仙劫并称天地五劫，一不留神即是形神俱灭，啥转世轮回皆成虚妄，连渣滓都不会留下一点。

这种逆轮劫只对虚神者，其他人本来是瞧不见，也觉察不到的。但风扬心神祭练过的大幻佛珠悬在姬莫言的头顶，这劫难也将风扬卷了进去。在这种大难临头的感觉下，风扬一个哆嗦，毛发都竖了起来，他急忙将全部灵力爆发出来，护住全身上下。

“咚咚咚……”

似乎战神擂鼓，震骇灵魂的声音直接在风扬的心头响起，浑身的血液都似乎要凝结了。

“轰！”

一道灭天灭地的声音骤然乍响，寂灭阵的幻界骤然间烟消云散，显出了它本来的面目，那是一个铺天般的地宫，密密麻麻的阵纹大放光明。

风扬浑身的灵力被震散，一口鲜血喷了出来，神色陡然变白。白煞变得更厉害了。

姬莫言正在紧要关头，风扬骤然间怒了，飞身而起立在姬莫言的上空，再次灵力爆发想要对抗劫难，但虚神的逆转劫并不是他能够对抗的，一声巨响之后，他又被劈飞了出去。

由于风扬疯魔了，印记急速变幻了起来，一朵九品金莲逐渐成形，大日如来神掌脱手而出，凶暴地印向了成仙劫。

“轰！”

成仙劫与大日如来神掌撞在了一起，风扬再次被震得七窍流血，但瞧不见的成仙劫被削弱了很多，也为姬莫言争取了一丝时间。

第七章　寂灭神光

这还是在周天寂灭仙阵里面渡劫，逆转劫被削弱了九层的情况下才被震散了一点，若是在外面渡劫，风扬一轮成仙劫下来就会轰得形神俱灭。

周天寂灭仙阵不愧是上古古仙所布，一阵夺目的亮光一闪，在人见人怕的可怕成仙劫下连晃都没晃一下。

风扬再次飞上了半空，祭出了北斗剑，全力调动灵力轰向了瞧不见的成仙劫，“扑哧”一声，染红了衣袍，北斗剑被裂成了碎片。五种天地劫难，那就代表了天道，其中孕育了世界法则，不是人力能够对抗的。风扬如炮弹出膛般被凶暴地轰进了地面，连续几口瘀血吐了出来，双眼一黑，浑身无力地躺下，不省人事以前，虚弱地说道：“姬老哥，小弟不成了，这……究竟是……啥玩意儿……太可怕了……”

就在他闭眼的同一时间，姬莫言身形一震，灵光四溢，虚神之体完全凝结。逆转劫慢慢隐没。

由于风扬不停地骚扰逆转劫化成的瞧不见震荡，姬莫言只承受了一点成仙劫，这对于他深厚的实力来说，几近能够忽略不计，虚神之路顺风顺水地完成了。等到他睁开眼睛后，才发觉风扬昏倒深坑里，地上一片狼藉。姬莫言见状，骤然间急红了眼，一声怒喝后抱起风扬便运功搜寻风扬体内的伤势，见风扬体内经脉异位，灵力乱窜，已然到了走火入魔的边缘。幸好姬莫言现在是虚神了，运行虚神之力帮助他调养了暴动的灵力，短时间不会出现危险，要不然风扬这条小命可就悬了。

三个月时间，姬莫言接连地用虚神之力帮风扬滋养体内的经脉，调理暴动的灵力，这才保住了风扬的命。

“姬老哥，你终于成为虚神了，哈哈哈，恭喜恭喜！”风扬醒来后的第一句话让姬莫言哭笑不得。

“老弟啊，我不是说了，你不能插手啊，你晓得你差点没命了吗？”姬莫言摇头苦笑道。

风扬笑道：“我怎么晓得那玩意儿这么厉害，我见那玩意儿对老哥有威胁，便出手试了一试，哪知三个回合就差点把我搞死了。”他心想：“怪不得虚神比渡过天人五衰的逐仙者还少，原来除了归一元神很少，还要受其他逐仙者的窥视以外，更多的是天威不可敌啊。”

姬莫言尽管有些恼怒风扬鲁莽的行为，但心里不禁感叹：如此兄弟哪里去寻找啊，我也许高兴才对，呵呵，终于能够重见天日了。

姬莫言站了起来，说道：“走，我们去破了周天寂灭仙阵。”

姬莫言和风扬聊着天。风扬给姬莫言讲述了几千年里，灵界的变化，他如同清楚了啥，说道：“我和大日如来宗的佛主有些渊源，没想到他们离开了这一界，想一想，他们佛宗的战斗力比仙界还要深厚。积累了数不清年的力量想在灵界夺得一件混沌圣物那是易如反掌的事情，真羡慕他们，真的超脱了这一界，也不晓得他们中又有几人能够真正地超脱。”

风扬问道：“超脱了有啥用，大不了就是换了一个更轻松修炼的世界，这有啥了不起的？”

姬莫言笑道：“老弟啊，你的实力还差，不晓得我说的这一界究竟是啥想法，我说的这一界并不是说的灵界，而是寻到了一种能够真正超脱的道路，佛界与仙界、魔界、鬼界是比灵界更高一层的世界，只有进入了那个世界才能寻到真正超脱的道路，这是一个传说，最古老的传说。哎，虚虚实实，谁能晓得呢？还是等你境界到了，自己去摸索吧！终究谁也说不清楚，那个传说是不是真的，圣界啊！”

“圣界真的存在吗？”风扬好奇地问道。

“我不晓得，也没有人晓得，但混沌圣物的存在，却又间接地证明了圣灵的存在，只有超凡才能入圣，灵界只是起步，也是最根基的一界，灵鬼仙魔四界由来已久，加上新显露的佛界，也如同证明那个圣界的传说是真的，五界现，第六界也不远了，六道轮回重组，天地重开，只要进不了圣界，所有生灵都会毁灭。”

风扬听得莫名，如同是懂了一点却又不怎么清楚，问道：“圣界？莫非即是至高的世界？老哥，你也想去吗！”姬莫言点头道：“灵鬼仙佛魔都在探寻那一界的存在，只若是归一期以上的人都会受到天地冥冥中的指引，虚神也一样，但……”风扬问道：“老哥莫非还有难言之隐？”

姬莫言道：“虚神终究是逆转了轮回，为上天所不容，难以超脱，倘若说逐仙者有三成概率的话，那虚神连半成都不到。”

“看来我如此的实力还是弱了，得尽快提高实力才行，要不然连上古机密都不够资格探听。”风扬颓唐地说道。

姬莫言说道：“风扬老弟何必心急，尽管佛界显露了，却不代表圣界也快显露了，也许还需要数千数万年之久也说不定，况且以老弟如此的实力已然算是快了，小心根基不稳走火入魔，慢慢修炼，扎实根基才是正道，只要渡过了天人五衰进入归一期，所有的大宗门都有供归一期高手查看的圣经，阅读这些上古机密，你们的唯我宗也是上古时期流传下来的大宗门，到那时候你能够去查阅。”

“多谢姬老哥的提醒！”风扬真诚地说道。

姬莫言俊容一凝："风扬老弟这么客气做啥，我们兄弟二人今后不说这些客套话，寂灭禁制到了，走，我们去瞧瞧那方石台，石台上的玉石是上古古仙留下的，也许其中留下了一些修炼秘法或者是我们没听说过的秘闻。"

周天寂灭仙阵是格外厉害的古仙禁制，心眼即是那方石台，姬莫言在周天寂灭宫生存了数千年的时间，早已将周天寂灭仙阵推演得一清二楚，由于他是元神之体，不可破解心眼，现在成为虚神了，要破解心眼就要轻松许多了。

姬莫言带着风扬进了大厅，触碰了方石台，仙阵的禁制立刻被触发，轰隆隆地运行了起来。

风扬眼睛骤然一花，四周的景象快速旋转了起来，等他清醒过来后，发觉自己居然站在了一片星空之中，而他和姬莫言如此脚踏星河而立。他不禁问道："幻界，怎样又是幻界？没有新意。"

姬莫言皱起眉头说道："风扬老弟，这可不是寻常的幻界了，上古古仙的神通不是我们想象的那样简单，在那些上古大能手中，并不存在啥幻界的说法，以他们的神通完全能够做到虚即是实，实即是虚的地步，两者随时能够转换，由于他们已然达到能够一念造物的地步了。"

风扬似懂非懂，此时眼前一亮，他倏然叫道："彗星，那是彗星群，好漂亮啊！"

姬莫言骤然间抓住风扬的胳膊，急道："小心了。"

下一刻，彗星雨骤然炸开，化成一挂挂天河涌来，无尽星光将两人包围，姬莫言拉着风扬从狭小的缝隙中躲了过去。风扬再次惊叹，真是仙家手段，着实是太绚丽了，真如身在无尽的星空之中。姬莫言嘿嘿笑道："风扬老弟，那可不是啥彗星雨，那可是大寂灭神光，刚才如若不是我发觉得快，我俩都已然被包裹了进去，化成了大寂灭神光的灵力再次将其壮大。"

风扬奇道："大寂灭神光？啥事物？"

姬莫言拍拍风扬的肩膀，说道："那是采自仙界的一种毁灭性的光束，就算是古仙不留意坠落其中也难以脱身。"

"哦，那我们怎么过去啊？要不我去试试有没有别的路能走！"风扬话音刚落便飞身而去。

姬莫言大急，将其拉了回来，笑骂道："你着实是太鲁莽了，若是那大寂灭神光将你扯了进去，这一界谁也救不了你。"风扬嘿嘿笑道："不入虎穴焉得虎子！姬大哥，除此以外我着实是想不到其他的方法了。"

姬莫言虽说赞同风扬的说法，但他绝不会眼睁睁地瞧着风扬只身犯险。风扬可不是经验丰富的逐仙者，没有啥事物束缚住他的手脚，大胆妄为，尽管历经了数不清的险情，但他这一身的实力和法宝都是在一次次冒险中得来的，无知者无畏。

当风扬跨出那一步的时候，大寂灭神光化成的星光骤然涌动，风扬指着脚下问道："咦，有事物从大寂灭神光里面冒出来了，那是啥？"

两人脚下的大寂灭神光分开了一条隧道，一件罗盘形状的事物冒了出来，转个不停，无尽的星光围绕其旋转，无比夺目。

姬莫言惊异地说道："寂灭星辰罗盘！这件仙器怎会显露在此处，这可是由大寂灭神光炼化而成的顶级仙器啊，风扬兄弟小心了，那即是大寂灭仙阵的心眼。"

他接着庆幸道："还好修成了虚神，如若不是我也拿它没办法！"

风扬笑道："姬老哥的想法是说平常的逐仙者是不可破除这个仙阵？"

姬莫言点头道："只有归一期和逐仙者或者是虚神出手才有可能，由于这两者都已然不算是逐仙者了，体内滋生了少量的仙灵之气，而且这件仙器属于无主状态，对我来说，收取它丝毫不费力气。"他抓着风扬，说道："走！"

两道青光急速地降落下去。姬莫言在途中印记开始变幻了起来，一道道灵性十足的仙灵之气涌现，附着在了寂灭罗盘上面，慢慢炼化。

寂灭罗盘以肉眼可见的速度慢慢变小，停在了姬莫言的手中旋转着。

见到寂灭罗盘被姬莫言炼化，风扬笑道："姬老哥，这件仙器很有名吗？"姬莫言笑道："可能是在五六千年前吧，也有可能会是上万年了，我也记不清楚具体时间，那时候仙界和灵界是连在一起的，有仙灵虫洞互通往来，古仙虽说不常见，但也偶尔能遇到一两位，但后来不晓得是啥原因，通往仙界那一头被屏蔽了。但还是有数量很多的仙器遗落在了这一界。"

说话间，寂灭星辰罗盘被姬莫言慢慢炼化，无尽的星空也是在不停地缩小。

当寂灭罗盘被最终炼化后，星空隐没，姬莫言亢奋以至失声道："老弟，我是不是眼花啦，那是……是……昆仑阴阳戳。"

风扬却不懂："那是啥事物？"

姬莫言顾不上回答，全力收取寂灭星辰罗盘。只听他轻喝道："收！"一轮星光似海的罗盘就被他完全炼化并收取了，但他没多看一眼手中的罗盘，眼光紧紧地盯住了下方。

一道灰蒙蒙的青气慢慢上浮，越升越高，但看不清对面究竟是啥宝物。见姬莫言显出紧张的神情，风扬不可思议地问道："姬老哥，你说的这件仙器莫非对你有大用？"

姬莫言大喝道："风扬老弟，现在不是说话的时候，我们先下去将其收复了再说！"

姬莫言和风扬急速下坠，陷入了一片幽暗的时空，忽然一道圆润的奇异声音传来，汹涌的仙灵之气澎湃而起，姬莫言在一片假象的时空猛地一捞，手中显露了一个奇形怪状的青色物品大发光芒，只见他满脸都是喜容，连声说道："真的，真的，这居然是真的，哈哈哈，太好了，没想到我转修虚神后还有希望重归仙籍。"

风扬四下张望，一根似乎通天的柱子矗立在青光涌动之中，他清楚，此处也许就是寂灭仙阵的中央方位了。

姬莫言笑道："风扬老弟，你是有大气运之人，没想到老哥跟着你，一路上惊喜连连啊，有了这件仙家宝贝，我就有机会脱胎换骨成就天仙，位列仙班。"

风扬疑忌道："我不太懂老哥的想法!"姬莫言解释道："这只昆仑阴阳戳是仙王赏罚之器，两界向来有关于它的传说。它能够将古仙的道果剥夺，削仙为凡，也能赏赐有功劳的逐仙者或者是虚神，立马成就古仙的道果，你说它是不是老哥的福音?"

风扬听着有些像是在听天书，问道："那老哥啊，你看我行不行？等你炼化后，也跟我来个古仙的道果试试!"姬莫言摇头道："哎，你不成，逐仙者至少要有渡过天人五衰的高手才能试一试，这件仙器也不是万能的，要看在谁的手中，若是在仙王的手中，你这种想法也许能行，但我的实力太差了，而你的实力就更差了，还没等我将你改造完，你就已然灰飞烟灭了！况且就算是我能将其炼化，也不敢保证我能成功。"风扬恍然大悟道："那老哥，你炼化这件仙器后，成功率有多少啊?"

姬莫言苦笑道："我也不晓得，至少有三成的概率啊，这总比没机会的要好很多了。"

风扬骤然间亢奋起来，说道："嗯，听老哥这么一说，这件仙器的成功率也许与实力的高低有关，若是老哥的实力能再次有所提升，那么成功率不就高上几成吗?"

姬莫言苦笑道："老弟说得轻松啊，像我如此的虚神想要提升哪怕一点点的实力都是万分麻烦的事情。能有三成概率已然十分不错啦，至少我还能看到希望，若是没有这件仙器，我连一成的概率都没有。"

"但还早，我要彻底地摸清楚这件仙器的威力，况且，这件仙器是上古仙王的赏罚之器，为什么会流落这一界？说不定在我手中肯定是件喜事，先摸索个几百年再说吧!"

倏然，姬莫言手上的昆仑阴阳戳剧震，九道辉光一抖，便射向了虚空深处不知所踪。姬莫言大惊，一口虚神之气喷在它上面，喝道："凝!"昆仑阴阳戳骤然间冷却了下去，姬莫言将昆仑阴阳戳收进指环里，叹道："糟了，寂灭仙阵破解后，这件仙器的前主人感应到了它的存在，在其他地方尝试将其召唤回去。"

风扬问道："莫非古仙能隔着一个世界召唤法宝，那也太可怕了吧?"

姬莫言摇头说道："这个古仙不在仙界，而是向来滞留在这一界，他的召唤被我用心神浇灭了。原来寂灭星辰罗盘是用来镇压昆仑阴阳戳气息的，我们赶快离开此处，那位古仙会很快赶到此处，到时候就走不了了。"风扬也恍然道："看来安置周天寂灭宫那位上古古仙的昆仑阴阳戳的来路也不是很光明啊?"

第八章　上古仙踪

寂灭仙阵破解后，风扬和姬莫言便停在了那方石台上方，一块奇异的玉石和一个储物指环便显露在他们的脚下。

姬莫言双手结印，一道白光打在了石台上面，失去了古仙禁制的石台骤然间化成了一堆粉末。姬莫言急忙说道："快收！"

风扬双手向前抓取，一只手捏着一样，还未来得及看，便将其装进了自己的储物指环中。

半空上传来一阵骇人的震荡，压得两人呼吸都有些急促，姬莫言惊异道："这么快就来了，不可能啊，刚刚他召唤的时候，我明明感应到他还在格外遥远的宇宙另一头，就算是上古古仙要跨越数不清的星系也不会这么快啊，我们惹上的究竟是谁啊？"

风扬心神一动，叫道："姬老哥，还愣着做啥呀，快逃。"

姬莫言叹道："如若不是这件仙器对我有大用，我真的不想惹上上古古仙。"姬莫言说道："嗯，只要我们逃得够远，就算是上古古仙也别想抓住我们。"他搂住风扬，大喝一声："起！"

两人脚底下一道夺目的白光闪过后，便空无一人。

两个时辰后，周天寂灭宫里落下一道金光明灭的人影，巡视良久后，一道恼怒的声音雷音滚滚地说道："别让我逮到你！"他飞上半空，一教导出，金色刀光划破虚空斩向了以前的寂灭禁制，庞大的"轰隆隆"整声响过后，一个天坑显露在了原地，同时也失去了那人的身影。

隐匿气息躲在远处山峰上的姬莫言和风扬一丝不落地将刚才一幕看在了眼里。风扬咋舌道："天啊，扬手间即是毁天灭地的威能，着实是可怕，看他的模样如同有些愤愤，今后得小心点了。"

他们两个不敢操纵挪移阵，也不敢随意乱跑，生怕运气不好，被那人逮了个现形就找了个比较之下安全的地方躲了起来，等那位上古古仙离去几天后，才敢露面。

姬莫言问道："风扬老弟，你现在要去哪儿？"

"姬老哥，你呢？"

"哎，你都说了，我的宗门早已不存在了，我也没地方去，只好跟着你了！"

风扬心里寻思，还是先去圣指出世地与我的两位师尊会合吧。

以姬莫言现在虚神的实力，要去紫霄星的任何一个地方都不会超过一天，没多久便来到了古纣道人给他讲述的混沌圣物出世之地。

两人刚一落下，姬莫言忽然圣识一扫远处，道："有人来了。"

风扬的圣识覆盖不了那么广，没有察觉出啥，他急忙站起身，疑忌道："在哪儿？莫非是师尊他们？"姬莫言笑道："不是你的两位师尊……逐仙者的人数却很多，快打起来了，走，我带你去瞧瞧。"

他印记一闪，白光包住二人，轻喝一声："走！"

森林内，刚刚下过一场大雪，寒风凛冽，一片银装素裹的景象，夜半空挂着两轮圆月，尽管现在是夜晚，但月光下极目远眺也能看很远。

白光再次一闪，姬莫言和风扬显露在森林上空。

数道破空声响起，风扬眯眼看去，一道青光划破天际，"哗哗哗"掠过树梢带起一道雪雾。

姬莫言小声说道："她之后还有很多逐仙者。"

当风扬看清楚来人时，神情有些怪异，喊道："妖女嫦娥！"姬莫言问道："你的朋友？"

三道身影陡然升起，嫦娥看见风扬时也是一愣，娇喝道："居然是你这小子！还不快跑，没看见老娘都被追杀了吗？"

风扬有姬莫言这个庞大的靠山，如若不是遇见古仙，哪会怕其他的逐仙者。只听他大笑起来："咦？你不是连我师尊都敢戏弄吗？也会有被追杀的一天，真是古怪！"嫦娥骂道："你这小子，如若不是由于你，老娘会有这一天吗？"

"老娘可没时间陪你在此处闲聊了，他们人多，得先避一避，你还愣在此处做啥？还不快跟老娘走，若是你再出点事，你那师尊非得把老娘撕了不可。"远处几点青光正朝此处包抄过来，嫦娥急道。

"怎样？还在追求我那老大师尊，还不死心！算啦，我也不追究你把我挪移到紫霄星来的那笔账了。"风扬得意地说道："别跑啦，有我姬老哥在，你就不用忧虑了，他们胆敢出手找死，你就看一场好戏，谁叫你有可能是我未来的师娘呢？我可不想今后你在我师尊面前天天吹耳边风，说我的坏话。"嫦娥惊疑不定地瞧着姬莫言，着实瞧不出这名年轻俊俏的奶油小生有啥厉害的地方。

闻言，姬莫言哪会不晓得风扬的想法，谈笑间，扬手便用虚神之力罩住了嫦娥和风扬，说道："小丫头，既然你和我老弟有这层关系，我想不出手都不成，这些小子我帮你挡了。"

姬莫言的一副老气横秋的语气，听得嫦娥有些发怵。

嫦娥稍作踌躇，短时间压下心头的疑忌，咯咯笑道："既然有你老哥帮忙，我也歇息一会儿，老娘可是被他们追惨了，小心点，那些人全是通天星枯木尊者门下的高手，格外难缠。"

风扬一听是通天星的人，骤然间想起了自己的老大师尊不是正和通天星的枯木宗开战啊，虽说他不晓得具体的原因，但这也不妨碍他对枯木宗的怨恨，转头说道："姬老哥，我老大师尊正和通天星的枯木宗开战，先让小弟过过手瘾。"

下一刻，风扬便摆出了一副有恃无恐的神态，他心想："有姬老哥如此的虚神高手在场，就算我打败，但也无甚危险，先检验检验我这段时间实力究竟到了啥程度也好！"

姬莫言点头笑道："老弟尽管放开手脚打，有我为你镇场子，没人能动你一根汗毛。"

"小子，小心点。"嫦娥也发觉了风扬的实力在这段隐没的时间里，居然提升得这么快，几乎都快赶上她了，心中惊骇不已，但嘴上还是满不在乎地提醒道。

风扬扬手祭出了姬莫言再次帮他炼制的北斗剑，冷静地瞧着远处追来的人影。姬莫言则不动如山，连准备都省了，神态自若地望着暴掠而来的枯木宗高手。

望着那些人影慢慢变大，风扬问道："未来师母，通天星的人追你做啥？我那师尊不是正在和他们交战吗？"嫦娥没好气地说道："还不是由于你，自从把你从荧惑星挪移了出来后，你那师尊满灵界通缉老娘，所以老娘就只好去寻求通天星的枯木尊者庇护，没想到那枯木尊者早就在打老娘的主意了，幸好老娘机灵，见情况不对便跑去找你那师尊庇护，顺便告诉了他我把你挪移到了紫霄星，现在枯木尊者觉得老娘戏弄了他，正满陨石追杀老娘呢。"

姬莫言扫了一眼飞过来的逐仙者，淡淡地说道："好家伙，元神期八个，灵雎期两个，返虚后期高手一个！"他看了看嫦娥，摇摇头道："这十一个逐仙者都够得上一些小宗门倾巢而出了，看来枯木尊者被你气得不轻啊！"

风扬听了也是暗暗装咋舌，先不说其他人了，仅仅是那名返虚后期的高手就只差一步成就四极宗师了，能和他的武岩师尊成为一个等级的高手，足以横行一颗陨石，没想到大材小用地派出来追杀一个嫦娥。他笑道："老哥，我和那名返虚后期的高手不是一个等级的，完全不是他的对手，那人就交给你了吧。"

嫦娥娇笑道："咯咯咯，臭小子，你还有些自知之明，晓得不是他的对手，要晓得就连老娘都被她追得四处乱窜呢！那人是枯木尊者五大亲传弟子之一，紫嫣。"说话间，"嗖嗖嗖"十一道青光落了下来，把三人团团围住。

一个身穿紫衫的女子，带着冰山般袭人的寒气落到了三人近前。

紫嫣圆润动人又略带点清冷地说道："嫦娥，你既然同意我师尊的事情就得兑现允诺，除非你一辈子都待在唯我宗不出来。"

风扬见他们没将姬莫言放在眼里，神色一变，说道："我不管你是啥枯木还是死木尊者的门下，你现在就滚，不然别怪我以大欺小。"

紫嫣就像没看见姬莫言一样，只觉得这个年轻的奶油小生说话好生刺耳，冷道："不知死活！"

骤然间，那些枯木宗的高手放声大笑起来，他们只觉得这个奶油小生好狂妄，莫非不知道自己正被一群高手包围了吗？只有风扬清楚，以姬莫言虚神的战斗力，完全能够无视一个绝世宗门。

说完这句话后，紫嫣才细致端详姬莫言，神情骤然一变，原因无他，看不清姬莫言的实力境界。但她也不是初出茅庐的菜鸟，自然不会被姬莫言几句话吓倒，她说道："不晓得先辈是哪颗修仙星宗门的逐仙者？"

"好生啰唆呀，你们究竟还打不打？若是你们不出手的话，我可要出手了！"

紫嫣转头看向风扬，问道："你又是谁？"刚开始，她对风扬不屑一顾，就算风扬和她一样是返虚期的逐仙者，但他是返虚初期，而自己是返虚后期顶峰，在此处完全能够将风扬吃得死死的。

风扬笑道："咦？现在才想起问哥哥的名字呀，你不觉得很没有礼貌吗？虽说漂亮了点，但哥哥不喜欢，嘿嘿！"

紫嫣神色骤冷，扬手即是一道印记打出。风扬骤然间感觉不妙，返虚初期和后期顶峰完全是两个概念，她的印记刚脱手，风扬便觉察到了那种凌厉的震荡蜂拥而来，压得他喘不过气来。见状，姬莫言手指一钩，那道印记犹如百川归海，被姬莫言吸在了手指上旋转。紫嫣惊得浑身一颤，她终究是返虚顶峰的高手，见识广博，虚神之力一闪而逝，她就失声叫道："虚神！"

不仅是枯木宗这群逐仙者，就连嫦娥也目瞪口呆地发愣，她万般猜测也想不到灵界格外少见的虚神居然有一尊在场，难怪风扬一副天不怕地不怕的模样，同时她也松了一口气，有虚神在场，她也不用跑了。

紫嫣心一沉，暗自想到若是自己粗心一点这次就真的踢到铁板了。只听她冷冷地说道："以先辈虚神的战斗力莫非还想对晚辈出手？"

姬莫言笑道："其他人我管不着，但惹到了我的老弟，那就别管我不客气了。"紫嫣觉得在虚神手中没讨到好处也没有啥丢人的，无可奈何地说道："既然先辈执意阻拦，那我也就认了，我们走。"

紫嫣心有不甘，带着十位枯木宗的高手转身就走，几个呼吸之间便失去了他们的身影。

这时，天色慢慢放明，初升的旭日映照在一片冰天雪地之中，给这片银装素裹的大地增添了几分暖意。

风扬深深地吸了一口清新的空气，问道："嫦娥仙子，你怎样会来紫霄星呢？"

嫦娥说道："还不是来找你那师尊的，将我一个人丢在了唯我宗就不闻不问地跑了，我也是听人说他可能会来紫霄星争夺古圣之手，所以便来找他了呗！"她瞧瞧紫嫣远去的背影，心神不宁地说道："而且，枯木尊者和你师尊约定在多科星对战，也可能与圣指有关，这其中已然有一名虚神卷进来了，我怕你师尊不是他们的对手。"

风扬道："嫦娥仙子，别忧虑，我姬老哥和我的老二师尊都是虚神，他们不会瞧着我老大师尊吃亏的。"嫦娥闻言十分亢奋，惊道："没想到你小子还真有能耐啊，我想武大哥晓得了肯定会格外开心的。”看来这嫦娥仙子对武岩是一片情深啊。

嫦娥又说道：“不晓得你对圣指这件混沌圣物有了解吗？”风扬微微摇头，说道：“我晓得这件混沌圣物会在近段时间出世，其他的我就不晓得了。”

心头一震，风扬问道：“姬老哥，你晓得圣指这件混沌圣物吗？”

姬莫言反问道：“圣指？我对混沌圣物的了解不多。”风扬问道：“倘若老哥得到混沌圣物，能不能炼化为己用？”

姬莫言叹道：“以前有位大日如来宗的金刚跟我讲解过混沌圣物的炼化之法，但我觉得我这一生不可能有如此机会遇见一件混沌圣物，于是就没用心听，可惜了。但混沌圣物也是分为很多种的，要根据那件混沌圣物的特性进行炼化，但就算是上古古仙也很难炼化一件混沌圣物为己用，我若是得到这件混沌圣物也可能干瞪眼。”

风扬疑忌道：“既然虚神都炼化不了混沌圣物，那逐仙者就更不用说了，但为啥会有这么多人前来争夺？”

姬莫言说道：“风扬老弟，你可小看了混沌圣物的吸引力了，要晓得不是人人都对混沌圣物有了解的，更何况，就算是炼化不了也能从混沌圣物上面参悟一些圣人的手段，所以，灵界一旦显露了一件混沌圣物都会掀起一场腥风血雨。”

风扬点头道：“嗯，听老哥这么一说，古仙也许有本事炼化混沌圣物，为啥那位上古古仙不来争夺？”

姬莫言道：“混沌圣物只有自己出世才能收取，若是过早收取就会惊走即将出世的混沌圣物，它是有灵性的，若是惊动了还没有出世的混沌圣物，让他遁走了，就不晓得要等到几千年后才会再次出世了。”

风扬有些糊涂了，喃喃自语：“那师尊他们来此处争夺混沌圣物不就没有啥意义了吗？”

“当然有意义，谁会嫌自己的宝物多了，更何况这可是连古仙都垂涎的混沌圣物了，至少落在自己人的手里比落在敌人的手里要好。”姬莫言说道。

风扬说道：“如此也不错，有老二师尊和姬老哥在，其他宗门的人就只有靠边站了……”

嫦娥摇头道：“枯木宗邀到了一名虚神，据那名虚神的推演，圣指会在很短的时间内出世，到那时，会蜂拥而来许多逐仙者，这紫霄星就会成为战场了。”

风扬急忙道：“我师尊晓得吗？”

嫦娥自豪地：“你也不瞧瞧你师尊是啥人？灵界鼎鼎大名的真武道人，朋友遍布灵界，会有他不晓得的事情吗？”

风扬精神一振，说道：“那我们就在紫霄星等他。”

倏然，姬莫言神情一变，威严起来。

嫦娥和风扬见到姬莫言如此的神色，也站起身来，风扬问道：“姬老哥，怎么了？”

姬莫言说道：“真被这小丫头说准了，有一大群逐仙者正朝此处飞来，最少也有上千人。”

第九章 怀璧之祸

风扬飞上树冠，极目远眺，不禁惊骇万分，只见数不清数量的青光像流星雨一样，将暮色袅袅的长空照得通亮。他大叫道：“这么多逐仙者？真是来争夺混沌圣物的。”

嫦娥也惊得目瞪口呆，这是她人生中第一次见到这么多的逐仙者汇集在一起，真是太宏伟了。姬莫言也暗自心惊，他说道：“太可怕了，就算是整颗修仙星上逐仙者全部出动也没有这么多吧？谁的臂膀这么强大，居然能邀到如此数量的高手？”

能够让虚神发出可怕的感叹，足以自豪了。

一声尖锐的长啸声后，几千逐仙者慢慢朝此处靠拢并顿在了三人所在树林的上空，立刻，又是一声长啸，数千青光冲天地四极直扑三人而来。姬莫言见状，大喝道：“放肆！”他飞身上前定在半空，印记急速变幻，数不清的金光向游蛇一样从他手中辐射而出，在半空一折后风暴般向下方聚拢，将下面的二人护住，随后，他的印记再次变幻，一股骇人的震荡从身体内发出，九条雷龙显露在了他的手中，跃跃欲试的雷龙激昂的龙吟声划破了天际。

当看清来人之后，风扬吓得大叫：“姬老哥！住手，那是我师尊！”

这时，那群逐仙者中有人叫道：“住手，那是我的弟子！”

“住手，那是我的风老弟！”

姬莫言印记再次一变，九条雷龙化为漫天青光隐没了，他难堪地说道：“鲁莽了，呵呵，原来是自己人啊，还好老弟招呼得及时，不然后果不堪设想。”

两道人影明灭了几次，便落在了三人的面前。风扬大喜，叫道：“师尊！咦，古老哥，连你都来啦？”他激动得一手拉一个，对姬莫言说道：“姬老哥，这是我老大师尊武岩，这是我古老哥。”

“师尊，古老哥，这是我大哥姬莫言。”

武岩和古纣相视对望一眼，惊骇之情显而易见。他们都是修仙界的大佬，姬莫言那虚神之力发出后就晓得这人是虚神无疑了。武岩急忙施礼道：“天枢星，唯我宗武岩见过姬老先辈！”

风扬嚷道：“乱了，乱了！”武岩笑道：“你小子，让为师好找啊！啥乱了？别胡言乱语。”古纣也跟施礼：“科多星，武王宗古纣见过姬老先辈。”

姬莫言碍于风扬这层关系，还礼道："不用叫我先辈了，今后就和我风扬老弟一样喊我一声姬老哥吧。"

武岩和古纣相视而笑，不矫情地说道："好，我就托风扬的福，叫一声姬老哥。"

三人再次施礼后都笑了起来。

风扬叹气道："师尊啊，这几千名逐仙者高手都是你的朋友？全都飞在天上，太可怕了，还是安排一下吧。"嫦娥自从武岩显露后，便像是换了一个人似的，腼腆地瞧着武岩，说道："武大哥，你们聊，我去安排他们。"

武岩说道："嗯，这些都是我的朋友。好生安顿一下，切不可再玩闹了。"

嫦娥十分高兴，娇媚地说道："武大哥不用担忧，就交给小妹吧。"

这几千人中有来自灵界数十颗陨石上的逐仙高手，仅仅是四极期的绝世高手便有近二十人，返虚期的有上百人，还有上千个灵睢期的逐仙者，剩下的至少也有元神期的实力，阵容之强大，使人咋舌。倘若再加上天枢星和通天星的逐仙者，那灵界的修仙高手大半都到齐了，如同在开整个灵界的修仙盛会。

随后，风扬跟随武岩逐一谒见了这些修仙界的高手，让他整整一天都微笑着点头，神情都有一点麻木了。

几天过后，这几千名逐仙者高手才算安定了下来。

这几天，姬莫言、武岩、古纣和风扬昼夜不分地筹议圣指出世后的一系列措施。武岩感觉压力极大，这几千名逐仙者都是他带来的，他要对他们的安全负责，所以这几天里，武岩连脑汁都绞尽了。

另外一个重大的问题即是通天星的逐仙者，枯木宗的枯木尊者也邀到了大量的逐仙者躲在暗处虎视眈眈，若是到了紧要关头，这帮人一发难，那就危险了。武岩说道："据传枯木尊者邀来了一名虚神，而且他们的逐仙者高手也不比我们少，由于时间紧迫，我还有一些正在修炼的朋友也联系不上，若是镇不住枯木尊者那帮人，我们就可能面对一场血腥的争夺战。"

风扬笑道："老大师尊不用忧虑，我不是还有一个老二师尊吗，他派人去唯我宗跟你讲了没有？老疯子独孤刹也快来了，七玄宗的高手也在积极地准备中。"

武岩尽管从七玄宗那边得到过如此的信息，但由风扬亲自证实才让他放心很多。他宽慰地说道："我这徒儿的机缘还真是没得说，居然连传说中的佛家至宝'七级浮屠'都能见到，还能从中解救独孤刹，不错。"

古纣说道："如此看来，我们这方的高手也许足够了，但我还有些忧虑。"风扬问道："古老哥，还有啥可忧虑的？"

古纣皱眉道："再道，我忧虑的是你们天枢星的罗天宗，他本来既是灵界战斗力最强大的修仙宗门，这种事情原本就由他们牵头的，若是由罗天宗牵头，枯木宗也不敢明着胆子和我们对着干，但罗天宗迟迟不表态，我不晓得他们的葫芦里面卖的是啥药？"

风扬心里一跳，他可是听说罗天宗是有古仙隐没其中的宗门，不晓得那名古仙和寂灭仙阵有没有联系？是不是同一个人？所以他不敢将姬莫言得到昆仑阴阳戳的消息告诉武岩，将他卷入其中。嫦娥笑道：“其实，罗天宗师是最先来紫霄星调查的宗门，但他们很低调，如同是在做一样格外隐秘的事情。”

武岩寻思过后，惊异道：“以罗天宗在灵界的修仙身位，要想夺取这件混沌圣物，只需要放出话来就行了，完全没宗门胆敢再插手，但他们这么隐秘地来紫霄星就完全不是那么简单的事情了，莫非这紫霄星上还有啥我们不晓得的隐秘?”

风扬看了看盘膝而坐的姬莫言，又低头沉默了起来。

古纣阅历极深，觉察到风扬如同有啥心事，问道：“风扬老弟，你有啥难言之隐吗？说出来瞧瞧，我们会想手段帮你。”武岩一惊，神色有些不自然起来，古怪地说道：“罗天宗来紫霄星隐秘调查的事情，不会是和你小子有关系吧?”

风扬埋头不语，他是真的不晓得从何说起，他不愿欺骗武岩，也不愿武岩他们卷进与古仙相关的事情中来，完全是进退两难。

姬莫言这才慢慢地说道：“罗天宗来紫霄星秘密调查的事情可能与我有关。”

风扬着实不愿意将武岩他们卷进这光璧中来，只好打断了姬莫言的话，咬牙道：“师尊，古老哥，你们就别再问了，这件事你们也别管了，我和姬老哥去面对，况且，罗天宗来紫霄星秘密调查的事情也不肯定与我们有关。”其实，他心里已然晓得了，罗天宗来紫霄星秘密调查的事情九成都和周天寂灭仙阵有重大的关系，他这么说只不过是在宽慰武岩他们而已。

武岩闻言，勃然大怒道：“我是你师尊，是我把你从地球带出来的，你的事情，我不管谁还能管?”风扬低头不再言语，古纣见到武岩正在怒火上，劝道：“再道，先别发火，这件事情牵涉到了罗天宗传说中的那名古仙，不可鲁莽，我们先把事情弄清楚了再说。”

姬莫言叹气道：“风扬老弟是一片好意，现在的灵界有古仙出没，这一点千真万确，我和风扬老弟亲眼所见，而且，古仙的战斗力不是灵界的逐仙者能够抗衡的，他是不愿意把你们卷进来，若是你们都卷进来了，整个灵界的修仙宗门里十有八九都可能被卷进来，那样事情就一发不可收拾了。”

武岩、古纣都傻了，没想到风扬和姬莫言真的惹上了传说中的古仙，这小子还真的能折腾啊，别人一辈子的遭遇都赶不上他隐没这段日子曲折。

沉默的气氛一闪而逝，武岩大笑起来：“虽说古仙厉害，但我武岩会怕他吗？本尊活了两千多年了，也足够了，大不了和他拼了。”古纣也笑道：“我也不怕，呵呵，大不了被打进轮回重修即是，没啥大不了。”

姬莫言呆了，要晓得逐仙和古仙结下怨，那可不是啥闹着玩的事情。

风扬闻言潸然泪下。

接下来这段日子里，原本清冷的紫霄星可算是热闹了，陆陆续续地从各个陨石赶来的逐仙者们在天半空青光明灭，凌厉的震荡四处可见，要晓得能够来此处的逐仙者都是叫得出名号的修仙高手，其中最为强大的还要数天枢星的七玄宗，那声势之浩大，数百道青光划破天际，其他逐仙者都得为其让道。

数百道青光在森林上空停顿了下来，独孤刹疯疯癫癫地带着七玄宗的高手到了，武岩和古纣急忙出身相迎。

独孤刹来后，风扬无声无息地领着他和姬莫言见了面。

两人见面后，独孤刹十分惊骇。听着风扬的介绍，独孤刹笑道："哇，你即是那个需要幽冥轮转珊瑚的人？哈哈哈，我居然又收了个虚神小弟，不错，我这徒儿真是聪明，我喜欢。"风扬急忙道："老二师尊说的啥话，我这姬老哥在上古大战之前就已然入道，比你修仙的时间长多了，你也许叫先辈才对。"

"啥？先辈？我是虚神，他也是虚神，我可不管修仙时间长不长短不短的，反正要我叫他先辈就不成，我不久前就在你的忽悠下成了老二，现在还要一降再降，完全不成，要不我们打一场，谁赢了谁即是大哥！"独孤刹撸起了袖子就准备开打。

姬莫言见独孤刹一副老顽童的模样，不禁笑道："独孤老弟，你就不要计较谁当老大了，今后我们可能都要叫风扬老大了。"独孤刹摸了摸满是浓毛的大腿，十分不解姬莫言为啥这么说，愣了愣，指着风扬，他疯狂地笑道："你脑子没问题吧？我是他师尊，你居然要我叫他老大，呵呵呵，当我真是疯了？"

姬莫言懒得解释，取出昆仑阴阳戳在独孤刹眼前晃了一下，随后又收进了指环。

骤然间，独孤刹双手猛抓自己的头发，眼睛都直了，旋即摊起双手，不可思议地惊声道："昆仑阴阳戳？你怎样会有这玩意儿！假的吧，拿出来让我摸摸！"

风扬上前一把捂住了他的嘴巴，连声嘘道："我说老二师尊啦，你就不能小声点，若是让别人晓得，我们就惨了。"

姬莫言冷静地说道："没关系，在你们来之前，我就在此处布下了禁制，就算是古仙在附近，只要他不关注我们这儿，也不晓得我们谈话的内容。"

独孤刹一脚把风扬踹开，双眼发光地盯着姬莫言，双手颤抖着在面前比画着连声道："好事物啦，我的妈呀，我好激动，古仙啦，我的古仙来啦……"随后他不停地在原地打转，自言自语些啥内容，只有他一个人听得见。

风扬不禁笑道："老二师尊，昆仑阴阳戳尽管是好事物，同时也能引来杀身之祸。"

独孤刹频频摩挲着自己的大腿，一副不以为然的模样说："在灵界我害怕过谁来着，只有我弄死人的，哪会轮到别人来杀我。"

姬莫言摇摇头，指了指天上，小声地说道："上古古仙！"

第十章　大荒圣玄

闻言，独孤刹像是浑身触电了一样痉挛了几下，一刻钟后，他才神色僵硬地质疑道："怎样会呢？这一界也许没有古仙了，仙王早就屏蔽了两界隧道，没有他的允许，古仙是下不了灵界的？莫非你们见过古仙？"

风扬颓废地说道："我和姬老哥远远地见过，太可怕了，扬手间就能倒山填海。"

独孤刹再次疑忌道："莫非这昆仑阴阳戳是从他那里偷来的？"风扬苦笑道："事情的真相我不清楚，但有一点是肯定的，姬老哥收取昆仑阴阳戳时，这仙器的灵光惊动了那位上古古仙。"

姬莫言道："独孤老弟，上古古仙的战斗力不是你我二人能够力敌的，但只要我们不暴露这件仙器，那就能慢慢地将其炼化为己用，嗯……这儿还有一块上古古仙留下来的玉石，里面有些文字，我看不懂说的是啥，我们两人好好地参悟参悟。"

独孤刹沉吟片刻，一改疯癫的模样说道："我赌了，这么好的机会哪能说放弃就放弃，就算是上古古仙，我也得斗一斗，那块玉石给我瞧瞧。"

姬莫言将在周天寂灭宫得到的玉石递给他，独孤刹迫不及待地拿过来开始查看。一天过去了，独孤刹一脸不可思议地仰首盯着姬莫言，失声道："姬兄，这次事情真的大发了，你真的不了解玉石里面记载的文字？相比之下，这块玉石里面记载的事物才是绝世奇珍啊！"

姬莫言奇道："我晓得这是圣灵文，可惜我没时间将其翻译过来。"

独孤刹充满遗憾地说道："没错，仅仅是懂得圣灵文的人在灵界不会超出巴掌之数，正巧我即是这几人之一，姬兄要找人翻译还真不好找，但光能翻译出来是没用的，里面还有一些错乱倒叙的秘印，我把它归位并翻译成了灵界的文字，你先瞧瞧，这'大荒圣玄功'是仙界唯一的肉身修圣功法，但可惜的是我们的肉身毁了，修炼不了。"

姬莫言一听是"大荒圣玄功"，浑身都战栗起来，大荒圣玄功的传说那可就古老了，基本上有些常识的人都晓得这是绝世珍宝。他和独孤刹愣愣地发怵了半天，随后齐齐地点了点头，似乎达成了某种共识，不约而同地转头望向了风扬。

风扬看得莫名其妙，呆瓜一样问道："呵呵，老二师尊啊，你们这怪怪的眼神看得我心头发毛，大荒圣玄功很厉害吗？”

姬莫言说道：“我就通俗点说吧，这块玉石上记载的内容即是肉身修圣的绝世珍籍，就算是在仙界也只有几个人才有资格修炼，一旦成功就能打破天地牢笼登临圣界，可惜我们失去了肉身，不可修炼，只好等到用昆仑阴阳戳将我们的灵体转化成古仙之躯后才能修炼。”

独孤刹接着解释道：“我们二人将来用昆仑阴阳戳来改造古仙之躯后，有长达千年的虚弱期，这期间就要全靠你来保护我们二人，所以，我们决定让你来修炼这部大荒圣玄功，但仅靠你自己修炼是不成的，由于要修炼这部大荒圣玄功需要仙灵之气，我们二人尽管仙灵之气不纯净，也勉强能够把你带进门了，到时候你就能够轻松地炼化昆仑阴阳戳，再用来改造我们二人的身形，哈哈……我真是天才，这样的方法都想得到。”

姬莫言点头认同，说道：“这部大荒圣玄功与灵界和仙界的修仙功法完全不同，自成体系，战斗力划分也完全不一样，只要你能进门，就算打不过古仙，但要跑路的话，那古仙也拿你没法，所以你即是我们的希望。”

风扬傻傻地瞧着姬莫言和独孤刹，这种想法真是天马行空，构思得也十分严密。他想了想，恍然大悟，亢奋地说道：“哈哈，我晓得了，你们盘算用仙灵之气助我修炼这部大荒圣玄功，等我练成后再炼化昆仑阴阳戳，随后把你们的虚神之体改造成古仙之躯，在这虚弱期间保护你们千年，同时也不用怕那个上古古仙了，好主意，如此的话就把我们的难题全都化解了！”

骤然间，三人爆发了疯狂的大笑声。

姬莫言说道：“风扬老弟，尽管这盘算有极大的可行性，但其中也存在着很多的变数，仍须小心行事，如此吧，你先去帮助你的老大师尊打理事情，等我和独孤兄再参悟参悟这部大荒圣玄功，免得修炼途中显露啥问题！”独孤刹点头道：“我的眼光果然不错，收了个如此聪明的徒儿，哈哈哈。”

风扬乐呵呵地起身离去。

两个月后，嫦娥来找风扬，刚见面就说道：“小子，圣指有出世的预兆，武大哥让你跟着两位虚神先辈先去落圣山。”

想了一想，她又笑道：“算了，这么重要的事情，我还是跟你一道去见两位虚神先辈吧。”

白光一闪，嫦娥和风扬隐没了。

见风扬和嫦娥到来，独孤刹就已然晓得是啥事情了，笑道：“小疯子，是关于圣指的事？”

风扬说道：“我老大师尊说圣指有出世的预兆了，让我和你们先去落圣山。”

姬莫言瞧瞧嫦娥，笑道：“请仙子回去跟武岩说声，风扬老弟留下来有些事情急需处理，我们仨人要晚点去。”嫦娥玉唇微张，想说混沌圣物出世这么重要的事情怎样能拖延，但考虑到两位是虚神先辈，也不好反驳，只好应了一声便走了。

姬莫言袖袍一挥，这个地方又被禁制了起来。独孤刹一言不发地盯着风扬，看得风扬不寒而栗。风扬手足无措，疑忌道："老二师尊，你如此瞧着我做啥?"思索片刻，风扬如同清楚了啥，亢奋地道："莫非是大荒圣玄功参悟出来了?"

独孤刹笑道："我的弟子真是聪明，呵呵，这部大荒圣玄功我们参悟得差不多了，领你进门完全没问题。圣指距离出世还早，不用着急的，你先修炼大荒圣玄功。这可是仙界唯一一部肉身修圣的不二法门，真期待你把它炼成了会有啥样出乎意料的功效。"

听独孤刹这么一说，风扬反倒有些退缩了，他弱弱地问道："这部所谓的修圣法门不会有啥问题吧，我的胆子小，怕被你们两个弄死了。"

姬莫言笑道："风扬老弟不用担忧，这部功法我们耗费了极大的心血推演，领你进门完全没有问题，只但你修炼到小成之后，之后的功法我们二人就没本事进行推演了，我们想来也许没啥大问题，到那时候，你的战斗力都能够对抗古仙了，我们二人也没法帮你啥。"

风扬叹息道："我怎么觉得如同成了你们的实验对象了!"

姬莫言说道："风扬老弟尽管不用担忧，有我二人出手相助，保你平安。"姬莫言微微一笑，据他所知，风扬是第一个尝试以逐仙者的身份修炼大荒圣玄功的人，其中充满了凶险，但他也对独孤刹和自己有信心，只要风扬中途显露危险，他们就有本事救助。

"既然如此，那就开始吧!"风扬心神一稳地说道。

独孤刹点点头，递过去一块影灵玉，说道："里面是完整的大荒圣玄功，经我二人整理后，也许是没问题了，你把功法打进元神里，随后我们就能够开始了。"

风扬接过了影灵玉，把它贴在眉心，一股股神念被拓印在自己的元神之中，只见他体内的元神被九颗暗金色的星辰包围着。他收回圣识，奇道："怎只有九颗星辰，没有你们所说的功法?"姬莫言笑道："那九颗星辰即是大荒圣玄功的九层境界，仙家至典哪能用逐仙者的手段来揣测的。"

独孤刹插话道："将圣识沉入九颗星辰中，用心地去觉察体会，记住，在没有感悟完整这九个境界前，你的圣识是不能强行退出来的，只能一气呵成，要不然，你的圣识会沉沦其中，直到你感悟完整个境界。"

风扬撸起袖子，双手叉腰，咬牙道："嗯，死就死吧，到了这一步，我也没有退出的可能了，尽力吧。"姬莫言说道："别发狠了，这不是正式修炼大荒圣玄功，而是让你体验九个境界，没有生命的危险，大不了就是躲在里面待段时间而已。"

独孤刹哈哈大笑："小疯子，还没开始修炼就要死要活的了?不用担忧吧，我就算是弄死全灵界的人，也不会把你弄死的。"风扬即刻否认道："老二师尊，有你如此当师尊的吗?姬大哥，你可要看好小弟啊，我这老二师尊随时都有可能犯病，若是真的把小弟弄死了，你们的盘算可就泡汤啦！”

姬莫言笑道：“老弟无须忧虑，抓紧时间感悟九层境界，我们现在和那个古仙比拼时间，我俩计算着他很快就会怀疑到我们此处来了，庆幸圣指出世，紫霄星的逐仙者太多，给他制造了不小的麻烦，但以古仙的手段，我们也不敢妄加揣测，所以留给你修炼的时间不会太多。”

风扬将心神沉入影灵玉里。他寻到了暗金色光芒最弱的那一颗星辰，圣识投射其中，刹那间，他圣识一缩，觉得无比的难受，纷繁恍惚的念头在心中炸开。他急忙将圣识缩到极点，用心神体会其中的奥秘，慢慢地领悟了一丝圣人的奥秘。

姬莫言小声说道：“独孤老弟，我们如此做是不是有些急于求成了，你可要晓得风扬老弟只是逐仙者，而且他修仙的人生阅历太过于短暂，道心并不强大，他若是沉沦在自己的魔障里，那就大事不妙了。”

独孤刹沉默片刻，郑重地说道：“是有一点风险，但我也保留了一丝清明在其中，以小疯子的机智也许能够觉察得到，若是他遇见了啥不可自拔的事情，也能抓住我安置下的后手，尽管有些风险，但我们也只能做到如此了，这是修炼大荒圣玄功的最低要求。”

姬莫言苦笑道：“但愿吧，就看风扬老弟的造化了。”

独孤刹对风扬充满了信心，说道：“我这个弟子的造化倒是向来都强盛，我想他一定能够熬过去的，就算熬不过去也没关系，我们能够将他的圣识捞出来，生命是没有危险的。”

不知不觉中，时间悄然流逝，风扬盘膝而坐，身形罩在淡淡的暗金色光芒之中，他已然领悟了毁心狱境界了。姬莫言和独孤刹十分紧张地关注着风扬的一举一动，倏然，姬莫言说道：“没想到风扬老弟的领悟力如此的快，短短的时间内就已然跨入毁心狱的境界了。”

独孤刹也暗暗松了口气，宽慰道：“我的弟子就是聪明。胆子也不比我小，呵呵，居然想到自身化圣贤的方法镇压毁灭的欲望，这最难的一个关口过去了，之后的几个境界就基本上没啥大问题了。”

风扬在其中悟道，几近榨干了自己潜能。对于逐仙者来说，要修炼这部古仙都觉得十分为难的修圣功法，风扬倍感难受。九层圣狱，一层一个天地，凡心狱、本心狱、毁心狱、难心狱、凌心狱、化心狱、天心狱、道心狱和圣心狱，还好风扬及时地抓住了孤独刹留下的一丝清明空隙，才有时间调整自身的状态。

姬莫言说道：“不错，风扬老弟抓住了你留下的一丝清明。”

没多久，风扬的状态复原至最佳，他一路跌跌撞撞地闯到了道心狱的境界，尽管外面的时间只过去了三天，但对于风扬来说却像是度过了亿万年之久。

他仅仅是用圣识体会修圣的契机，这还算不上是修炼了大荒圣玄功，尽管如此，但风扬的收获却是巨大的，跟着九层境界的感悟，他的道心变得尤为强大，这一点从姬莫言和独孤刹觉察风扬身上的气势在节节攀升可见，让两位虚神震撼道：大荒圣玄功真不愧是修圣宝典，仅仅是领悟它的境界就让风扬脱胎换骨一样，仅凭气势就与他们两人旗鼓相当了。

随后几天的时间里，风扬终归遍历九层圣狱。当他睁开双眼时，眸子中淡淡的金光宛如神明，压迫得姬莫言和独孤刹都不禁退后了几步。

风扬醒来后，神情异常的冷静，看上去不像是正常的修仙者应该拥有的神情了，有一种藐视天下生灵的威压，说话的声音都带着道韵，有些言出法随的先兆，但他一脸呆滞地瞧着眼前两人，问道："我是谁？你们又是谁？"

姬莫言和独孤刹傻了。姬莫言说道："我是你大哥姬莫言，他是你师尊独孤刹。风扬老弟，你这是怎么了？"风扬闭上双眸，蹙起眉头，自语道："风扬？好熟悉的名字，姬老哥和独孤刹也有些印象，但我真的记不住了……让我想想。"

独孤刹苦笑道："尽管外界过去了几天时间，但要历经九层圣狱，风扬确属感觉过去了数万年之久，不记得也正常，早晓得如此，我们就该将他的记忆拓印一份留着备用了。"

风扬瞧瞧姬莫言，瞧瞧独孤刹，触摸了一下手中的影灵玉，似乎记起了啥，但又像从久远的睡轮回中醒来一样，眼中精光一闪而逝，喃喃地说道："我好像做了一个很长很长的轮回，痛苦的轮回，美妙的轮回，呵呵呵，莫非这即是传说中的万年一轮回，我睡了多久？"

姬莫言道："六天。"

风扬惊道："六天？为啥我感觉过去了亿万年之久？"他飘然起身，身形浮在半空旋转了起来，一股股铺天般的震荡从他身上透出，姬莫言和独孤刹被那股威压压迫得不停地往后退去，惊骇地瞧着风扬。

独孤刹有心试试风扬的长进，叫道："小疯子，接我一招试试！"他印记一转，一道青光倏然闪过，直射风扬而去。

风扬嘴角浮出一道曲线，身影明灭间便隐没了，一道夺目的金光化成一弯明月斩向了那道青光，"砰"的一声，青光金芒消融。独孤刹神色一变，喝道："再来！"青光在独孤刹手中再次成形，射向了风扬。风扬尽管领悟圣人之心，但终究还是一名逐仙者而已，要对战一个虚神还有些难受，隐没的身形骤然间显现了出来，印记旋转间，一道金光打出，挡住了射来的青光。

第十一章　圣狱九层

姬莫言看到风扬竟能抵抗住虚神的打击，也是一阵惊呼。风扬被独孤刹的攻势压迫得有些狼狈起来，骤然间心一狠，咬牙道："神凰临世!"

独孤刹嘿嘿笑道："哈哈，小疯子要拼命了!"

但独孤刹也不敢粗心，若是不留意输给了弟子，那就没面子了，他口一张，灵光一闪，一柄飞剑飘出，射向了风扬。他也动了真功夫。

风扬双手一甩，火红的神凰一声鸣叫展翅震向了那柄飞剑，堪堪将其抵住。但幻化处的神凰只挡了片刻便被击得支离破碎。

"嘿嘿!"

风扬一声怪笑后，将心神沉入毁心欲的境界里，身影飘忽了起来，让那柄射来的仙剑锁定不了他的身体。姬莫言见此，不禁呼道："风扬老弟好手段，哈哈，这下子，独孤老弟就拿你没办法了。"

独孤刹悻悻然收回仙剑，笑道："大荒圣玄功果然厉害，以老子虚神的圣识居然不晓得小疯子究竟在哪儿？就像是隔着一道瞧不见的鸿沟，呵呵呵，我可是越来越期待你之后的表现了。"

战斗结束后，风扬骤然间浑身无力地软了下来，精气神都消耗得一干二净，虚神的战斗力短时间不是他这样的逐仙者能够抵抗的，但等他真正的修炼成大荒圣玄功后，那就难说了。

风扬盘膝而坐，金光笼罩全身，仅仅修养了片刻便又生龙活虎了起来。独孤刹问道："小疯子，你这复原力还真是可怕呀，莫非这也是大荒圣玄功带来的。"风扬摇摇头，说道："我也不晓得，自从感悟了九层圣狱的境界后，我就觉得全身劲力充沛之极，不管身体如何疲劳，只要将心神沉入九层境界就能很快地复原。"

姬莫言细致地查看风扬，他说道："独孤老弟，我这老弟没有逐仙者的境界了，我看不出来他究竟是啥实力了?"独孤刹上下端详了片刻，摇头道："我也看不出来，也许是感悟了九层圣狱后，小疯子已然走上了一条我们都不晓得的路。"

姬莫言说道："不愧是修圣的不二法门，独孤老弟，我们开始帮他正式修炼大荒圣玄功吧，我真想晓得风扬老弟练成后究竟能给我们带来啥惊喜，或许，就连我们二人也不是他的对手了。"

风扬抗议道：“不成，不成，我才感悟了一次九层圣狱，让我休息一会儿，不然又得一轮回万年了。”

独孤刹也说道：“小疯子，你已然感悟过一次大荒圣玄功了，这次花不了太多的时间，只需要配合我们二人进入第一层圣狱就算是进门了，况且，我们的时间不多，若是那名上古古仙晓得了你在修炼这部圣典就坏了，但只有你进入了第一层，才有资格和他对抗。”

姬莫言也是劝道：“老弟，要先辛苦辛苦你了，只有你练成了这部大荒圣玄功，我们三人才能保住性命，要不然光靠我们二人是打不过上古古仙的。”

风扬苦着脸，后怕道：“只再来个一轮回万年就行了，要不然我就真的认不出谁是谁了。”

独孤刹道：“姬老弟，我们从九层圣狱的凡心狱开始吧，以我二人体内的仙灵之气，也许能帮小疯子进入这个境界，只要进入了这一层，今后小疯子就能自己修炼了。”

二人说完后，盘腿坐在风扬身后，四只手结出两道截然不同的印记，磅礴的仙灵之气浮出了他们的体外。姬莫言威严地说道：“风扬老弟，将你的储物指环和体内那些乱七八糟的事物全都逼出来，不然会在修炼的过程中被圣力碾成飞灰。”

闻言。风扬盘膝而坐，将所有的事物都交给姬莫言保管。独孤刹瞧着风扬拿出的这些事物，叹道：“哇，小疯子不愧是小疯子啊，身上这么多珍稀的玩意儿，你如此修仙还真是独树一帜啊。”

风扬可怜兮兮地说道：“这圣狱九层真是厉害啊，你们稳着点，太快了我可吃不消啊。”话音刚落，风扬便将心神沉入了凡心狱的境界之中，姬莫言和独孤刹印记一拨，一股股仙灵之气融了出来，把风扬的身影隐没了起来。

两大虚神全力加持，方圆千里的地面都震动起来，若不是两人早就将此处禁制了，这颗陨石都可能受到伤害。姬莫言和独孤刹都不晓得的是，大荒圣玄功不同于修仙修魔那些功法，是一部真正与天搏斗的绝世宝典，他们刚刚开始，这片天地就显露了异象，没过多久就将整颗紫霄星罩了起来。

第一批发觉异象的人就是驻扎在附近的逐仙者。万里无云的清空骤然间祥云漫天，金莲地涌，一阵阵仙音好像从时空的尽头而来。武岩和古纣第一个发觉，带领着所有逐仙者飞到半空。

武岩瞧着光芒四射的源头，惊骇的不可言喻。古纣怪叫道：“那处地方好像是两位虚神先辈所在地，究竟发生了啥事？”嫦娥咯咯笑道：“虚神先辈的方法，我们哪能清楚，也许是他们正在闭关修炼吧。”

但只要是修炼高手都晓得这种异象绝不会是啥修炼就能产生的。武岩的见识广博，晓得就算是古仙的修炼都不会显露啥天兆，只是心中疑忌道：“那处地方现在就只有风扬和两位虚神在里面，莫非和风扬有关？”

时间一分一秒地过去了，天地灵华风狂涌现，一阵阵古怪的仙音在人们心头骤然炸响，绝望、悲伤、激动、叹息……各种各样莫名其妙的神魔之音犹如潮水般涌进人们的心头，骤然间，有一些实力略微偏低的逐仙者抵抗不住这种声音的侵袭，坠落地面。

武岩大惊，喝道：“当心！大家固守心神，保持神台清明，这是六道天音！”

这时候，姬莫言和独孤刹顾不上啥天兆了，他们两人正叫苦不迭。风扬刚进入修炼凡心狱的过程，他们的仙灵之气就像是被一台强力的抽水机拉扯着，疯狂地涌向了风扬体内，想要停下来都做不到，只好眼睁睁地瞧着体内的仙灵之气在快速的减少。

而风扬就连叫苦不迭都做不到，心神沉入凡心狱的境界之中后，拉扯着四周的灵气成旋涡状从他的头顶灌入，幸好有两个虚神维持仙灵之气，他才能进入第一层的修炼，只见他全身的经脉开始移位，与逐仙者的经脉完全不同的脉络开始逐渐成形。元神消散，化成了点点金光融进了身形中，灵魂和身形的痛苦让他苦不堪言，以至连昏死也不成，这种变化是他不可掌控的，而他现在只能排除杂念，固守领悟的凡心狱的境界，希望这种痛苦能早点结束。

凡心狱是大荒圣玄功筑基功法，即便是古仙都难以成功，更何况是逐仙者了。这时候的风扬是最危险的，若是得不到足够的仙灵之气，他的身形就会瓦解，从此形神俱灭。

时间不长，风扬的修炼便结束，成功地进入了大荒圣玄功的第一层凡心狱。

姬莫言扬手，解开了此处的禁制。半空骤然间现出三人的身影，天上亿万祥云和地上的金莲像是寻到了倾诉的对象，快速收缩涌向了风扬，将其紧紧地包裹起来。姬莫言和独孤刹被天地威压弹开，远离了风扬，半空就只见风扬变成了一团夺目的太阳，无尽的金光照亮了天穹，紫霄星上的任何一个角落都能看见如此的异象。

豪放洒脱的武岩见到如此的情景，哪能不晓得风扬身上有了不可思议的变化，被惊骇得差点维持不住身形，他拉住古纣，连声道：“他们这是在搞啥？风扬怎样了？莫非有危险？”古纣擦了擦头上的冷汗，摆摆手不晓得怎样回答。

嫦娥很清醒，指着姬莫言和独孤刹，连声宽慰道：“也许不会出啥大问题，你看两位虚神先辈不也很镇静吗？如此的异象，可能是风扬在两位虚神先辈的帮助下修炼了啥绝世功法的原因吧！”

武岩十分紧张，闻言稍稍心定，说道：“我可没听说有啥修仙功法能引来天兆相助的……”

事情发展到了这个地步，已然完全脱离了独孤刹和姬莫言所能够掌控的范围了，独孤刹也只好苦笑一声，扬手间抛出一条薄薄的细纱，将三人隐迹。他们两人对望了一眼，晓得这种异象可是瞒不住那名古仙的，也只好摆了摆手，指望着那名古仙能够慢点寻来。

这个地方汇集了如此多的逐仙者，保密是几乎没那种可能。武岩镇定下来后，也好像清楚了啥，急忙召集朋友将这个地方封锁起来，并下达了封口令。

等风波平息后，姬莫言叹道："太可怕了，就差那么一点点就把我抽成人干了，这部修圣功法太过于霸道，也不晓得风扬老弟现在的情况如何了，但愿不要出啥大问题。"

独孤刹神色苍白地叹了一口气，说道："老哥，你就别忧虑啦，你看他，圣体初结，等他将凡心狱修炼圆满后，蜕去了凡人之身，那就不是人啦，至于他能走到哪一步，我们担忧也没用，但我晓得现在的小疯子，就算是我们二人联手也打不过他喽。"

金光快速压缩，被风扬吸纳进了体内，只见油亮如墨的长发触及脚后跟，神情飘逸的男子站在半空，浑身散发出阵阵金光，显得如此的神圣，一股股似乎星河蒸腾的震荡涌出，让所有的人有种顶礼膜拜的冲动。

姬莫言赞叹道："圣体啊，这即是圣体，我们制造出了一个奇迹，哈哈！"独孤刹摇头晃脑地得意道："只要我的小疯子能修炼几百上千年，就算是仙王下界也无可奈何。"

正在这时候，风扬骤然间睁开眼睛，无尽的金光收敛在双眸中，其中祥云金莲一闪而逝，奇异的威压压迫得两人不住的退后，晓得风扬眸子中的金光逐渐的隐没后，他们二人才能靠近风扬。姬莫言说道："圣人的威能果然不可揣度！"

独孤刹盯着风扬看个不停，越看他就越觉得风扬浑身的气势强大，让他有种面对天地的感觉。

姬莫言若有所思地说道："独孤老弟，我们接下来该怎么办？修炼大荒圣玄功的天兆可瞒不了那名上古古仙太长的时间。"

独孤刹信心十足地笑道："怕他什么，以我们二人的实力，尽管打不过他，但我们要逃走，他也没办法，小疯子就更不用说了，现在我们二人就连他的气势都有些扛不住，那名上古古仙想要镇压他也很难。"

姬莫言有些内疚地叹道："只是可惜了我这老弟今后的日子就有些不太好过啦。"风扬说道："姬老哥，不要如此说了，如若不是你们，我还修炼不了这么神奇的功法呢。我觉得我现在变得好强大，好强大！"闻言，姬莫言和独孤刹不禁大笑起来。

落到地面后，风扬瞧了瞧凌乱的地面，奇道："此处怎么了，莫非有高手在此处交过手？"

独孤刹撇着嘴道："还不是你干的，修炼这部功法的时候把此处摧毁得不成模样了。"

"走，我们换个地方再谈，此处已然成为焦点了。"姬莫言说道。

一帘瀑布，下方是青石台，上面三道人影呈三角形对坐。

风扬盘膝而坐，圣识沉浸在自身的变化中，体内的元神隐没了，整具身形都处在奇妙的混沌状态之下，像是重回了母亲的怀抱一样舒坦。他疑忌道："我的体内是怎么回事？元神隐没了，我体内就像是一片初生的宇宙。"

姬莫言笑道："风扬老弟呀，你觉得你还是逐仙者吗？先前的实力境界已然完全不适应你的状态了，你现在是直接修圣，身体已然不是凡体肉胎啦，你可以将其称为圣体，体内的力量也不再是灵力，而是圣灵之力了。"

风扬惊得好半天才说道："圣体？哎，我都被你们弄得不像人样了，能够不修炼吗？"姬莫言和独孤刹差点被气死，两人拼死拼活地帮他通往人人向往的圣人之路，他居然还满不在乎。独孤刹跃起来一脚踢了过去，大骂道："踢死你这个白眼狼！老子和姬兄忙活了几天，差点被你抽成人干，你竟敢还嫌这嫌那的！"

姬莫言直摇头，说道："一旦成就了圣体，想停都停不下来啦，就算是你不执意去修炼，你的实力和境界都会不停地攀升，你想要自杀都不成，现在除非上古古仙出手，否则你想死都做不到，等你再修炼个几十年，仙王都拿你没辙。"

风扬闻言无可奈何地摆了摆手，将从前得到的事物再次挂在身上。

独孤刹说道："好像有修仙高手过来了。"

风扬条件反射地说道："是我老大师尊他们来了。"

姬莫言和独孤刹一惊，两人都只能发觉有人飞来，但不清楚是谁来了，而风扬却一口道破。两人对望一眼，都觉察到了对方眼中的惊诧，骤然间激动地点了点头。

武岩、古纣、七玄宗宗主叶问天、嫦娥片刻后便落到了三人的面前，施礼之后，他们的目光就都停留在了风扬的身上，因为他们都察觉到了风扬与以往有所不同了，但究竟是哪儿不对劲，他们又说不出个所以然来，只是觉得看风扬好像在眼前，却又像隔着一层看不见的薄纱，距离他们十分的遥远。见到几人，风扬笑道："师尊、古老哥、问天掌教、嫦娥姐姐，能再看到你们真开心。"尽管风扬说话时的语气与寻常一样，但几人都感到了一种面对天道般的威严，心里有些慌乱。

武岩有些疑忌地问道："小子，我怎样感应不到你的实力了，古怪。"

古纣眉心处竖起了一枚黑瞳，精光从中射向风扬，想要看个究竟。而风扬身体好似自动警惕起来，夺目的金光一闪就将古纣的目光震碎，古纣如遭重击，"噔噔"地不停后退，心中惊骇无比。姬莫言见状忙喝道："不可探视风扬的体内，那不是现在的你们能够探视的！"

收回了竖眼，古纣擦了擦额头上的冷汗，连声问道："风老弟究竟修炼了啥？差点就把我这好不容易修炼出来的天目神通给废了！"太不可思议了，他仅仅是看了一眼而已，却连反抗都做不到，就被风扬身上的金光湮灭了，着实是闻所未闻，可怕万分。

除了姬莫言和独孤刹，武岩他们骤然间惊呆了。武岩惊道："你这小子居然变得如此厉害了？"

第十二章　混沌之物

姬莫言扬手将此处禁制了，沉声道："现在的风扬老弟，战斗力确实是有了很大的进步，就算是我和独孤老弟联手也最多保持平手，这还是风扬老弟的战斗经验不足造成的，由于他现在修炼的不是灵界的功法了，也不是你们想象中的仙家宝典，至于他究竟修炼的是啥功法？不是我不告诉你们，而是不能告诉你们，免得为你们招来横祸。"

风扬点头道："嗯，姬老哥如此做是不想把你们牵连进来，我们现在要对付的是古仙，而且能够下界的古仙完全不是寻常的古仙，尽管那名古仙可能奈何不了我了，但还需要你们的帮忙。"姬莫言和独孤刹齐声地惊讶道："你小子要做啥？"风扬摆手道："老二师尊、姬老哥，你们不用担忧，我不会胡来的。"

武岩点头道："你这小子，莫非又有啥阴谋诡计？师尊拼了这条命也要帮你做到。"

风扬说道："我怎样忍心师尊去拼命呢？圣指绝对不能落到那名上古古仙手中，不然等他炼化后战斗力大增，我可对付不了……"

落圣山位于紫霄星大陆板块的边缘地带，原本即是一处人兽绝迹的地方，大雪封山后，此处更显赤凉荒芜，但自从混沌圣物出世的消息传出去后，此处却引来数不清的逐仙者潜伏其中，半空不时有青光掠过，杀机四起，只差一根导火线就能将其彻底引爆。

霎时间，万里雪山瓦解，天昏地暗。

所有隐伏其中的逐仙者都是神色急遽变化，心想道："圣指要出世了！"

大地在强烈地震中发出不堪重负的哀鸣，数不清的青光冲出地面升上了半空。

数不清的青光长虹四窜而起，随后慢慢收拢成为两个阵营，将这处半空封印。青光散去，只见逐仙者足有几万人，武岩率领的天枢星高手这边约有两万多人，枯木尊者带领的通天星高手也有一万多人。两方人马都不约而同地划清了界限，对峙了起来。

没过多久，从两方人马中飞出了几个人。

武岩这边，除了武岩、古纣、独孤刹、姬莫言、嫦娥外还有风扬。

枯木尊者也率领了一群人飞到武岩对面。

风扬对枯木尊者很好奇，晓得这人和武岩一样，属于灵界的修仙大佬级人物。

枯木尊者尽管名号里面有枯木二字，但看上去并不老，保持着四五十岁的模样，相貌堂堂，身着墨绿色的长袍，双手自然地垂放在两旁，一副仙风道骨的模样，灵界大佬的威严自然流露而出。

枯木尊者身旁站着一名很不起眼的逐仙者。姬莫言传音道："独孤老弟，枯木尊者旁边那位也许即是虚神！"独孤刹嘿嘿笑道："我们两个打他一个，不怕。"风扬也说道："这么大的事情，怎么罗天宗的人一个都没看见？"

姬莫言说道："小心点，上古古仙若是在场的话，我们是没办法发觉他们的。"

枯木尊者眼光扫过武岩这群人，在嫦娥身上停顿了一下后就移开了，他微微吃惊地心想："灵界有些名气的高手基本上都到齐了，这武岩的面子还真大。还好我请到了净璇宗的虚神苏半山，不然今天就要走人了。"他心里在谋划着的同时，苏半山传音道："枯木老弟，情况有些和你说的不一样啊，武岩的旁边居然有两个虚神！"枯木尊者眼光一瞟，脸上有些发青地点点头。

武岩大笑道："朽木，好久不见，你还是一样的朽木不可雕，看样子，今天我们俩就要在此处分个胜负了。"

枯木尊者有苦难言，他千算万算都没想到武岩居然能请来两位虚神，一比二，还用打吗？他强颜笑了笑，故作强硬道："老乌龟，混沌圣物，你我二人志在必得，但最终只有一个人能得到，若是在它还没有出世之前我们就打了起来，那就得不偿失了，若是你同意，我们两方公平竞争，各凭本事如何？若是闹翻了，我现在就出手将紫霄星毁了，到那时混沌圣物惊走，谁也别想得到。"

武岩说道："朽木威风不减当年啊，我们都是来收取混沌圣物的，若是宝物还没看见就打了起来，也确实是得不偿失，既然如此，我们就各凭本事吧！"

闻言，枯木尊者爽快地说道："好，就这么说定了，今天谁能得到混沌圣物就看自己的本事了，等这件事情过后，你我二人再另约地点打斗，把嫦娥的事情一并解决了。"

这时，风扬倏然插话道："你还要做到一点才行！"他的话音仿若言出法随，闷雷滚滚，震慑住了数万人的心神。

听到风扬的声音，别说是枯木尊者觉得惊骇，连他身后的虚神苏半山也大感意外，随即，两人的目光都汇集在了风扬的身上，想将他看个通透，但他们失望了，风扬身上金光一闪便隔绝了所有的探视，让他们两人吃了一个不小的暗亏，同时也没能看出风扬的深浅来，着实让他们二人越发小心起来。枯木尊者压下了心中的惊骇，问道："你是谁？"

风扬淡淡道："风扬。"

枯木尊者微微动容，他晓得风扬是武岩的亲传弟子，但想不到风扬的战斗力居然如此深不可测。他有些客气地说道："原来你即是老乌龟的弟子，但你说还有一点究竟是啥？"枯木尊者的语气令在场的所有人都觉得不可思议，修仙界的顶级大佬居然对一个后生晚辈如此客气，着实是让人难以相信。

风扬说道：“混沌圣物出世后，人人见了都眼红眼绿的，怎么可能不争夺？你务必还要做到一点才行……”

大弟子朱轶群在枯木尊者身后，听风扬如此对自家师尊说话，骤然间怒喝道：“没大没小的，你觉得你是谁？”风扬笑道：“没素质的东西，我是在和你家师尊说话，你算啥事物？也敢大呼小叫。”

枯木尊者被风扬这句话说得脸青面黑的，自己的弟子不算事物，那我又算啥？他看见朱轶群准备出手，也没有阻拦，也是打着试探试探风扬的水深水浅。朱轶群被风扬左一句东西右一句东西说得火冒三丈，抬手即是一根手教导出，青光一闪，直扑风扬而来。

“哼！”

风扬一声冷笑，心想正好试试修炼了大荒圣玄功后战斗力怎样，现成的靶子怎能错过。他调动起全身的生灵之气，只见浑身金光大盛，一掌拍出后，金光闪闪的印记就隔空碾压了过去。枯木尊者心头一跳，感觉到风扬的力量既不是逐仙者应有的灵力，也不是仙力、佛家的佛力、魔人的魔力……他从未见过如此的能量，骤然间傻了。

那道青光刚离手，还没触及风扬的金色大掌便烟消云散了。朱轶群惊慌失措地掐动印记，大喝道：“去！”只见从他的指环中飞出一柄秀灵的飞剑，剑指所向，化为一条蛟龙张牙舞爪地袭向金光。风扬冷冷地变换印记，也大喝一声：“给我破！”。

飞剑与金色的大掌触碰的瞬间，闷雷之声轰然炸响。朱轶群飞剑所化的蛟龙骤然间被砸得四分五裂，成为一团碎片后射向四周，不仅仅是朱轶群心神受创后大口吐血，不住的往后倒飞而去，就连不远处的枯木尊者也是受到波及，浑身急颤。见此，虚神苏半山异常惊骇，以他近万年寿命，见识广博，骤然间便猜到风扬发出的是圣灵之力，但是圣经上面记载着这种只有修圣者身上才有的力量，早在洪荒时代便隐没不见了，现今只有仙界少数几人才能修炼的力量怎么会显露一个逐仙者的身上。

武岩见风扬大发神威，还有些意犹未尽的想再次痛打落水狗，生怕他将事情搞砸了，压下了心中的惊讶，大喝道：“风扬，不得无礼！还不快快住手”

风扬闻言一笑，收住了攻势，闪身到武岩的身旁，说道：“师尊，弟子一时手痒……”古纣叹道：“厉害呀，风扬老弟今后在灵界也能横着走了，真武兄收了个好弟子啊，我怎么就没这个命呢？这下子你们唯我宗可是又要千年不衰喽！”

朱轶群擦干了血迹，调动了全身灵力，还要出手。见状，苏半山偷偷传音提醒枯木尊者，枯木尊者转头怒喝道：“朱轶群，还想丢人现眼啊，滚一边去待着，要不然老子废了你！”朱轶群骤然间垂头丧气的像是斗败的公鸡飞到了人群身后，低着头一言不发。

枯木尊者也压下了心中的惊骇，沉声道：“风扬老弟，真是对不起，本人教徒无方，还请你接着说。”

这时，独孤刹和姬莫言飞身上前，站在风扬的身后为他撑腰，姬莫言说道：“风扬老弟，怎样安排全由你说了算，我们给你撑腰！”

武岩脑袋不好使了，两位虚神都发了言，他也只好硬着头皮，无可奈何地说道：“风扬，现在最重要的是平息混沌圣物出世后的混乱。”

风扬向武岩行点头礼后，转身说道：“混沌圣物出世后，若是没有一个规划就会乱套，我的意见是两方人马各自镇守一个方位，混沌圣物冲向哪一方就由哪一方的人马出手收取，另一方不得干预，我们两方各请一位虚神在分界线上监督，凡是破坏规矩的逐仙者就请他们出手击杀，你们那方就请苏半山先辈，我们这方就请我老二师尊独孤刹，你们觉得怎样？”

枯木尊者寻思片刻，觉得如此的安排对他们只有好处，点头道：“我们这边没问题，不知真武老弟意下如何？”

武岩和众人传音交流商议片刻后说道：“我们就以落圣山顶峰为分界线，你南我北。”

达成共识后，武岩和枯木都开始忙着安排事情去了，一时间场面又混乱了起来。等到四周的人散去后，武岩有些忧虑地说道：“这次不见罗天宗半个人，这是一个变数，我们要小心点。”风扬道：“罗天宗肯定已然来了，只是我们发觉不了他们的人，也不晓得他们会在啥时候出手？”

双方的人马都安排了下来，圣指出世的准确方位也没人能计算出来，所以人们紧紧盯住下方的山林，都在等待它显出真实面目的一刹那。

正在这时，通天星逐仙者镇守的方位，一大片的荒山陷落，一个深不见底的坑洞露了出来。枯木尊者惊喜交加，如此一来他们这方就占取了先机，他激动地大喝道：“听我号令，取出阵旗，布通天禁神禁制！”枯木尊者一声令下，上万人动作如同训练过一般，各自迅速到位，随后整齐地取出了一面小小的灰色旗帜，每面旗帜之间骤然间涌现数不清条灰色的丝线布满了半边天。苏半山与独孤刹对面而立，一边戒备天枢星的逐仙者禁不住出手争夺，一边大喝道：“枯木老弟当心！”

通天禁神禁制瞬间完成，一道灰蒙蒙的天网发出幽幽青光罩向了地面，封死了混沌圣物所有的出路。

同一时间，一声沉闷的狂吼从深不见底的坑洞中传出，将所有逐仙者震得浑身一阵哆嗦，似乎要从这个深坑中爬出地狱恶鬼般，让人不禁头皮发麻。

“啪啪……”数声破裂的声音响起，大地再次裂开了几道深深的口子，几道炽烈的岩浆从中喷射得很高，随后落到了地面将一大片深山老林引燃。

狂风乍起，火引风起，风助火燃，转眼间大火蔓延，罗圣山成为了一片汪洋火海。

轰隆隆的岩浆再次喷发了出来，将地面变成赤红，流动的岩浆似庞大火蛇四处游走，几声兽吼像是打雷一样隆隆传来，听那声音也许距离地面不远了。姬莫言神色一变，疑忌道："这是……莫非混沌圣物的身旁还有守护灵兽？那样就糟了，能伴生在混沌圣物旁边修行数万年的灵兽不是我们灵界的逐仙者能够对付得了的。"

升腾而起的火山灰被通天禁神镇压在里面发出闷响，伴跟着那几声兽吼，通天星的逐仙者们开始躁动不安起来。枯木尊者抬手抖出一颗青光闪耀的法宝，骂道："装神弄鬼的事物，去死，跟我爆！"

倏然，姬莫言大叫："大家当心，圣煞爆发了！"天枢星镇守的区域也爆开了数不清道金色的刺芒，"嗖嗖"地刺爆空气。风扬眼见一道圣煞从脚底钻出，一个侧身后单手一握便向金色的圣煞抓去。古纣见到急忙喝道："老弟，不可硬接！"

正在此时，通天禁神禁制处显露了新的变化，苏半山、独孤刹、姬莫言见状，一同惊叫道："混沌圣物出世啦！""当心！"

"隆、隆、隆……"

落圣山主峰轰然下沉，数十丈的积雪层爆开，激起千丈雪霭，大地宛如被撕开了外衣，接连的翻飞爆炸，数万米高的熔岩爆发，流淌的岩浆就像从伤口处滴落，触目惊心，一声惊雷般的兽吼响起后，洞口显露了一道铺天般的身影。所有逐仙者目瞪口呆地瞧着那山岳般的身影，一股凉气从脚后跟冒上头顶，就连三位虚神也是一阵心惊肉跳的发怵。

苏半山瞧瞧独孤刹，沉声道："独孤老兄，看模样这头伴生灵兽强得离谱，完了。"独孤刹紧张地盯着那山岳般的身影，一阵心惊肉跳的感觉涌上心头，他仰首瞧瞧苏半山，说道："情况不容乐观啊，我们务必联手了，若是镇压不住这头灵兽，今天的落圣山就是修仙者的坟墓，四极期的逐仙者或许能活着离开，其他的人就九死一生了。"

风扬惊叫道："这是啥灵兽，好强大的模样？"姬莫言沉声道："是混沌圣物的伴生神灵，只有仙界才有的赤血天晶兽。"

赤血天晶兽刚飞出地洞，地上流淌着的熔岩便腾空而起，围绕着它旋转，最终加持在它身上变形蒸腾，数十丈的冰雪直接气化成蒸汽，"扑哧"声接连不断。赤血天晶兽低沉的兽吼震得逐仙者浑身发颤，风扬头一缩，说道："天啊，吓死人了！"

赤血天晶兽看清了四周的情景，一声怒吼响彻天地，从地洞中冲出更多的熔岩，这些熔岩离开洞口后直接围绕它旋转起来，赤红色燃亮了整片天际。姬莫言大喝道："速速归位，武岩主持天罡禁神禁制，所有的灵石全都用上去，我们也要拼命了。"

第十三章　赤血天晶

风扬也喷出北斗剑雾护身。

枯木尊者瞧着已然发作的赤血天晶兽，苦笑道："时间赶不上了！"话音刚落，灵兽便裹着身上的熔岩冲天而起，直接轰击通天禁神禁制。

枯木尊者带头祭出三件法宝，三道白光成品字形射向了赤血天晶兽，大喝道："将身上的法宝全都祭出来！"骤然间，数万道法宝的光芒让人们睁不开眼睛，随后如百川归流一样朝着赤血天晶兽砸了过去。苏半山见状急忙挪移了几万米远，数万件法宝的轰击，虚神也扛不住，就算是余波也不是他能够吃得消的。

"轰"

禁神禁制瞬间被摧毁，赤血天晶兽身上的熔岩也完全被砸散，只见它浑身皮肉翻飞，滚烫的血液与熔岩混合在一道，血腥之气扑面而来，一声惨痛的吼叫，它疯狂地冲进了通天星的逐仙者中。

枯木尊者睚眦欲裂地吼道："逃！"印记一变，他祭出一件凤形法宝罩住附近的逐仙者，向后方急速退去。通天星的逐仙者四散奔逃，落后的人只来得及发出惨叫便化成了飞灰。苏半山心头一沉，翻手间涌现出一枚青铜色的令牌压向赤血天晶兽，同时向天枢星的逐仙者吼道："你们怎么还不出手？"

风扬听到苏半山气急败坏的吼叫，说道："我们动手吧，他们的人死完了，我们也不好受！"武岩点头道："四极期以上的随我一道出手镇压赤血天晶兽，其他人等有多远躲多远！"独孤刹说道："我们上！"

姬莫言对风扬说道："风扬老弟，你帮我们压阵，需要你出手时你再出手。"说完，他落到苏半山身旁，笑道："苏兄莫急，我们这不是来了吗！"苏半山大喜，长舒一口气，心一头落下一块大石头，他最怕的即是这两名虚神袖手旁观，或是落井下石。"谢谢姬老弟和独孤老弟！"随即，他转头吼道："四极期高手随我们一道镇压这畜生，其余人等都滚开！"

枯木尊者心里十分清楚，现在只能与武岩联手才有可能镇压这头强得离谱的灵兽。

风扬并未按照姬莫言的话去做，反而隐去身形躲在不远处的虚半空伺机而动，现在他最奇怪的是圣指既然已然出世，为啥罗天宗的那名上古古仙还不动手。

姬莫言道："独孤老弟，该我们出手了！"两人身形一阵歪曲后就显露在赤血天晶兽的身旁。独孤刹印记恍惚玄奥地变换起来，浑身仙灵之气氤氲，手中显露一团小小的雷光，但其中包含着相当惊人的毁灭之力。枯木尊者一瞧，惊道："大家快躲远点，那是大衍神雷！"苏半山心头巨震，大衍神雷已然不属于灵界的手段了，寻常只有在仙界才能见到，虚神祭炼这种神雷也很勉强，但一旦祭炼成功，能量十分惊人。独孤刹在一次侥幸的情况下学会了这种神雷的修炼方法，可是就算很有天赋的他，也是另辟蹊径才能勉强祭炼出大衍神雷，能量比真正的大衍神雷要差上半筹，纵使如此也让那头赤血天晶兽感觉到了威胁。

"隆，隆，隆"赤血天晶兽的吼声不绝，奋力挣扎着想要躲开大衍神雷的轰击范围，法宝的碎裂声一个接一个的炸响。苏半山一声怒喝，手中的青铜令牌灵光渐弱，就快镇压不住赤血天晶兽的挣扎了，他叫道："你倒是快出手呀，我快压不住了！"他脸青面黑的变换着沉重的印记，双手骤然间一震，喝道："爆，爆，爆！"那面青铜令牌陡然炸开，法宝化道后那毁灭性的力量将赤血天晶兽压下去了半分。

苏半山化道法宝为独孤刹争得短暂的时间。尽管短暂，但独孤刹已然成功地祭出了大衍神雷，双手宛如拖着一座山岳般，难受地高举过头顶，脸上赤红，青筋暴露，一声猛喝："天衍灭神！"他手上的大衍神雷骤然间变为千万灵华，湮灭在头顶。独孤刹使出大衍神雷后，神色一松，随后十根手指在面前一阵弹动，隐没的神雷陡然显露在赤血天晶兽四周，凶猛的轰向了赤血天晶兽。

姬莫言微微动容，他感受到大衍神雷的厉害，身形急速后退，单手一晃，手中显露一柄小小的金刀，淡淡的金光将他的脸映得金光粼粼，他单手一挥，大喝道："破灭金刀！"一柄散发着淡淡金光的小刀脱手而出，迎风见涨，滚滚仙灵之气喷薄而出，骤然间化成一把数十丈的巨型金刀斩向赤血天晶兽。

三大虚神凌厉出手，那骇人的威势让所有逐仙者眼皮子直跳。在灵界，虚神已然算得上是世界的巅峰，况且数量格外稀少，能看见虚神全力出手是不可多得的事情。

赤血天晶兽不愧是混沌圣物的伴生神灵，惨痛的怒吼声中，它硬抗无边神雷，接连的冲击，想要挣脱出来。

姬莫言的破灭金刀斩来，"呼呼"的破空声尖锐刺耳，就连虚空都裂开了一道口子，变形歪曲着。赤血天晶兽铺天般的尾巴一抽，赤红色的眸光充满暴虐地盯住姬莫言，吼声不绝，庞大的尾巴骤然间抽中了金刀的侧面，将其抽得横飞了出去。姬莫言嘴唇快速蠕动，吐出一串晦涩的音节后，喝道："定！"

那把横飞出去的金刀陡然定在半空，刀身一转再次对准赤血天晶兽，姬莫言单手再次一挥，喝道："斩！"

赤血天晶兽真的怒了，吼声此起彼伏，如同是在念咒般，倏然血腥大口一喷，一团光芒四射的事物慢悠悠地飘了出来，直接迎向了破灭金刀。独孤刹见此，惊道："姬兄，快停手，那是圣指，不可硬接！"他扬手间打出一道印记，青光骤然间罩住了附近四极期逐仙者，向后暴虐而去。姬莫言暗道粗心了，怎样忘记了如此一个细节，想要停手已然不及，他果断地断开破灭金刀的联系，身形明灭间隐没在原地。

圣指出世，谁也没想到是如此一种情况，混沌圣物居然被赤血天晶兽收进了体内。圣指犹如一团炽热明亮的恒星，璀璨而夺目，让所有的逐仙者目眩神迷。

“嗡嗡……”

圣指还未击中破灭金刀，就让它在奇异的声响中化为了点点星光，就连上百公里外的逐仙者都是一阵胸闷头昏，摇摇欲坠。

风扬躲在不远处，目光一扫，发觉圣指四周的逐仙者一个都不见了。四极期逐仙者号称灵界修仙宗师大佬，就因为他们会大挪移之术，所以得到提醒后，马上大挪移远远的，并没有受到较大的伤害。反而是躲在不远处想捡漏的逐仙者受到巨大的波及。

数百名四极期的宗师都是身经百战的强悍人物，心志至坚，坚忍不拔在他们身上得到完美地体现，没有有一个人脸上显露退缩的神色，武岩睁圆血红的双眼，喝道：“再战！”

枯木尊者瞧着自己的门人死伤最惨重，疯狂地吼道：“弄死这头畜生！”

姬莫言喝道：“其他人都退开，只留我们三人出手就行了！”经过刚才一役，他十分清楚四极期的逐仙者完全对这头赤血天晶兽不能造成什么有效的伤害，就连他们三人对上都很难，况且圣指被那畜生祭出后，不要说四极期的高手，就算是虚神被擦上都要重伤。

赤血天晶兽挣脱了天枢禁神禁制和三名虚神的联手打击后，如鱼游大海，身影一阵歪曲后开始模糊起来，陡然向上空飞升而去。风扬隐去身形，偷偷跟在它之后。

它如鱼跃龙门，拖着长长的赤芒升腾长空，转眼很快脱离地心的引力，进入了外太空。下方三道身影也奋力穷追不息。

风扬显出身形，全力飞行，距离赤血天晶兽只有数十丈之遥，修炼了大荒圣玄功后，他的速度就连虚神也有所不及。下方，姬莫言、独孤刹、武岩等人瞧着风扬直追赤血天晶兽而去，心中不禁叫苦不迭，谁也没想到风扬的胆子居然如此大。姬莫言喝道：“独孤老弟，我们速速追去，风扬老弟也真是太冒险了。”

姬莫言和独孤刹相视点头，大挪移之术发动，青光闪过，失去了踪迹。苏半山咬了咬牙，也失去了踪迹。

武岩心急如焚，对古纣说道：“古兄，剩下的事情就交给你了，我去找这小子。”说完，他头也不回地大挪移了出去。古纣更骂道：“烂摊子就留给我了，不干，我也去！”

枯木尊者哪能甘心，也化虹而去。

风扬跟随赤血天晶兽飞到外太空，光线陡然暗淡，天空闪耀着无尽的星光，绚烂美丽，这还是他人生第一次观看壮丽的星空，正在风扬感叹之时，异变陡然发生。

“砰!”

正在升腾的赤血天晶兽被一面瞧不见的震荡撞了回来，停在风扬的不远处怒吼连连。风扬被无尽的星空所吸引，一不留神便扎进了赤血天晶兽的圣煞防备网中，当他被圣煞包裹时才想起防御已然晚了。幸好练成了大荒圣玄功，凡体肉胎蜕变成为圣体，他只是被圣煞挤压得叫苦不迭，没有生命的危险。

风扬拼命地挣扎，朝着赤血天晶兽方向慢慢靠拢过去。“啵”的一声，终归挣脱了圣煞的包裹，一头撞在赤血天晶兽的背上，他奋力抓住赤血天晶兽的菱角，吸附在上面一动不动。

也许赤血天晶兽从来没想过居然有人能够穿过圣煞的侵蚀，落在它的身上，所以如此的异状它并没发觉，反而是紫霄星外太空那瞧不见的屏障让他接连地怒吼，炽热的鼻息带出浓浓的烟尘，宣泄着无边怒火。

姬莫言见到赤血天晶兽的异状，似乎有些不安，正要停下来与独孤刹商议之时，苏半山从后追了上来，骇然之情浮在脸上，倏然惊道：“那小子是怎样穿过圣煞落到赤血天晶兽身上去的?”武岩、古纣和枯木尊者也赶了过来，瞧着眼前不可思议的一幕，武岩大急，要晓得赤血天晶兽可不是自家养的温顺宠物，而是堪比真仙的灵兽。姬莫言细细一瞧，稳定心神后说道：“不用担忧，风扬老弟短时间内没事。”

枯木尊者骂道：“这头畜生杀了我枯木宗数不清的精英门徒，我今天要将他抽筋扒皮!”

古纣也气喘吁吁地骂道：“这头畜生跑得好快，累死我了，姬先辈，现在怎么办?”姬莫言神色阴晴不定地说道：“风扬老弟在它身上，我们现在不能出手，先上去把它围住再做盘算!”只有独孤刹笑道：“我的弟子就是厉害，这么难搞的灵兽都能像野马一样征服，不错。”其实，这哪儿是风扬的本意，他只是无意中撞进去的。

正在他们说话之时，一道瞧不见的金光从虚空处涌现而来，将赤血天晶兽囊括了进去。风扬仰首一瞧，心里一沉，他晓得这是罗天宗的上古古仙出手了。

灵兽的身形瑟瑟发抖，它好像有些畏怯这道金光，在里面左冲右突，试图挣脱出去。

枯木尊者傻了，疯了似的吼骂道：“这是……古仙?灵界居然还有古仙?我累死累活地拼命，居然跑出一个古仙来抢劫……”他气得脸青面黑，在半空接连暴跳，破口乱骂了一通。苏半山急忙上前制止，生怕惹怒了那名还未现身的古仙，凭他们几人哪有和古仙叫板的资格。

这时，赤血天晶兽前方的虚空一阵蠕动，撕开了一道口子，无尽的金光从中射了出来。光芒慢慢散去，在人们目瞪口呆中，显出一道婀娜的身影。

姬莫言却是微微一愣，暗道：这位古仙完全不是安置周天寂灭禁制那名上古古仙，我和风扬明明看见那人是男的，莫非滞留在灵界的上古古仙还不止一位？

女仙娇美的脸上带着薄嗔，眉峰微微倒竖，伸出一根玉葱般的指头指着枯木尊者，声音如百灵般喝问道："你骂谁？"

枯木尊者急忙闭口，后退几步，心中忐忑地咬牙说道："这头赤血天晶兽是我们先发现的……"女仙止住了他的说话，冷漠地说道："那你的意思即是说我是在抢你的事物？"在庞大的战斗力差距面前，枯木尊者也只有忍气吞声，硬生生将这口恶气吞进肚子里去。

姬莫言上前施礼，问道："不知仙子驾临，对不住仙子之处还望见谅，敢问仙子尊号？"

女仙神色古怪地瞧着眼前这几人，一个个镇定异常，丝毫没有因为见到古仙而觉得畏惧，要晓得寻常的逐仙者见到古仙后不是唯唯诺诺，就是转头就跑，所以她神色一变，玉颜微笑道："我叫西莉亚，你们是谁？胆子可真不小啊！"

武岩担忧风扬的安危，急道："西莉亚上仙，我弟子在赤血天晶兽身上，请上仙出手相救，天枢星唯我宗上下不胜感激！"

西莉亚柳眉微蹙，说道："唯我宗吗？你的先祖与我倒是有些渊源……你说啥？那是你弟子？也就是说他是逐仙者，那他是怎样落到那头畜生身上的？"她连续几个疑问之后，神色讶然地接着喃喃自语道："他真是逐仙者？那他怎样穿过圣煞的，就连我落进圣煞里面也要费一番功夫才能挣脱，大挪移？不成，大挪移穿过圣煞……真古怪，无尽岁月没出来溜达溜达了，灵界怎么变得稀奇古怪了！"

在几人中，就只有枯木尊者不晓得风扬铸就了圣体，脑子一转，嘿嘿地说道："仙子说得极是，那小子十分古怪，不要说仙子没见过，我闯荡灵界数千年，也是第一次见到如此古怪的逐仙者。"

与此同时，奋力挣扎的赤血天晶兽知情不妙，浑身赤芒大盛，包裹身形的圣煞翻涌而出，凶猛的轰击金色光罩。随即，它血腥大口骤然间张开，圣指化成一颗夺目的恒星也凶猛的砸向了金色光罩。风扬被弄得五脏挣腾，恶心气闷，旋即将心神沉入大荒圣玄功的凡心狱中。

第十四章　智斗真仙

西莉亚柳眉几近歪曲在了一道，她察觉赤血天晶兽在做搏命一击了，混沌圣物尽管没有被这头畜生炼化，但她也不得不留心应对。她玉手朝着金色光罩微微轻按。姬莫言、独孤刹和苏半山同时出手，三道防备网将六人裹了进去。武岩不由失声惊道：“风扬危险了，不成，我要去……”他话音未完，便被晴天霹雳般的轰鸣声淹没。

淡金色光罩不堪重负地发出支离破碎的轰鸣声，在人们惊骇的目光中炸开。

西莉亚气得暴跳如雷，那金色的光罩是她花了很多心血炼制的仙宝专门用来困禁敌人，奇妙无比，没想到就如此被一头畜生毁去。赤血天晶兽有混沌圣物在身，对这名女仙并不十分畏怯，它晓得自己想要逃走，谁也拿它没办法，除非仙界重开两界隧道，请上古仙王出手才能将自己镇压。但它丝毫没有逃走的想法，性情暴烈记恨的它吃了如此大一个亏，务必找回来。随即，它一声怒吼，赤红色的尾巴一摆，浑身圣煞挣腾咆哮着涌动汇集，宛如惊涛骇浪般向西莉亚扑去。

赤血天晶兽刚扑向西莉亚，不远处的虚空又是一阵歪曲，裂开了一道口子，金光包裹着一个人影从中走出。风扬尽管心神沉入了凡心狱，但留下了一丝圣识随时观察动静。他不禁苦笑道：“怎么又来了一个？莫非仙界也在搞拆迁，失地古仙都跑来灵界抢占资源了？”

金光散尽，显出一个伟岸的身影，那名古仙橄榄色的长袍挥动间，五道橄榄色的仙光席卷而来，瞬间箍在赤血天晶兽的身上，橄榄色仙光明灭间，越箍越紧。赤血天晶兽苦楚的雷鸣声灌进风扬的双耳中，震得他头昏脑涨，挣腾挣扎的身形激烈颤抖，差点就将风扬震落。

西莉亚神色陡然一变，娇喝道：“这头赤血天晶兽是本仙子的！夜鸢，你不要太过分了！”

枯木尊者小声地嘀咕道：“古仙都没啥好货，你们都是抢我的。”

夜鸢大笑道：“西莉亚，你好阴险，一个调虎离山之计就忽悠本仙去须臾境的凌墨圣天宫取昆仑阴阳戳……幸好本仙脑袋还算清醒，只在外围试探了一番，并没有贸然进去。”此话一出，姬莫言、独孤刹和风扬同时神色一变，心中大叫不妙，莫非眼前这古仙即是毁掉周天寂灭宫的上古古仙？

风扬趴在赤血天晶兽的身上，焦急地传音道：“姬老哥，你们赶快离开，回天枢星等我。”

西莉亚笑道：“无尽岁月来，你境界没啥变化，心境倒是有很多的提升啊，居然能忍受住昆仑阴阳戳的诱惑而不进去，这次算你命大。但这头赤血天晶兽就算本仙子得不到，你也别想得到。”

夜鸢橄榄色袖袍一抖，诡异地笑道：“哼哼，那可不见得！收！”两道紫芒收缩间，光芒一敛，一人一兽都隐没无踪。“别以为你跑得掉！”西莉亚气得一跺脚，青芒一闪后化为一道赤练追了上去。

姬莫言暗道要遭，情急道：“我们也追！”六人发挥大挪移在星空明灭几次后，就彻底地失去了两名古仙的身影。苏半山停了下来，说道：“罢了，我们追不上的，就算追上，那两名古仙我们也对付不了，这次真是白忙活了。”

枯木尊者那张老脸阴沉得都能够滴出水来，这次枯木宗的损失着实是太大，不晓得要花多少年才能复原元气，他恼火地说道：“苏老哥，圣指没我们份了，走，我们回紫霄星收拾残局！”苏半山点点头，说道：“哎，诸位，我们就此别过。”他带着枯木尊者几个大挪移就隐没了。

姬莫言黯然地说道：“我们也走吧，风扬老弟传音，让我们去天枢星等他。”独孤刹眼中杀气沸腾，说道：“等老子成仙后，弄死那两个古仙，好好的仙界不待着，走到灵界瞎溜做啥?”

武岩叹了口气：“我这个师尊真是做得窝囊，走吧，回紫霄星！”能修炼到现在的地步，在场的都是心志坚忍之人，但也知进退，满宇宙找人无异于大海捞针，只好先回去从长计议了。姬莫言咬牙道：“独孤老弟，我们回去合力祭炼昆仑阴阳戳，若是我那老弟有个三长两短，我们拼了这条老命也要剐他们一层皮。”

独孤刹点头道：“嗯，对了，那人说的须臾境是啥地方?”姬莫言说道：“须臾境原先是仙界通往灵界的必经之地，在上古时期格外有名，听说里面有圣迹显化，也许那啥凌墨圣天宫即是其中之一吧，后来不晓得啥原因，死了大量的古仙后，几位大能就禁制了那处地方，两界隧道也被封死。”

武岩说道：“我去找朋友帮忙收集风扬的踪迹。”古纣点头道：“我也回科多星找人寻找风扬。”姬莫言点头道：“就如此吧，我们回紫霄星。”一行人回到紫霄星。

风扬双手死死地扣住赤血天晶兽背上菱角处的缝隙，橄榄色的仙光明灭了几次后便慢慢弱下去，当他能睁开眼睛看事物的时候，此处已然不是紫霄星那片星域了。

陌生的星空依然群星闪耀，黑暗与冰冷是宇宙向来的主题，风扬异常紧张过后才感觉到一丝寒冷袭向全身。

夜鸢得意地望着赤血天晶兽，亢奋地说道：“尽管不能回仙界，但等我体悟了大荒圣玄功后，战斗力一定大涨，加上这件混沌圣物，虽说依旧比不上仙王，但也相差不远了。”赤血天晶兽奋力挣扎，厉声狂吼，血红的庞大眼球充斥着愤怒和暴虐，但任他如何挣扎也无济于事。夜鸢摇头道："你这头畜生倒是性格很烈，如若不是西莉亚把你视线转移了，我也偷袭不了你。只是被我囚天五轮困禁了，你就别枉费心思挣扎了，还是乖乖地跟我走，我也不会亏待你。"

赤血天晶兽经过几次大战，筋疲力尽的它无力再次祭出圣指，鼓着骇人的眼球凶狠地盯住他，一副绝不屈服的模样。它停止挣扎后静静地复原元气，等待下一轮爆发。风扬一动不动地伏在菱角上，不敢妄动，生怕引起了这名古仙的留心。

正在此时，不远处的星空被撕裂，金光一闪而逝，西莉亚到了。瞟了一眼静静地伏在赤血天晶兽身上的风扬，圣识一扫过后，心中暗叫古怪，她没发觉灵兽背上有人。若不是事先清楚，她还真的不晓得赤血天晶兽背上有人。瞧着风扬那装死的模样，西莉亚哭笑不得。让她更觉得意外的是这人居然在古仙的大挪移中一点异样都没有，要晓得古仙的大挪移横跨星空的幅度很大，所以对身形的要求很高，逐仙者的肉体凡胎承受不住，只须一次就能使之瓦解，但看风扬的模样，好像一点事情都没有。她咯咯笑道："夜鸢，本仙子的事物你都敢抢，我得不到，你也别想得到。"

说话间，她身上的衣带飘舞而出，化成一条条九色光霞的匹练横空击出，目标是赤血天晶兽。见状，夜鸢措手不及之下一边五指一张，霎时间便化为一面橄榄色的光盾抵住了大半匹练，一边气急败坏地骂道："疯婆子，你若是再如此纠缠不休，不要怪本仙辣手摧花！"尽管一些匹练被橄榄色的光盾弹了回去，但仍有一条九色光霞匹练看似不经意的卷向了风扬，风扬察觉到后，即刻从装死状态马上进入复活状态，气得暴跃起来，指着两人大骂道："你们要打架就滚远点打。你，特别是你，不要有事没事就朝我身上招呼！你听见了没？你还来……"风扬受够了，本来装死这么长的时间已然很不轻松，还要被西莉亚没完没了地骚扰，一肚子气跟着一掌拍出，印向了卷来的匹练。

夜鸢被赤血天晶兽背上倏然冒出来的风扬吓了一跳，旋即神色急速变化，和西莉亚一道惊呼道："圣灵之气！"

风扬那一掌不仅将九色光霞匹练震成碎片，并且把橄榄色光盾拍穿，留下一个明晃晃的掌印。就在此时，赤血天晶兽已然复原了一些元气，趁着三人都没留心它的绝妙时机，倏然涌现圣指，毁去了身上的囚天五轮。激动得"嗷嗷"直叫，浑身一抖便将风扬抖落下来，庞大的尾巴一摆之后，它化成一道赤红的流星，远去的身影变成一粒赤芒，转瞬即逝。

"大荒圣玄功！"

西莉亚和夜鸢像是没看到赤血天晶兽逃走一样，眼睛睁得溜圆，四道幽光闪过，两声激动得过头的失声惊叫之后，饿狼扑食般同时向他扑来。两名古仙就差没有也像赤血天晶兽那样激动得"嗷嗷"直叫了，混沌圣物和大荒圣玄功相比，无疑是大荒圣玄功的吸引力大了很多，修圣功法只有一部，而混沌圣物尽管不多，但数量也不少，谁更珍贵？两名古仙心中都很清楚。

风扬满心的怒火在两名古仙赤裸裸的眼神中烟消云散。他神色一变，骤然间变成受惊的兔子，夺路狂奔。他慌乱中还保留了一丝清醒，急忙用圣力封印了思绪中的大荒圣玄功。他暗道："哼哼，就算被你们抓住了也没法透过搜魂而得知功法，在他们没有得到功法之前，自己的小命算是有保障了。"

夜鸢的实力比西莉亚深厚，早先一步挪移到风扬的身后，单手一捞，想要抓住风扬，却被风扬灵机一闪，躲了过去。夜鸢气得大骂道："你这小子别跑啊，将大荒圣玄功交出来，本仙保你立地成仙！"

"……成什么仙哦，你当我的脑袋像你一样，被门板夹过呀。练成了圣体，还能成仙？是送我去地府吧！"风扬大骂特骂起来，如若不是打不过这古仙，他早就转身一耳光扇过去了。

风扬上下左右不停地变换方向挪移，始终和夜鸢保持着一定的距离，让夜鸢在之后咒骂不已。

西莉亚心中懊恼，暗暗责怪自己明明晓得风扬身上有古怪却没有引起自己的重视，若是早点出手试探一番，可能已然将风扬掌控在手里了，哪会有夜鸢出手的时机。所以她无可奈何之下就只有尽量跟夜鸢制造麻烦，不停骚扰他，只听她在后方时不时娇喝道："夜鸢看掌，小子快跑！"

风扬被自己过山车似的挪移弄得头昏脑涨，分不清东南西北，看眼就要被夜鸢抓住的时候，西莉亚那烦不胜烦的骚扰再次到来。夜鸢一把捞空，气得骂道："老妖婆，等我抓到这小子后有你好看的！"他扬手飘荡而出一片金网，罩向了风扬。风扬瞟见金网铺天盖地地罩过来，身形骤然间在星半空一顿，随后往下一沉。夜鸢嘿嘿笑道："这次看你往哪儿跑？"他臂膀一抖，金网如水母般，灵动一扭便追了上去。

西莉亚冷哼一声，玉指一弹，一弯月牙斩向了金网，两者相触，"啵"的一声同时弹开。风扬见有空隙钻，认准了一个方向低头猛跑，倏然间，金光一闪，他拼命地使出了大挪移，挪移到了很远的星空处。

刚松口气，他仰首间便撞上了西莉亚，吓得他身形暴退，西莉亚咯咯笑道："小子，你跑不出本仙子手心的，还是乖乖听话，跟本仙子走吧！"

风扬心想：跟你走？我今后不被你折磨得死去活来呀？他苦着脸，掉头就挪移，嘀咕道："仙子就别追了，若是今后传出点啥绯闻，对你的名声可不太好啦！"

夜鸢笑道："咯咯，本仙子在仙界那可是一追得那些男古仙到处抱头鼠窜的人物了，也不差这一回，更何况，我可是第一次追灵界的逐仙者哟，你小子也该觉得荣幸才对嘛。"倏然，夜鸢撕开了虚空的一道口子，显露在了风扬的背后。西莉亚堵在风扬的前面，骂道："夜鸢！本仙子说过，这小子是我的，你别想得到！"一时间，两人僵持在场，如此的近距离，谁也不敢先动，生怕交手中把风扬杀死了。

风扬心中恼火，装作愁眉苦脸地说道："我说两位上仙，你们如此瞪来瞪去做啥，莫非目光就能够把对方杀死！不如这样吧，我跟战斗力最强的走。”

夜鸢说道：“当然是本仙的战斗力强，跟我走吧，我说过一定不会亏待你的！”西莉亚说道：“哼哼，你没听他说吗？本仙子可是差点把他忽悠到了死亡禁地去了的。”

风扬接着装作难以选择的模样，说道：“要不这样吧，你们先打一场，谁赢了我就跟谁走！”

夜鸢和西莉亚相视一笑，两人都是活了数万年的人精了，怎样会上这种当，西莉亚“咯咯”地笑得花枝招展：“小子使坏！”待她话音一落，两人的手同时扬了起来。

终究是夜鸢的战斗力强上少许，一圈金光禁住风扬后，青光一闪便挪移走了。西莉亚招式落空，气得直跺脚，也是一个大挪移追了上去。

两道身影落到了一颗赤凉荒芜的陨石上，此处没有绿色的植被，也没有碧绿的大海，只有遍地的陨石和它们砸出的大坑，就连大气层也没有，完全是一颗死星，只不过天上的星空显得特别干净明亮。风扬的手指在地下划着圈圈叉叉，心里诅咒道：“你去死，你去死，把我挪到啥地方来了？”

夜鸢厉声说道：“交出昆仑阴阳戳和大荒圣玄功。”

第十五章　困禁之星

风扬还没这么近距离地触碰过古仙，所以好奇地仰首望了上去，只见夜鸢浑身的金光散去，显出了真实的模样，一袭墨色的长袍无风飘动，修长的身形，加上脸上那橄榄色的面罩，显得十分诡异。

“咔嚓”一声响动在寂静的陨石上显得十分清晰，风扬一把捏碎了手中的巨石，触摸了一下脑门，茫然地说道：“我不晓得你在说啥？”

风扬被抓住后，即是一副随你便的模样，一问三不知，气得夜鸢龇牙咧嘴地说道：“不错，敬酒不喝喝罚酒，那就怪不得本仙强行搜魂了，若是把你弄成白痴啥的，你可不要怨本仙心狠。”风扬一屁股坐了下来，要死不活地说道：“来吧，你反正迟早都是要搜魂的，装作这么高尚做啥？”

夜鸢被风扬这句话哽咽住了，一只手鬼魅的抻了出来，抵住风扬的天灵，金光一闪没入风扬的脑中。下一刻，只见夜鸢神色一变，金光被弹了出去，他气极而怒道：“你……”风扬早就晓得结果了，夜鸢那仙灵之力比圣力要差好几个档次，怎门可能突破风扬在脑中留下的禁制。他乘着夜鸢分神瞬间，一个翻身便钻进了地面。

风扬运行全身的圣力往地底深处钻去，大约垂直笔陡的钻了四五个时辰才停下来歇了一口气，转身朝之后看去，只听身后不远处一声轻喝：“困禁！”话音刚落，四周的巨石泥层紫光一闪，骤然间变得比钻石还要坚硬数不清倍，把风扬夹在中间不能动弹。

夜鸢身形一阵模糊，显露在了风扬身旁。他蹲了下来，脸上的面具诡异地流动歪曲起来，显出扬扬自得的神色，笑道：“没想到你小子是属鼹鼠的，打洞的本事还很厉害，但你要晓得我可是古仙，你觉得跑得掉吗？昆仑阴阳戳和大荒圣玄功交出来吧，我放你自由。”

“咯咯，小子，他骗你的，只要你把昆仑阴阳戳和大荒圣玄功交给了他，我保证你马上就会被灭口！”

娇媚的声音响起，金光一闪之后，西莉亚也显露在了他们的身旁。夜鸢瞧着风扬，橄榄色的面具一凝，浑身煞气缭绕，忽地转身大挪移到西莉亚身前，冷然道：“你完全在胡闹，够了！”

风扬一愣，暗想道：听夜鸢的语气，好像这两人的关系不是表面那样，莫非其中有猫腻？如是想到后，风扬浑身一震，要真是如此的话，两名真仙一旦联手，自己就别想有空子钻了。

西莉亚说道：“大荒圣玄功，你不能独吞！”风扬闻言焦急地叫道：“你们赶紧把我放了，好生的伺候着，要不然别说啥修圣法门，少爷我毁了也不会留下一丁点给你们！”

西莉亚佯怒娇喝道：“本仙子撕了你那张嘴！”她说完就娇躯一动，向着风扬暴掠而来。夜鸢见状哪会不晓得西莉亚是在演戏，手中紫光喷出化为一弯月牙射了出去。

夜鸢和西莉亚自从下界后就一直打斗到现在，对方一招一式都十分清楚，你来我往越打越高。风扬瞧着已然打到星半空的两名古仙，不由自得地想到：任你们是古仙神人，还不是得喝少爷我的洗脚水，嘿嘿，此时不溜更待何时。念头一落，风扬憋足了劲头，圣力涌出崩裂了硬化的巨石层，一个闪身就大挪移走了。

西莉亚在打斗中也没忘用余光瞟着风扬，见风扬挣脱了困禁隐没后，心里一喜，佯装不敌输了一招，恨恨道：“本仙子不是你的对手，那小子就送给你了！”她一个大挪移后也失去了踪迹。

夜鸢得意地笑道：“本仙说过你不是我的对手！”转身一瞧，才发觉风扬不见了，他呆了一下，一细想就晓得是西莉亚做了手脚。觉得自己再次被戏弄之后，他愤然道：“该死！不要让我抓住你们！”

风扬终究圣力初生，大挪移的距离不仅短，而且还要时不时地找颗陨石停下来复原圣力，几十个大挪移之后，他全完迷失在无尽的星空。如若不是圣体强悍异常，说不定风扬就成为了星半空一只人形的冰棍，强自振奋了一下疲惫的精神，他咬着牙又是几个大挪移出去。

如此马不停蹄的上百次大挪移后，风扬大叫吃不消，想找个地方隐藏起来复原圣力。端详着这处星空发觉不远处有颗碧绿的星辰，难受的大挪移了几次，风扬绝望地发觉，以自己的状态想要抵达那可陨石似是一件遥不可及的事情，心中不禁连连叫苦不迭：“糟了，若是到不了那颗陨石，圣力枯竭后，我就会被冰封在星半空，永远放逐成为一粒尘埃。”

正在风扬无计可施的时候，西莉亚追寻着他留下的圣力痕迹找来了。瞧着倏然从旁边冒出来的西莉亚，风扬大喜道：“能在无尽的星半空，与仙子数次不期而遇，真是缘分啊！”西莉亚被反常的风扬说得一愣一愣的，心中一寻思便晓得这小子圣力枯竭了，她笑道：“你这小子不是很能跑吗？都带着本仙子跑了几个星系了，现在怎么不跑了？”

风扬心里暗骂：“如若不是我没力气，会停下来等你吗？”他晓得迷失在星半空的可怕，运气好的话，忍受几百年的冰冷与孤寂可能会飘荡到一颗陨石附近。若是运气不好的话，几万年也别想回天枢星了，最可怕的是自己想死都不成，那种孤独与彷徨足以让自己疯掉。晓得只有跟着西莉亚才能寻到生命陨石，他又开始要死不活地说道：“跑着好累呀，还是跟着仙子轻松些。”

西莉亚追了好几年才先一步寻到风扬，心中愠怒，冷冷地说道：“交出大荒圣玄功和昆仑阴阳戳，本仙子饶你一命。”风扬耸了耸肩，耍起了无赖，很随性地说道：“请仙子清楚两点，首先，你杀不死我，除非仙子能请到仙王出手镇压我，但想来仙子不会让仙王晓得我身上有大荒圣玄功，所以这点能够否定了。其次，我身上没有记载大荒圣玄功的灵影玉，而且我用圣力封印了大荒圣玄功的记忆，搜魂也没用。呵呵，所以仙子就不用再威胁我了，你瞧着办吧！”

风扬很得意自己有先见之明，先一步将功法记忆封印了，如此一来除非自己愿意，否则，这两名古仙抓住自己也没用。西莉亚闻言玉颜失色，惊叫道：“你说啥？”风扬赖皮道：“该说的我都已经说完了，随你处置吧，反正我也跑不动了。”。

西莉亚被他气得娇躯直抖，不禁出手试试他说的是不是真的，但考虑到夜鸢的气息正挪移而来，急忙玉手一招，搂住风扬娇喝道：“真是甩不掉的牛皮糖，走！”

西莉亚扯着风扬疯狂地发挥大挪移，心里奇怪明明自己都已经抹除了大挪移留下的气息，而夜鸢还能够追上来。见到西莉亚疑忌的神情，风扬心里冷笑道：“哼哼，还是老子聪明，一路上留下了一丝佛力，原本是准备自己回去用的，没想到夜鸢居然能察觉到，如此也好，等你们都打死了我才清净点。”一路大挪移，以西莉亚古仙的实力也大感吃不消，她带着风扬落到了一处小陨石带，隐藏起来复原仙力。

不久后，西莉亚站了起来，冷冷地说道：“臭小子，把身上的东西全交出来，让本仙子查看一番。”风扬苦着脸说道：“内裤能够不用交吗？”正在这时候，西莉亚感觉到了夜鸢的气息已经距离此处不远了，她无可奈何道：“算了，我们先走！”

当四周的景象再次定格下来后，风扬东张西望，疑忌道：“你把我带到了啥地方？”西莉亚不做理会，直接打出了一道手诀，仙灵之气涌现，将不远处的虚空划出了一道涟漪状的隧道，拧着风扬跨了进去，涟漪状的隧道再次复原了冷静，四周的景象再也不是原先的模样了，似乎到了另外一处时空。

望着不远处的了绿色陨石，风扬高兴地叫道：“刚才那莫非即是传说中通往仙界的隧道，哇，我来到仙界啦！”

西莉亚一巴掌拍在了他的脑门上，娇笑道：“你高兴得太早啦，此处可不是仙界，嘿嘿，这是一颗比较特殊的陨石，你就在这颗陨石上待一阵子，等本仙子解决了跟在之后的牛皮糖再来找你，别觉得你留下那微弱的佛力能瞒过本仙子。”看她一副了然的神色，风扬浑身发寒。

西莉亚单手摊开：“把身上所有事物都交出来！”

风扬转头就跑，西莉亚玉指一弹，一圈金色的光圈就套在了风扬的身上，将他困禁在了原地。她笑道：“既然你不肯配合，本仙子可就自己动手啦。”风扬叫道：“能让仙子为我亲自脱衣服是一种无上荣幸！来吧……”

西莉亚玉指再次一弹，一道金光将风扬的口封住，随后一寸一寸地掏出了他身上的事物一一查看起来，神色骤然间阴晴不定起来。没多久，她收回了套在风扬身上的仙器，说道：“乖乖地在此处待着，等本仙子回来再想办法收拾你!”

风扬暗道：哼哼，等我有足够的时间修炼大荒圣玄功，还不晓得是谁收拾谁呢？他故作委屈地说道：“仙子都看遍了我全身每一寸肌肤，就算不对我负责，也算是结下了一份良缘啊，荣幸之至!”

西莉亚理都懒得理会他，说道：“走!”她拧着风扬落到这颗陨石上，把指环还给风扬，随后取出一颗灰色的珠子，笑道：“既然你要我负责，那我就只好对你负责到底喽，这是仙界有名的宝物，叫作百节珠，原本是古仙降服灵兽的宝物，我现在就为你种下，一来能够镇压你的神通，免得你四处乱跑遇上危险；二来能够让我感应到你在啥地方，就算遇上了危险，我也能寻到你。你看，我对你好吧！至于这颗陨石名为赤莽星，原本是一位老怪物的别院，但他上千年都没回来过了，你可不要乱跑哦，很危险的。”

说完，西莉亚手中的灰珠弹跳了起来，射向他的泥丸宫，一没而入。风扬骤然间觉得精神萎靡不振起来，神色苍白地怒道：“你好歹毒!”西莉亚笑道：“乖乖地待着，这颗陨石上没有逐仙者，只要你不乱跑就不会有危险。你的圣力还在，只是被我困禁了一些，想找我的时候就输送一点给百节珠，我会感应到的。”

风扬垂头丧气地问道：“能不能大挪移?”

西莉亚笑道：“不能大挪移，飞行的话还行，就如此了，本仙子走了!”一道青虹伴随着划破天穹的声音响起后，西莉亚隐没了。

待到西莉亚隐没之后，风扬飞身而起，站在一棵最高大的树冠之上观察起这颗陨石的地形地貌起来，随后认准了一个方向飞走。

一路上，没有人类活动的迹象，但生物倒是很多，全是力量强大的兽类。就如此，风扬在这颗人迹不至的陨石上慢慢飞行了两年。他一边寻找智慧生命，一边修炼，充沛的灵力让他冲过了凡心狱，进入本心狱境界，西莉亚留在他体内的百节珠禁制在冲击本心狱的时候，已然被他破除了。但风扬还是不敢大挪移走，害怕迷失在无尽的黑暗宇宙之中，只寄望于在这颗陨石上寻到回去的正确路径。

风扬通过一年来的观察，已然断定赤莽星是有人用法术化成的，此处的人民、国家、地形和妖兽，都不是这个星球上有的。他曾偷偷到平原地带勘察过，那里有很多不知名的妖兽，其中一种他很熟悉，那即是在银角星西大陆见过的剑齿豪。尽管他还不晓得这一切是谁搞出来的，也许是古仙，也许是圣人，但他晓得此处肯定有事物能够挖掘，说不定能够寻到回灵界的途径。

五年之后，风扬终归在这颗陨石上遇到了一名逐仙者，此人名叫青桐，自称是无意间落到这颗陨石上已然上千年了，此后两人便结伴而行。风扬也从青桐口中得知了一些关于这颗陨石上的信息。当青桐瞧见风扬能在半空飞行的时候就十分的惊讶，别人不清楚，他可是十分清楚的，这颗陨石早在数万年前就被一名上古古仙安置下了强大的禁制，是不能飞行的。

青桐禁不住心中的疑忌，问道：“风扬兄弟，莫非你没有一种被约束的感觉吗?”

风扬奇怪地反问道：“没有呀，莫非这颗陨石被人安置下了禁制？能跟我讲讲吗?”

青桐满脸的不甘和无可奈何，叹息道：“我无意中闯进了这颗陨石后就被强大的禁制约束住了，再也飞不出去。后来我得知，这颗赤莽星是一位上古古仙用来困禁啥事物的地方，一旦逐仙者闯了进来就会被禁制在这颗陨石上，除非等那位上古古仙回来，否则只有到死才能解脱。”

风扬点点头，他早就觉察到了这颗陨石的古怪。被两名上古古仙追得全宇宙到处乱窜，现在的他只要是听说与古仙有关的事物都会显得十分的小心，随后问道：“青桐兄，灵界有不少古仙滞留，你晓得原因吗?”

青桐神色阴郁地说道：“风扬兄，其他的古仙我不太清楚，但一名自称流煌古仙森楠的上古古仙我倒是了解，这颗赤莽星即是他的禁地……”他一讲到森楠的时候神情有些畏惧的模样。

随后青桐半晌没说话，似在思考着啥，随后又接着很关怀地问道：“不谈这些了，对了，不晓得风扬兄怎么会闯进这颗陨石的，要晓得这颗陨石距离其他生命陨石十分的遥远，而且陨石四周的空间被困禁了，寻常的逐仙者是不可能进来的?”

风扬说道：“被一名上古古仙丢进来的。”

第十六章　流煌仙府

青桐骤然间惊叫道："是流煌古仙吗？他回来了？"风扬说道："不是流煌古仙，是另外一个名叫西莉亚的女仙。"青桐拍了拍心口，惊魂未定地瞧着风扬，说道："差点把我吓死了。"

风扬瞧着青桐那古怪的神色，眼睛眯成了一条缝，随后说道："我倒是能够用大挪移带你离开这颗陨石，但是不晓得星空的路径。"

青桐说道："流煌宫里有定星石，但我的实力太弱了，不可祭炼。"

风扬闻言大喜道："真的有定星石？那就太好了。"青桐说道："你也别太高兴了，流煌宫里尽管有定星石，但被流煌古仙禁制住了，取不出来的。"

风扬双眸精光一闪，说道："破了就是，没啥大不了的！"青桐苦笑道："若是能毁去，我还用等这么漫长吗？"话音刚落，青桐的眼中流露出一种阴寒的神色，一闪而逝之后便恢复了常态。

流煌宫坐落在一处庞大的圆形湖泊上面，终年云雾缭绕，鸟兽绝迹，隐隐约约的看见在湖泊的正中央处有一座赤红色的巨峰直插其间。

来到湖泊边上，风扬拉着青桐一个大挪移便站在了顶峰。青桐满脸惊骇道："风扬兄，你居然能够在禁制里大挪移？"

站在峰顶，风扬没有回答青桐的疑忌，开始小心地端详起了这处地方，光秃秃的山顶除了赤红色的山岩以外别无他物，他转身问道："青桐兄，你晓得怎么进去吧？"青桐点点头，手中开始变换起灵印来，随后口中吐出几个晦涩的音节，骤然间四周的情景急速变化。峰顶呈现出一座金碧辉煌的楼阁，金柱玉檐，九色光霞的虹光若隐若现。风扬叹道："上古古仙的楼阁果然不同凡响。"

青桐脸上显出愁容，说道："流煌古仙名叫森楠，性格格外古怪，但仙宫弄得人模人样的！"

风扬心中全被定星石占据了，他晓得只要能得到这种宝贝，就能在星半空寻到回去的路径。他心情有些着急地说道："青桐兄，我们先去瞧瞧定星石能不能取出来？"

青桐点点头，说道："定星石就藏在楼阁的正下方，但其中有流煌焰喷出，风扬兄弟小心点。"

风扬点头道："走吧，我们进去。"

见到风扬一脚踏进了楼阁的大门，青桐神色显出一丝狠毒，双手灵印快速地掐动，风扬瞬间便发觉了不对劲，但为时已晚，刹那间他就被传到一处火焰的世界。火焰的世界在炽热的温度下，就连空气都不复存在，但风扬却没有丝毫的慌乱，甚至能够说这种高温对他没有啥大的作用，圣体的厉害可不是说说而已。

风扬只感觉自己被欺骗了，仰首大喝道："青桐！"生灵之气跟着他这一声大喝，骤然间炸开，就连火焰都被轰成了假象。

话音刚落，一道鬼魅的身影便显露在了风扬的不远处，那道身影假象缥缈得歪曲着，显得很不真实，只听阴毒的声音传了过来："你很强，居然能在流煌神火禁制里没有啥事情，但这个禁制你是闯不出去的，等你身上的灵力耗尽之时即是你的死期！哈哈哈……"

风扬怒喝道："如此做对你有啥好处？"

青桐狰狞地吼道："谁也离不开赤莽星，就由于这处禁制的存在，而要毁掉这个禁制的唯一办法就是用人命去填，实力越高的逐仙者的命越好，杀死你之后，就只差几个人就能够彻底地破除这处禁制了！"风扬暗暗笑道：这人还真是天真，若是能用逐仙者的命来破阵，那就不叫仙禁了。他冷冷地说道："那你先前说的都是假的，这颗陨石上的人也许都被你引进仙禁杀死了吧！看来你不仅仅是要离不开这颗陨石这么简单，而是此处有啥事物吸引你不停地杀人！"

四周的火苗越蹿越高，由赤红逐渐转变成碧绿，随后再由碧绿变成荧白色，而且温度也是越来越高。青桐那虚化的身影印记急速的变换，咬着牙惊呼道："你怎么还没死？我就不信你的灵力无穷无尽，等我得到了那件仙器，就算是流煌古仙回来了，我也能够不怕他了！"

风扬倏然清楚了："其他的那些逐仙者恐怕都是你杀的吧。"

风扬没有再理会青桐那已然疯狂歪曲的想法，只是不停地在这个空间内挪移着，寻找出去的办法。见到风扬的举动，青桐凶暴地道："别枉费心机了，除非你也是古仙，否则别想出去，哈哈哈……"

风扬停了下来笑道："青桐，我既然敢说破除此处的禁制，你觉得我是在说大话吗？哼，告诉你，就凭这点小火还奈何不了我！"

青桐瞧着在流煌仙焰里面没有丝毫受到影响的风扬，不知所措地说道："你先别得意，这仅仅是流煌仙焰最低威能，现在我就让你尝尝真正流煌仙焰的滋味。"

霎时间，随着青桐印记的变化，惊心动魄的火焰也跟着舞动起来，白色的火光逐步变成青白相间，随后又三色交叉显露，温度急速地提升了起来，最终居然变成了五色火光，可怕异常。

只听青桐狞笑道："这五色流煌火就算是四极期的修仙高手也只能坚持两三天的时间，就算是虚神也只能坚持七天，你就等着化成飞灰吧！哈哈！"

风扬毫无惧色地冷笑道："井底之蛙，就算是上古古仙出手也杀不死我，你觉得凭你这实力掌控的仙禁就能杀死我，完全是痴人说梦，等我悟通了这仙禁再和你好好的玩玩儿。”

青桐没想到风扬竟如一块顽石，任凭流煌仙焰落在身上不闻不问，对他不起任何的效用，这让他不由得心惊莫名。他心神跳动得厉害，叫道：“我们走着瞧！”说完，他那虚化的身影围着风扬旋转了两圈后便隐没了。

青桐真实的身体站在流煌宫的一处光膜前，皱起眉头苦苦冥思了起来。最终，青桐阴狠地自语道：“我不管你究竟是啥怪物，先将你镇压在流煌火眼中去再说，如此保险一点。”

风扬找不到离开此处的方法，只好先冷静下来盘膝而坐，心神沉入身体之内，静静的修炼起了大荒圣玄功，巩固凡心狱境界，四周可怕的流煌仙焰在圣灵之力的作用下也不敢靠近他的四周，这就能够看出圣人与古仙的区别了，圣灵之力能够吞噬所有低于它等级之下的所有力量。他却不晓得自己已然被青桐转移到了流煌仙禁的最中心处，随着时间悄然流逝，风扬已然巩固好了凡心狱的境界，至此，他才算是正式踏入了修圣的大门。

当风扬的心神再次回到身体之外时，他才发觉自己如同换了一个地方，四周可怕异常的流煌仙焰再次扑面而来，落到他的身上后也只感觉到温暖了一点。

正方体的空间内，边长大约只有十丈左右，墙面全是由荧白色的禁焚火云石铸成，在流煌焰的炙烤之下没有丝毫异样，可见其坚硬的程度非同寻常。风扬沿着狭小的空间四处游走了一会儿后，便晓得自己已然被青桐镇压在了此处。

风扬准备迎接青桐接下来的招数，但好几天时间过去了，也不见他的下一步动作。风扬极端无聊地用圣识再次审视起此处来，发觉这处空间两处地方有不同寻常的震荡传出，心里暗道，莫非此处即是流煌古仙用来藏宝的地方？若是如此的话，那青桐可算是帮了他的大忙，免去了他自己寻找的麻烦，他想道：这两处地方有一处就也许是藏定星石的地方了，也不晓得流煌古仙还藏了啥事物在此处，我随手一并取走了。其实，青桐也不敢进入此处，同时他也不晓得流煌古仙藏宝的真正地方即是流煌仙禁的火眼。

风扬敲敲打打的研究了一阵子，却又有种像老鼠咬钢板，无从下手的感觉。他晓得禁焚火云石里就藏有两件宝物，但他不晓得打开的秘法，有心想要暴力破除，却又担忧把定星石损坏了。他已然不是原来那个胡搞蛮干的小小逐仙者了，晓得事情的轻重缓急。

方舟自从被圣灵之气逼出风扬体外后，它就一直被尘封到了现在。风扬取出方舟，圣念一出之间，就已然弄清楚了方舟的内部结构。瞧着眼前精致到了极点的纹路，风扬不禁被师尊那叹为观止的炼器手法所震撼。下一刻，他心念一收，开始再次祭炼起方舟。

风扬盘膝而坐，紫金色的方舟“噗噗”地燃烧着，一团团的金光从他手中涌现，没入方舟之内。风扬凝神闭目，心神完全沉入本心狱境界，掌控圣灵之气逐步炼制方舟。他发觉圣灵之气确实是神妙绝伦，掌控方舟得心应手，没有一丝一毫的生涩感，如此的炼制整整持续了近六个月。

风扬慢慢睁开了紧闭的双眸，瞧着手中梭状的方舟散发着冷幽幽的紫金光芒。他又瞧瞧那团流煌仙焰，手诀一捏，仙焰如寻到了泉眼般流进了方舟中。

当最终一丝火焰收取时，整个流煌神火仙禁就被破除了。也许布下此仙禁的古仙都想象不到，居然在灵界会有人能如此轻松地将自己的成名仙焰收走。此时，禁焚火云石构成的壁面一阵歪曲后蔓延开了一座方台，霎时间，仙光氤氲，风扬瞧着方台上的定星石，不由得大喜。

他走到方台前，上面摆设着两样事物，一是定星石，另一样却像海螺一样，海螺的表面刻着朦胧的祥云，数不清的妖兽隐约其间，飘忽不定。一道薄薄的橄榄色光罩将这两样事物罩住，风扬晓得这是那名古仙布下的仙禁。

他试着用虚空梭去强行破解。霹雳一声巨响，风扬不由得傻了，虚空梭居然破不了。他情急之下，伸手抓去。他手掌储满了圣灵之气，犹如捏碎了一只气球，“啵”的一声轻响，他抓住了定星石。风扬开心得大笑，圣灵之气竟如此好用，他不禁信心大增。

倏然间胸口剧震，风扬低头一瞧，不由得又惊又喜，原来是灵儿的灵珠动了。

大约长到八九岁的模样就停住不长了，灵儿叹了口气道：“唉，哥哥，我只好长这么大了，除非往后功力增进，不然就没法真正长大。嗯，算啦，反正往后还有时间祭炼的。”她飞身扑到风扬怀里，搂着他的脖子，笑嘻嘻地说道：“哥哥，灵儿好想你哦，嘻嘻。”

与灵儿开心地谈话了许久之后，风扬分出一缕圣识探进定星石内，刹那间，他看见数不清的星系，似乎来到了宇宙深处。

可是风扬连星系都分不清楚，他圣识微微一动，整个宇宙都旋转起来，数不清的星系扑面而来，那种感觉比看四维影像还要过瘾，如此多的星系浓缩在小小的定星石里，着实是一件格外了不起的事情。风扬晓得，他缺少的关键事物即是自己所在陨石的坐标，还有天枢星的坐标，只要寻到这个坐标，自己就能寻到路径了。

风扬睁开眼，只见灵儿两只大眼睛盯着自己，如同在发愣走神，他伸手在她面前晃晃，笑道：“灵儿，发啥呆啊？”灵儿一说话吓了他一跳：“哥哥，你如此坐着已然几个月了，里面啥东西如此吸引人。”

风扬叹道：“迷路了，唉！”

灵儿眨巴着大眼睛，问道：“很大？”

风扬站起身来，来回走了几步，说道：“岂止是大，能够说是无边无际，看不到尽头，最糟糕的是确定不了我们在哪儿，可惜，此处没有任何标识物。”

灵儿说道：“哥哥，我想进到大幻佛珠里去，嗯，哥哥也能进来吧？”她期待地瞧着风扬，倘若风扬能化身进去，她就不怕了。

风扬抬手抛出大幻佛珠，这颗大日如来宗至宝出手后即刻涨大，悬在风扬的两手间，青荧荧的足有足球大小。风扬盘膝而坐，心神一沉究竟，一刻钟后，他喝道："灵儿准备好，我们要进去啦!"

一道晶亮的青气涌现，灵儿倏然发觉风扬失去了踪迹，立刻全身一紧，她被青气扫中，眼前微微一黑，立刻又是一道白光闪过，灵儿发觉自己站在一片青蒙蒙的雾气里，四周阴沉沉的了无生气。

十年之后，风扬与灵儿周游了大幻佛珠里面的灵鬼界，打斗一番之后，灵儿则是拜了其中的两大灵鬼王为师。

界外还有很多事情等着风扬去处理，所以他只好恋恋不舍地收好影灵玉，微微一礼道："两位鬼王辞别了，灵儿再见。"

他掐动圣灵印回到仙宫。刚刚在房间里站住，从大幻佛珠里飞出一个鬼将和另一个鬼将，即是初入鬼界时遇见的苦竹鬼将和银翼鬼将，风扬奇道："你们怎么来了?"

苦竹鬼将行礼道："奉地灵鬼母令，这是两位鬼王送给您的混沌圣物，并让我们带个话，说这件圣物专门克制灵鬼之体，留下来没用，请鬼王阁下一定要收下，同时苦竹和银翼专门服侍小疯子鬼王。"

风扬收下了那件混沌圣物，随后吓了一跳："啥？服侍我？哎，我有手有脚不需要服侍的，你们回去吧。"

银翼鬼将道："不仅苦竹大人部下，还有小将的手下，都是鬼王的侍从，请不要赶我们走，我们是大幻佛珠里灵儿大人的鬼殿守卫，鬼王有事尽管差遣即是。"

风扬挠挠头，倏然间他清楚了，地灵鬼母不仅拍灵儿的马屁，连她哥哥也一道拍了。他不禁摇摇头，由此可见鬼界找传人是多么难。

风扬祭炼到灵空境界后，又复原了原来的心境，他笑嘻嘻说道："啥魔王鬼王的，难听死了。苦竹鬼将、银翼鬼将，就直接点，叫一声大哥吧。"

苦竹鬼将瞠目结舌说不出话来，银翼鬼将更是吓得要死，他俩分不清风扬说的话是在挖苦自己还是真心道歉。苦竹鬼将结结巴巴说道："这……鬼王大人，这个我还真的不敢，要是两位鬼王知道了，还不把我杀了下酒。"在鬼界，地灵鬼母和赤瞳鬼王即是神，就是一切，风扬敢和两个鬼王打斗，整个鬼界都轰动了，无形中，他就有了和两个鬼王一样高的地位，苦竹和银翼如何不怕他。

风扬晓得他俩的观念不是一时能够改掉的，他温和地说道："如此啊，那随意你们吧，有事的时候我知道呼唤你们，现在你们就回到灵鬼界的出口处修炼吧。对了……嗯……显露在外面时记得要重新变化一个样子，要不然就你们这长相会吓死人的。"

第十七章　娲皇天尊

苦竹鬼将觉得自己就像个傻瓜，他难堪地道：“鬼王大人，我们应该变成什么样子啊？除了你和灵儿大人，我们就没见过其他灵界的人了。”银翼鬼将也点头道：“是啊，是啊，大人，我们从没离开过鬼界。”

风扬醒悟过来：“原来是如此啊，那如此，你们两个见到人后即刻就幻化成他们的模样，走，我们到赤莽星外面去。”

落到仙宫下面的平原上，他放出金光罩住苦竹鬼将，向西方挪移过去。

苦竹鬼将问道：“大人，我们人生地不熟的，该朝那个方向走啊？”

“还是算了，你们先回佛珠内！”

他手掐圣灵印，将苦竹他们和鬼神之体都收回大幻佛珠里，之后便开始寻找这个星球的挪移阵。

一颗一颗陨石地挪移，风扬自己都搞不清已经挪移多少次了，每到一个挪移阵他就记载下有感应的陨石，他现在只想有多远就跑多远，让古仙找不到踪迹最好。

从赤莽星出来后，他就像只没头苍蝇似的四处乱窜，已然跨过了两个星系，能不能回到天枢星还是未知数，好在他现在修行的境界不错，能够平心静气地去探索。

风扬站在一个无名的挪移阵里，有些无可奈何地说道：“只有一个血色记号，但愿这是个有逐仙者的星球，如此就能寻到灵石了。对了，苦竹，灵儿还在闭关吗？”

银翼鬼将恭谨地答道：“灵儿大人快修到鬼将境界了，要见到她得等上一阵子。”

他迟疑了一下，问道：“鬼王大人，只剩下两次挪移的灵石了，倘若下一个陨石还是没有逐仙者的话，我们怎么办？”

风扬苦笑道：“我也不知道，有血色记号反应的挪移阵有人的概率要大一点，倘若还是蛮荒野地，也就只有一次时机了，但前面这个星球格外大。”逃到这种地方，是他也没有想到的，这么多无名赤凉荒芜的陨石，不只是没有人，连动物植物也瞧不见。

五十多年之后，风扬像是一只无头的苍蝇一样，在宇宙中漫无目的寻找着天枢星所在的坐标，功夫不负有心人，风扬终于回到天枢星。在得知了仙界之主下令保护他并要收他为灵界弟子的消息后，风扬感觉到有些莫名其妙。与此同时，风扬打听到了大哥姬莫言和老二师尊独孤刹在寻找自己的路途中，陷进了太元圣地之中。最终，他还是硬着头皮去见了两位曾经追杀过他的古仙，风扬与他们前去谒见一位神秘的荒尊，希望从她的口中能得到想要的答案。

一望无际的青色石台上只有西莉亚、夜鸢和风扬三人。跟着一阵细碎的“噼啪”声响起，石台上显出数不清的细小绿芽，生长得格外迅速，没多久便铺满了石台，立刻，一朵朵各种颜色的桂花开放了，整个石台骤然间成了花的海洋，阵阵淡淡的花香扑鼻而来，只有三人站立的地方还是原来的模样。

一阵清风吹过，花香变得浓烈，风势逐渐增大，石台上一眼望不到边的桂花随风摇曳，天际间飘来阵阵的乐声，犹如仙音般将人带入轮回变幻的世界，漫天飞舞的花瓣随风飘荡，向风扬等人身前聚拢。风扬眼瞧着花瓣越聚越多，一个人形缓慢地从五彩斑斓的花瓣中显现出来。

那是一个女人，是一个散发着无边魅力的美丽女人。

风扬没想到娲皇天尊竟是一个女人，他目瞪口呆地瞧着。夜鸢终究有经验，他传音道：“小子，愣在那里做什么呀，还不快来拜见荒尊，这是荒尊的化身之一，你想知道的答案只有她才能告诉你。”

娲皇天尊美目扫过，莞尔一笑：“夜鸢，你错了，以前你们见到的才是我的化身，而现在看到的则是我的本相。”

夜鸢不敢争辩，他躬身施礼道：“见过荒尊。”

娲皇天尊身穿雪白的长裙，看不出是啥质料，半空的花瓣落在裙上居然印了上去，慢慢地，长裙变成了花裙，但依然很素雅。她赤着双脚，肤色白嫩如雪，长长的秀发拖到腰际，五彩的花瓣飘落在发间，身上没有佩戴任何饰品，身形旋转间，聚拢在身周的花瓣悠然散开，飘飘洒洒犹如彩蝶飞舞。

花瓣结成一个一米见方的蒲团悬在石台上，娲皇天尊盘腿坐在上面，微微笑道：“不用奇怪，这是我第一次在外人面前显出本相，都坐下说话。”她的声音飘忽不定，却美妙动听。

西莉亚在娲皇天尊面前完全就不敢说话，等待着她的发问。青草乖巧地侍立在荒尊身后。

娲皇天尊笑道：“无须拘束，既然我用本相和大家见面，你们可以称呼我娲皇，夜鸢也许晓得这个名字吧？”

夜鸢脸上流露出难以置信的神色，他骇然道：“贝尔荒尊即是娲皇？”他似感觉到自己的模样很不雅，急忙又道：“谢谢荒尊的信任，夜鸢不会对外乱说的。”

西莉亚和风扬显然不清楚娲皇的含意，夜鸢好像晓得一些，他脸上闪过一丝惊骇的神色，即刻低下头来，掩饰着自己的不安。

娲皇笑吟吟地瞧着众人的反应，好像很开心的模样。

娲皇又道："夜鸢，这次是为了什么事情来找我？"

他苦笑了一声，说道："少司命来了……我……"

娲皇打断他的话："你不是都准备好了吗？这个不是你来的缘由，说说你的来意吧。"

夜鸢难看地说道："西吉的太元之地……那个，龙雀他去了……这个……"

娲皇脸上的笑容似乎凝结了一样，她淡淡地说道："哦，还是不死心吗？龙雀……莫非他修圣了吗？但我怎么没感应到仙界有人修圣呢？他的实力仅仅比你强一点点，去了也是送死。"

风扬心里"咯噔"一下，问道："娲皇，请问西吉的太元之地是啥地方？"娲皇扫了风扬一眼，没有说话，又再次看向夜鸢。

夜鸢说道："龙雀没有修圣……他，他转世后被召回了仙界，被罚在焚仙炉上……"

娲皇站起身来，落下的花瓣跟着她的站起再次飞舞起来。她飘然行走了几步，说道："能够熬过焚仙炉的焚烧，他的战斗力也许接近七大仙王的水平了，嗯，是能够去太元之地了，但还是没有用的。"

娲皇走到风扬身前，一股沁人心脾的花香扑面而来，五彩缤纷的花瓣在风扬眼前飞舞。风扬不由自主地站了起来，他毫不畏惧地瞧着娲皇，眯起眼赞道："落英缤纷，如轮回如幻，不是人间气象。"他出人意料地说了这么一句话，把夜鸢等人吓得半死。

娲皇不禁嫣然一笑，她当然听懂了风扬赞美的感叹。她这一笑犹如百花盛开，娇媚的神情让所有人都不敢再看，连西莉亚也低下头去。

他后退一步，将圣灵之气急速运转，自嘲地笑道："没想到娲皇一笑，竟能让人产生世俗的想法。"

谁也没想到风扬敢如此说话，青草和紫叶同声大喝："不得对荒尊无礼！"他们两人都是四五岁的孩童模样，呵斥声也是奶声奶气的，惹得风扬大笑起来："哈哈，我只是实话实说罢了，不用大惊小怪吧。"青草和紫叶两人的小脸都白了，那不是生气，而是被风扬吓的。

娲皇笑盈盈地说道："青草、紫叶，谁让你们多嘴？站到一边去。"她绕着风扬转了一圈，又笑道："你是到玲珑湖来的人中，最放肆的一个，胆子果然不是一般的大，难怪伏羲如此瞧得起你。"

风扬倏然发觉自己不能动弹，被一股瞧不见的力量束缚住了。能够如此无声无息地困禁自己，风扬钦佩得无话可说。

风扬笑道："娲皇打算困禁我吗？"

娲皇不置可否，再次盘腿坐回花蒲团上，一只白嫩的赤脚环在腿弯处，另一只脚轻飘飘晃动着，带起的花瓣犹如惊飞的彩蝶，环绕周身，翩翩起舞。

霎时间，风扬和众人的距离拉开了。娲皇嘴角流露出一丝俏皮，说道："风扬，你慢慢挣扎吧，别打扰我们说话，呵呵。”

娲皇轻叹一声，说道：“夜鸢，这小子比你有骨气多了，你应该向他多学习学习了，不然哪会沦落到今天这地步。”

夜鸢恭敬地说道：“荒尊教训得是。”

娲皇的臂膀微微旋转，飞舞的花瓣凝结成一个小小的花环，她将花环套在手臂上，端详了一会儿，抖手扔出，只听“嗤嗤”轻响，小小的花环陡然涨大，急速飞向风扬。娲皇笑道：“想不到这小子居然有混沌圣物，了不起啊。”

他竭尽全力试图将弑圣刃发出来，可总是差一点劲，紫府元圣犹如战鼓擂动，疯狂地将圣灵之气涌入他的右手。

刹那间，四周的力量急速向他挤压过来，风扬清楚这是触动禁制了，到了这一步，他也豁出去了。

弑圣刃不可冲破禁制，风扬的力量也越来越大，终归，庞大的力量触动了他额头上的橄榄色星芒，圣魂的无匹战意扩散开来。

禁制开始震荡起来，风扬终归能动弹了。他急速掐动仙圣灵印，就在流化神雷快要完成的当口，一圈花瓣组成的彩环套了过来，风扬绝望地发觉自己又动不了了。

仙圣灵印还没有完成，但蓄起的劲力却不可消散，打不出去的后果即是反噬，倒逆的劲流使劲反撞回来。

这下风扬可受不了了，狂乱的劲气在他身上乱窜，紫府元圣跳动的节奏也乱了，风扬整个人都膨胀起来。那圈围绕着他旋转的花环倏然散开，花瓣一片片地贴上身来，一阵阵凉意融入风扬的体内，花瓣带来的劲力梳理着乱掉的圣灵之气，他慢慢地昏睡过去。

娲皇微笑道：“好倔强的孩子，他不清楚，在玲珑湖纵使他拥有神的威能也反抗不了我。”她轻飘飘一扬手，将风扬从远处挪移回来。

夜鸢和西莉亚偷眼看去，只见风扬浑身贴满了花瓣，像一个大花蝴蝶似的，居然在呼呼大睡，还不时地打着呼噜。

风扬一觉醒来，发觉自己依旧坐在青玉桌前，他心中疑忌：“奇怪？我好久都没睡得这么香了，不对……这是……”他倏然省悟过来，自己刚才差点走火化道。他急忙运功查看，好像没有受到任何损伤。他挠挠头，用狐疑的目光瞧着众人，那困惑的神情让娲皇也不禁露出微笑。

娲皇装作没事地说道：“紫叶，把采摘的各种灵果取出来，给客人们品尝。夜鸢，你们来得巧，圣界的水晶灵芝和圣耶果刚好成熟了，还有仙界的塔特橄榄、籽目颜参大约都有一些，本来是准备祭炼一些圣丹的，既然你们来了，就品尝一下吧。”

风扬只晓得圣耶果，其他的灵果连听都没有听过，他晓得这些都是格外珍贵的玩意儿，娲皇的出手完全是大手笔了。

四人每人面前都放着十来颗圣耶果、三片水晶灵芝，还有各种传说中的奇果异珍和灵药。

夜鸢面露喜色，施礼谢道："谢荒尊赏赐。"手一挥，将青玉桌上的事物一扫而空。这些珍品是炼丹用的宝贝，夜鸢其实并不在意，他欣喜的是娲皇的态度，既然肯拿出这些好事物，说明她不反感自己带人过来见她。

西莉亚也将桌上的珍品收起，两人起身道谢，娲皇微笑不语。

风扬将事物一个一个地拿起来左看右看，举着水晶灵芝问道："这是啥？呵呵，小子见识浅薄，没见过。"

夜鸢说道："这是水晶灵芝，是圣物珍药；这是圣耶果，也是一灵睢果，格外罕见，若是用它合药，能够合出圣丹。纵使在仙界，这些珍品也是极难见到的，还不谢谢荒尊。"风扬收起青玉桌上的宝贝，笑嘻嘻地说道："谢谢娲皇。"

娲皇淡淡地说道："能见面即是缘分，小子，提醒你一句，快点想办法提升你的实力，不然你会很惨的。这是七妙鼎，送给你用。"她手中冒出一个拳头大小的丹鼎，慢慢地飞落在风扬的青玉桌上。

二个古仙不可思议地瞧着。

夜鸢叹道："能够炼圣丹的鼎炉……"夜鸢和西莉亚对视一眼，目光里满是不解，他们都想不通娲皇为何要给风扬这件奇宝。

七妙鼎是一个拳头大小的三足鼎炉，通体朱红色，非金非石，不知是用啥材料制作的。风扬拿在手中瞧着，他晓得这是一种极难炼制的鼎炉，小星门的炼丹大宗师星大海以前提到过这种鼎炉，这是传说中的炼丹鼎炉。

第十八章　七妙古经

风扬沉默了片刻，他搞不清娲皇的意图，不晓得她为啥第一次见面就送自己如此珍贵的礼物。他挠挠头说道：“呵呵，娲皇，这个我可不会用啊。”娲皇微笑道：“我晓得，纵使是古仙也没有多少人会用。这是七妙古经，你就在此处看完。”

娲皇手中飞出一块极薄的暗金色片状物，说道：“记下后还我。”

这种好时机风扬可不会放过，他拿起来刚看了一眼就懵了，微抬头难堪地说道：“娲皇，这是啥文字啊？我一个字都不认识。”说着心里却微微一动，觉得好像在哪儿见过这样的文字，可是记不起来了。

娲皇笑道：“你用圣识探进去试试看。”

风扬依言用圣识辨识，即刻体会到一阵奇异的震荡，刹那间他清楚了，这些文字不是用来读的，而是用圣识来传达的。

风扬很快弄清楚了圣丹的炼制方法，但要让他叙述出来，那是完全不可能的，因为这种传授方式只可意会不可言传。

他将七妙古经还给娲皇，收起七妙鼎，问道：“娲皇还有啥吩咐？”

娲皇说道：“没什么吩咐了，这七妙鼎也是我得到的第一件混沌圣物，其中的妙用我也无法探寻，我推算出它与你有缘，就送给你这个有缘人吧，记住赶快炼制一点圣丹出来，用不了多久就会用上，和药用的高级材料我这儿都有，只有一些灵界的普通药材需要你自己去寻找。”

风扬心里有数不清的疑问，他不禁问道：“你是圣人吗？”他着实觉得好奇，娲皇能够自由通向各界，神通如此广大，也许即是圣人了。

娲皇摇头道：“我是洪荒神灵，不是圣人。”

风扬不相信，又追问道：“洪荒神灵和圣人有啥区别？”

夜鸢插话道：“荒尊确实不是圣人，我祭炼了漫长的岁月，也没有见过圣人。小子，如此说吧，圣人不是我们这些人能够见到的。”

风扬仍然不死心，又问道：“既然不是圣人，如何能通向圣界？”

娲皇倏然发觉风扬蛮难缠的，她笑道：“只是通向圣界的一个角落，我也不知道那究竟是不是传说中的圣界，至于圣人就更没有见过了。”如此一说，风扬才算清楚，他叹道：“那样也是了不起的成就了。”

风扬想了想，说出了自己最关怀的问题：“娲皇，西吉的太元之地是啥地方？”

她不回答风扬，却对青草吩咐道："去取一瓶九天渡人水来。"

风扬眼巴巴地瞧着娲皇，她不肯回答，自己一点办法也没有。

花香味越来越浓郁。娲皇慢慢地说道："有些事情我不能说，若是直接说出来，后果我承担不了，也许这天地会直接将我劈成飞灰。西吉的太元之地……我不能亲口告诉你，但用不了多久你就会知道了。"

风扬脸上流露出异常失望的神情。

娲皇笑道："小子，我是为你好！实实虚虚，虚虚实实，世间有谁能看得清楚呢?"

夜鸢睁开双眼，心平气和地说道："不错，荒尊的话我懂了，呵呵，恕夜鸢愚钝，到现在才领悟荒尊的好意，夜鸢晓得该如何应对了。"

娲皇微微点头："不愧是大灵真仙，觉醒得很快，你只管放开手脚去做，记住一点，护住这小子到那一天，他是你的所有希望。"夜鸢点头道："是，荒尊，我会等到那一天的。"

两人的话就像打哑谜一样，风扬不清楚是啥想法，他挠挠头陷入苦思中。

没多久，娲皇取出一小瓶金色的液体。娲皇举在手中看了看，笑道："风扬，你是不是有两位虚神朋友要转世?"

风扬惊异道："你怎么晓得的？不错，是我师尊和大哥要转世，龙雀同意用昆仑阴阳戳来帮他们转世。"

娲皇说道："这瓶九天渡人水是很久以前得到的，我留着也没有啥用，你朋友转世的时候能够用到，就送给你吧。九天渡人水是圣物，能够让转世的人完全保留神志，并且在转世后有极好的根基，用法很简单，让九天渡人水侵入圣识就行了。"

风扬喜出望外，他最担忧的是姬大哥和师尊独孤刹，生怕他们转世的时候显露啥偏差，有了这瓶宝贝，他就不用担忧了。

风扬满面笑容地站起身来，恭恭敬敬地施礼道："谢谢娲皇的赏赐，小子万分感激。"

娲皇笑道："不用跟我客气了，我只是觉得你和我有缘，真想能和你交个朋友，不知道我有没有这个荣幸。"

所有人都听得目瞪口呆。风扬却很清醒，他晓得娲皇给自己这么多好处，肯定是有所求的，但他一点都没踌躇，即刻说道："折煞小子了，能见到娲皇才是我的荣幸。"

娲皇微微皱眉，说道："言不由衷！你小子真会表演。"

娲皇说道："往后还有时机再见，你们走吧。"

夜鸢站起身来，行礼道："谢荒尊教导。"风扬等人刚刚站起身，还没有说话，娲皇说道："你们好自为之。"

回去后，风扬开始祭炼七妙鼎准备炼制圣丹，禁地之后赤芒喷薄而出，圣识感应之下，风扬察觉到了其中居然还有人被困禁在里面。留下两古仙在外面镇守之后，风扬圣力全开。

只见七妙鼎倏然涨大，一道九色光霞霞光冲出丹鼎。七只珠盖急速旋转起来，化作一个九色光霞的大光球，向着灵华合去。

七妙鼎的圣禁启动了。

七妙圣禁是七妙鼎最重要的阵法，守护丹心的外阵是七妙鼎的一种主要打击方法。风扬一边化解阵法的打击，一边寻找圣禁里的人，他心里很清楚，若是不能在短时间里寻到呼救的人，自己也会被困在里面。

风扬对圣禁并不晓得，很多地方是不敢去的，他只好走固定的路线。想了想，他发出一声尖利的啸叫声，想让那人自己找过来。这是他用圣灵之气发出的尖啸，那人一下就听见了。

“你在什么地方……我听见了……快来接我出去……这该死的地方……”那人的声音显得格外亢奋。风扬大声道：“你快点过来！”那人仍然不停地叫着：“说话呀……快来接我。”

风扬骤然间省悟，在此处只有运功叫喊对方才能听见。他运起圣灵之气大喝道：“我在圣禁的天狼凶纹旁边方位，快点过来！我带你出去。”他报出了自己的方位。

由于圣禁在慢慢地运转，风扬务必不断调整自己，以保证自己悬停在天狼凶纹旁边的方位，如此才能够顺利地出去。他小心地守候着，在此处只要踏错一步，就足以抱憾终身。

“哈哈，天狼凶纹旁边！晓得了，我来啦！”

整个禁制倏然急速旋转起来，风扬大骇之下，拼命定住身形，凭着灵动的圣识跟着阵法快速移动，同时，他用功狂喝道：“死人……你在做什么，千万别乱来……这地方是不能强行破开的！”

“放心，这七妙禁制，我早就弄明白了，你就站那儿等我，千万别跑了。”

七妙圣禁越转越快，风扬完全不能再说话，他目不转睛守在天狼凶纹旁边方位，一点都不敢松懈，他晓得，若是不留意引发了阵势的能量，纵使拥有化解的圣灵印也难以脱身。

终于，眼前光华连闪，一条灰影在阵法里盘旋飞跃，快得犹如闪电一样，离风扬越来越近。风扬脱手打出圣灵印，将阵法迟滞住，大声喝道：“你……你……你站在原地别动，要不然我可要闪人了！”

“别！别！我又不吃人，你怕得这么凶做什么？”

风扬也晓得时间紧迫，但他务必晓得这是什么人，否则自己可没有本事困住他。他喝问道：“你究竟是谁？为什么被困禁在这七妙鼎之中？”

那人好像也晓得，只要自己回答稍不留意，一切都会落空。他小心翼翼地说道：“能看到一个活人，我好激动呀，多少年啦……我只是一个可怜的古仙……”

风扬心急火燎，时间已然不多了，他催促道："时间不够了，快讲重点！"

那人苦笑道："哦……那我说简短点，我是无天荒尊，有一次出门去游玩，路上见到一只流浪狗，好可怜呀，于是我就让它超脱了，吃了它的狗肉……狗肉还没吃完就被吸入七妙鼎里，那人是谁我也不了解，在这个烂阵里苦苦挣扎了数不清岁月，兄弟，我是个老实巴交的古仙呀，你就带我出去吧！只要你能带我出去，我什么事情都可以答应你！"

听到这里，风扬反倒踌躇了，他凭经验晓得，口口声声说自己是老实人的人，几近都不怎么老实。

无天荒尊看出风扬的踌躇，他央求道："兄弟，你忍心见到一位垂垂老人被关在着暗无天日的鼎中吗？快点啦，圣禁马上就要全力运转了，来不及了，我真的好激动呀。"

风扬苦笑道："那你还不快点过来？"

无天荒尊欢呼一声："好啊，我就过来！"

两人尽管感觉靠得很近，无天荒尊还是花了一盏茶的工夫才飞到风扬身旁。

风扬来不及看清无天荒尊长的啥样，只说了一声："快抓住我的手……"手中的圣灵印急速放开，一连串的圣灵印打出，带着无天荒尊飞快地向鼎口冲去。

一抹金色的光芒从七妙鼎里飞出。

七只珠盖化成的七灵华珠和丹鼎涌现的灵华即刻合在一道，轰然大响中，七妙鼎封炉了。

夜鸢暗道侥幸，转身问道："风老弟，你怎么搞的？再不出来我们就顶不住了……咦，你……你……你是……无天荒尊？"他的神色急速变化。

风扬听到夜鸢的惊呼，这才留心看无天荒尊长得啥模样。

那是一个很胖的人，矮胖的身材，细小的眼睛，没有眉毛，很大的酒糟鼻子，圆圆的脸蛋上长着双层的下巴，光秃秃的脑门上一根头发都没有。他眨巴着小眼睛，瞧着夜鸢，很激动地说道："你谁啊？我怎么不记得你，没想到还有人能认识我，我激动啊！"

夜鸢后退一步，有些慌乱地说道："也许我认错了吧。"

无天荒尊嘿嘿笑道："不，你没有认错，我就是货真价实的无天。"他的小眼睛笑得眯成一条缝，显得很开心的模样。

西莉亚奇道："夜大哥，他是谁啊？"

夜鸢苦笑着摇摇头。

无天荒尊身披一件褐色的袍服，上面斑斑点点全是窟窿，他一副兴高采烈样道："在场的朋友们，哪位发发善心，你看……我几乎都是衣不蔽体了，给件衣服穿吧。"他伸着手，面向众人转了一个圈。所有人都傻了眼，这家伙太古怪了。

无天荒尊嘟哝着："唉，一群冷漠的人呀，什么素质嘛？一点爱心都没有。"他居然在大庭广众之下泰然自若地脱得光光的，随后自己取出衣服就开始换起来。

西莉亚别过脸去，不禁骂道：“死人，不知羞耻的流氓!”

无天荒尊慢条斯理地换好衣服，爱惜地左瞧瞧右瞧瞧，高兴地点头道：“哇，换了件衣服可英俊多了，大家快来看看，怎样?”

无天荒尊眼中精光一闪，一本正经地说道：“小兄弟，谢谢你带我出来，我已经很久没回家了，有缘再会。”风扬笑嘻嘻地说道：“再见。”

无天荒尊心里觉得很奇怪，这小子好像全然忘记了自己在圣禁里的许诺。在圣禁里他发誓，只要风扬提出要求，自己无论如何都要同意。

夜鸢留心着无天荒尊，听说他要走，心里暗暗着急，他传音给风扬道：“老弟，设法留住无天荒尊，去太元之地他是一大助力。”

风扬心里一动，心知确实是如此，可想了想，他又慢慢摇头，由于他搞不清楚无天荒尊究竟是啥样的人，而且，他也不愿意施恩图报。他传音道：“算了，你看他这么可怜，刚从火坑里出来，我们怎么忍心再将它推进火坑呢。”夜鸢暗自叹息，不再多说。

风扬说道：“无天荒尊，你走吧，我来打开禁制。”

无天荒尊舔舔嘴唇，问道：“小兄弟，你不要我帮忙吗?”

风扬心里微微一惊，看来他真是神通广大，自己和夜鸢的传音他居然也能听见。

权衡了一下，风扬说道：“不用了，你走吧。”无天荒尊点头道：“如此，我辞别了，小小禁制还难不倒我。”他陡然化作一道青光隐没得无影无踪，果然，夜鸢等人安置的禁制对他一点用都没有。

风扬心里稍稍有些懊悔，这家伙的战斗力确实不凡，若去太元之地会是一个好帮手。

夜鸢看出了风扬的心思，笑道：“怎样，懊悔了不是?”

风扬叹了口气，坦白地说道：“有点而已，但我们人手够了，也不差他一个。”夜鸢点头道：“不错，襟怀坦荡。”他很欣赏风扬的坦率，又道：“这也好，要知道无天荒尊得罪的人可不少，要是引出来一个，我们这几个人可受不了。”

炼好圣丹之后，安排好七玄宗的事情，风扬带着另一个从七妙鼎中捞出来的修圣大魔神腾历匆匆上路了。

两人都是修圣高手，这点路途对他们而言着实是小意思。很快，俩人就来到了夜鸢标识集合的那个小行星。

这是一个很赤凉荒芜的陨石，风扬心里暗暗嘀咕：不晓得夜鸢为啥要选这个地方。腾历倏然说道：“这里有禁制，也许他们不在这里了。”

正说着，夜鸢犹如鬼魅显露在他们身前，说道：“你说得没错，这仅仅是一处通道而已。”他扬手一招，带着两人大挪移过去。

风扬心想，夜鸢在天枢星盘踞了几千年，这个地方也许是他的一个秘密隐藏点。

这是一个陨星带，在一颗不大的陨星上，风扬见到了西莉亚和赤莽星上的古仙森楠。

这颗陨星上几乎啥都没有，只有一块被清理得很平整的地面，空荡荡的就像是一个大广场，外层已然被防备禁制了，不时地有小块陨石撞击上来，亮起夺目的火花，在墨绿的太空映衬下显得美丽而空洞。

第十九章　借道有虞

腾厉摇动着脑袋看了一圈，评价道："此处的风景确实绝妙，安静极了，夜鸢可真会找地方隐居!"风扬笑道："风景不错，真是个人间天堂，当然，用来隐居就更不用说了，要不是他告诉我们坐标，我们把整个宇宙找遍了，可能都找不到此处。"兄弟俩唱唱嘘嘘，抢着拍夜鸢的马屁。

风扬一脚向腾厉踹去，装作没事地说道："别理这家伙，他是个疯子。"

夜鸢哭笑不得地说道："你们两个都是疯子。"风扬附和道："嗯，没错，我们都是疯子。"

夜鸢完全要疯了，他终于禁不住气哼哼地骂道："臭小子！这件混沌圣物关系到我们能不能进入太元之地，倘若你再胡乱说话，别怪我真把你赶出去!"

腾厉靠上来，拉着夜鸢道："别理他，这家伙不懂事，走，我们过去。"夜鸢气得一把甩开腾厉，径直飞到西莉亚和森楠身旁。

风扬紧跟过去，疑忌道："混沌圣物和进入太元之地有啥关系?"这次他很认真了。

森楠站起身来说道："太元之地有两条隧道能够过去，一条要耗费几百年的时间绕行，一条即是山凰他们去的路，是凭着龙雀的撼仙之锤硬冲过去的。"

风扬哪晓得去太元之地会这么麻烦，他苦笑着问道："这是啥混沌圣物?"

夜鸢说道："是我在这一界随机得到的，若是能参悟出来如何操纵，我的战斗力就不会是现在这样了。"他语气里有着很大的遗憾。

西莉亚说道："夜大哥若是能操纵这件混沌圣物，在大灵真仙中就不会排在之后了。"

风扬晓得，古仙一旦掌控一件混沌圣物，就能淋漓尽致地发挥自己的战斗力，夜鸢的功力足够了，若能再有一件得心应手的混沌圣物，恐怕就不是现在的局面，他想参悟大荒圣玄功的目的已然很明确了。

夜鸢说道："我原本想自己参悟的，但娲皇天尊以前说过，这件混沌圣物务必在灵界才能参悟，若是回到仙界，我就永远也别想操纵它……唉，直到再次见到娲皇天尊，我才反应过来，这件混沌圣物不是我能参悟得了的，所以，我决定请大家来帮忙。"

腾厉伸头东张西望，连声问道："混沌圣物在哪儿？混沌圣物在哪儿?"其实他和风扬一样，对混沌圣物已然没有啥神秘感了，他有两件混沌圣物，风扬也有两件，因此对夜鸢的混沌圣物并不在乎，尽管他们两人都还没有真正掌控混沌圣物的运用。

“在此处!”

夜鸢抛出那件混沌圣物。

那是一个三尺长的棍状物，有鸭蛋粗细，颜色是淡淡的紫金色，一头是三角形，在三角形的根部有一对碧绿的钩子，另一头有四个圈箍紧紧地缠绕在上面，稍稍凸出于棍面，形制十分古朴。

风扬细细察看了一番，倏然说道：“我……我有一种很熟悉的感觉……奇怪!”

夜鸢骤然间紧张起来。

风扬细细回想了一下，觉得这件混沌圣物的震荡和圣指有些相同。他说道：“我也有一件混沌圣物，和这玩意儿的感觉差不多，哎，夜鸢，这是啥混沌圣物?”

夜鸢有些失望：“我晓得你有弑圣刃，它和这件混沌圣物是完全不同的，唉，这件混沌圣物不完整，如同缺了点儿啥……嗯，它的原名已然失去了，我把它叫作神棍。”

“哈，神棍……”风扬听了一乐，心想：“这个名字也太逊了。”

风扬接着说道：“我这件混沌圣物不是弑圣刃，而是圣指。”

西莉亚跃起来，惊异地说道：“怎么可能? 我和夜大哥专门去搜寻过赤血天晶兽，连影子都没有见到，你是在哪儿寻到它的?”当年两人由于大荒圣玄功而放弃了圣指，直追得风扬上天无路入地无门，尽管最终他们得偿所愿，获得了正宗的大荒圣玄功，但也失去了赤血天晶兽的踪迹，没想到最终仍然被风扬得到。

夜鸢喜出望外，说道：“若是圣指那就不一样了，原来我就觉得它有种熟悉的感觉，呃……这个……那个……”他倏然结巴起来。

风扬瞠目结舌，用一种很可怜很委屈的眼神瞧着他，眼里还明灭着丝丝金芒。夜鸢即刻想起自己和西莉亚当年狂追他的事情，他也觉得很难堪，微微流露出一点不好意思的神色。

森楠很奇怪这两人的反应，不禁问道：“你们怎样啦?”

风扬笑嘻嘻地调侃道：“没有啥，嘿嘿，夜鸢有些害羞嘛。”

这下连西莉亚都脸红了，原来她比夜鸢更过分，在赤莽星差点把风扬扒光了。她笑骂道：“臭小子，还记仇啊? 快把圣指拿出来!”她晓得，风扬既然说出自己有圣指，就肯定不会藏私。

果然，风扬挠挠头道：“大姐还是这么霸道……呃，我拿! 我拿!”

圣指被风扬禁制后放在指环里，他取出圣指。

在禁制没有解除前，圣指并不起眼，猛一眼看上去像一只正面展翅的雄鹰，中间厚边缘薄，颜色是淡淡的金色，下面有三个大小不一的孔洞，其中最大的一个像一张裂开的野兽嘴巴，小的只有小儿拳头大小，黑黝黝的毫不起眼。

夜鸢这些古仙一眼就看出，这是被禁制了。西莉亚说道："解开禁制瞧瞧，没关系，圣指飞不出去，此处的禁制是夜大哥安置的。"

风扬随手解开禁制。

夜鸢手里拿着的神棍倏然激烈战栗起来，他不由得大叫："咦……啊呀！有反应了，哈哈，哈哈哈！"他得到这件混沌圣物已然很久了，曾耗费了数不清的精力和时间祭炼，都是以失败而告终。圣指一出，神棍即刻引起反应，在场的人都清楚，这两件混沌圣物肯定有关联。

风扬也没有想到圣指居然和夜鸢的神棍有关联，他笑道："真是有缘啊，夜鸢，试着用神棍收取圣指。"夜鸢呼吸都急促起来，他舞动神棍去追圣指。

禁制解开后，圣指即刻飞向半空，忽上忽下试图冲出禁制。夜鸢举着神棍在之后急速紧跟。

腾厉在一旁嬉笑道："夜鸢的心乱了……"这轻飘飘一句话令夜鸢省悟过来，他长啸一声，说道："腾厉谢啦！"就听"咔嚓"一声响，神棍和圣指合二为一。

西莉亚娇笑道："恭喜夜大哥。"

夜鸢的眼睛却瞧着风扬，谁都晓得，圣指才是主体，而神棍只是一件附属的配件。

风扬笑道："我拿着也没有用，既然夜鸢能收取，那就送给你了。"森楠不禁叹道："你可真大方啊，这可是混沌圣物……"

夜鸢满面笑容，说道："如此，我就不客气了。"

腾厉发出一声怪笑，说道："大哥，你狠！"

夜鸢笑道："这下也许能祭炼了，老弟，你不用担忧，有了这件混沌圣物，太元之地不足惧，哈哈。"他脸上显现出开心之色。

西莉亚隐约觉得有些不对劲，但一时之间她也想不清楚。她踌躇了一下想说些啥，风扬一眼瞄到，急忙打岔："夜鸢你先祭炼吧，我也打算祭炼一下弑圣刃，小厉，你也祭炼一下都鲍牙棒和战衣，哈，没有战斗力的话，去太元之地可不成啊。"他可不想让夜鸢这么快就省悟过来。

夜鸢得到了圣指，即刻坐下开始祭炼。

风扬取出圣丹每人发了一些，而自己则是花心思祭炼齐了两件混沌圣物。

岁月如梭，一晃就是十年过去了。

夜鸢坐在另一端，他祭炼的圣指快要完成了。森楠和西莉亚静静地盘腿修行，似已经突破了原来的境界。腾厉也在忙着祭炼他的都鲍牙棒，他悬在半空，都鲍牙棒化作一道金色的虚影在周身盘旋，他不时地打出一个印诀，目不转睛地祭炼着。

不久后，夜鸢醒来说道："好了，别多说了，有了圣指，我们就能够走山凰他们去太元之地的路，那条隧道很难走的，等一会儿我们回天枢星，瞧瞧山凰复原了没有，倘若他复原了，我们就即刻上路。"

这群人中夜鸢的功力最高，资格也最老，无形中他就成了发号施令的人，大家对此都没有啥意见。

这次集体修炼，每个人都大有收获，尤其是夜鸢，他得到圣指，完全是喜出望外，有了圣指，只要彻底祭炼成功，就是龙雀来他也不再畏怯了。

西莉亚和森楠凭着一颗圣成圣丹也突破了原有的境界，要晓得他们两人在这一界苦苦挣扎了几千年，能够保持原有的实力十分不轻松，这次终于靠着圣丹的能量前进了一步，两人心里不知是喜还是悲。

风扬不仅彻底掌控了弑圣刃，还学会了身外化身的神通，他和腾厉的收获也格外之大。

西莉亚抛出星耀，带着众人挪移而去，五年后便到了一颗过渡陨石——坛韶星。

众人停在坛韶星的上空，山凰说道："上次我们在上面只停留了一下就过去了，听说此处有洪荒元尊的家族，龙雀大人原来准备去拜访的，可是时间来不及了，我记得以前有人说过，这一带是洪荒元尊停留的地方。"

夜鸢点头道："我晓得，以前听飙璃仙王说过，此处有一个洪荒元尊家族，我们应该去拜会一下。"

越过草原和沼泽，五人飞到坛韶星最大的原始森林上空，大约飞行了一顿饭的工夫，终于来到洪荒元尊有虞的居所。

一道白光闪过，众人被挪移进建筑里。

从踏出的第一步起，风扬就晓得此处是个格外高明的幻境。对于幻境他特别有兴趣，向来都很留心研究，所以纵使是洪荒元尊架设的幻境他也依然不惧，凭着一双神眼，幻境里的一切他都能看穿。此处比起洪荒神灵娲皇设的阵法，真是一个天上一个地下，差别是很大的。

随着景象的变换，一行人来到海边。这回风扬有些傻了，他晓得这是真正的水，绝不是幻化出来的，这种程度的幻化比刚才又进了一步。他眼中金芒一闪，运功看去，此处居然是一个庞大的地下湖泊。

很快，一个七角形的暗金色石台显露在眼前，石台就浮在海面上，一个身穿碧绿暗花长袍的挺拔威严汉子背对众人站着，他一动不动地凝视着远方，似陷入寻思之中。

夜鸢抢上一步道："大灵真仙夜鸢见过有虞荒尊。"

有虞慢慢转过身来，扫视了众人一眼，说道："是仙界的夜大人啊，这几位是?"夜鸢说道："这是大灵真仙山凰、古仙西莉亚……还有……修炼了《大荒圣玄功》的羲皇隔界弟子风扬、逐圣者腾厉。"他踌躇了一下，还是说出了风扬的身份。

果然，有虞脸上露出一丝惊异，两个大灵真仙，两个逐圣者和一个古仙，如此的组合要多古怪就有多古怪，其中一个逐圣者居然还是羲皇内定的弟子。他上下端详着风扬，一刻钟后才说道："羲皇的弟子？难以置信啊……现在又显露逐圣者了?”他的声音低沉悦耳，像暮鼓晨钟般穿透人的心底。

有虞像是没有听见，自顾自地说道：“大家坐，小兄弟，坐到我身旁来。”他向风扬招招手。

风扬微微一笑，走上前去盘膝而坐，夜鸢等人也一道坐下来。一时间，大家都静默不语，只听见附近的海浪声哗哗作响。

有虞将膝下的袍服按住，慢慢地半躺下来，问道：“小兄弟是啥时候拜羲皇为师的?”风扬不禁笑道：“原来洪荒元尊也不能免俗，拜羲皇为师很重要吗?”有虞哈哈大笑：“嗯，有想法，很久没有人和我如此说话了。”

夜鸢冷汗都要下来了，风扬见娲皇也是如此无礼，这次又来了。他急忙打岔道：“最近仙界有很多人到此处来吧?”

有虞用手托着头，慢条斯理地说道：“确实有很多仙界的人来过……其实，你们不去太元之地也有人会管那里的事情，两界隧道封闭了太久，太元之地的太元人不是也没有扩散吗？我看……你们还是念念不忘太元圣灵冢吧，以前还只是仙王以上的高手去试探，现在连大灵真仙也要去凑热闹了，唉，打开的时间还没有到吧。”

夜鸢苦笑着摇头，他没法辩解，以他的身份完全就不能说啥。风扬倒开始感兴趣了，这个话题夜鸢向来讳莫如深，每次问他都不肯详细说明。他不禁问道：“有虞荒尊……”这个称呼叫得太古怪了，夜鸢急忙提醒道：“老弟，是有虞荒尊。”

风扬即刻改口：“有虞荒尊，太元人是啥人？还有太元圣灵冢又是啥事物?”

有虞金鱼眼一瞪，奇道：“你不晓得？那你去太元之地干啥?”

风扬苦笑道：“我去是为了救人，我大哥和师尊陷在太元之地了。”有虞更是惊异：“你师尊？不是羲皇吗？他怎么可能陷在太元之地……你……”山凰急忙解释道：“他说的师尊是修仙时拜的师，羲皇……那是后来的事情了。”

有虞深吸一口气，微微摇头：“你师尊是古仙？逐仙者是进不去太元之地的。”风扬说道：“我师尊是虚神。”有虞的眼球都要瞪出来了：“你居然拜虚神为师？奇怪，虚神能走到太元之地去，也算是很厉害了。”

风扬心里暗骂，每次说到关键的时候这些家伙总是夹缠不清地岔开话题。他接着追问道：“荒尊，太元人是啥人？还有太元圣灵冢是啥事物？小子着实是好奇啊。”

有虞沉吟了片刻，说道：“不晓得你对洪荒元尊的来历清楚不清楚?”看他的架势，好像要从头说起的模样。

风扬挠头道：“荒尊，不瞒你说，别说是洪荒元尊，就是古仙的来历我都不清楚，小子孤陋寡闻，还请荒尊教导。”他摆出一副虚心求教的模样。

有虞看到很高兴风扬的态度，他咳嗽一声，面带微笑道：“最早的时候只有逐圣者，至于修仙者和洪荒元尊都是后来才显露的，逐圣者成圣格外危险，都是以化道终结，而且没有第二条路好走，直到有一个很厉害的人物显露……”

第二十章　太元之地

不仅风扬是第一次听说，连夜鸢这些人都没听说过。风扬问道：“厉害的人物？他是谁？”有虞脸上浮现出一丝钦佩之色：“那是一个修圣成功的人，他将一套另辟蹊径的功法传给了娲皇天尊，于是显露了第一批修仙者和洪荒元尊，后来这些功法又经过娲皇天尊逐步修改，慢慢地流传出去。”风扬这才晓得娲皇有多么厉害，他张嘴想说啥，又忍住了，接着静静地听有虞叙说。

有虞说道：“娲皇天尊……也是一个了不起的人物啊，可以说，现在的仙界就是他搞出来的。他修改出了各种祭炼方法，使得很多原本不可修圣成功的人有路可走了。随着祭炼方法的不断演变，逐渐化成了现在的灵界和仙界等其他各界，连我们这些修仙成功的洪荒元尊也都沾了光，不会再莫名其妙地化道了，但随着祭炼功法的改变，古圣者和古修仙者几近隐没殆尽，剩下的洪荒元尊也不多了，现在的修行者大多都是逐仙者。”

风扬呆呆地瞧着有虞，他现在才晓得夜鸢见到娲皇为啥如此恭谨，怪不得自己在娲皇那里觉得放不开的。他使劲一拍脑门，倏然“嘿”了一声，有虞奇怪道：“你怎么了？”夜鸢笑道：“他也许在懊悔啥吧，呵呵。”

腾厉问道：“大哥懊悔啥？”

西莉亚咯咯笑道：“你大哥在娲皇天尊那里……嘻嘻，以前试图和荒尊打斗……嘻嘻。”山凰和腾厉惊异道：“啥？怎么可能？”

风扬两手一摊，笑道：“没有的事，西莉亚乱说，那是荒尊耍我的。”

有虞站起身，惊异地说道：“你们见过娲皇天尊？”风扬也站起身来，走到石台边瞧着脚下幻化的海水，冷静地说道：“见过。”有虞不由得肃然起敬：“可惜，我从来没有见过他，老弟，有机会介绍一下？”他连称呼都变了。

风扬觉得不可思议：“你是洪荒元尊啊，怎样会不了解娲皇天尊？”

夜鸢说道：“娲皇天尊是不大愿意见某些洪荒元尊的。”有虞叹道：“当然晓得，但我很敬佩娲皇天尊的气魄和见识，尽管有很多洪荒元尊对他不服以至怨恨，但也有很多像我一样的洪荒元尊。”夜鸢早就晓得有虞荒尊是支持仙界的，不然他也不会贸然到此处来拜访。

风扬慢慢有些清楚了，看来是娲皇天尊改进了祭炼的方法，将洪荒元尊的传承方式彻底破坏了，这在无形中对不住了某些洪荒元尊，从现在几乎见不到古修仙者和古圣者就晓得，这些洪荒元尊已然没有啥后来人了。看样子，灵界的凡人更适合修仙，而不适合洪荒元尊的祭炼方法。

有虞接着说道："太元之地原本是洪荒元尊的古发源地之一，在很久远的时候被放弃了，那里还有被遗弃的太元人。"

风扬踏进海水里用脚撩着海水，问道："太元人是啥人？"

有虞说道："太元人原本是洪荒元尊的基础，就像我们此处灵界的凡人，他们倏然得到了一种古怪的本事，一种迅速繁殖的本事，而且他们仍然能够祭炼，但无论如何祭炼，都不可能成功，寻常祭炼百年后就化道身亡了，因此，太元之地是个十分危险的地方。"

风扬说道："如此说来，洪荒元尊的基础不就彻底完了？难怪会如此。"

有虞长叹道："大多洪荒元尊都是太元人祭炼而成的，只有少部分洪荒元尊和你们的种族一样。其实太元人和你们也差不多，只是自从获得了快速繁殖本事后，他们就失去了修圣或者修仙的可能，以至于不可修仙，我们这些洪荒元尊也不得不放弃太元之地。由于太元人具有可怕的快速繁殖本事，为了确保他们不无限蔓延，进而作用于现在的灵界，娲皇天尊不得不联合了几个大神通大法力的洪荒神灵，将整个太元之地封锁起来……"他仰首看天，好像有些不忍接着说下去。

风扬没想到事情居然如此恍惚，他问道："那些洪荒元尊会同意吗？"

有虞反问道："敢反对的洪荒元尊……一些都被他们困禁了，我为此也曾准备前去拼斗，可是我后来得到一个消息，这才决定留守在太元之地的边缘，看守着这条隧道。"

不知怎的，风扬倏然想起自己从七妙鼎里放出来的洪荒元尊——无天荒尊，怪不得夜鸢看见他会那么害怕。

"是啥消息让你放弃拼斗的？"腾厉好奇地问道。

有虞说道："太元圣灵冢。"

腾厉咧开大嘴笑道："是不是惦记着里面有啥好事物？那个啥娲皇天尊真是厉害，奇怪，你怎么不去寻找圣灵冢，躲在坛韶星干啥？想不通啊。"夜鸢差点被腾厉吓死，这家伙不仅胡乱说话，还胡乱刺激人。

有虞神色阴沉下来，夜鸢、山凰和西莉亚都坐不住了，急忙站起身来。

风扬没有在意他们说啥，他稍一思索便恍然大悟，脱口而出道："太元圣灵冢里有解救太元人的方法？"

有虞阴沉的神色骤然间一变，他满脸惊奇地瞧着风扬，一刻钟后，才问道："你是怎样想到的？"

风扬一记马屁就拍了过去："以洪荒元尊的境界……应该不会为了区区宝藏而屈服谁吧。"此言一出，夜鸢等人都松了口气，心里暗暗钦佩风扬真会说话。

有虞被风扬一句话说得心花怒放，觉得这小子怎么看怎么顺眼。

有虞说道："不错，这是我们太元洪荒元尊集体推算的结果，要解决太元人的生存危机，就务必再一次打开圣灵冢。自从娲皇天尊、羲皇天尊和农皇天尊三位洪荒神灵强行打开了两次圣灵冢后，我们这些洪荒元尊就守候在太元之地，等待圣灵冢的再一次打开，同时阻止仙界的古仙进入圣灵冢，到现在圣灵冢向来都是封闭着的，还没有哪个古仙能再次打开。”

夜鸢说道：“娲皇天尊以前传话给羲皇天尊，劝阻仙王以下的古仙进入太元之地，当然古仙执意要去他也不管，说是时机未到。”

风扬不解道：“凭着洪荒元尊的战斗力，他们要带领太元人离开太元之地应该不难吧。”

有虞摇头道：“他们尽管不服娲皇天尊，但也不敢公然违抗他的话。”风扬问道：“娲皇天尊说啥了？”

夜鸢说道：“娲皇天尊在封闭太元之地的时候说过，不许太元人扩散到太元之地以外的地方，倘若谁敢这么做，他就灭掉太元人！”风扬不禁打了个寒战，心想：“娲皇是女人吗？怎么比阎王还厉害啊。”

有虞苦笑道：“都晓得这是娲皇天尊威胁的话，但没有一个洪荒元尊敢违抗，他的气魄……唉，没法比啊……这个警告已然是很久远的事情了。”山凰插话道：“我上次从太元之地逃出时，太元六卫中的三个追出了太元之地，尽管是他们掌控的外相体，但也违背了娲皇天尊的话。”

风扬心想：“若是有虞晓得娲皇天尊的本相是一个女人，不晓得他会不会吐血？”他问道：“仙界的人若是进入太元之地受到太元人打击，娲皇天尊会不会管？”

山凰说道：“这个我晓得，他不会管的。”

风扬又问道：“那些洪荒元尊既然占据了太元之地，为啥不去破解太元圣灵冢？他们的时机不是更多吗？”

有虞摇头道：“他们当然去破解了，凭着太元人快速繁殖的本事，你晓得有多少太元人死在那里吗？可以说是不计其数了，唉。”他叹息了一声：“凡是有古仙进入太元之地，哪一次不是大开杀戒，太元人为了阻止他们，死伤格外惨重，只是他们的生死不会有人过问。不仅是太元人，古仙的死活也没人过问，因此没有肯定的战斗力，古仙是绝不会去太元之地的。”

风扬联想到森楠，这才清楚为啥他坚决要走，为啥夜鸢对太元之地如此讳莫如深。他心里不禁暗骂龙雀，害得师尊和大哥失陷在里面。

风扬又想起师尊和大哥传来的那块影灵玉上“小心”二字，那可能是提醒自己不要去太元之地，他们肯定不晓得龙雀的任务，也许是让自己小心龙雀，也许是小心另外啥人。他飞身跳上石台，走到山凰身旁问道：“龙雀大人是不是困在太元圣灵冢了？”

山凰点头道：“是的，这次如果连羲皇都惊动了……嗯，也许会有高手去救助吧……”他语焉不详地说着。风扬听出他有所顾忌，他向来是很宽容的，别人不愿说的事情他绝不会勉强。

夜鸢喝了一小口酝蔚瑶液，说道："有虞荒尊，我们希望能从你此处借道走，请荒尊给予帮助。"有虞背着手在石台上走来走去，似在考虑啥。

风扬小声问山凰道："夜鸢是啥想法?"他对借道的说法不清楚。

山凰摇头道："我也不清楚夜大人的想法。"

有虞倏然笑道："我还觉得是啥大事情呢？原来是借道而已，小事一桩。"

夜鸢喜出望外，谢道："谢过有虞荒尊，能走灭元路能够省去很多麻烦。"

有虞淡淡地说道："灭元路尽管是近路，但并不好走，夜大人有信心吗?"自从有了圣指后，夜鸢信心大增，他觉得自己已然有了不次于仙王的战斗力，何况还有山凰等几个高手同行，他点头道："没有问题。"

有虞心里有些疑忌，凭大灵真仙的战斗力居然敢走灭元路，那可是挪移圣禁，没有仙王或者洪荒元尊的战斗力，几乎是去找死，他想不通夜鸢为何如此有信心。

风扬吃完灵果，抹抹嘴笑道："有虞荒尊，太元圣灵冢究竟是啥事物?"他觉得圣灵冢里不会只有解救太元人的方法，也许还有别的啥事物，不然仙界没有理由插手这件事情。

夜鸢插话道："当然有绝大的好处，但只有娲皇天尊、羲皇天尊和农皇天尊晓得。"

有虞点头道："若能再次打开太元圣灵冢，对所有人都有好处，但具体是啥还不清楚，有一点能够肯定，这次打开能解决太元人的生存危机。"

风扬沉吟了片刻，又问道："为啥娲皇天尊不再联合羲皇天尊和农皇天尊来一道破解？这说不通啊。"

有虞苦笑道："他短时间内不会出手的，只是说再次打开的时机未到……"有虞扬手道："没有啥好烦恼的，我只是悲哀太元人的命运……我们走，去太元之地的隧道就要开了。老弟，我再一次提醒你，这条路极难走，没有仙王的战斗力，我劝你们还是从外面过去，尽管也很难，但要略微安全一些。"

夜鸢信心十足地说道："荒尊不用忧虑，我有信心过去。"

有虞点头道："好，既然夜大人如此有信心，那就走这条隧道吧。"他双手一拢，说道："大家都别动。"一道夺目的金光亮起，他带着众人大挪移而去。

有虞也不敢带他们到达古圣禁边，他停在古圣禁波及不到的地方，指着极远处一个墨色的光壁道："那里即是太元之地，古圣禁马上就要打开了……"话还没有说完，一道白光飞来，他伸手抓下。这是一个通信用的法宝，他用圣识浏览了一下，脸上显出惊容。

夜鸢问道："怎样？荒尊有事?"

有虞瞧瞧手中传来的法宝有些不知所措，他再次用圣识扫过，一刻钟后，才说道："莫非太元之地的圣灵冢有急速变化？奇怪……"大家骤然间好奇起来，腾厉哇哇叫道："胖子……呃，荒尊，究竟发生啥事情了?"他心中向来称呼有虞为胖子，一不留意叫了出来。有虞正神不守舍，也没有在意他说些啥。

风扬冷静地问道：“荒尊，发生了啥事情?”他似乎觉得这肯定和太元之地太元人的生死有关，不然有虞不会如此失态。果然，有虞荒尊说道：“羲皇来了……”风扬一惊，夜鸢更是面色急速变化，众人都目瞪口呆地瞧着有虞。

有虞荒尊皱着眉头道：“太元之地究竟发生啥事情了，居然惊动羲皇亲自前来，想不通啊，莫非和圣灵冢有啥关系?”他困惑不解地瞧着众人。没多久，他忽然清醒过来，说道：“对不起，我务必回去迎接羲皇，你们可要和我一道过去迎接?”

夜鸢脱口而出道：“不，我们先去太元之地……”他现在不愿意见羲皇，由于有很多事情他都不可向羲皇解释，若是这时候去，对他格外不利，而且他还有娲皇交代的任务要完成，山凰短时间也不想离开风扬，因此这两人都不愿意马上去见羲皇。

山凰扭过头去装着啥也没有听见。

风扬心里也赞成不去见羲皇，这时候见面他觉得并不适宜，他怕有啥意外发生影响到营救老二师尊和姬大哥。他说道：“夜大哥，我们先去太元之地，羲皇若是也去太元之地，我们迟早会见面的。”

西莉亚和腾厉都不愿意见羲皇，西莉亚怕万一见到九眼仙王，腾厉则是怕拘束。

有虞荒尊说道：“既然大家想先去太元之地，我就不勉强了。”他和大家一一告别，闪身化作一道青光，飞逝在太半空。

夜鸢瞧着有虞荒尊隐没，一刻钟后，才恢复常态。羲皇到来的消息给他带来很大冲击，他显得满腹心事。

踌躇了一会儿，夜鸢说道：“我们走！大家记住，一定要在圣指的庇护里。老弟，你和腾厉随时准备出手，我若是抵抗不住，你们务必助我一臂之力，在挪移的古圣禁里，我们只有用混沌圣物才能抵住力量，仙器是坚持不了多久的，在古圣禁里千万别逞能。”他再三叮嘱着。此时若有陌生人在场，肯定会误觉得他是个爱唠叨的家伙。

腾厉说道：“走吧，不用担忧了，我们都是怕死的家伙，保证不会乱来。”

夜鸢瞪了他一眼，说道：“这时候还不成，要等古圣禁打开以后，略微稳定一下，我们才能顺势进去，若是等在古圣禁边，一旦圣禁打开，我们谁都挡不住那股巨大的吸力，会被撕扯得粉碎。我们就在此处等着，很快就要打开了。”

风扬查看了一下附近的环境，四周黑沉沉的，数不清的星光在天际间明灭，凭着一双神眼，他能清楚地看见极远处的景色。

太元之地所在的地方有一圈黑黑的影子，如若不是它附近的空间微微歪曲，几近和太空的背景融合在一道，很难分辨清楚。在它附近看不出有任何事物存在，干净得使人生畏。

足足等了八天，古圣禁终于打开了。

第二十一章 雾莲玄冰

众人按照排定的次序，犹如一颗颗飞掠的陨星，急速冲向古圣禁。

风扬发觉速度越来越快，一股铺天般的吸力拖拽着众人，原先看上去很遥远的古圣禁迅速变大。

不知过了多久，众人眼前一黑一亮，外部的力量陡然隐没一空。混沌圣物被长时间镇压后倏然松开，庞大的能量使劲发散开来。

夺目的金光犹如夺目的太阳，那是圣指的能量，弑圣刃飞出一道道灵华夹杂其间，都鲍牙棒散发出斗大的星芒四散涌现，略微一顿之后，发出一声庞大的轰鸣。

山凰大叫道："快收!"

夜鸢、风扬和腾厉完全就不可掌控，三人全身的劲力如同都涌进混沌圣物里。外面的力量倏然没有了，等于给了他们一个宣泄的出口。

西莉亚失声叫道："天哪，这是在哪个陨石的表面?"她裹在大家中间无所事事，是看得最清楚的一个，她发觉这是一个有生命的陨石。

说话间，天际间亮起数不清道青色光华。山凰冷笑道："是东陵的人。"刹那间，破空之声大作。

西莉亚疑忌道："我们现在还没有惹到太元之地的人啊，也没有寻到圣灵冢的方位，他们是怎么寻到我们的?"

山凰匆忙用圣识查看定星石，说道："此处尽管不是圣灵冢，但这是供奉圣灵冢的陨石之一，很不巧，被我们破坏了。"

风扬说道："和他们没啥好打斗的，我们走!"

极玄极阴寒眼距离圣灵冢很近，圣灵冢是一个奇异的地方，里面层层叠叠的安置着古圣禁制，而极玄极阴寒眼则是附近的一处天然障碍，被人用大法力改成了一种防御禁制，凡是从极玄极阴寒眼方向过来的，很轻松就被禁制挪移进去。原来龙雀等人即是如此陷进去的，后来龙雀凭着撼仙之锤强行冲了过去，而山凰为了救护姬莫言和独孤刹身负重伤，眼睁睁地瞧着他俩落入极玄极阴寒眼里。他自己尽管勉强逃出来，却又被太元六卫追打得奄奄一息，如若不是有风扬的圣丹救治他不可能这么快复原过来。

夜鸢带着大家一路飞来，山凰负责指导方向。使人奇怪的是，所有的太元人都失去了踪迹，再也没有人出来抵挡他们。山凰很肯定地说道："太元之地和仙界肯定达成了某种默契，否则不会没有太元人来阻拦我们的。"

夜鸢指着前方道："大家看，那里是不是极玄极阴寒眼？"

山凰眯着眼睛，说道："就要到了，但愿里面也没有太元人来抵挡。"

一路飞来，不仅没有太元人抵挡，甚至连禁制也被消除了，太半空空空荡荡的啥也没有。

风扬心里一阵激动，历经千辛万苦终于到达了目的地。他不晓得极玄极阴寒眼究竟是啥玩意儿，也许和幽冥岛地下的万载玄冰穴有某些类似，都是由极寒的物质构成。在这一界不论极寒还是极热的物质，对他们五人都没有啥太大的威胁，就怕这些物质被人利用加上禁制，那就难对付了。

随着距离缩短，极玄极阴寒眼也越来越大，众人都感觉到淡淡的寒意。

腾厉奇道："这地方是不是很冷啊？在此处都觉得有些凉飕飕的，进去会不会冻死我？"山凰说道："那里确实很冷，但对我们没有任何威胁。"

风扬倏然叫道："你们看，那是啥？"

只见太半空显露一片片墨色的像云雾似的事物，飞得越近看到的就越多。山凰苦笑道："那是太元人的尸身碎片……我们绕过去，没啥好看的。"腾厉下意识地舔舔嘴唇，叹息道："这么多啊，可惜了。"

风扬看得惊心动魄，如此成片的尸身碎片，要死掉多少太元人才能化成啊，可想而知山凰他们原来面临着啥样的情景。他问道："圣灵冢里真有解救太元人的方法吗？"停了一下，他又道："若是有，等救出师尊和大哥，我也去尽一份自己的力量。"

山凰是这群人中最了解风扬的，他了解风扬的忧虑，也加快飞行追上去，宽慰道："老弟，别忧虑，此处的禁制被消除后，进去并没有多大危险，被封住的极玄极阴寒眼有夜大人的圣指也很轻松就能够破开，你不用担忧了。"

风扬略微放松了些，勉强笑道："老哥，我晓得……呵呵，只是小弟不禁会忧虑。"夜鸢赶上来说道："不要紧，有我们五个人在，不管啥都挡不住的。"

风扬心里倏然很感动，不管这些人有啥盘算，他们能如此帮自己，着实是很不容易的事情，他发自内心地向他们一一道谢。

极玄极阴寒眼分为三层，外层是碎冰层，中间部分是由极阴玄煞和碎冰组成，最里层才是玄冰组成的陨石。

五人绕过碎冰层，就看见一个庞大的旋涡，那是混杂着极阴玄煞和碎冰化成的，就像是暴风眼。风扬惊叹道："真是宏伟，里面即是极阴寒眼？"他心里越发忧虑大哥和师尊的安危了，如此凶险的环境，能够与熏风带相提并论了。

山凰说道："不错，再进去即是极阴寒眼所在。"

所谓的极阴寒眼是玄冰在极阴玄煞侵蚀中化成的大空洞，外表看去即是玄冰上的一个个孔穴，这些孔穴里面有想象不到的危险，谁也搞不清楚极玄极阴寒眼里有啥，由于此地异常寒冷，纵使有古仙的战斗力，也不敢随意乱跑。

旋涡在众人的上方，就像一幅无与伦比的巨画悬在头顶，所有的人都觉得有寒意侵蚀进来。风扬稍稍加强天焱圣衣的能量，将寒气挡在外面，他仰首瞧着上方，问道："怎么进去？"

夜鸢瞧瞧大家，说道："我们不要所有人都进去，西莉亚和腾厉最好留在此处等待，就算是我们的后援吧，万一我们被困住了，你们两个就直接去圣灵冢，羲皇和仙王也许在那里……"他看了看风扬，接着说道："不管怎样，他肯定会来救我们的。"

西莉亚点头道："好，我就在此处等着，若是有危险，你们给我消息。"

腾厉稍稍踌躇了一下，说道："我好歹也有一件混沌圣物，不会连累大家的，我还是跟你们一道去吧。"

风扬考虑了片刻，说道："兄弟，你还是在此处等着比较好，西莉亚一个人，力量略微不足，万一外面有事，你们两个合力也许没有问题。"他心里清楚，外面也不一定安全。

落下去之后，夜鸢指着下方玄冰精髓化成的湖，说道："你们看下面！"

只见跌落的玄冰冰晶在湖面上方化作缕缕白雾消散一空。风扬呆呆地瞧着，一刻钟后，说道："这是啥禁制……居然如此厉害，莫非此处真的有人深隐吗？"

夜鸢说道："此处是太元之地，从古至今显露过数不清个厉害的高手，要说此处可能深隐着不知名的洪荒元尊，我一点都不觉得古怪……我们还是小心点，别轻易发生争执。"

倏然，冰壁上的冰晶明灭起来，没多久，整个冰壁大放光明。风扬看得目瞪口呆，上方的冰壁犹如悬挂着的水晶吊灯，分为赤、橙、黄、绿、青、蓝、紫七个区域，发出七灵华光，将整个空间映照得如同幻境。

夜鸢晓得不好，他沉声道："大家小心，此处的主人……倘若我没猜错的话，应该是洪荒元尊。"

"你们是谁？到我的玄海来干啥？"一个圆润动人的声音响起。

风扬不禁愕然，又是一个女的。他心里暗自警惕，自从见过娲皇后，他对任何女性修行者都不敢藐视。他瞧瞧夜鸢，伸手示意让他回答。

夜鸢向前飞行一段距离，朗声道："大灵真仙夜鸢，我们来此地找人，请先辈不要误会。"他说话格外客气。山凰也说道："大灵真仙山凰。"他不善与人打交道，只是报名而出。

风扬心里有些紧张，他心知倘若大哥和师尊走到这条路上来，肯定会和此处的深隐者见面。他也报名道："我是风扬，请问先辈尊姓大名。"他不说找人，先确定对方是谁再说，一日有事也能寻到她。

碧绿星光里慢慢幻出一个虚影，一道夺目的光从虚影里涌现，霎时间，一个如梦如幻的人悬停在半空，她身上穿一袭天碧绿的轻纱，是用此处特有的玄冰丝凝结而成的，名叫星雾纱，上面明灭着淡碧绿的星点，星雾纱将她的脸完全遮住了。她轻飘飘撩动了一下身上的纱裙，显出一只纤柔细指，手指白嫩柔软，尖尖的指甲上刻画着碧绿的冰晶花。她凌空向三人走来。

风扬留心到她和娲皇一样，都是赤着双脚，随着星雾纱的飘动，白嫩的脚尖忽隐忽现。风扬暗道侥幸，幸好自己已然修圣，对于如此的诱惑完全能够抵御。这人纵使没有显出真面目，其魅惑的感觉也胜过灵儿，别说是凡人，就是逐仙者恐怕也抗拒不了。

她停下脚步，上下端详着三人，说道："仙界的大灵真仙居然到我的幻海来找人，真是奇怪，说吧，你们找谁?"她的声音甜美柔和，像天籁之音一样美妙动人，可是她语音中流露出来的气势却不善，夜鸢、山凰和风扬三人不由得越发小心。

由于事关姬莫言和独孤刹，风扬不禁抢先回答道："先辈，是找两个虚神。"

她反问道："虚神是啥事物?"

此话一出，三人都傻了眼。夜鸢迟疑地问道："请问先辈是?"

她轻声一笑："我?我是雾莲女，你们可以叫我雾莲荒尊。"夜鸢和山凰相互对视一眼，两人同时慢慢摇头。这个名字格外陌生，他们从来没有听说过，但他们能够确定这肯定是一个洪荒元尊。

风扬神色微变，急忙问道："虚神……荒尊莫非没有听说过虚神吗?是这样的，前一段时间我大哥和师尊为了闪让太元人藏到此处来了，荒尊见到过他们吗?"他说完扬手放出弑圣刃，拟出姬莫言和独孤刹的模样。

雾莲荒尊娇躯微颤，她显然察觉到弑圣刃的能量，难以置信地轻声道："居然是圣灵冢的宝贝弑圣刃，嗯，身上是天焱圣衣……呀，这还是原来飞走的几件混沌圣物之一……你是谁?"她原来也是参与打开圣灵冢的洪荒元尊之一。

风扬说道："我只是一个无名小卒，请荒尊告知这两人有没有见到?"他有些按捺不住了，雾莲荒尊几乎总是答非所问。山凰急忙传音道："老弟，别急。"

谁也看不到雾莲荒尊的神情，只听她淡淡地说道："这两个人我见过，原来他们就是所谓的虚神。"风扬不禁大喜，连声道："哎呀，终于寻到了!他们在哪儿?他们在哪儿?"

夜鸢已然觉得不好，他听出雾莲荒尊的语气不佳，即刻戒备起来，同时传音给山凰。瞧着风扬开心若狂的模样，他晓得这时候风扬啥也听不进去。

雾莲荒尊淡淡地说道："哦，很对不起，他们被我禁制了。"

风扬犹如被一盆冰水当头淋下，失声叫道："啥?"

雾莲荒尊冷冰冰地说道："由于他们吵醒了我，而且不知死活地跟我动手，尤其是这个人……更是出言不逊。"她随手一挥，碧绿星芒汇集起来，幻化出独孤刹的模样。

风扬大叫道："那是我师尊!"气氛陡然紧张起来。

雾莲荒尊冷笑道："你师尊？胡乱说话！你师尊的战斗力比你差远了，他怎样可能是……哼，你们是来惹事的吧？"

风扬哭笑不得地瞧着雾莲荒尊，说道："我没事走到极玄极阴寒眼来跟先辈闹事？你……你是先辈，和我们这些晚辈过不去吗？你要怎样才能放出我大哥和师尊？"他强忍住心中的恼怒，试图和她讲道理。

雾莲荒尊霸道地说道："幸好我已然醒了，所以不计较你们的打扰，即刻退出我的玄海，否则也困禁你们！"夜鸢硬着头皮说道："先辈，他是羲皇的弟子，请先辈留一份情。"谁知雾莲荒尊哈哈大笑："羲皇是谁？莫非我睡了一觉……啥都变了吗？"

夜鸢三人匪夷所思地瞧着她，她居然修炼了无尽岁月，完全是不可思议。

风扬终于忍不下去了，他咬着牙说道："我只想确定一点，我师尊和大哥还活着吗？"他语气里充满了威胁，别说是洪荒元尊听了受不了，就是寻常人也会不甘示弱的。

果然，雾莲荒尊满不在乎地说道："嗯，活着怎样？死了怎样？"她好奇地瞧着风扬，自从祭炼有成后，还很少有人敢如此和她说话，风扬可以算是第二个了，第一个就是他的师尊独孤刹，这师徒俩居然一个德行，她骤然间感觉很有趣。

风扬冷冷地道："不怎样，杀人偿命！"

雾莲荒尊娇声笑道："哟，小子还挺厉害的，告诉你，他们被我压进核心的极阴玄煞里去了，在那种地方，谁晓得他们是死是活！"她兴致盎然地瞧着风扬，似是想看风扬有啥反应。

风扬的怒火就要沸腾了，两眼中的金芒闪电般明灭着，他完全沉入疯狂之心境界，天焱圣衣上的古圣痕语犹如旋转的星空，在衣面上快速流动，弑圣刃在他肩背上不断伸缩吞吐着金芒。他转过身来，阴森森地盯着雾莲荒尊。

夜鸢和山凰不约而同地向后飘退一段距离，两人不知所措地瞧着。和洪荒元尊打斗，对他们两人来说有些不可思议，那不是一个层次的拼斗，几乎是必输无疑，他们想不出风扬和雾莲荒尊拼斗会有啥胜算。

雾莲荒尊心里微微有些疑忌，她察觉到风扬真要动手了。

风扬面无表情地说道："也许你觉得我大哥和师尊不值一提，但他们是我的亲人和朋友，所以，请先辈明确回答，他们是死是活？"

紫府元圣激烈地跳动着，风扬浑身犹如燃烧的烈火，散发出疯狂的气势，他死死地盯住雾莲荒尊。

雾莲荒尊娇笑连连，她有趣地瞧着风扬，满不在乎地说道："小子，你想动手只管来，混沌圣物没啥了不起的，原来打开圣灵冢的时候，很多人都得到过混沌圣物，弑圣刃尽管不错，可我还看不上眼。"

第二十二章　青萝无天

雾莲荒尊不屑地娇哼一声，风扬终于被她激怒了，他大喝道："去死！"弑圣刃犹如奔腾的洪流，分为四道金芒急速撞击过去。

夜鸢和山凰没想到风扬真敢动手，夜鸢大叫道："雾莲荒尊，请手下留情。"

雾莲荒尊打斗的经验不足，环绕她周身飞行的七颗明珠也是混沌圣物，那是她从圣灵冢里得到的宝贝，自从得到这件纯寒性的混沌圣物后，她就在极玄极阴寒眼里构造了一个玄海，专门在此处祭炼，并且将混沌圣物融合进入本体，这七颗明珠叫七玄珠。

风扬已然将弑圣刃发挥到了极致，他怪叫着："我砍！"不仅夜鸢和山凰目瞪口呆，连雾莲荒尊也觉得一阵胆寒，她还是第一次见到这样的家伙，打斗起来是玩命的。

玄海的空间是被雾莲荒尊禁制的，坚固的冰壁能够吸收一些力量。

两件混沌圣物硬生生地撞在一起。

雾莲荒尊被风扬吓着了，她手足无措地提升七玄珠的能量，但已然来不及了。

一声炸响，犹如山崩犹如地裂，整个玄海的冰壁都战栗起来，冰晶好比乱箭般四处飞舞。在如此狭小的空间里拼斗混沌圣物，也只有风扬敢这么干。

夜鸢用圣指将自己和山凰护住。他俩心里暗暗叫苦不迭，若是玄海坍塌，想要出去可就难了。

风扬和雾莲荒尊同时被震飞。

风扬犹如离弦的箭倒飞而去，轰然砸进玄冰壁中，喷出一口金色的血，一股绝大的寒气袭上身来，霎时间，他动弹不得。

雾莲荒尊也不好受，她尽管没有受伤，但七玄珠的光辉黯淡下来。她被撞得连连后退，脸上的星雾纱也高高扬起，好在无人看见她的容貌。

雾莲荒尊被惹火了，她从来没有吃过如此的亏，最让她心疼的是七玄珠，被弑圣刃硬生生撞击了一下，还没有发挥效用就受到重创。要晓得混沌圣物几乎都是有灵性的，要想恢复原来的状态，她就务必再次祭炼，而且经过这次重创，七玄珠的好些妙用都不能使出来了。

夜鸢和山凰快速飞到风扬身旁，将他从冰壁里挖出来。只见他身上布满了寒霜，双眼紧闭，弑圣刃也被撞回体内，如若不是有天焱圣衣，弑圣刃也许就飞出去找不到了。

夜鸢轻飘飘一点风扬的前胸，仙灵之气震荡了一下，风扬骤然间清醒过来。他轻哼一声，圣衣胸口隐伏的先仙焰灵倏然动了，一圈细微的紫花顺着圣衣蔓延开来，几秒钟之后，那股寒气就被一扫而空。

雾莲荒尊还在细细查看七玄珠，她气得浑身簌簌发抖，那是她性命交修的宝贝，其中一颗珠子已然有些裂损，被她封闭起来。她使劲抬头来，刚要说狠话，风扬伸手阻止道："荒尊且慢，听我说完再动手不迟！"

不等她说风扬立刻说道："我承认战斗力不如你，但荒尊也别小看人，我会全力以赴和荒尊较量的。"

雾莲荒尊一阵冷笑："哦，就凭这两个大灵真仙吗？"夜鸢插话道："他和娲皇天尊是朋友。"山凰也说道："若是他出了事，羲皇也会找来的，羲皇的古名叫羲皇天尊。"

雾莲荒尊心里一惊，胡闹，娲皇天尊和羲皇天尊都是老一辈洪荒元尊中最厉害的家伙，这个小子居然和他们有联系。她不禁有些进退两难的感觉。

见雾莲荒尊沉默不语，风扬说道："倘若荒尊放掉我师尊和大哥，我随意荒尊如何处罚，决不反抗！"他晓得不能逼得雾莲荒尊孤注一掷，务必让她有台阶可下，否则局面就僵住了。

雾莲荒尊踌躇了一下，可一想到受损的七玄珠，她还是忍不下这口气。她冷冷地说道："娲皇我了解，别用她来吓唬我，哼！伏羲居然变成了羲皇，仙界由他做主了吗？可惜他管不到我！"

风扬三人听得头皮都麻了，雾莲荒尊居然是和娲皇同时代的人。风扬问道："荒尊要如何才能放掉我大哥和师尊？"他现在已然不相信雾莲荒尊会杀掉姬莫言和独孤刹了，以她的战斗力，是不屑于杀掉他们两个的。

雾莲荒尊倏然娇笑起来："哦，原来你这么想要那两个人啊，好啊，我让你去见他们，但有一个条件……"风扬骤然间心跳加快，他猜测的不错，雾莲荒尊果然没有杀掉姬莫言和独孤刹。他即刻应道："行！只要我大哥和师尊完好无损，啥条件我都同意。"

夜鸢无可奈何地摇摇头，风扬如此说等于放弃抵抗彻底妥协了。山凰心里也很不爽，这个雾莲荒尊着实是太狂妄太霸道了。

风扬的目的既是先救人，一切等人救出来以后再说。

雾莲荒尊说道："好，既然如此你站到湖面的那个石台上……"她一边说一边掐动圣灵印，一个碧绿玄冰的石台从玄冰精髓化成的湖中慢慢升起。

风扬稍稍有些踌躇，他晓得如此一来自己就落在雾莲荒尊的掌控中了，但他相信凭着雾莲荒尊的洪荒元尊身份，她不会说话不算数的。

雾莲荒尊发出一阵娇笑，如同嘲笑风扬不敢下去。风扬不再踌躇，飞身落在石台上，满不在乎地瞧着她。

雾莲荒尊放出手中的圣灵印，只见石台附近喷起数不清玄冰精髓，刹那间将石台凝成一块庞大的玄冰。风扬有弑圣刃护身，因此在玄冰里自然化成了一个空洞。他沉声说道："放出我大哥和师尊。"

雾莲荒尊娇笑道："我好像没有同意你放出他们吧，哈哈。"

山凰眉头一扬，歪着脑袋说道："荒尊说话不算数吗?"

风扬晓得雾莲荒尊还有话说，他冷静地等待着。

雾莲荒尊开心地鼓掌笑道："小子！我虽然不放他们，但我能够送你去见他们，至于怎样出来，咯咯，你们自己想办法吧。"她再次掐动圣灵印。

夜鸢急忙传音道："用定星石记住方位，凭着混沌圣物无坚不摧的能量和定星石的指引，就不会被阵法迷惑，我们在……"没等他传音完，雾莲荒尊的圣灵印已然释放出来，玄冰石台吸住风扬快速陷入湖中。

山凰急了："荒尊，你把他传到哪儿去?"

雾莲荒尊咯咯笑道："传到哪儿去？当然是和他的朋友会面去了，咯咯，那地方在核心部位，若是他战斗力够强，想出来或许问题不大吧，若是没有战斗力……那就待在里面慢慢祭炼，啥时候有战斗力了，啥时候就出来了。"

夜鸢传音给山凰道："短时间内别和她斗，我们不是对手。"他面无表情地对雾莲荒尊说道："既然如此，我们先辞别了，后会有期。"两人转身欲走。

雾莲荒尊倏然说道："慢着，我此处虽然不是啥好地方，但也不是随意能够来去的。这是我精心安置的深隐地，现在被你们搞得乱七八糟，就如此走了，是不是太目中无人?"

夜鸢和山凰晓得不好，看模样雾莲荒尊不肯善罢甘休。夜鸢沉声道："你想怎样?"雾莲荒尊咯咯笑道："没啥呀，我要你们赔我的玄海。"这话说得无礼之极。

夜鸢气极而笑："哈哈！荒尊说说看，怎么个赔法?"

雾莲荒尊慢条斯理地说道："给我恢复原貌就差不多了。"

夜鸢和山凰心里清楚，这场打斗是避免不了了。夜鸢也不是好惹的，他冷笑道："原来荒尊是这个要求，这很轻松办到……"他偷偷传音道："山凰，你准备好，等我大笑的时候，即刻大挪移到我们进来的冰洞口，倘若来得及，将冰壁的洞口都给我禁制了，千万别踌躇。"

雾莲荒尊淡淡地说道："别传音了，有话就大声说。"她还没有娲皇天尊的战斗力，能够听到大灵真仙的传音，但已然能察觉到他们在传音了。

夜鸢说道："如此，请荒尊退后，由我来收拾玄海。"

雾莲荒尊想不出夜鸢用啥办法来复原玄海，她依言大挪移到一边，好奇地瞧着。

夜鸢背脊微躬，如同要行礼的模样，倏然，他放声大笑："哈哈！你欺人太甚!"

圣指发出太阳般夺目的金芒，夜鸢终归出手了。

山凰在夜鸢大笑的同时大挪移到冰洞口，他两只手急速掐动仙圣灵印，速度之快犹如千手齐动，数不清道金光涌现，刹那间禁制了所有的出口。

夜鸢向来小心地掩饰着圣指，雾莲荒尊没有留心到他也有混沌圣物。这即是夜鸢的高明之处，他若一开始就显出圣指，雾莲荒尊肯定会用别的方法来整治他们，也绝不会如此粗心了。

圣指的两只尖角最先从光芒中跃起，整个玄海激烈地震动起来。

雾莲荒尊发觉自己再次失算了，她恼怒地挥出衣袖，数不清深碧绿的极阴玄煞从湖面升起，可是已然来不及了。夜鸢成心要将整个玄海震塌，他没有风扬那些顾虑，一旦豁出去是十分可怕的，而且他的功力比风扬高得多，再加上混沌圣物的能量，雾莲荒尊骤然间手足无措起来。

夜鸢大喝道：“大灵真仙也不是好惹的！叱！”

大块大块的玄冰劈头盖脸地砸落下来，雾莲荒尊晃身大挪移到身后的一个冰洞口，却惊异地发觉冰洞口被禁制了。这种禁制对她来说很轻松解开，可是她没有时间了。

她尖叫一声，七玄珠再次环绕周身。没等她启动安置好的禁制，圣指的能量就发作了。一声格外沉闷的爆炸声响起，玄海的冰壁终归撑持不住，快速塌陷下来。

夜鸢意犹未尽，在收回圣指的同时，他掐动了流化神雷，顺手打出后他即刻大挪移到山凰身旁，大喝道：“快逃！”两人掩在圣指的金芒中，犹如一道金虹，飞快地向外蹿去。

流化神雷的能量放在如此狭小的空间里发挥，连夜鸢也不敢想象会有啥功效。身后传来霹雳连珠般的爆响，洞壁越发快速地接连坍塌。

山凰没有看见夜鸢打出流化神雷，他觉得身后的动静不对，问道：“夜大人，你……”夜鸢冷笑一声道：“我发了一手流化神雷，哼，让她慢慢享受去吧，目中无人的家伙！洪荒元尊就了不起啦？眼睁睁瞧着老弟陷进去，真是窝囊透顶！”

山凰想想觉得不对劲，他脱手飞出一颗星砂，一溜荧光一闪而没。

两人快速飞到极阴寒眼的方位，不假思索地大挪移上去。刚刚显出身形，就听到一连串的娇笑声，夜鸢和山凰骤然间傻了眼，没想到雾莲荒尊比他们还快。

跟着一连串的娇笑声，雾莲荒尊显出身形。她好像很冷静，淡淡地说道：“不错，大灵真仙……我记下这个名号，玄海塌陷就能困住我吗？你也太天真了。”

夜鸢转念一想就清楚是怎么回事了，他压住内心的震荡，面无表情地说道：“是我粗心了，荒尊不愧是青萝，用玄冰来压是没有用的，但荒尊想在此处困住我们恐怕也不容易吧。”

雾莲荒尊鼓掌道：“你很聪明，抢先毁去我的玄海，但你觉得能逃出我的掌心吗？”

夜鸢说道："哼，既然荒尊不肯放过我们，说不得只好试一试了。"山凰掌心里陡然飞出几根金线，在臂膀上飞速旋转着，他说道："雾莲荒尊是先辈高人，晚辈要联手了。"

雾莲荒尊一怔，娇笑道："哟，大灵真仙也会联手？真是丢人现眼啊，若是一开始你们就联手，我还有所顾虑，现在就凭你们两个，是不是迟了点？"

夜鸢心里懊悔，若是让腾厉和西莉亚一道下去，凭着五人三件混沌圣物的战斗力，雾莲荒尊再狂也不会轻启战端的。他无声无息地说道："先辈是洪荒元尊，莫非想和晚辈单打独斗吗？"

雾莲荒尊笑嘻嘻地说道："咯咯，我是无所谓的，哪怕再来几个，我也不在乎。"

山凰倏然说道："若是雾莲荒尊不在乎的话，我们还有两个朋友到了。"说话间，两道金光闪过，腾厉和西莉亚到了。

雾莲荒尊觉得不好，她没有想到这群人居然有这么多，而且她一眼就看见腾厉手中的混沌圣物，心里惊异极了，哪来的这么多混沌圣物？

腾厉一到就大声问道："我大哥在哪儿？"

西莉亚偷偷传音给夜鸢道："夜大哥，有个厉害的高手来了，在之后，我们接到山凰的星砂就先过来了。"夜鸢这才晓得是山凰传递的信号。他传音道："是谁过来了？"西莉亚传音道："无天荒尊。"

夜鸢又惊又喜，没想到在这个关键的时候，无天荒尊会赶来，心里骤然间踏实了很多，终究是风扬救出无天荒尊的，他应该不会袖手旁观。

雾莲荒尊也是艺高人胆大，她轻笑道："纵使你们四个联手……也不一定能和我较量，嘻嘻，好久没有打架了，有你们来试试我祭炼的新法术也不错。"她好像很开心的模样。

腾厉瞄了她一眼，油腔滑调地说道："这个蒙面的小妞是谁？哎，我大哥到哪儿去了？"

山凰说道："腾厉，别无礼，她是洪荒元尊，雾莲荒尊。"

腾厉撇撇嘴道："太元之地这地方真怪，跑出来这么多洪荒元尊，我老腾看得头都晕了，算了，管她啥洪荒元尊不洪荒元尊的，我大哥在哪儿？"他接着追问。

雾莲荒尊冷冷地说道："你大哥，是不是拿着弑圣刃的那个小子？他被我禁制了。"

腾厉一听怪声叫道："哟嗬，你好大胆子，敢……哎呀！"他话还没有说完，雾莲荒尊甩手一挥，一道洛洛扫了过来。腾厉抬手一举都龅牙棒，"轰"地一声，被撞得连连后退。他气得大叫："这小妞厉害！"

第二十三章　破灭极阴

雾莲荒尊发觉这四人个个都是高手，她收起轻视的态度，刚要说话，一道金色的青光飞落而下，无天荒尊很激动地显露在众人眼前。

雾莲荒尊一惊，娇声道："无天，你来我此处为啥?"

无天荒尊说道："青萝，见到你我好激动啊……"

雾莲荒尊惊异地说道："你……你不会是……你……"她完全匪夷所思，风扬的朋友中居然还有这个家伙。

雾莲女和娲皇是截然不同的两种人，她生性高傲，既蛮横无理又随心所欲，在洪荒元尊中的名声并不好，由于她的战斗力强悍，几乎没有人敢招惹她，这就越发助长了她狂妄自大的性格，除了忌惮极少数几个人，她一向是天不怕地不怕的。

无天荒尊在洪荒元尊中也是大名鼎鼎，他本身功力奇高，再加上胡搅蛮缠的古怪性格，所以也没有哪个洪荒元尊敢轻易惹他。这家伙最擅长的就是胡闹，后来他惹恼了一个人，就是农皇天尊，农皇天尊借娲皇之手将他禁制在七妙鼎里面，直到风扬将他放出来。

无天荒尊很激动地说道："青萝，好久没有见了……啊，对了，小子……那个小子到哪儿去了?"夜鸢恭恭敬敬地说道："他被雾莲荒尊困禁了。"无天荒尊一听，大叫起来："你胡说！青萝怎样会困禁那个小子？青萝，他是不是在瞎说?"

雾莲女觉得有些头疼了，她当然晓得无天荒尊是啥战斗力，要和他打斗，纵使有混沌圣物七玄珠也不一定能获胜，何况七玄珠还被风扬损伤了一颗，很多妙用都不能发挥出来。她显得有些踌躇，一刻钟后，才说道："无天，那个小子竟敢和我动手，困禁他……我已然是手下留情了。"

无天荒尊忽然大哭起来："那个小子是我唯一瞧得顺眼的人，你赶快放他出来！呜呜哇，我……我养老送终全靠他了……"他哭得一把鼻涕一把眼泪，看得所有人都不知所措。腾厉喃喃自语道："这……这是怎么回事？我是不是眼花啦……"

雾莲荒尊冷笑道："无天，你别装疯卖傻！哼，我现在就是想放他也没有办法了，我的玄海被这两个大灵真仙毁掉了。"

无天荒尊泪眼蒙胧地瞧着雾莲荒尊，说道："青萝，你可怜可怜我这个孤苦伶仃的胖子吧，你忍心让我失去唯一的亲人吗?”眨眼之间，风扬就被他从小子迅速提升为唯一的亲人了。夜鸢心里暗想，看来被无天荒尊缠住，真是会烦死人的。

雾莲荒尊不耐烦地说道：“你有本事就去极玄极阴寒眼的核心，他就在那里!”无天荒尊打了个哆嗦，说道：“那里太冷，我怕冷，还是你去吧，我在此处等着……你想冻死我这个胖子啊?”

腾厉“扑哧”一下笑出了声，他还是第一次见到如此难缠的洪荒元尊，原来风扬带无天荒尊出七妙鼎的时候，他只是觉得这家伙有些唠叨，没想到他竟会如此胡搅蛮缠。

无天荒尊瞪了腾厉一眼，回身催促道：“快去！快去！我还要去圣灵冢……不然又要错过好时机了。”

雾莲荒尊的声音变得尖利起来：“老怪物！我说了，要救人你自己去！哼，懒得理你。”她陡然化作满天星光。无天荒尊怪叫道：“别走！你不能抛下我啊!”说话间，他化作一道青光，刹那间，满天的星光被他逼得凝结起来。雾莲荒尊气急败坏地尖叫道：“无天，你想死啊!”

无天荒尊大哭道：“是啊……我不想活了，你欺负我一个胖子！喂，你们站着干啥，帮我阻拦这个坏女人啊！呜呜。”

夜鸢、山凰和西莉亚都不晓得怎么办才好，如此的场面他们从来没有见过，只有腾厉兴高采烈地说道：“好啊，看我的!”他舞动都龅牙棒冲了上去。

雾莲荒尊吓了一跳，叫道：“魇启龙杖就了不起啦!”腾厉大笑道：“如何，害怕了吧？快放我大哥出来!”

雾莲荒尊心里真有些懊悔，这个麻烦不是寻常的大，完全要烦死人了，早晓得刚才就应该一走了之的。她冷笑道：“怕？哼，你们这些人有啥好怕的，我若是想走，谁能拦得住?”

无天荒尊及时插话道：“走？走到哪儿去？倘若你不放出我的亲人，我就一直跟着你，看你能走到哪儿去!”他一副愁眉苦脸的模样，似乎天底下所有的委屈都由他一个人承担了。

雾莲荒尊终于按捺不住了，她暴躁如雷地尖叫道：“你这个老不死的！我就是不放……你能如何？滚远一点!”

所有人都紧张地戒备起来，雾莲荒尊一旦发作，那可是非同小可的事情，连无天荒尊也做好了动手的准备。谁知雾莲荒尊骂完之后，却没有动手，只是冷冷地瞧着众人。

无天还是一副哭相：“你怎么能如此骂我这个胖子，你……你放了我的亲人吧……”

雾莲荒尊倏然气极而笑：“反正打起来谁也得不到好处，嘻嘻，我也不走了，看你们怎样办！哈哈!”她也不傻，晓得一旦打起来肯定是两败俱伤，所以不敢轻启战端。

无天荒尊来此是有很重要的事情，他是受人之托来找风扬的，可没想到风扬被雾莲荒尊困禁了。他见哀求了半天也无济于事，心里不禁暗暗冒火。沉默了片刻，他一反常态地说道："青萝……"

雾莲荒尊一愣："啥？"她很少看见无天荒尊如此认真地讲话。

无天荒尊淡淡地说道："纵使我不来找你，也会有很多老家伙来，你困禁了这个人……只好说是你的运气太差，居然会困禁他！告诉你，他是碰不得的！你若不尽快放他出来，我敢保证……用我无天荒尊的名号保证，你会不得好死！"

雾莲荒尊心中一凛，表面上却毫不示弱："哦？这个小子有啥了不起的，既然困禁了他，哼，我就不怕……"

无天荒尊显出一丝诡异的笑容，慢悠悠地说道："好啊，我就不信洪荒元尊中有谁会对圣灵冢不感兴趣，青萝，你以前参与过一次圣灵冢的打开，告诉你，再次打开的时候就要到了……"

雾莲荒尊又是一惊，疑忌地问道："莫非那个小子是关键？"

无天荒尊说道："这回你说对了！而且，已然有一个仙界的小子打开了初关，但他缺少之后的步骤，所以被困在里面了。"夜鸢即刻反应过来，被困在里面的肯定是龙雀。没想到龙雀居然能破开圣灵冢的初关禁制，他心里开始忐忑不安了。

雾莲荒尊无可奈何地说道："不是我不放那个小子，玄海被毁，我开出来的路也被封闭了，你让我怎么进去放人？"她彻底软了下来。要晓得圣灵冢是所有洪荒元尊的希望所在，她即使是再狂妄也不敢对不住所有的洪荒元尊。她心里很清楚，若是风扬被困死在里面，自己绝不会有好日子过。

无天荒尊又大哭起来，他拍着脑袋胡言乱语道："青萝……青萝，你这个疯女人……我要被你害死了……呜呀，这可怎么办……"腾历发觉这胖子眼角里闪着狡黠的笑意，他不明白，这个装疯卖傻的胖子想干啥？

雾莲荒尊被他气得浑身直哆嗦，喝骂道："我管他去死！无天，你究竟想干啥？"

无天荒尊立刻不哭了，直截了当地说道："青萝，你给我极玄极阴寒眼里的构造球，我晓得你有！"

无天荒尊向雾莲荒尊伸着手。腾历想起原来见到他时，这胖子也是伸着手不停地叫着："我好激动啊！"让所有人都不寒而栗。此时的无天荒尊还是那副模样，小眼睛滴溜溜乱转，身上穿得褴褛破烂，猛一眼看上去就像个乞丐。

雾莲荒尊不再多说，随手扔出一颗碧绿的珠子，冷声道："无天，看在你的面子上，这次就算了，记住，别缠着我！"说完即刻化作满天星光隐没无踪。这次无天荒尊没有阻拦她。

夜鸢疑忌道："荒尊，这就让她走了？"

无天荒尊小眼睛一瞪，说道："不让她走……你打算怎么办？和她打架？动动脑筋好不好，此处是极玄极阴寒眼，她是洪荒元尊中最精通极阴玄煞的高手，在此处和她斗……哼，你觉得能赢得了？”夜鸢不敢顶嘴，腾厉却满不在乎：“我们一拥而上，她不就死啦。”

山凰急忙阻止道：“别乱说。”可是已然来不及了，腾厉被无天荒尊一脚踢飞。

腾厉哇里哇啦地叫道：“死胖子，你为啥踢我？”无天荒尊一晃身显露在腾厉身后，拎着他的脖领，像老鹰抓小鸡一样，微抬粗短的小腿踢腾厉的屁股，边踢边骂：“别觉得你以前是大魔神，就觉得自己了不起，我倘若想揍你，没有人能拦得住！”

夜鸢等人被无天荒尊的举动吓住了，一动都不敢动。腾厉也不可动弹，他居然在不知不觉中就被无天荒尊困禁了。

等无天荒尊消了气松手放开他，腾厉才从半空一跤跌落，一头扎进玄冰里。他和别人不一样，遇到强手他完全能忍，晓得打不过就完全不会拼命。他悻悻地从碎冰里爬起来，嘴里小声嘀咕道：“不要脸，先辈欺负后辈！”

众人不由得偷偷偷笑，腾厉大声道：“笑啥？有啥好笑的！哼，若是……”他想了想又忍住了，这时候说狠话，等于是自取其辱。

无天荒尊小眼睛一翻，拉长声说道：“啊，我脾气不好，哎，我好激动啊。”腾厉还没有站稳，闻言一跤又摔了回去，他怪声叫道：“我才激动啦！”

无天荒尊不再搭理他，将雾莲荒尊给的那颗碧绿珠子抛向半空，喷出一口灵气。那颗碧绿珠子骤然间化作一个直径两米的大球，晶莹剔透，里面层层叠叠的，能够清晰地看见各种阵法和禁制，中间慢慢旋转的是最厉害的北冥极阴玄煞。这居然即是极玄极阴寒眼的立体构造图。

无天荒尊招呼众人道：“别站着发呆啊，都过来帮我瞧瞧，我们要开出一条隧道来……唉，我好激动啊，都这把年纪了还要走到那个冷冰冰的地方去。”他一边抱怨，一边寻找能够进入的路径。

三个月后，风扬被雾莲荒尊传入地底后寻到了姬莫言和独孤刹，祭出混沌圣物一路破除禁制，将整个陨石破坏得七七八八，无尽的狂暴能量在里面爆炸而开，就只差最终一步就能破牢而出了。

无天荒尊带着夜鸢、山凰、西莉亚和腾厉几人，还在研究雾莲荒尊留下的那颗珠子，试图寻找进去的道路。

腾厉早就不耐烦了，他几次跳出来都被无天荒尊镇压住，气得他绕着几人不停地乱转。夜鸢劝阻道：“腾厉，雾莲荒尊在里面设置了数不清的禁制，略微一不留意就要吃亏，别心急嘛。”

山凰也劝道：“凭着老弟的实力，只要他不逞能就不会有任何危险，他可是不朽肉身，最多是被困住，有我们在怕啥？”

无天荒尊摆手道：“别跟那小子废话！我用圣识搜索了很久，找不到那个小子，刚才察看了一下，好像核心部位有变化，我们不忙进去，再等等……”

他的话音刚落，大地倏然激烈战栗起来，一阵阵低沉的轰鸣声传来。无天荒尊神色一变，倏然叫道：“不对！哇呀呀，天啊！”

众人都傻了，谁都能听出无天荒尊语气里透出的绝望。

夜鸢神色急速变化，急忙问道：“怎样啦？”要晓得他最信服娲皇天尊的话，风扬现在就是他的一切，这时候若是发生啥事情，肯定是和风扬有关。

无天荒尊神色剧变，令在场的人觉得惶恐不安，在这一界还有啥能让无天荒尊如此害怕的事情？

无天荒尊神色青白不定，过了一会儿，他忽然笑起来：“好！这小子比我还行，原来我只……嗯，没想到他竟敢把雾莲女的家给毁掉了，我……我……”

夜鸢等人全都听呆了，腾历难以置信地问道：“毁掉……家？”他瞧着极玄极阴寒眼这颗玄冰构成的陨石，怎样都不能理解。他晓得就凭风扬的战斗力，完全不可能毁掉这颗陨石，纵使他们所有的人一起出手，包括无天荒尊在内，也未必能够做到。

无天荒尊苦着脸，放出圣识细致察看，他还想再确定一下，刚才纯粹是一种直觉感应。

细看之下，他顿觉大事不好。无天荒尊也是神通广大的人，他的圣识快速探入玄冰层，大约不到一刻钟，他便收回圣识，挥动破旧的袍袖，将在场的人裹起，迅速升到高空。

无天荒尊的神色变得越发难看了：“这小子不晓得用的啥手段，居然将北冥极阴玄煞搞爆掉了……我……他……这小子是我见过的最胆大妄为的家伙了。”

夜鸢瞠目结舌道：“他……那个……怎么可能将北冥极阴玄煞搞爆掉？那是极寒的极阴玄煞……不可能的……”无天荒尊翻了他一眼道：“孤陋寡闻！他只要打出极阳的圣灵印，只要有那么一点，就足以让北冥极阴玄煞大爆发！核心的极阴玄煞是不可掌控也不可禁制的……哼，雾莲这次吃大亏了。”

第二十四章　直指圣冢

极玄极阴寒眼的大地开始震动起来，玄冰地面腾起浓浓的白雾，在高半空能够清晰地看到，高耸的冰峰开始纷纷倒塌，冰洞里喷出的白雾直冲而上，轰鸣声响彻天际。

无天荒尊脸上显出怪异的笑容。夜鸢忧虑地说道："不晓得他们能不能逃出来?"

无天笑道："嘿嘿，即使逃不出来……能把这么大的陨石毁掉，哇呀，而且还是雾莲的老窝，想必他们也会觉得很过瘾吧……"腾厉说道："逃不出来怕啥啊，我大哥是不朽肉身，最多受点伤，他有的是灵丹妙药。"

山凰摇头道："不朽肉身？说说而已，在这一界不可能有真正的不朽肉身。"

无天荒尊说道："嗯，不朽肉身确实只是说说的，但他有这份实力，想要死可就太难了……我们准备接应，哈哈，我已然察觉到小子在用圣灵印裂开冰层了，哇呀呀，爽啊，这下极玄极阴寒眼别想保住了！我们接应到人即刻就逃，被这股北冥极阴玄煞扫到可难受啦。"

夜鸢问道："我们怎样接应?"

无天荒尊盘算了一会儿说道："你们几个先走，在前面设置几道禁制……不用担忧吧，你们那些禁制挡不住我的，我在此处等着。哼，我好激动啊，这把老骨头了还要干这么重的活……"

夜鸢二话不说，带着山凰、西莉亚和腾厉掉头就走。无天荒尊一旦开始抱怨起来，会让人禁不住要发疯的。

风扬完成最终十来手圣灵印。身上浮起夺目的光华，他狂叫道："抓紧我！千万别放开!"附近的玄冰似乎嫩豆腐被铁锤砸中，轰然破碎。风扬犹如启动的火箭，向前狂飙而去，任何触碰到的事物都即刻化为烟雾，几十道九色光霞的光华环绕着他。独孤刹死死抓住风扬的肩头，瞪大双眼，嘴里哇里哇啦也不晓得在狂喊着啥。

无天荒尊的圣识一遍一遍地扫过玄冰层的表面，他在等待着风扬的显露。夜鸢等人早已飞到很远的地方，开始一层层地安置禁制。

倏然间，无天荒尊觉得不对，青光一闪，他飞到一座倒塌了一半的冰峰上空，喃喃自语道："奇怪，这小子怎么会这破灭印……哇呀，是谁传给他这灵睢圣灵印啊……”

无天荒尊再也待不住了，急速向高空飞去。破灭印的能量他十分清楚，尽管他不会这印记诀，但他以前见识过这玩意儿的厉害，被破灭印扫到连他也吃不消，他可丢不起这个脸。没等他飞多远，下方的冰峰就爆开了。

大量的白色雾气喷薄而出，整个玄冰层也在激烈的战栗中塌陷下来，从白雾中传来疯狂的啸声，一轮金色的光芒从雾气里跃出，伴随而来的是一声惊天动地的巨响，数不清道七灵光华环绕着那团金光，急速向高空升去。

立刻，这颗以北冥极阴玄煞为核心的玄冰陨石炸开了。

刹那间，所有能看到这颗陨石的人都被震撼了，那是一种毁天灭地的大爆炸，使人发自内心地觉得自身的渺小和脆弱。

一圈淡白色的光华瞬间扩散，从核心飞出的北冥极阴玄煞犹如涌现的子弹，在半空划出数不清道淡碧绿的光芒。

风扬三人有破灭印的保护，所有射到身旁的北冥极阴玄煞都被弹开了。在飞出玄冰层的一刹那间，风扬亢奋得几近疯狂，他终于凭着自己的本事逃出来了，心中的异常狂喜都被他发泄在长啸声中。

姬莫言和独孤刹觉得浑身的力量陡然减轻，震耳欲聋的爆炸声倏然隐没了，只有风扬的长啸声依旧。两人宽慰地相视而笑，独孤刹倏然说道：“哈哈，如此转世才好，徒弟比师尊还要厉害，等到转世后，我老人家心里也惬意一点，哈哈。”

姬莫言微微一笑，他受伤极重，没有几十年的功法别想复原过来，能不能转世他一点信心都没有了。

无天荒尊尾跟着风扬向上空升去，他大叫道：“小子！跟我来！”风扬一眼看见无天荒尊，不禁惊异道：“咦？无天？”无天荒尊叫道：“快跟我来，极阴玄煞马上就会内缩……”风扬晓得无天荒尊很厉害，闻言毫不踌躇地跟着他向远处逃去。

数不清的玄冰碎块飞涌现来，连续不断地冲击着风扬和无天荒尊。忽然一块玄冰从后撞来，独孤刹不由得惊叫起来，那是一块足有山峰大的玄冰。无天荒尊喝道：“别乱动！”他将破旧的袍袖一挥，裹着三人化作青光飞逝而去。

无天荒尊带着风扬三人显露在夜鸢等人身后，他亢奋地叫道：“你们还等在此处为啥？逃啊！”

此处不适合大挪移，大约只有无天荒尊和雾莲荒尊如此的洪荒元尊才敢随意大挪移，其他人纵使有大灵真仙的实力也不敢乱来。此处到处都是古怪的禁制，还有许多不确定的危险，所以无天荒尊让大家快逃就是这个想法。他虽然能够带着大家一道大挪移，但危险性会大大增加，他可不愿意冒这个风险。

这一次的人可就多了，无天荒尊在前，风扬带着姬莫言和独孤刹，夜鸢、山凰、西莉亚和腾历在后，一共有八个人，真是人多势众。通常古仙是很少汇集在一起的，像他们如此成群结队的显露，在这一界是格外罕见的。

大约飞了十来刻钟，无天荒尊说道："好了，大家停下来看热闹吧，哇哈哈，我着实想不出青萝看见她的老窝被炸掉的神情，啊……哈哈，肯定很好玩，呜呜，我太高兴了……"他在半空不停地蹿来蹿去，亢奋得让众人觉得不可思议，洪荒元尊莫非就是这副德行？

爆炸开来的陨石如同停止了蔓延，跟着一团浓墨色光壁的显露，所有的声音都隐没了，太半空静谧安宁。无天荒尊用手一指，说道："快看，收缩了！"眼看那个墨色的光壁快速旋转，飞涌现出的玄冰倏然停止向外冲击，全部停顿在半空。风扬惊异道："咦，被吸回去了！"

无天荒尊扬扬得意地说道："没错，由于北冥极阴玄煞被激爆，蔓延开来的力量将陨石爆开，哈哈，但北冥极阴玄煞的特点即是收缩，所以，到达极限之后，北冥极阴玄煞就再次开始聚拢收缩，哈哈，很快就会化成一个新的玄冰陨石，只是青萝原来的家给毁掉了，如何？很神奇吧。"他显得亢奋莫名。

众人显然感觉到有一股庞大的吸力牵着大家向陨石移去，好在这点吸力还难不住这些大高手，略微平衡一下力量就挣脱了。

风扬这才发觉姬莫言不对劲，急忙问道："姬大哥，你怎么啦……噢，我明白了。"他即刻掏出一颗枯青圣丹，用圣灵之气捏碎，同时单手掐动一个印诀，将枯青圣丹打入姬莫言体内。

姬莫言是虚神，没有肉体，所以风扬的医治手段格外有效，而且他用的枯青圣丹是罕见的灵药，姬莫言一下就品味出其中的好处，他即刻闭目祭炼。

风扬笑道："师尊，你看好姬大哥。"无天荒尊惊异地叫道："这个小子是你师尊？哇呀呀，你的战斗力能够做他的祖师爷了，哈哈。"

独孤刹被无天荒尊说得满脸通红，他翻翻眼睛，没好气地说道："我当他师尊关你屁事！你有本事……也找一个比你厉害的人来做徒弟！"要论起说话不饶人，独孤刹和风扬有得一比，这师徒俩可是一对斗嘴的冤家。

无天荒尊被独孤刹一句话噎得半死，他想想也对，找一个比自己差的人做徒弟很轻松，找一个比自己厉害的人做徒弟，完全就是不可能。这么一想，他也无话可说了，只是不停地发出难听的笑声，眼球乱转，不晓得在想些啥。

夜鸢倒是挺钦佩独孤刹的，一个虚神竟敢和无天荒尊这样的洪荒元尊如此说话，确实是有胆量。他对风扬说道："老弟，既然救出了你的师尊和大哥，我们就要去圣灵冢了，那里恐怕越发热闹。"

无天荒尊飞跳到众人头上，大声道："对！对！我们去圣灵冢，啊呀，这也许是最后一次打开时机了，据我得到的消息，能够去的高手都去了，我轮回想的事物也在里面。"

风扬觉得有些莫名其妙，他对圣灵冢并没有多大兴趣，只是对陷在里面的龙雀感兴趣。他说道："无天，谢谢你过来救我，我们算是扯平了，圣灵冢我去不去都无所谓的，但我要去找龙雀大人，有机会也见识一下那些了不得的大人物。"

他话里含着一丝嘲讽。

山凰心里最清楚，风扬真正想要的是龙雀掌控的昆仑阴阳戳，其他都是无所谓的。但他心里有一点疑忌，风扬见到真正的圣灵冢会不动心吗？这次连羲皇都出动了，而且还有很多从来不见踪迹的老家伙显露，这次圣灵冢的打开恐怕真的是很热闹了。

独孤刹又向山凰道谢，两人闲聊了几句，都有劫后余生的感叹。

无天荒尊倏然回头看去，说道："小子，你的麻烦来了。"

只见附近冒出数不清的碧绿星光，一个人影逐渐显现。风扬心里暗暗苦笑，雾莲荒尊回来了。

雾莲女依旧戴着一副面罩，但每一个人都察觉到她那阴寒的目光扫过自己。只听她尖声道："无天！你欺人太甚了！哼，别觉得你有个了不起的祖师爷就能够为所欲为！为啥毁掉我的家！"

无天荒尊很激动地说道："青萝，你行行好……饶了我吧，我哪敢毁去你的家？再说了，我也没有这个本事啊，你别冤枉好人嘛。"可他的模样完全就是口是心非，眼睛里全是狡黠的笑意。

雾莲荒尊的面罩簌簌颤抖，她凶暴地说道："别觉得农皇天尊能护着你，惹急了我……我……"无天荒尊神色一变，大叫道："别提那个人！"两人骤然间剑拔弩张地对峙起来。

风扬哈哈大笑道："雾莲荒尊，很对不起，是我不留意引爆了这个陨石，哈哈，既然你把我困在里面，为了脱困……不管用啥手段，荒尊都不应该觉得奇怪吧？"雾莲荒尊骤然间转身对着风扬，难以置信地说道："你……你……"

雾莲荒尊和风扬斗过，她怎么都不相信风扬能有这个本事，居然将整个陨石引爆，纵使她自己也很难做到的。她不晓得是恼怒还是难过，跟着一阵尖利的笑声，一股阴寒从她身上蔓延开来，扑向风扬。

雾莲荒尊已然从最初的混乱中清醒过来，她冷冷地说道："哼，这件事情不算完！别觉得你们人多，我也有朋友！"

雾莲荒尊好像真的被激怒了，以她的身份说要找朋友帮忙，可想而知她的朋友肯定也是非同小可的人物。这下连无天荒尊也觉得头疼了。

腾厉是唯恐天下不乱，他玩世不恭地说道："哎呀，这下可要群仙乱舞啦，打他个天翻地覆！嘿嘿，热闹大啦。"

众人被腾厉说得毛骨悚然，这件事情可大可小，若是雾莲荒尊咽不下这口气，真的找来帮手，那后果就不堪设想了。

无天荒尊装作没事的模样说道："青萝，你想不想去圣灵冢？"雾莲女说道："废话！没有哪个洪荒元尊不想去圣灵冢的，哼，但我晓得，真正的好事物是轮不到我们的，我就不信这次娲皇天尊、羲皇天尊和农皇天尊会不出手，他们若是都出来，我们还能得到啥？"

无天荒尊诡异地笑道：“别忘了，我刚见到你的时候，说过啥？”

雾莲女一怔，说道：“莫非……莫非你打算从……”无天荒尊摆手制止她说下去，接着说道：“你猜对了，去不去？”雾莲女这次回答得非常快：“去！我去！”无天荒尊笑道：“就是嘛，这件事情就到此为止！来，和小子打个招呼。”

风扬被他们两人的举动搞糊涂了，他似乎觉得有些不对劲，但搞不清啥地方不对劲，但能化解和雾莲女的恩怨，他也挺开心的。和洪荒元尊结仇可不妙，若是和女洪荒元尊结仇，那就不仅是不妙，而是可怕了。

风扬由于不太关注圣灵冢，所以也没有深究无天和雾莲在搞啥玩意儿。

雾莲荒尊蒙面的星雾纱上蓝星明灭，她盯着风扬说道：“小子，在极玄极阴寒眼你是第一个让我吃亏的人，哼，我原本也是逐圣者，可惜……这次算你幸运，有无天帮你。”她的言下之意即是“我不追究了”。

风扬笑嘻嘻地施礼道：“呵呵，雾莲荒尊若是不发怒，还是很有淑女形象的。风扬谒见雾莲荒尊，请恕小子无礼。”他向来都是见好就收的。

雾莲荒尊听出风扬话里的一丝挖苦，但她既然放过这件事，也就不便再计较了。她点头道：“极玄极阴寒眼再次收缩后，会化成新的玄冰陨石，此处一样是我的家，但往后再也不希望你们到此处来了。”她恢复常态后，说话的声音变得异常甜美，丝毫听不出刚才的蛮横霸道。

所有人都放松下来，终究和雾莲荒尊如此的高手打斗太难受了，能够化解是最好的。腾厉肆无忌惮地说道：“啊，这个你不用担忧了，如若不是我大哥到此处来，我老腾是肯定不会来的，冷都冷死了，又不好玩。”

第二十五章　黑冥横路

风扬有一双神眼，他清楚地看到雾莲荒尊出脚，纤弱圆润的玉趾踹在腾厉背上的时候，一道青芒也随即印了上去。风扬晓得那是极寒之气，他扬手一道金芒罩上腾厉，霎时间化解了那股寒气。腾厉是一时粗心了，没有启动战衣的防备，他缓过劲来，不服气地叫道："为啥踢我？"

雾莲荒尊娇笑道："踢你又如何？"噎得腾厉一句话都说不出来，战斗力不如人，再说难听话就是接着找苦吃。

夜鸢说道："我们离圣灵冢不算远了，现在就去吗？"无天荒尊如同早就有准备，他摇头道："不去，这时候去没有意思，哼哼，等时机成熟了再进去。"他瞧瞧姬莫言和独孤刹道："他们两个不能去，得找个地方让他们休息。"

独孤刹一直看护着姬莫言，听到这话不禁问道："为啥我们不能去？"

雾莲荒尊直言不讳道："你们进不去，实力不足，进去就死定了。"独孤刹的脸都歪曲了，他一言不发，接着瞧着姬莫言，心里很不是滋味。无天道："好了，这种好事情得把我那好哥哥带上不可，走！"

之后，无天袍袖一挥，带着众人化作一道青光，隐没在半空。

途中，无天神秘兮兮地说道："圣陨天宫的宫楼……其实即是凌墨圣天宫的关键……"风扬是又好气又好笑，圣陨天宫是凌墨圣天宫的关键，他早就隐约晓得，这算啥秘密？他打断无天的话头，说道："拜托，圣陨天宫是关键谁都晓得吧，这算啥秘密？关键是谁也进不到正殿……"

无天一脸不悦地瞧着风扬，扬手道："小子，别乱插话，我还没有说完。"他倏然改为传音道："傻小子，我当然晓得正殿现在没人能进去，但不代表往后就进不去，据传说，只要掌控了圣陨天宫的关键，就能够在凌墨圣天宫里来去自由，凌墨圣天宫里的神迹才是真正的神迹。"

风扬不以为然地说道："唉，不是进不去嘛，莫非你老人家有方法进去？"

无天露出一丝诡异的微笑，接着传音道："小子还不笨，对，我有方法进去！"风扬浑身乏力地说道："那你还到此处来为啥，去圣陨天宫不是更好？"

无天竖起一根手指，示意风扬闭嘴，传音道："笨死了！我的秘密是……打开圣陨天宫的混沌圣物，就在圣灵冢里！"

风扬恍然大悟，怪不得无天如此在意圣灵冢，原来他有更大的野心。

风扬暗暗寻思，无天不会无缘无故告诉自己这个秘密，肯定有啥要求。他沉默了片刻，传音道：“你不会是想让我和你一道去圣陨天宫吧？你晓得的，我不一定能活着走出太元之地，嗯，你是要我帮你取得打开圣陨天宫的混沌圣物？”

无天使劲一拍手，传音道：“小子真机灵，没错，帮我搞到那个混沌圣物！”

风扬笑道：“呵呵，反正你和我一道进去，还怕拿不到那件混沌圣物吗？”无天手足无措地布起一层禁制，连声道：“小子，别说出来啊！现在还没人相信有这件混沌圣物……很久以前我就一直在寻找打开圣陨天宫的办法，哼，我要比他们更快地修成圣！”

风扬慢慢坐下，一只手托着下巴说道：“哦，按照你的推演……圣灵冢里没有成圣的法诀？”

无天摇头道：“这个我就不晓得了，但我能确定一点，倘若圣灵冢里有修圣圣经，也只有三个人可能得到，我们最多只能得到一些混沌圣物之类的事物。”他的神色有些黯然，一刻钟后，又说道：“其实，还有两个厉害的家伙……算了，不说这个。”

风扬寻思，三个能真正得到圣经的人，也许即是羲皇天尊、娲皇天尊和农皇天尊，还有两个厉害的家伙是谁，他猜不出来。倘若羲皇天尊、娲皇天尊和农皇天尊联手，这世上恐怕没有人能够与之抗衡，他们三个确实能够垄断所有的修圣圣经。

无天说道：“倘若你能拿到那件混沌圣物，我们两个一道去圣陨天宫，如何？”

风扬笑道：“圣陨天宫我是不会去的，好吧，若能得到那件混沌圣物，我就送给你。”

无天抓耳挠腮了半天，很激动地说道：“唉，你不清楚，那件混沌圣物除了打开的人，谁也收不到，你送给我有啥用？务必要你亲自去一趟圣陨天宫，我只是要你一个允诺就行了，至于啥时候去，还早着啦。”

风扬疑忌道：“你怎么晓得这么多？”

无天说道：“我被禁制在七妙鼎里时，以前耗费了很多时间推算，我没有娲皇天尊那种大神通，但自己关心的事情还是能算出一些玩意儿的，尽管可能不很准确，但大方向是不会错的，你不用担忧好了，我绝对不会亏待你。”他的神色异常威严，没有一丝玩笑的味道。

风扬点头道：“好，倘若我能活着回到故乡，等我把一切事情都安排完毕，我就跟你去圣陨天宫。”他索性地同意下来。其实，他对自己能否活着走出太元之地并没有信心，现在答应无天只是让他不用担忧而已。

无天亢奋地从地上蹦起来，连声道：“好！好！好！小兄弟真是爽快，不用担忧吧，我肯定豁出老命来保护你，你可是我的救星啊。”风扬不由得打了一个寒噤，小声道：“麻死我了，等我活着离开太元之地，你再开心不迟吧。”

风扬想了想说道：“我也拜托你一件事情，不论这次进圣灵冢是啥结果，这件事情你一定要帮我。”无天奇道：“啥事情？”风扬认真地说道：“倘若我出了问题，我大哥和师尊的转世……你务必保证让龙雀用昆仑阴阳戳让他俩转世，而且，转世后你还要去保护他们。”

无天一口应承道：“小兄弟，你不用担忧，这件事情我来办。还有，那个秘密千万不要说出去，由于没有人意识到……唉，原本想告诉祖师的，可是他老人家完全就不让我讲话，哼，看我成功后他怎样说！”

得到了风扬的允诺，无天脸上显出格外亢奋的神色，他扬手示意风扬先出去，自己绕着黄泥台，絮絮叨叨地嘀咕个不停，如同还没有从亢奋中清醒过来。不久后，在一处隐秘的陨石上寻到了无天的哥哥，一行人朝着目的地挪移而去。

这是一个狂暴混乱的太空地带，飞舞的陨石犹如暴雨般密集地向天地四极乱射。无天好像很有经验，他一出黄泥台便扬手涌现一连串金色光球，将众人罩在其中，几乎同时，那些飞舞的陨石也撞击上来，刺眼的金芒将附近照亮，那些陨石即刻被无天的护身法宝炸成碎末。

雾莲女则是另外一种方法，她身上飞出蓝森森的冰晶，将附近的陨石凝滞住。夜鸢和山凰却吃了点小亏，两人被罩在雾莲的护身范围里，那股巨寒让他俩直打哆嗦。夜鸢心里暗骂，他微微一挺腰，圣指的光华将他和山凰护住，这才抗住雾莲的极寒之气。

那些飞射过来的陨石很自然地从他身旁滑过，完全不能接近他的身体。他不急不忙地说道：“无天，你在前面开路，之后由我来看护。”

无天说道：“好啦，我开路……开路？奇怪，难受的事情怎样总是我在做……我可……”风扬不禁说道：“快点走吧，此处太乱了。”无天瞪了风扬一眼，似对他打断自己的话很不满，他大喝道：“我们走！”

无天掐动圣灵印，抖手打出，只见一道银芒飞出，接着一串夺目的闪光亮起，自近而远的爆炸在陨石群中开出一条宽阔的隧道。他一马当先地飞起，同时喝道：“快走！”风扬和腾厉一左一右紧跟而上。

雾莲女一扬手也跟了上去，夜鸢和山凰也是左右相随。不可不慌不忙地跟在之后，一副满不在乎的模样，能够看得出他对此处的环境格外熟悉。

很快，众人就穿过陨石群。

那是有人在打斗。腾厉亢奋地说道：“喂，好像是有人打架！”无天的神色都变了，能在此处打斗的人肯定是高手。

夜鸢眯着眼睛看了一会儿，说道：“奇怪，他们怎么在此处打斗起来了？”

无天说道：“别理他们，我们绕过去。”

风扬说道：“绕过去了，他们停下来了，好像在瞧着我们。”

腾厉张牙舞爪地说道：“怕啥，我们此处有这么多高手，他们若是聪明的话就不敢来惹我们，哈哈。”

不可叹道：“这两个家伙恐怕不是我们能对付的，青萝、无天，认出是谁了吗？”

无天神色急速变化，骇然道：“娲皇天尊！我……我好激动啊，怎样刚出门就遇见他……”

夜鸢却面露喜色，他急忙向那两人飞去。

风扬也看见打斗的两人，但他认不出谁是娲皇天尊，他猜想其中一个也许是娲皇的化身，便招呼腾厉一道飞了过去。不可、雾莲和山凰也跟着飞去。无天愣了一会儿，一咬牙也跟了上去，他晓得没法闪让，娲皇天尊若是不想饶他，他躲到哪儿也没用。

风扬心里格外好奇，敢与娲皇打斗的人肯定是了不起的人，在他心目中，娲皇、羲皇和神农三人才是旗鼓相当的对手。他一边飞一边问道：“夜大哥，和娲皇天尊打斗的是谁？”夜鸢摇头道：“我也不晓得，他们那一辈人极少出来，传闻也少，我们都不晓得。”

不可插话道：“那是一个自称为神的人，叫黑冥王。”

腾厉不信：“这一界真的有神？”

雾莲女冷笑道：“自觉得是神的家伙，你说他是神吗？”

风扬叹道：“纵使不是神，能和娲皇天尊打斗，战斗力恐怕也接近神了吧。”几句话的工夫，他们便靠近了打斗双方。这时，两人已然住手，正静静地等待众人接近。

还隔了一段距离，夜鸢的身形仍在接着向前飞行，他就在半空行起礼来，大声说道：“大灵真仙夜鸢谒见娲皇天尊。”

风扬、山凰和腾厉跟着行礼，接着，不可、雾莲和无天也报名行礼，霎时间，众人都停在娲皇天尊面前不远处。风扬这才晓得那个俊俏的少年即是娲皇，只见他笑吟吟地瞧着众人，尤其是看见风扬过来，显得很高兴。他点头笑道：“你们过去吧，别在此处浪费了时间，黑冥王要和我打斗，我只好陪他玩一会儿了。”

黑冥王长得奇丑无比，身材就像一只矮冬瓜，又胖又圆，身上穿着一身淡暗金色的圣衣。他的头格外古怪，一眼看去满头都是大疙瘩，似乎被人用锤子敲过一遍，鼓起许多青色的瘤，一双凸起的金鱼眼，是他身上最明显的太元人的特征。

他空着两只手，目光在众人身上扫来扫去，怪声怪气地说道：“原来如此，娲皇……原来你是为了护住这些人？哈哈，打开神禁的关键居然是这群人！哼，你能算到……我也能算到，别忘了，我是神！哈哈。”他肆无忌惮地狂笑起来，随着夸张的笑声，从他身上涌现数不清道暗金色光芒，飞散在太半空。

娲皇天尊淡淡一笑道：“冥王，我劝你还是别搬救兵了，凭你们那些既不中看又不中用的家伙，在此处是得不到啥便宜的。”他回身对众人说道：“你们不用接着看了，他挡不住你们的。”

无天完全不想和娲皇天尊说话，他趁机叫道：“我们走！”

黑冥王大喝道：“没有我的允许谁敢走！都给我站住了！”他的两只手动了一

下，风扬眯着眼看得清清楚楚，就在一眨眼的瞬间，黑冥王的双手居然飞快地掐动了几十手圣灵印，只见他扬手间，一圈圈的荧光荡漾开来。

娲皇天尊神色一变，说道：“冥王，我一直手下留情，你别不晓得好歹！”

附近的空间一阵歪曲，不可说道：“附近被禁制了。”黑冥王大笑道：“娲皇，每次圣灵冢打开都被你们几个霸占了，哈哈，这一次我们太元人完全不答应！哼，有熊和有虞怕你们，我不怕！这是我们太元人的遗产，有本事你把我们都困禁了。”

娲皇天尊冷笑道：“冥王，别觉得你能挡住谁，纵使我不出手……你能挡住不可、无天兄弟？你能挡住青萝？别做梦了，你谁也挡不住！不可，你带着人过去！”

黑冥王骤然间暴跳如雷，他怒骂道：“混蛋，你试试看！”他身上涌起一团银芒，急速撞向娲皇天尊。娲皇天尊连动都没有动，淡淡地说道：“雕虫小技！破！”跟着他的喝声，那团银芒似乎雪球撞在钢板上一样，化作满天星芒在娲皇天尊身前消散，完全没有触及他。

不可不敢久留，招呼众人道：“我们走！”无天喝道：“好，风扬、腾厉，跟着我！”他一马当先向外飞去，两只手飞快地掐动圣灵印，随着圣灵印的完成，他的双手闪起夺目的光华。

很快，众人都感觉到身形被凝滞了，像进入流沙里一样。无天两只手合拢，犹如拜佛一样，从上往下一挥，一道夺目的光华喷射而出。风扬和腾厉也一道出手，风扬的弑圣刃化作一抹金光，横扫左边的禁制，腾厉的都鲍牙棒幻化出一个庞大的狼牙棒，飞扑右面的禁制。三人无比默契地攻向左、中、右三个方向。

第二十六章　神农伏羲

三人的战斗力合在一道着实有些可怕。无天是洪荒元尊，又经过在七妙鼎里的修炼，他的功力比不可还要高一些，风扬是刚刚踏入天心狱境界，功力已然和仙王差不多了，腾厉也是化心狱境界，而且风扬和腾厉用的都是混沌圣物。这三股力量合在一起，纵使是娲皇天尊也要避避锋芒，何况是一道禁制。

黑冥王布下的禁制在三人的冲击下激烈战栗起来，不到一刻钟，阻隔众人的禁制就被一扫而空。风扬心里很是吃惊，黑冥王随手布下的禁制，竟要三人合力才能破去，仅此一点看来，黑冥王的战斗力确实是非同小可。

娲皇天尊已然不给黑冥王机会了，他轻声笑道："你没有机会了……"数不清道七灵神华凭空显露，抵挡住准备再次困禁空间的黑冥王。黑冥王恼怒地吼叫着，他倏然发觉不对，七灵神华在太半空慢慢凝结起来，一个庞大的丹鼎显露在眼前。娲皇天尊抛出了七妙鼎。

无天带着众人快速离开。风扬觉得有些遗憾，他格外想看娲皇是如何对付黑冥王的。

无天飞行的速度非常快，风扬和腾厉勉强能够跟上，无天不得不略微放慢一点速度，他不停地唉声叹气地催促道："快点！你们两个怎么这么慢，唉，莫非要我带着你们飞吗？快点！快点！"

如此的速度让风扬很不适应，他务必依仗弑圣刃混沌圣物的能量。腾厉也很难受，他拼命鼓动着狼牙棒，连说话的劲头都没有了。

此处的太空很奇怪，凭着神眼，风扬发觉有很多古圣禁制的痕迹，稍不留意就会陷入其中，只有跟紧无天才能避开这些可怕的禁制。

一行人犹如追星赶月般掠过太空，在半空掠过一道夺目的光。无天脸上显出小心的神色，他一言不发，带着两人开始避让禁制。

风扬留心到无天好像很熟悉此处的环境，带着他们灵巧地超越了一道道禁制，他默默地记忆着进去的道路。

飞行了大半天，一行人终于飞出了隧道。

炽烈的阳光照射在众人身上，风扬惊异地瞧着，他没想到圣灵冢居然在一颗恒星里，在一颗像太阳一样的恒星里居然有神迹。一刻钟后，他才说道："怪不得平常的古仙不可进入……"在他的印象中，恒星是不可隐藏任何事物的，那里的高温能够与紫阳仙焰相媲美了。

无天瞧着那颗恒星，说道："那就是太元！圣灵冢被重重禁制在里面。"他感慨万分地说道："数不清的洪荒元尊试图探索它，可是太难了，功力略微差一点都不成，完全就进不去，纵使进去了，也要面对各种古圣禁制和炽烈的火流……又是一轮圣灵冢的打开，天晓得会发生啥事情。"

风扬眯着眼看去，所谓的太元和太阳十分相似，表面热浪滚滚，赤红色的火浆在慢慢流淌，不时地能够看见一股股喷泉般的火流爆发出来。风扬纵使是玩火的行家，心里也不禁生出一丝畏惧，太元看上去着实不是人去的地方。

夜鸢和山凰的神色都很威严，他们对太元也是心存顾虑，像恒星一样的地方，寻常古仙是会避开的，那里的温度仙器很难抵御，他们也没想到圣灵冢会在那里面。

雾莲女神态自若地瞧着，她以前进入过那里，所以一点也不觉得惊异。她淡淡地说道："务必绕过去，到太元的反面，那里有进出的禁制。"

风扬一直在细致查看，他倏然说道："你们看！"

只见极远处一丝丝金芒在隐约明灭，不可疑忌道："这次怎么有这么多人？"

进入太元圣灵冢只有一条路，无天带着大家过去时，已然有十几个洪荒元尊散落在太半空等待着。洪荒元尊几乎都是独来独往，所以远远看去星星点点的，只有无天这群人最多，聚在一道格外显眼。

风扬向四周察看了一下，指着远处道："你们看，他们是谁？好像也有三四个人聚在一道，嗯，好像向我们此处飞过来了。"

无天看了一眼，说道："别管那些洪荒元尊。"他回身对雾莲女说道："青萝，不管是谁过来，你去招呼一声，我们不和任何人结伴，我们自己走。"雾莲女冷冷地说道："要说你去说，我懒得理他们。"无天气得口头禅又冒出来了："我好激动啊……"

不可淡淡地说道："我来吧，青萝的脾气你又不是不晓得。"

夜鸢声音微颤道："风老弟，那是羲皇。"

风扬惊异道："羲皇？在哪儿？"

山凰用手一指道："就是你刚才指的那些人。"他的神色有些怪异。风扬一瞧就清楚了，问道："你想要通知他们？"

现在的情况越来越奇怪了，风扬心里有些犯糊涂，不晓得自己究竟该信任谁。他清楚地感觉到娲皇天尊、羲皇天尊和农皇天尊是一伙的，而其他的洪荒元尊好像各自为阵，他一时间不晓得该怎么办才好。

夜鸢想起娲皇天尊的吩咐，心里略微有些底，他没有阻止山凰，终究已然到了圣灵冢边，羲皇也许不会对自己有啥不利的举动。

无天眉头微皱，说道："羲皇天尊居然这么早就来了，噢，我明白了……"

风扬略一思索也明白过来，农皇天尊和娲皇天尊在外，羲皇天尊在内，他们三人早就有了充分的准备，其他的洪荒元尊完全没法和他们三人争，圣灵冢几近被他们三人完全掌控了，只要风扬打开了圣灵冢，那些散落在外面的洪荒元尊是没有机会的。

不可是少数对圣灵冢没有兴趣的洪荒元尊，他叹道："这次又不晓得谁要倒霉了，每次圣灵冢打开，对洪荒元尊都是一次严峻的考验啊。"腾厉兴致勃勃地问道："是不是每次都打得一塌糊涂？"

雾莲女偏过头，上下端详腾厉，冷笑道："小子，你这么喜欢打？进入圣灵冢可不是来打架的，在此处倘若谁乱动手搅乱了圣灵冢，是会引起公愤的，谁也承担不起这个责任……"

腾厉摸摸脑袋，嘀咕道："又不是我说的，你没有听他说吗？进入圣灵冢对所有洪荒元尊都是考验。"无天不禁解释道："打斗都是在外面发生的，一旦到了此处，谁也不敢动手……所谓的考验，即是进入圣灵冢，通过古圣禁制。倘若没有见识，很容易会被困在里面，更大的可能是被古圣禁制甩出来，你觉得圣灵冢是那么好进的吗？"

风扬听了反倒松了一口气，此处既然不能打斗，那么就不用畏怯那些洪荒元尊了。但他心里还有一些疑忌，便问道："倘若发生了打斗怎么办？"不可说道："那会被高手禁制或者驱逐出去的，千万别尝试着动手，此处的古圣禁制格外神奇，几近是层层相联，稍不留意就会作用于所有进去的人。"

夜鸢向来留心着羲皇那群人，他倏然说道："他们真的过来了。"语气显得很惶恐。风扬不由得笑道："夜大哥，此处是不能动手的，你别忧虑。"夜鸢苦笑道："没啥，迟早总是要见面的，唉。"

羲皇来得非常快，风扬他们还没有说几句话，他们已然快到了。山凰小声道："夜大人，我们迎上去。"夜鸢点点头，两人飞上前去，躬身悬停，等待羲皇的光临。风扬十分好奇，他拽着腾厉，也飞到夜鸢身旁，静静地等待着。

很快，羲皇一行人就到了。夜鸢和山凰早已伏下身来，山凰道："大灵真仙山凰谒见羲皇。"夜鸢立刻说道："大灵真仙夜鸢谒见羲皇。"两人一动不动地等待羲皇发话。

风扬觉得很好奇，他一言不发地端详着羲皇。腾厉却是另外一番心情，他对羲皇钦佩得五体投地，能让两个大灵真仙如此敬畏，令他十分羡慕，觉得羲皇有够威风。

羲皇是一个挺拔威严健壮的年轻人，一头黑青色的头发，用一只青金色发冠拢在头顶，面相古拙。他的穿着很随意，一身青色长袍，上面绣满了密密麻麻的暗金色小点，似乎是一幅星空图，腰间系了一条银白色腰带。他背着手，若有所思地瞧着众人，身后紧跟着的是碧蟾仙王和克扶两人。

羲皇三人刚刚停下，又有两道金虹飞来。碧蟾仙王笑道："呵呵，飙璃君他们来了。"腾厉听到"飙璃君"三个字，不禁打了一个寒噤，他也不晓得为啥会对飖璃君有一种莫名的畏惧。

羲皇说道："无天、不可……咦，青萝也来了？"他没有理会山凰和夜鸢，直接和无天等三个洪荒元尊打着招呼。

雾莲女说道："伏羲，你现在可真是威风啊……对了，他是你的弟子？哼，本事可大了，把我的深隐地极玄极阴寒眼都毁掉了，这个损失你要负责赔偿！"她一说着就找碴。

羲皇好像觉得很意外，他笑道："青萝，你胡闹，他是啥实力你不清楚？呵呵，别说我孤陋寡闻，再来两个他也不是你的对手，他怎么可能毁掉你的深隐地？莫非你刚好不在？"雾莲女骤然间哑口无言，愣了一会儿，她才说道："不信，你问无天！"

碧蟾仙王笑道："雾莲大姐也许是想和我们一道进圣灵冢吧，至于深隐地被毁，呵呵，这只是借口吧，不然他们怎样会走到一道来？"他一针见血地说出了雾莲的准备。羲皇哈哈大笑："不错，想不到青萝也不肯实话实说了，哈哈。"

风扬发觉他们这些洪荒元尊全都是熟人，听语气就晓得，他们格外熟悉。果然，雾莲女娇声道："哼，啥都瞒不过你，碧蟾君越发机灵了。"

羲皇说道："山凰、夜鸢起来吧，你就是风扬？这位是谁？"他指着腾厉问道。

风扬说道："他也是逐圣者，叫腾厉，小子见过羲皇天尊。"他特意不叫羲皇，而是称呼羲皇天尊。雾莲女惊异道："咦，你不叫他师尊？"羲皇摆手阻止雾莲接着发问，说道："哦，腾厉？是腾厉魔神吧？想不到魔神也能修圣，有想法。"

他略一沉吟，看了无天一眼，说道："太元的黑瞳打开还有一点时间，等一会儿会有更多的洪荒元尊过来，他们两人跟我走，无天，你们自行进入就行了。"他示意要亲自带风扬和腾厉走。

无天不禁怪叫起来："那可不成！祖爷吩咐过我们兄弟，无论如何都要带着他们两个……"羲皇神色微变道："哦，那没有啥，以后我来向神农解释。"他流露出一股冷意，众人都不由得向后稍退。

气氛骤然间沉闷起来。风扬心里暗暗思忖，他觉得羲皇有些太霸道了，不管怎样，无天对自己还不错。于是他说道："既然都在此处，那就一道进去好了，何必分开。"

碧蟾仙王解释道："人多了不好走，人越少越好走。"

羲皇说道："克扶、少司命、山凰和夜鸢，你们四个就不要进去了，在外面守着。"

无天长叹一声道："我好激动啊，罢了，不可，我们一道进去吧。"他不得不屈服于羲皇的意志，他完全争不过羲皇。

羲皇瞧着风扬，眼里闪过一丝欣赏，问道："我托龙雀带给你的话都晓得了吧？"他的想法格外明确。风扬点头道："是，小子都晓得。"他并不想拜羲皇为师，但也不好意思直接拒绝，所以他只是说晓得了，却不说自己有啥想法。

羲皇毫不放松地接着说道："嗯，既然晓得了，你不愿意做我的徒弟吗？"众人的眼光都看向风扬，要晓得羲皇的势力极大，除了圣界，他的权威几近影响到所有各界，倘若风扬即刻拜他为师，身份身位就会马上跟着水涨船高。

风扬笑道："我都不晓得自己能不能活着走出太元之地，拜不拜师的也就不重要了吧？荒尊不会要一个死人做徒弟的，是吧？所以，等我活着走出太元之地再拜师也不迟。"所有人都听出了风扬的推脱之意，不禁心里暗暗惊异，都像看怪物一样瞧着他。

谁知羲皇居然不觉意外，他依然温和地说道："你也是祭炼大荒圣玄功的人，我也是……但我是以仙入神的，你是以道入神的，而他是以魔入神的，谁也不晓得最终能不能修成……我不仅仅是收你为徒，我也要收他为徒，至少我们三个能够在祭炼上有所帮助吧。"这次他没有用身份来压人，而是试图用说服的方法来收徒。

碧蟾仙王笑道："小兄弟，帝君的话没错，拜师只是一个形式而已，帝君不会让你跟着他的。"

风扬一拉腾厉，笑道："我当大哥，你是小弟。"

腾厉怪叫道："怎样我又比你小？"

风扬当空虚跪道："谒见师尊。"

腾厉嘀咕了一声，也跟着跪拜道："我老腾……谒见师尊。"

羲皇露出开心的笑容，说道："好，好，你们见过两位师叔。"他指着碧蟾仙王和飙璃仙王。既然拜了师，风扬也就不再多想，他拉着腾厉传音道："小弟，咱俩又多了两个便宜师叔。"腾厉咧咧嘴，眼神里的想法是："我有啥办法。"

风扬和腾厉再次谒见碧蟾仙王和飙璃仙王。风扬这才晓得，羲皇和七大仙王是兄弟关系，也即是说，风扬又多了七个师叔。

夜鸢最先上前贺喜，他忽然间明白了娲皇的想法，只要和风扬在一起，羲皇就绝对不会惩罚自己，因为他需要风扬打开圣灵冢。

无天满脸的苦涩，他不得不钦佩羲皇，略微发挥一点办法就拉拢了风扬，轻松地得到了一个大帮手。这次圣灵冢打开，连祖爷都很紧张，也许祖爷已然进入太元里等待，到时候只要发出信号，他就能寻到风扬。无天暗自庆幸，好在已然得到了风扬的允诺，往后会跟他去圣陨天宫，那才是自己真正的目的地。

风扬也想开了，反正自己要走火化道了，不论拜谁为师都无所谓。他一身轻松地悬在半空，等着进入太元的圣灵冢，见识一下这一界最神秘的地方，就是死也值得了。

羲皇倏然没头没脑地说道："你死不了。"

第二十七章　古圣禁制

风扬笑嘻嘻地说道："啥死不了，师尊，你说啥呢?"羲皇微微一笑，不再解释，风扬被他笑得心神不宁起来。

不可盯着太元，太元的光芒很强烈，他眯着眼睛如同在盘算着啥。没多久，他鼓掌道："好，太元的古圣禁制开始震荡了，大家准备好，太元的黑瞳就要开放了。"他的话音未落，明亮夺目的光芒就开始变得暗淡，一点灰影在太元上扩散开来。风扬惊异道："那就是古圣禁制的效用?"

羲皇点头道："那是太元最外层的古圣禁制，能够降低太元表面的温度，否则一些洪荒元尊都进不去。"

风扬好奇道："哦，师尊能进去吗?"对他而言，师尊只是一个称呼，叫起来格外顺口，腾厉却没法像他一样，这小子一言不发，憋得浑身不自在，听着风扬和羲皇说话，他几次张嘴又闭上了，不停地挠头搓手，不晓得如何是好。

羲皇点头道："嗯，倘若黑瞳没有打开，这世上大约只有五六个高手能够进去，其他人是进不去的。"风扬一记马屁就拍了过去，他玩世不恭地说道："师尊真是了不起，但你老人家为啥不早点进去，在此处等……呃。"他话还没有说完，心里倏然明白了，羲皇在此处就是为了等自己。

见到娲皇天尊，羲皇叹道："我们终究是一脉相承，太元人也够激动的了。"娲皇天尊显出一口雪白的牙齿笑道："帝君，这次若是找不到突破境界的办法，我们几个人恐怕比那些太元人还要悲惨。"

风扬这才晓得，娲皇天尊、农皇天尊和羲皇天尊以至还有七大仙王等洪荒元尊，都到了关键的时候，他们面临的危机可能比太元人还要大，其实自己又何尝不是如此。他现在理解了，为啥这些绝世高人都要不择手段地进入圣灵冢。想到此处，他不禁问道："我们啥时候进去?"

娲皇天尊瞧着羲皇说道："帝君，你带着他们先进去，我守在此处，刚才已然波及一点古圣禁制了，还好是我熟悉的那种禁制，已然被我短时间镇压住，等一会儿若还没有变化就没有问题了。"

羲皇点头道："好，我们在进去之前肯定等你过来。"

娲皇天尊说道："不用担忧吧，我很快就会过来的。"说完便隐没无踪了。

羲皇说道："我们分成小组走，我带着他们两个，碧蟾君、飙璃君和青萝单独走，无天和不可带着夜鸢，记住别靠得太近，小心触动古圣禁制……在太元里出了危险没有人敢救，生死由天吧。”

无天晓得争不过羲皇，他眼球一转说道：“我在前面开路，你们跟在之后。”他心想，在前面走至少羲皇甩不掉自己，若是自己跟在之后，说不定就找不到他们了。羲皇无所谓地说道：“也好，在前面开路的人要留下足够的空间和星识，之后的人不要走岔了。”

无天叫了一声：“我好激动啊。”转身向夜鸢他们飞去。

碧蟾仙王笑道：“帝君保重，圣灵冢见。”又向风扬点头示意，随后闪身向太元飞去。不可说道：“你们去吧，我最后再走。”

羲皇微微一笑，说道：“我们走。”带着风扬和腾厉向太元飞去。

风扬察觉到羲皇飞得并不快，他不禁问道：“师尊，为啥进入太元要分开走？莫非人多了就进不去吗？”他向来觉得羲皇是在找借口甩掉无天，但看情况又不像。

羲皇点头道：“务必是五人以下进入，不然就很危险。第一次打开圣灵冢的时候，就是由于很多洪荒元尊结伴进入，结果那次太元洪荒元尊损失惨重，足有上百名洪荒元尊和逐圣者再也没有出来，太元人的实力从此彻底瓦解，所以，进入太元最忌讳的就是结伴进入，人越少反而越安全。”

风扬觉得难以置信：“上百名洪荒元尊和逐圣者？我的老天爷，太可怕了。”

羲皇说道：“是啊，上百人，具体有多少谁也说不清，但至少也有上百人，一些都是太元人。那时候，我们这些洪荒元尊很少，完全没法和他们争，我和娲皇还有神农是最后进入的，当时我还不了解他们，很侥幸的是第一次圣灵冢打开，只有我们三个人进入。”他叹息了一声，又道：“尽管我们得到了第一批事物，但也被困在太元圣灵冢里……祭炼了很久以后才脱困出来。”

风扬这才明白这三人为啥能称霸各界了，凭着他们得到的各种祭炼圣经和混沌圣物，还有谁能斗得过他们三个？

腾厉笑嘻嘻地说道：“师……尊，那些太元洪荒元尊逃出来没有？”羲皇摇头道：“陷入古圣禁制的人，谁能逃得出来？纵使我现在陷入古圣禁制里，恐怕也很难逃脱，唯一安全的方法……就是不要触动古圣禁制。”

羲皇的神色变得威严起来：“进入太元后，不论看见谁被古圣禁制吸住，都不能够出手相救，要尽快地离开。”他紧盯了风扬一眼，说道：“我晓得你的为人，但在此处你不许逞能，不然会害死人的，清楚吗？”

风扬笑道：“若是朋友陷进去也不能救吗？”

羲皇不厌其烦地解释道：“不是能不能救的问题，而是……只要你出手相救，我们就会一道陪着陷进去，此处不是我们能够掌控的。”他停了一下又说道：“太元的古圣禁制很奇妙，一个人被古圣禁制吸住还有可能脱身，两个人被吸住，脱身的希望就少了一半，若是三个人，几乎就没有逃脱的希望了。”

腾厉吓了一跳："那我们还三个人一道进去？不是找死吗？"

羲皇显得出奇的有耐心，他不厌其烦地解释道："有我看护你们两个，而且我们三人是分开飞行的，只要听从我的指挥就没有问题。太元我来过很多次了，对里面的情况很熟悉，你们自己进入，一则不了解路径，二则功力还差一点，纵使有混沌圣物护身也是不够的，在这种地方经验很重要。"

腾厉说道："师尊不用担忧吧，就是你陷进去我都不救……"

羲皇听得一愣，风扬"扑哧"一声乐了："小弟，你不会委婉点嘛，哪有你如此说话的？"腾厉一本正经地说道："我这是遵从师尊的教诲，你那是口不应心。"

风扬哈哈大笑道："算了吧，别说得那么好听。"

羲皇心里不由得一声叹息，在仙界不论谁见到自己都是恭恭敬敬的，纵使是七大仙王也不敢跟自己胡乱胡闹，这两个徒弟刚进门就如此肆无忌惮，往后管教起来可就难了。他咳嗽了一声，说道："好了，进入太元的规矩都说了，都记住了吗？"

风扬和腾厉两人相视一笑，齐声说道："是，都记住了，谁都不救！哈哈。"羲皇哭笑不得地瞧着这两个不知深浅的小子，不禁叹了一口气，心想："往后有的烦了。"

风扬想了想，问道："师尊，在太元里，莫非真的没有办法救人？"

羲皇摇头道："其实有一种办法，但格外危险，极少有人晓得。"他考虑了一下还是准备告诉两个徒弟，因为有准备总比没有强。

风扬笑道："啥办法？我觉得任何事情都有解决的办法，就看你会不会了。"羲皇说道："唯一的办法就是打击被陷住的人，但不能用法宝，要用仙雷诀之类的打击办法，最重要的是，被陷住的人要了解你的想法，不然他若用法宝还击，就会把你也拖进去。你们两个小子记住，在太元里的人都很小心，同样也很敏感，能不出手就尽量不要出手，清楚吗？"

羲皇反复交代，关切之意溢于言表，风扬和腾厉两人心里都有些感动。风扬点头道："嗯，师尊，我们会小心的。"这次他的态度很认真。羲皇高兴地点头道："好，我们快要到了。"

说话间，三人已然靠近太元，能够清晰地看见太元表面掀起的巨大火浪。

羲皇放慢了飞行速度，三人的护身金光霎时亮了起来。风扬尽管不怕火，但从来没有靠近过像太阳一样的恒星，对他来说，靠近如此的恒星是不可思议的事情。

巨大的热浪滚滚袭来，风扬目测了一下，他们三人距太元还有一段距离，若是全力飞行，大约一刻钟左右就能够到达，按现在放慢的速度，则要几个小时才能到达太元表面的圣纹。

羲皇提醒道："你们两个都有混沌圣物护身，进入太元时肯定要留心防备，那里的温度和紫阳仙焰差不多，尤其要小心的是只能防备，不能用混沌圣物去破开炎气，否则会引发古圣禁制的，你们跟着我飞就行了。”他的神情很威严。风扬晓得这时候开不得玩笑，安安分分地点头道：“是，我们会小心的。”

跟着三人靠近太元表面，轰轰隆隆的声音越来越响，不时地还有一阵阵霹雳般的爆响。羲皇调整了一下方向，垂直地向太元表面的黑瞳落去。

庞大的火焰从太元表面窜起，那种温度能够轻松地熔金化铁，滚滚的炎气将四周的空间完全歪曲，一层层青白色的火焰向太半空扩散，靠得越近就越能觉察到那股炽烈。

太元散发出来的炎气开始迟滞了三人的飞行速度，那是一股铺天般的力量。腾厉怪叫道：“啊呀呀，好热啊！”他身上的战衣明灭着忽明忽暗的星光。

风扬身上的天焱圣衣也发出夺目的光华。先仙焰灵格外亢奋，风扬心里一动，悄然召唤，先仙焰灵沿着天焱圣衣将他包裹起来，天焱圣衣的表面骤然间变成了夺目的橄榄色，所有辐射过来的炽烈都被先仙焰灵吸收了，风扬几乎觉察不到外面的温度。

羲皇还是老模样，看不出外面的炎气对他有啥影响，他一回身看见风扬身上的紫光，惊异道：“咦？你有收服的先仙焰灵帮助？”风扬笑道：“师尊好眼力啊，一眼就看穿了弟子身上的秘密。”一记马屁轻车熟路地拍了过去。

腾厉不甘落后地说道：“那是当然了，师尊的眼力肯定厉害，别人身上有啥事物还不是看一下就晓得了……呃。”他倏然觉得自己说得不对劲，那不是说师尊是贼眼吗？没等他补救，风扬就笑出声来：“小弟，你不用担忧吧，你身上没有师尊感兴趣的事物，哈哈。”

羲皇眼睛一瞪，风扬和腾厉骤然间连气都喘不过来，身上犹如压了一块万吨巨石。还好羲皇只是瞪了一眼，他淡淡地说道：“别胡乱说话，不然……可别怪我这个师尊不好说话。”说完他再次看向前方。

腾厉感叹道：“这种地方太可怕了。”

风扬问道：“这是唯一的一条隧道吗？”羲皇摇头道：“不是，这只是一个进口。”

没多久，三人便进入太元的炎气区。炎气就像是流动的海面，犹如海水般荡漾蒸腾，这次连羲皇身上也散发出淡淡的青光。

靠近了看，所谓的黑瞳即是蒸腾着的墨色浓烟，里面夹杂着阵阵火焰，还不时地爆出大片的火雨。快要飞到入口时，风扬不禁惊叹道：“太宏伟了……真是可怕啊！”腾厉顺着他的眼光看去，也禁不住叫道：“好可怕的火势！”

在滚滚的黑烟之后，高达几公里的烈焰直冲霄汉，震耳欲聋的咆哮声令整个太元都在颤抖，大片大片的火云腾空而起，满眼都是夺目的闪光，火焰之间居然还有一道道金色的霹雳，接连不断地发出震撼人心的巨响，一团团赤红色的火浆被抛向太空，看上去似乎世界末日即将来临。

炽烈风暴掠过，这对于向下落去的洪荒元尊造成极大威胁。羲皇喝道：“跟紧我，千万别被热风暴卷走。”

除了羲皇偶尔出言教导，风扬和腾厉几乎一言不发，紧紧跟随。

热风暴在四周盘旋激荡，暗红色的光芒印在蛇眼石上，显得是那么的怪异。一道道闪电不时地掠过纷乱的空间，大片的火花在爆响声中飞舞，随即被热风暴扫向天地四极。风扬站在蛇眼石边，感叹道：“此处真是很可怕。”

羲皇冷静地说道：“这次圣灵冢打开结束后，你跟我回仙界吧。”

风扬摇头道：“师尊，弟子短时间不想去仙界，唉，我从故乡出来后，还没有回去过，这次若能捡回一条命，我打算回故乡去。”羲皇回身看了他一眼，奇道：“你还记挂着自己的故乡？我劝你还是不要回去，你会很失望的。”

一道强烈的赤芒闪过，远处爆起一片火云，风扬的脸被映得火红，他坚决地说道：“师尊，我务必回去一趟，不然……我永远都不会心安。”

羲皇道：“也好，回去一趟了却心愿，这样就不会影响往后的修行……你不用担忧吧，我会吩咐龙雀，用最稳妥的办法让你的两个朋友转世。”风扬晓得羲皇消息灵通，他躬身施礼道：“谢谢师尊。”心里不禁一阵激动，有了羲皇的保证，姬大哥和师尊的转世就安全了。

风扬问道：“师尊，我怎么瞧不见其他人？”

羲皇说道：“这次进入太元的洪荒元尊不算多，太元……其实能够称为古仙的坟墓，不知有多少洪荒元尊陷入此处的古圣禁制，第一次打开圣灵冢的时候，我侥幸寻到了这块蛇眼石，记得当时站在这块蛇眼石上，亲眼看见许多洪荒元尊被禁制吞没了，唉……惊心动魄啊。”

风扬的冷汗都要冒出来了，他追问道：“当时的洪荒元尊很多吗？”

第二十八章　葬圣封神

羲皇面无表情地说道："不仅多，而且都是实力深厚的洪荒元尊。原来发现这个圣灵冢的时候，几近所有的洪荒元尊都赶来了，最终能进入圣灵冢的几个人着实是很侥幸，谁都没有想到，古圣禁制是如此厉害。我记得有十来个洪荒元尊不服气，试图破除古圣禁制，结果统统陷了进去，仅仅是那一次打开，洪荒元尊就葬送了很多。"

风扬摇头道："奇怪，他们为啥一定要去？不去不就没事了吗？"

羲皇反问道："他们为啥要去你不清楚吗？"风扬伸手摸摸额头，说道："不就是为了古圣留下的圣经混沌圣物，还能有啥原因？"羲皇哑然失笑道："能祭炼到洪荒元尊的战斗力，境界会那么低吗？你太小看人了吧？"

风扬笑道："嘿嘿，所以我才奇怪啊。"

羲皇轻叹道："等你到了我们现在的境界，你就会发觉，要想寻到能够挑战自已极限的事情是多么的麻烦。"他不再接着说下去，只是出神地瞧着肆虐的热风暴。

风扬恍然大悟，低声道："原来如此。"到了洪荒元尊的境界，世间已然很少有能让他们动心争取的事物了，只有不断地寻找挑战，才能提高自已，而拥有洪荒元尊如此的战斗力，完全很难再寻到挑战的对象，所以发觉圣灵冢后，洪荒元尊都将其视为自已最大的挑战对象。风扬终于明白了，为啥会有那么多的洪荒元尊到太元来。

腾厉也复原过来，他伸了一个大大的懒腰，使劲搓搓脸，懒洋洋地从地上爬起来，说道："师尊、大哥，过了多久了？"风扬说道："没多久，复原得如何？"腾厉发牢骚道："唉，这个倒霉地方……灵气尽管很充盈，但太乱了，感觉很奇怪。"

风扬一动都不敢动，以至不敢回身看羲皇。好像过了很长时间，倏然一声轰鸣，他又再次听到狂暴的霹雳声。

羲皇小声道："稳住！稳住身形！"

风扬暗暗心惊，以羲皇的战斗力都如此小心，说明他并没有夸大古圣禁制的能量。一分神之下，风扬被古圣禁制吸住，却没有陷入的迹象，他奇怪地挣扎了一下，吸力好像有些减弱。他心里有些匪夷所思。忽然间，他觉得额头上一热，圣魂涌现一道瞧不见的涟漪。

风扬尽管瞧不见，却能清晰地感觉到圣魂的震荡，刹那间，他被古圣禁制吞没了。羲皇都傻了，他俩都没有想到风扬就这么无声无息地隐没了。

腾厉问道：“我大哥呢?”羲皇回到蛇眼石后即刻闭目静坐，完全不理会腾厉的追问。腾厉急得两眼赤芒乱闪，吼叫道：“莫非他陷进去了？你倒是说啊……”腾厉如同鬼喊鬼叫。

羲皇倏然站起身来，淡淡地说道：“你大哥没事，我们很快就会见到他了。”

风扬被吸进古圣禁制后，最先看见的是万丈紫阳仙焰，他吓得急忙将弑圣刃化作一个金色光罩护住全身，这次连先仙焰灵都不敢出头了。

风扬难以置信地瞧着眼前的紫阳仙焰，回头一瞧，身后居然也是大片的紫阳仙焰，橄榄色的光芒刺得他眼睛都花了。他晓得大事不好，自己即使再不怕火，见到如此的仙焰也束手无策了，这是最厉害的野性仙焰，灵力之大完全不是自己能够化解的。

紫阳仙焰发出隆隆的轰鸣声，风扬仰首望望，低头瞧瞧，附近一片火海，一团团橄榄色的仙焰四处飘荡，他一边闪身避让，一边琢磨如何才能逃脱。慢慢地，他冷静下来，细致观察附近的环境，最先他确定了一点，此处不是最凶险的地方，因为到目前为止还没有遇到过不去的障碍。除了闪避飘来的仙焰，他短时间不敢乱动。

紫阳仙焰开始一点点地向他聚拢，他试着向前方飞去，连续闪过几团仙焰后，就再也不能闪让铺天盖地的大火了。弑圣刃破开一堵火墙，刹那间，四周的仙焰犹如潮水般涌上身来。这是紫阳仙焰的特性，一旦遇到阻碍即刻包裹上来。

风扬玩火已然很久了，他的反应非常快，即刻召唤先仙焰灵，将自己原先收集的仙焰布在外围。他用的是以火克火的办法。霎时间，外面包裹上来的仙焰向后退去，还有极少部分的仙焰被他身外的仙焰融和了。风扬松了一口气，短时间解决了仙焰的威胁，但如何出去呢?

一路飞去，有了仙焰护身，外面的火势已然不可影响到风扬，但时间长了他也觉得吃不消。紫阳仙焰本身就有瞧不见的力量，这么大的火势，风扬感觉越来越难受，他停在一处比较之下空旷的地方，静静地思索出路。

他忽然想起在藏圣星记载圣谕的那个碑文，急忙取了出来。他已然晓得所谓的圣文是要用圣识来体悟的，很快，他就用圣识扫视了一遍，心里不禁暗骂自己愚笨。这段圣文中就有记载如何进入圣灵冢的办法。

原来，有了圣魂，风扬完全不用这么小心翼翼地进入，只要随意触动古圣禁制，自然就会被挪移到圣灵冢边。刚才他被古圣禁制陷住的时候没敢挣扎，结果被送到了古圣禁制的本源，太元所有古圣禁制的力量之源——熄净垣。幸亏他早已收集了很多仙焰，不然即使有仙王的战斗力也撑不了好久，迟早会被熄净垣的仙焰焚尽的。

风扬终于寻到了关键所在，他打出一手圣灵印，那是刚刚从影灵玉里学会的。圣灵印出手后附近的空间骤然间歪曲起来，眼前闪过数不清道光芒，大约不到一刻钟，风扬发觉自己站在一个空旷的大石台上，环境格外熟悉，俨然就是藏圣星上的那个殿堂。

宫楼上空荡荡的没有任何人，也没有任何生命的迹象，宫楼上空挣腾着的是血红色的火云，宫楼三面都有庞大的柱子，只有一面是向上的台阶，地面居然是用禁焚火云石铺就的。风扬晓得不能飞上去，只好一步步走上去，他想了想，不再踌躇，慢慢地沿着台阶向上走去。

开始时风扬还小心地慢慢向上走，很快他就不耐烦了，他的速度越来越快，慢慢地，犹如离弦之箭般向上狂飙。足足跑了二十多分钟，终归显露了第二个石台。

此处同样有一个庞大空旷的宫楼，左右两边都是墨色的柱子，前面依然是台阶。风扬心里叹了口气，若是平常人来到此处，仅仅这些台阶就够他爬个十年八年的了，他完全想不通哪有这么多禁焚火云石用来铺地。

风扬还不晓得，第一个宫楼就是第一次打开的圣灵冢，他现在就在第二个被打开过的圣灵冢里，沿着台阶上去就是最终打开过的圣灵冢，再上去就是龙雀打开的那个圣灵冢了。他走过宫楼，接着向上奔去，这次速度更快，不到十分钟就到了。

风扬踏上宫楼，心里再次涌起熟悉的感觉。他不假思索地走向旁边的柱群，那是庞大的墨色柱子，每根柱子的直径都有上万米，走到柱子下面，人只有一点点大，就像一只小小的蚂蚁，柱子的另一端就像顶在天上，完全看不到尽头。

一阵震荡，风扬踏入柱群里，里面的古圣禁制对他毫无反应，他晓得圣魂能够完全化解这座宫楼的古圣禁制。他走到柱群中间，看到一根庞大的橄榄色柱子矗立在中央。风扬向前几步，站在柱子下面，出神地瞧着。

正在出神之际，风扬忽然觉得额头上圣魂起了震荡，那根庞大的橄榄色柱子也立刻晃动起来。风扬骤然间被一股铺天般的吸力牵引，他心里没有一丝反抗的意念，跟着那股吸力，整个人向上升起。

橄榄色的柱子腾起阵阵烟岚，橄榄色的光华闪亮起来，整个圣灵冢的禁制被风扬触动了。

羲皇带着腾厉和夜鸢还在隧道里艰难地飞行，三人相距很近。腾厉传音道："师尊，我大哥怎么倏然就失踪了，莫非古圣禁制对他没有用吗？"羲皇心里焦躁不安，他刚才尽管推算出风扬没事，但进一步推算却毫无结果。他现在一心想快点到达圣灵冢，路途上的变数太多了，他第一次觉得心有余而力不足，有一种很深的无可奈何感。

见羲皇完全不回答他的问话，腾厉心里很不爽，他再次传音道："师尊……"羲皇不耐烦地传音道："小子，跟着师尊走就行了，哪来那么多问题？"腾厉被噎得直翻白眼，他气呼呼地飞着，觉得着实无聊，又传音给夜鸢道："夜鸢，你不是跟无天一道走的吗？怎么就剩下你了？"

夜鸢也是满腹心事，他也不搭理腾厉的问话，只是闷头赶路。腾厉不由得火大，但在此处他不敢发作，只是叹了口气，依旧安安分分地跟着两人向前飞行。

热风暴倏然减弱下来，过了不到五分钟，附近倏然变得十分安静。羲皇神色急速变化，他大喝道："快！小心防备！"夜鸢和腾厉尽管不晓得原因，但两人都很听话，腾厉抖手间狼牙棒显露在手中，龙杖顶端爆出一团斗大的星花将他全身护住。夜鸢双臂微伸，圣指的金光从两肩升起。

一团暗红色的光芒从远处一个点上亮起，慢慢地蔓延开来。羲皇倒吸一口凉气，惊异道："全禁制震荡？"他即刻停止飞行，夜鸢和腾厉紧跟着停下。腾厉问道："啥全禁制震荡？"暗红色的光很快拓展过来，快如闪电般，将整个黑瞳照亮。腾厉不禁说道："好奇怪的感觉啊。"

羲皇不可思议地瞧着震荡的赤芒，喃喃自语道："是谁？是谁启动了所有的禁制。"

霎时间，刺眼的赤芒闪亮，羲皇大喝道："不要挣扎，让禁制送我们出去！"

夜鸢慌乱地用圣指护体，只见眼前赤芒明灭，一股绝大的力量挤压着身体，就像一座大山压在身上。他听从了羲皇的话，没有用圣指来抵抗。立刻，就觉得眼前一黑一亮，他发觉自己已然悬停在太元外的太半空。

夜鸢发觉太元上的那块圣纹正在快速缩小，四周不时爆起一团团闪光，一个个洪荒元尊在闪光中显出身形，他看见羲皇天尊、娲皇天尊和农皇天尊都被甩了出来，无天、不可和雾莲女也从别的地方飞过来。看了一圈，唯独没有发觉腾厉和风扬两人，他急忙飞了过去。

羲皇问道："是谁启动了禁制？"

娲皇天尊沉默不语。农皇天尊说道："可惜，只差一步就进入圣灵冢了，古圣禁制好像是从第三次打开的古圣殿发出的，可是谁能这么快就到达那里？我不相信有谁能比我快。"

羲皇说道："娲皇，你能推算出来吗？我推演了几次，都不可晓得，如同被某灵睢禁抵挡了。"娲皇天尊摇头道："我也推算不出来，涉及古圣的事情都很难推断……"说话间，越来越多的太元洪荒元尊围拢上来。

远处，一大批葬圣军也向此处赶来。羲皇眉头微皱，说道："他们想干啥？"

碧蟾仙王和飘璃仙王也赶来了。碧蟾仙王说道："帝君，太元洪荒元尊过来了，他们好像很恼火的模样。"羲皇冷冷地说道："我倒要瞧瞧他们想怎样？"他是一界至尊，说起话来自有一份威严气度。

娲皇天尊笑道："好家伙，来了这么多葬圣军，神农，说不好要用到你的黄泥台了。"

农皇天尊点头道："倘若他们不讲理，也只好困禁他们了。"三人神态自若地说着话，完全不在意那些太元洪荒元尊。

泰星荒尊带着有熊等洪荒元尊飞过来。

娲皇天尊一副满不在乎的态度，轻声笑道："这次可真要大乱了。"

羲皇晓得，这次圣灵冢打开，娲皇比自己要紧张得多，看他那么轻松的模样，羲皇不禁精神一振，他清楚事情肯定还有转机。转念一想，自己不是也在圣灵冢里布下了一颗棋子吗？他沉稳下来，静静地等待着。

泰星荒尊距离很远就放缓了速度，大声问道："太元发生了啥事情？为啥古圣禁制全部启动了？"他显得很气愤。

农皇天尊带着无天和不可悬停在众人上方，他阴沉着脸瞧着下面，淡淡地说道："不可，准备好黄泥台。"不可暗暗叹息，点头道："是。"无天规矩地立在一边，嘴唇微微在动，能看懂唇语的人都晓得，他说得是"我好激动啊"。

羲皇冷笑一声："泰星，你气势汹汹的想干啥？"

泰星荒尊毫不示弱地反问道："想干啥？你们想干啥？"

双方剑拔弩张，气氛紧张起来。

在赤芒闪起的刹那间，腾厉额头上的圣魂也震荡起来，等他清醒过来的时候，已然站在一个庞大的石台上。他也被挪移到圣灵冢里。

风扬无意中启动了整个古圣禁制后，人也被吸进那根庞大的橄榄色柱子里。风扬发觉柱子里完全是橄榄色的世界，橄榄色的半空上飘着淡橄榄色的云，一望无际的橄榄色草原上，矗立着一座庞大的橄榄色楼阁，形制有三分像在藏圣星看见的楼阁，他就站在楼阁的入口处。

在楼阁的大门前，有一个十米多高的深橄榄色玉碑，闪着晶莹的柔光，上面流动着一串串圣文。风扬用圣识查看后，不由得惊喜交加，这是一篇留给他的文字，是说不论谁得到圣魂，都有资格进入此处，凭着圣魂就能够打开圣灵冢。

没多久，神碑化作紫光隐没在空气中。风扬定下心来，踏入了这座精美的战魂紫殿。

地面依然铺砌着禁焚火云石，干净得纤尘不染，四周的温度奇高，蒸腾而起的炎气清晰可见。整个战魂紫殿安静得可怕，只有风扬的脚步声回荡在宫楼上。

风扬很快走完了一圈，宫楼上啥都没有，一眼看去空荡荡的，他想了想，试探着飞离地面。由于有圣魂的帮助，此处的禁制完全不起效用，他顺利地飞到了半空，即刻发觉宫楼之后有一座橄榄色茅屋。

第二十九章　龙雀撼仙

风扬察觉到这个橄榄色世界里禁制重重，但由于他有圣魂，这些禁制都失去了效用，他直接飞向橄榄色茅屋。在半空，风扬连续闯过多道禁制，他心里连呼幸运，若是没有圣魂，自己恐怕连一道禁制都过不去。

风扬格外顺利地落在橄榄色茅屋前，瞧着眼前的茅屋，他不禁苦笑起来，这哪儿是一个茅屋，说是一个造型怪异的实体还差不多，既没有门也没有窗，完全不晓得该怎样进去。他绕着茅屋转了三圈，发觉橄榄色茅屋确实没有门窗，用圣识探进去，里面是空的。

最终，在圣识的扫视下，风扬终于寻到入口。那个入口很古怪，不仅是隐形的，而且还在茅屋的顶上。风扬用神眼大致观察了一下附近的古圣禁制，吃惊地发觉，橄榄色茅屋附近层层叠叠的禁制犹如迷宫一样，倘若用解开禁制的方式进入茅屋，恐怕连羲皇和娲皇那样的高手都未必能化解，更不用说自己了。

风扬无视那些禁制，径直飞上屋顶。在踏上屋顶的刹那间，一道橄榄色光华明灭，他开始陷入茅屋。就在他快要进入的瞬间，只见腾厉的身影一闪而过，在惊喜中，风扬落入茅屋里。

没等风扬站稳，密集的银芒就劈头盖脸地打了过来。风扬扬手涌现弑圣刃，金光明灭间，他被密集的银芒打得凌空挣腾，好不轻松才稳住身形，又是一连串的暗金色光球缠上来。

风扬倏然发觉不对，由于光球打击的力量不算太大，如同缺少掌控。他不敢发挥弑圣刃的能量，生怕毁掉茅屋，只是小心地掌控着弑圣刃进行防备。他察觉到打击自己的是一件不知名的混沌圣物，正在进行防卫性打击。

风扬试着弹出一团圣灵之气包裹上去，那事物跳动了一下后，飞入他的手中。风扬完全匪夷所思这么轻松就收到一件混沌圣物，他细致观察，那是一个气泡状的事物，一头尖一头圆，有拳头大小，蓝莹莹的，散发着柔和的荧光，尽管不晓得叫啥名字和如何操纵，但从它上面传来的震荡就能够确定这是一件奇宝。

收了这件宝物后，整个空间就显现出来。

这是一个很小的空间，呈圆形状，墙壁也是橄榄色的，但橄榄色深浅不一。风扬眯起眼睛虚看，察觉墙壁上的橄榄色构成了一幅地图，他不晓得这是哪儿的地图，但晓得这幅地图肯定有用。他取出一个影灵玉将墙壁上的地图依样描画，收入指环内，随后再次开始审视房间。

房间里除了收到的那件混沌圣物外，只有墙壁上的地图，没有任何多余的事物。搜索了一圈之后，风扬发觉头顶上隐形的大门已然封闭，不可从原路退出了。他盘膝而坐，再次放出圣识探察，很快就发觉，地下还有一个空间。

研究了一刻钟后，风扬依然没有寻到进去的入口，无可奈何中他尝试着用圣魂的震荡打开。果然，地面正中间裂开一个圆形的入口，风扬不假思索地飞身而下。

这是一个菱形的空间，有些像鸡蛋的形状，风扬顺着墙壁悄然滑落，看见正中间沉浮着一根橄榄色的影灵玉。风扬喜出望外，他晓得凡是有记载的事物，都是旷世神珍，他现在要解决化道的问题，只有拿到正宗的祭炼功法。

风扬经历过很多的取宝过程，晓得此处也许是有禁制的。他试着用神眼查看，奇怪的是一点都看不出有禁制的迹象。

晶核的吸引力太大了，踌躇了片刻，他决定伸手去抓。只听一声爆响，晶核化作一团橄榄色气团当头罩下，刹那间，紫雾犹如水银泻地般渗入风扬体内，天焱圣衣和弑圣刃都不可抵挡。

犹如一盆冷水骤然间浇在头上，风扬觉得从头凉到脚，他保持着伸手拿晶核的姿势，静静地悬在半空，似雕塑一般。足足过了有一刻钟，他终于缓过劲来，不禁怪叫道："哇呀！啥玩意儿？"

风扬伸出手来瞧瞧，心里有些迷惑，晶核居然隐进自己的身体里，奇怪的是，最初的冷意过去后，晶核也隐没得无影无踪了，不像别的事物，自己能够清晰地感觉到。他挠挠头，心想也许是收取的方式不对，毁掉了这件晶核。他四下察看，见附近空无一物，便转身向上飞去。

来到茅屋，风扬发觉上方的大门已然打开了，他想起刚才似乎见到腾厉在外面，急忙飞了出去。

回到橄榄色宫楼上，风扬仰首望天，扯开嗓子吼道："小厉！你在哪儿？"这一声吼犹如霹雳，震得橄榄色宫楼微微震动，从他嘴边发出的震波居然一圈圈地扩散开来。风扬自己都被吓了一跳，他现在的实力究竟有多高，自己也不甚晓得。

只见腾厉一摇一摆地从宫楼之后走了过来，他得意扬扬地嚷道："大哥，吵啥啊……告诉你一个好消息，他们统统被古圣禁制甩出去了，哈哈。"

风扬奇道："他们被古圣禁制甩出去了？那你是怎么进来的？"没等腾厉说话，他一拍脑袋，恍然大悟道："哈哈，你也有圣魂！怪不得，好！我们一道去打开圣灵冢。"

腾厉得意地哈哈大笑道："我到了此处就有一种很熟悉的感觉，哈哈，顺着感觉过来了，此处还真有藏圣星的味道啊，大哥，发现啥宝贝没有？"

风扬说道："我进来没多久，只寻到这个事物，还有一根晶核，可惜，没有收取成功。"他取出那个气泡一样的混沌圣物。腾厉接过来瞧瞧，说道："有些像黄泥台……里面好像自成一体。”

风扬说道：“没有得到相关的圣灵印，还不晓得如何启动。”

腾厉将混沌圣物还给风扬，笑嘻嘻地取出一把黑黝黝的奇形兵刃，形状很奇怪，像一面双刃刀，只是没有刀柄，猛一眼看去，就像一只压扁了的蝴蝶。风扬拿在手中，感觉那玩意儿阴沉冰凉的，格外沉重，足有两百多斤，不禁喝彩道：“好事物！咦，上面有圣灵印。”他指着乌黑的背脊上偶尔明灭的紫芒。

腾厉一把抢过来，细致察看，没多久，他咧着大嘴哈哈大笑，开心得手舞足蹈：“这玩意儿好，匕勒诀……好奇怪的名字，哈哈，比狼牙棒感觉好多了，这才是男人用的家伙，我喜欢！”他即刻祭炼起来。有了圣灵印，就能够将匕勒诀收入体内慢慢祭炼了。

风扬说道：“我们到了此处，怎样才能出去？”他俩都晓得此处肯定还有遗留的混沌圣物，但风扬更关心圣灵冢的打开，他需要龙雀的昆仑阴阳戳，所以务必救出他来。

腾厉笑道：“想出去很轻松，只要掌控自己的圣魂，此处的禁制就会将我们甩到外面的宫楼上。”

风扬不禁对腾厉刮目相看，他赞道：“不愧是以前的大神魔，你是怎么晓得的？”

腾厉舔舔嘴唇，装作没事地说道：“我就如此被扔出去两次，所以很清楚。”风扬骤然间哑口无言，一刻钟后，他才挠头道：“噢，我们出去吧。”

再次回到第三层圣灵冢的宫楼上，风扬笑道：“这次打开圣灵冢也许是最冷清的一次了，只有我们两人。”腾厉不以为然地说道：“还有一个比我们更厉害。”风扬也想起来了，点头道：“不错，龙雀大人更厉害……呃，我明白了……羲皇……我们的师尊才是真正厉害的人！”

腾厉想了想，说道：“没错！确实是如此……他抢先一步派龙雀来打开圣灵冢，如此一来，无论谁进去都能遇到他，大哥，我们根本就不是那些老家伙的对手。”风扬勉强笑道：“对手？啥对手？我从来都没有把他们当成对手，小弟，有些事情还是糊涂点比较好。”

腾厉说道：“我从来都没有清醒过，所以不存在糊涂的问题，哈哈，我才不管他们啦，哼！”

风扬晃晃脑袋，好像要将一些不愉快的事情从头脑中驱逐出去，他笑道：“小弟，看谁跑得快！”说完，拔腿就向台阶上窜去。腾厉怪叫道：“赖皮啊！”也紧跟着向上奔去。

圣灵冢打开后显现出来的一共有三层，第四层即是龙雀打开的，但他只解开了一道禁制，还有两道禁制是他解不开的，因此他就陷在里面了。

这一次的台阶更长，风扬不清楚为啥要修建这么长的台阶，建造一个简单的挪移阵就很方便，要么将附近的古圣禁制解除，直接飞过去也很快。他并不晓得，凭着圣魂和圣灵之气，这条台阶对他没有一点危险，若是换一个人走，就不那么轻松了，此处的古圣禁制非同寻常。

两人几近同时到达顶端，展现在眼前的是一片气团。风扬和腾厉对视一眼，腾厉笑道："我敢肯定，里面肯定是迷阵，大哥，我说的肯定没错。"风扬不以为然地说道："恐怕没有那么简单吧，迷阵是困不住龙雀的。"

腾厉性急地说道："我来试试，不成的话，大哥再来。"说完飞身进入气团里。

风扬不慌不忙地盘膝而坐，悄然放出圣识探察过去。很快他就察觉，气团里没有任何禁制存在，只有一层气团，而且很薄。他收回圣识，一头窜了进去，一眼就看见龙雀盘腿坐在石台中间，一手指定撼仙之锤，撼仙之锤化成的光壁罩着三件乱窜的混沌圣物，腾厉笑嘻嘻地站在一边，完全没有出手的意思。

龙雀目不转睛地盯着撼仙之锤，完全无暇说话。就听腾厉嘎嘎怪笑道："哈哈，龙雀胖子，想不到你也有今天啊，之前你用魔禁欺负我……还记得吗？哈哈，害得我魔神做不成，去修啥圣，害得我拜羲皇那个胖子为师……"他一脸邪气地瞧着龙雀，两只手不停地搓动，好像马上就要揍人。

风扬大叫道："小厉！你敢！"胡闹，姬大哥和师尊的转世全靠龙雀，腾厉这时候若是出手，龙雀完全没法还手，只有挨打的份。

风扬飞蹿到腾厉身旁，一脚将他踹开，恶狠狠地警告道："想和龙雀打架，等往后再说！这种时候，你不是乘人之危吗？"

腾厉嘟囔道："乘人之危才好，等他准备好了再打……我傻啊！唉，多好的时机啊，可惜，可惜！"他走到一边，倏然大吼道："我……我好激动啊！"风扬被他这一嗓子逗得哈哈大笑，说道："小弟，别想你的大魔神了，还是安安分分跟我一道修圣吧。"

龙雀倏然说话了，他轻声道："帮我！帮我收这三件混沌圣物！"他现在很痛苦，打开圣灵冢后，里面居然藏了七件混沌圣物，他完全无力全部收取，眼睁睁地瞧着飞走了四件，最终终于用撼仙之锤化作的光壁圈住了三件，但也无力收取，结果就僵持在石台上，硬生生地被困在此处。发出求救的法宝后，他就一直在石台上苦苦撑持。

没等风扬回答，腾厉玩世不恭地凑上来说道："龙雀大人，嘿嘿，我们为啥要帮你？有好处吗？"龙雀气得差点吐血，他已然快要精疲力竭了，这时候腾厉提条件，他连反驳的力量都没有。

腾厉得意地说道："龙雀老大……不瞒你说，黑瞳已然封闭了，羲皇，嗯，就是我新拜的师尊，还有娲皇天尊、农皇天尊……一大堆荒尊，他们统统都被古圣禁制甩出去了，此处只有我们三个，哈哈。"他鼓掌拍腿，亢奋地在地上乱蹦，一副居心叵测的模样。

龙雀心里一个劲地苦笑，眼下他完全没有打斗的本钱。他淡淡地说道："你想如何？"风扬笑了："别理他，龙雀大人，你收哪一件混沌圣物？我们务必分工合作。”

被撼仙之锤光壁罩的三件混沌圣物，一件散发着暗金色光芒，犹如一把团扇，一件是不停分合聚散的金色薄片，还有一件是赤红色的指环状圆环。

腾历气哼哼地说道：“吓唬胖子一下都不成啊，唉，让我出出气行不行？”

风扬笑骂道：“出啥气？你有啥气就冲我来！”腾历颓唐地摇头道：“唉，我哪敢啊，你是大哥嘛……算了，看在大哥的面子上，我不追究他了，唉，我好激动啊！”风扬一巴掌拍过去，骂道：“学啥不好，学无天的口头禅，难听死了，往后不许说！”

腾历举着双手，无可奈何地说道：“不说了不说了，我好……呃。”他倏然发觉这句话是多么的顺口，怪不得无天张口闭口都要说。

龙雀松了一口气，他还真怕腾历这时候捣乱。他难受地说道：“我要那件红色的指环，其他两件你们各取所需，收到就归你们所有。”他心里有些懊悔，原来若是圈住一件甚至两件都有可能收取，一时贪心圈住了三件混沌圣物，结果反倒失去了时机，一旦他放开撼仙之锤的光壁，他连一件混沌圣物也不可能得到。

风扬点头道：“好，小弟，你要哪一件？你先选。”

腾历旋转着眼球看来看去，一刻钟后才说道：“我要那块金色的薄片。”风扬笑道：“眼光不错，我也看好这是一件宝贝……好，你收薄片，我要另一件。”他现在已然无所谓了，有了弑圣刃和天焱圣衣，他并不在意更多的混沌圣物，由于混沌圣物的祭炼是很麻烦的，多了也用处不大，他现在最想要的是练功的圣经。

龙雀说道：“等等，我放开撼仙之锤的时候，你们务必要困住三件混沌圣物，我务必换昆仑阴阳戳来收取，给我一点时间。”

风扬灵机一动，说道：“好，我先安置一圈禁制，如此混沌圣物也许飞不出去，龙雀大人能够等一会儿再放。”龙雀苦笑道：“寻常的禁制是没有用的，你用寂灭星辰罗盘也许能拖延一下时间。”他还不晓得风扬和腾历两人用的都是混沌圣物，而且和他分手后，两人的功力大涨，现在已然不比他差了。

风扬不再多说，他掐动圣灵印开始安置封锁禁制。一道道金芒犹如金梭般来回飞舞，很快，一个庞大的金色光罩将石台罩住，随着最终一手圣灵印飞出，一阵震荡后，禁制完成了。

龙雀的见识很广，他看到风扬安置的禁制居然和古圣禁制有某些相同，心里觉得震撼不已，他很清楚，在圣灵冢里，寻常的禁制完全不能成立，只有圣禁才有可能化成。他心里暗暗疑忌，按照风扬修圣的时间，完全不可能达到如此的高度，他是怎样祭炼的？

第三十章　圣塔开启

风扬说道："好了，龙雀大人，你能够收回撼仙之锤了。"他有些想不通，撼仙之锤的打击本事厉害，但完全不适合来围困和防备，龙雀为啥不用昆仑阴阳戳来收取混沌圣物，而要用撼仙之锤，这完全是既难受也不讨好。

腾厉说道："慢着，我还是小心一点。"他晃动狼牙棒，一只金色的巨爪显露在半空。他大喝道："好了！"风扬随即放出弑圣刃，一抹金光布在禁制里面，他叫道："龙雀大人，收起撼仙之锤吧。"

龙雀这才不用担忧地收起撼仙之锤，这时，他已然浑身乏力了。

撼仙之锤的光壁倏然消散，困在里面的三件混沌圣物发出一阵圆润的战栗声，同时向外蹿去，最先撞在狼牙棒上，只听连续三声霹雳响，震得腾厉哇哇怪叫："啥玩意儿那么大力量？"他即刻放弃抵挡，狼牙棒陡然缩小，抓向金色薄片。他很理智地放弃了其余两件。

风扬弑圣刃的金芒发出夺目的光华，他挡住冲出来的另外两件混沌圣物。砰然大震中，弑圣刃牢牢地固住两件混沌圣物，倏然，他发觉自己的力量不够用了，一种奇怪的感觉充满全身，那是心灵笼的效用。他骤然间惊醒，自己不知不觉中到了危险的边缘。

风扬瞄了一眼龙雀，看到他已然取出了昆仑阴阳戳，于是将目标定在团扇一样的混沌圣物上。

那块看上去像书本一样的薄片力量大得出奇，而且不停地分分合合，腾厉嘴里哇哇乱叫，手足无措的追逐不休。幸亏风扬先布下了禁制，不然他还真追不上那块薄片。

靠着狼牙棒的帮助，腾厉终于将那块薄片迟滞了，他飞上前去，手上储满了圣灵之气，一把抓下薄片，开心地在半空哈哈大笑。

龙雀可不敢飞到半空，因为那样会触动古圣禁制。他用昆仑阴阳戳的青光罩住那只指环，可是他的功力消耗太大，短时间无力收取，只好困住那只赤红色的指环。

风扬收取得很顺利，他用弑圣刃将乱飞的混沌圣物压下，轻巧地抓了下来。那事物在手中不停地乱动，明灭的荧光刺得人睁不开眼。

风扬输入一道圣灵之气后，它显出了原形，还真是一只像团扇一样的混沌圣物，圆形的扇面，有一圈暗金色的镶边，扇面像是半透明的玻璃，一股阴寒之气扑面而来。风扬搞不懂这个混沌圣物如何操纵，他无暇琢磨，便将混沌圣物收入指环。

腾厉也收好了混沌圣物，他冲风扬咂咂嘴，笑嘻嘻地说道："咦，奇怪，龙雀老大怎么还没有收取那件小事物，哎……"风扬回身看去，只见龙雀胸口悬着昆仑阴阳戳，一道青蒙蒙的光照着赤红色的指环，能够明显地看出他已然无力收取了。

风扬飞身而起，同时喝道："龙雀大人，收起昆仑阴阳戳，我帮你收！"

龙雀闻言迅速收回昆仑阴阳戳，顾不上看那只指环一眼，即刻闭目修炼。

风扬招呼道："小弟，别站着，一道来！"他早已看出那件混沌圣物非同寻常，果然，他连续两次伸手都被乱飞的指环避过了。腾厉挥动狼牙棒，一道道星芒涌现打在指环上，发出阵阵爆响，风扬乘机用弑圣刃镇压，这才将指环收取。

腾厉飞到风扬身旁，说道："我瞧瞧，是啥玩意儿？"风扬递给他说道："你看吧，我去瞧瞧龙雀大人。"

腾厉一把抓下指环，随手把指环往臂膀上一套，输入一道圣灵之气，心里暗吃一惊，居然是一个储物指环。他回身瞄了一眼风扬和龙雀，即刻搜索指环里面藏了些啥。指环里几近是空的，只有一些材料，其中有一样事物让他喜出望外，那是一个紫青雨蝶。这小子毫不犹豫地将紫青雨蝶藏入自己的指环里，随后脱下指环，笑嘻嘻地说道："奇怪，这是啥混沌圣物啊？"

风扬走到龙雀身旁，取出一颗枯青圣丹道："龙雀大人，这是枯青圣丹，快点复原功力，我们要打开之后的圣灵冢了。"龙雀大喜，他睁开眼睛，迫不及待地说道："枯青圣丹？太好了。"他心里清楚，没有深厚的功力支持，在此处是格外危险的。

大约过了一个多小时，龙雀靠着枯青圣丹的帮助终于复原过来，他有些遗憾，如若不是时间紧张，现在最好是闭关修炼，如此功力能够比原来还要精纯。他站起身来，还没有说话，腾厉就殷切地跑上来表功道："这是那件混沌圣物，是我们哥俩一道出手帮你收取的。"

龙雀有些无可奈何地瞧着腾厉，点头道："腾厉，既然你也拜羲皇为师，就不要再对我耿耿于怀了。"腾厉将指环递给他，玩世不恭道："没有啊，我哪敢……你可是大灵真仙，哎哟，我可惹不起啊。"

龙雀被他搞得心神不宁，也没有查看手中的混沌圣物，一边随手收了起来，一边说道："你要记仇，我也没有办法，但我龙雀还从来没有怕过。"腾厉依然嬉笑道："嗨嗨，龙雀老大，我可不敢记仇，我有这个心也没那个胆啊！"他还是一副冷嘲热讽的口气。风扬说道："小弟，别逗龙雀大人了，修行的人哪来那么大怨恨。"

腾厉翻了风扬一眼，不满地说道："大哥，你让我玩玩都不成啊？"

风扬瞪眼道："行！有啥不成的？玩完了吧……准备干活去！"腾厉无精打采道："干活！干活去！咦，干啥活？"

龙雀对这个活宝一点办法都没有，他很明智地不去搭理腾厉，对风扬说道："以我的经验看，只要圣灵冢的禁制被打开，也就是指这一层圣灵冢的禁制完全破除了，所有的混沌圣物会同时向外飞出，凭我们三人的力量完全掌控不了局面。"

风扬点头道："我只有信心收取一件，第二件就很难收了，我们三人最多只能收六件混沌圣物，如此绝大部分仙器都会飞走的。"他心里还有话没说，在混乱中很容易失去重要的祭炼功法，尤其是古太元人的解决方法越发重要，自己到现在为止还不晓得那是啥模样的。

龙雀苦笑道："是啊，我也最多只能收取两件，再多就力不从心了。"

风扬挠挠头道："我们还是谨慎一点，别急着打开。"

说话间，一道淡淡的黑芒飞向龙雀，腾厉大惊小怪地叫道："啥事物？"

龙雀伸手抓下，那是一片巴掌大小的青色仙器。他神色一动道："这是羲皇的传言。"他将那片事物合在掌心中，低头寻思了片刻，仰首说道："是娲皇天尊给你的……"龙雀将内容告诉风扬，那是一连串的数字，似是一个排序，他也搞不懂是啥想法。

风扬不禁喜出望外，娲皇告诉他的是七妙古经中圣灵印的排序，那是一种很厉害的禁制手法，但他对最终一段的排列有些疑问，凭着操纵圣灵印的经验，他觉得最终一段禁制很奇怪。

龙雀说道："羲皇说，倘若等不及可以先打开圣灵冢，但肯定要用贝冶神禁……贝冶神禁？莫非即是刚才给你的那个排序？"风扬点点头道："一共有七十一手圣灵印排序，呵呵，我也许能应付得过来。"

腾厉摩拳擦掌地说道："我们去打开圣灵冢！哈哈！"

风扬反复回想圣灵印的排序，这是无论如何不能出错的。

龙雀察觉到自己现在的战斗力已然不可和风扬两人打斗，他迟疑了片刻，说道："我们最好等一等。"腾厉大大咧咧地说道："等？等啥？他们那些人又进不来。"

风扬说道："等我把七十一手圣灵印熟悉了再进去，奇怪，最终十几手圣灵印怎么这么难搞，再等我一会儿。"龙雀脸上露出一丝微笑，说道："好，我修炼一会儿。"他盘膝而坐，不再说话。腾厉也没有多想，顺手拿出刚刚得到的金色薄片研究起来。

七十一手圣灵印照理应该很轻松完成，可是这次却不同，前面五十几手很轻松就串联起来，唯有最终十几手，每一印记诀的连接都格外古怪，风扬觉得有些像念绕口令似的，速度放慢时很轻松就能完成，但若要快速完成，最终十几手圣灵印总会有一两个错误，而在圣灵冢里是绝不能出错的。

风扬翻来覆去地不停练习，时间一点点过去了，倏然间，他思绪里灵光一闪："没有道理的，既然我早就学会了七妙古经中的禁制手法，一样也能够用，为啥娲皇还要特意给我这一段圣灵印？我会用禁制，完全就不需要啥禁制圣灵印。"他骤然间省悟过来，心里微微觉得有些不快，娲皇的心机未免也太深了。

风扬无声无息地说道："好了，我已然掌控了禁制圣灵印，我们能够进去了。"

龙雀眼里闪过一丝失望，说道："好，我们进去！"三人刚刚聚拢准备进去，只听一声巨响，整个圣灵冢的石台剧烈震动起来，一阵阵呼啸声从上空传来。三人仰首望去，只见三颗庞大的赤红色光团从天而降。

腾厉怪叫道："啥玩意儿？"

风扬眼光一扫，晓得自己还是晚了一步。他淡淡地说道："三个顶尖高手，用大神通进来了。"战栗声在三声巨响中结束，石台上显出三个人来，羲皇天尊、农皇天尊和娲皇天尊落在地上。龙雀急忙施礼道："龙雀谒见帝君。"

羲皇满脸笑容道："好，好，好，龙雀这次劳苦功高。"他高兴地点点头。龙雀明显地松了一口气，垂手站立在一边。农皇天尊笑道："一切都在掌控之中，呵呵，历经千辛万苦，终于是值得的。"

娲皇已然显出本相，她轻声笑道："看模样小兄弟被我的圣灵印迷惑了……嘻嘻，别生气，由于圣灵冢打开后，你们三个是很难掌控的，尤其是里面的几样事物格外关键，一旦飞走了，很难再寻到，混沌圣物的去向是推算不出来的。"

风扬叹气道："我们这些小人物还不是随意你们摆布，圣灵冢里的事物对我的吸引力不大，我只要你们三位先辈保证……"羲皇打断他的话，说道："既然已然拜我为师，娲皇天尊即是你的娲皇，农皇天尊即是你的农皇，啥先辈？一点礼貌都没有！"

腾厉想笑又不敢，急忙偏过头去。风扬心想：好嘛，又来一个便宜农皇和娲皇。

娲皇笑道："你的心思我清楚，不用担忧了，龙雀肯定会帮你的，上次不是给你九天渡人水了吗？你还忧虑啥？"风扬真是无可奈何，自己的弱点被他们牢牢地抓住了，完全就不可反抗，他们每一步都算计好了，不愁自己反驳。

风扬很快就想通了，既然斗不过他们，那又何必跟他们斗，这世上无可奈何的事情太多了，不可能每件事情都能合乎自己的心意，只要自己心安就够了。他耸耸肩洒脱地说道："倘若这次能顺利打开圣灵冢，我也该回故乡去了，回去的路可不好走啊。"

农皇天尊说道："你想回去还不容易，让娲皇送你，就不用劳神了。"

娲皇白了农皇天尊一眼，满面春风地娇声笑道："你倒会偷懒，但小子的事情我会帮忙的。"风扬说道："那要看我能不能活着，若是化道了……一切都是空的。"他趁机说出了自己的忧虑。

羲皇说道："不用忧虑，有我在，你就不会化道。"

风扬不再多说，一马当先向着被禁制的圣灵冢走去。这一层圣灵冢范围极大，龙雀打开的只是很小一部分，还有将近五分之四的表面被古圣禁制着。

娲皇、神农和羲皇都跟在之后。

风扬感觉到额头上的圣魂跳动得厉害，他清晰地看见一层暗金色的光壁挡住了去路。风扬试着用手触碰，荧光明灭间，一道霹雳袭来，事出意外，他竟被霹雳甩了一个跟头，狼狈地趴在地上。腾厉跟在他之后，幸灾乐祸地大笑道："我说大哥，你触摸禁制干啥？"他一边笑一边去扶风扬。

暗金色的光壁被触碰后，开始快速震荡起来，光华流转间，一道道闪光在里面亮起。娲皇急忙道："快去破解，不然就麻烦了！"腾厉叫道："我来！"他一头扎向暗金色光壁，只听轰然一声巨响，他又手舞足蹈地飞了出来，被羲皇一把抓住。农皇天尊惊异道："这是怎么回事？"

娲皇说道："让他们俩同时进去！"

风扬拉着腾厉毫不迟疑地撞了过去，刹那间，两人额头上同时涌现一道强烈的金光，无声无息地没入光壁里。农皇天尊喝彩道："好，我们准备！"

龙雀亢奋地瞧着，他晓得自己的时机来了。古仙的规矩是，只要凭着自己的本事，不论拿到啥样的宝物，别人是不会来讨要的，除非是自愿送人。他踏前一步准备随时出手。

风扬和腾厉进入暗金色光壁后，两人都觉得头痛欲裂，储存的圣灵之气犹如洪水般向外流淌，只是短短的刹那间，两人都精疲力竭地瘫坐下来。风扬勉强拉住腾厉，两人面对面盘膝而坐，风扬鼓起最终的余力传音道："运功！"

两人同时催动功力，枯竭的圣灵之气倏然犹如火山爆发般喷涌而出，两人的境界不受掌控地狂涨起来。霎时间，两人似乎是燃烧的大火，腾腾的烈焰冲天而起，风扬身上发出橄榄色的光华，腾厉身上明灭着暗金色夺目的星芒，两人同时到了走火化道的边缘。

在这危急时刻，风扬身上的心灵笼发挥了巨大的效用，不仅抑制住了他狂涨的功力，也将腾厉拖了回来。

罩在圣灵冢的禁制在两人的合力下，呈现出瓦解的状态。娲皇最先进入圣灵冢，她最先将整个空间再次禁制，立刻农皇天尊和羲皇也进来了。

羲皇抢到风扬和腾厉身旁，他手中执着一个旋转的轮盘，一圈圈的灵华罩向两人。他掐动圣灵印，那只旋转的轮盘悬停在两人中间，快速平衡着两人的圣灵之气。

风扬慢慢清醒过来，他发觉由于刚才功力狂涨，身上的心灵笼已在瞬间化去，现在只好靠这只奇妙的转轮平衡功力。

羲皇教导两人运功，没多久，风扬终于复原过来，他也不去寻找啥混沌圣物，只是坐在地上发愣。腾厉一复原，即刻就窜出去抓满天飞舞的宝贝。风扬心里倏然涌起一阵悲凉，思乡的念头越发强烈了，他现在只想回地球去，纵使是回天枢星去，也比在太元之地愉快得多。

羲皇稳住两人暴涨的功力后，也投入到收取混沌圣物的行动中。

娲皇一直在搜寻祭炼的功法，对于乱飞的混沌圣物她完全就不加理会，农皇天尊和羲皇也是如此，只有龙雀和腾厉四处追赶着乱飞的混沌圣物。

第三十一章 开门收宝

风扬被眼前掠过的一件混沌圣物惊醒，他拍了自己一巴掌，不管怎么说，能来到圣灵冢即是一份缘，放弃这份缘着实是太蠢了，他振奋精神窜了出去。在此处能飞起来的只有他和腾厉两人，娲皇纵使有洪荒神灵的战斗力，也不敢乱飞，除非她打算离开圣灵冢。

由于圣灵冢的禁制是风扬和腾厉合力破解的，所以一下子就破去了两层禁制，娲皇进去后在第一时间里就禁制了外层，农皇天尊又加固了一层禁制，因此，现在的禁制尽管不如原先的古圣禁制，但足以将圣灵冢里的宝贝全部留在里面了。

风扬抬眼望去，只见半空五彩缤纷，各种各样的混沌圣物四处乱飞，有的发出夺目的金光银芒，有的发出赤芒蓝影，形状更是稀奇古怪，看得他眼花缭乱，不晓得去抓哪一件才好，事物太多反而让人无从下手。

腾厉在追一个泛着七灵神华，形状犹如一条蜈蚣的混沌圣物，由于能够飞，他便手执狼牙棒，上下乱窜着追赶，嘴里还不停地大呼小叫，搅得全场乱七八糟。龙雀托着昆仑阴阳戳，他不想要寻常的混沌圣物，而是寻找自己喜欢的宝贝，所以短时间还没有出手。

娲皇天尊、农皇天尊和羲皇天尊都冷静地站在中央，其间，农皇天尊出手了一次，抓住一个黑乎乎的圆球，但他好像满不在乎，随手丢给了龙雀。

风扬走到三人身旁，问道："你们为啥不去收混沌圣物？在等啥？"

羲皇笑道："我们准备一人收一件，其他的混沌圣物，我们准备合力用大神通挪移出去，外面进不来的洪荒元尊都会有份参与，你自己凭战斗力去收吧，你们三个人没有困禁，能收多少就收多少。"

风扬眼睛盯着乱飞的混沌圣物，他神游太虚地说道："混沌圣物无所谓，我在找祭炼的功法，还有太元人的化解方法……究竟是啥事物才能化解太元人的危机？"

娲皇轻声道："奇怪，怎样到现在还不显露？"

风扬好奇地问道："啥事物？"

羲皇说道："我们叫它圣藏之塔，真正的名字谁也不晓得，每一次打开时，它都会显露一下，那里面有最好的混沌圣物和祭炼功法，你娲皇的七妙鼎和七妙古经，你农皇的黄泥台，都是从圣藏之塔中得到的，可惜，每次圣藏之塔显露的时间都很短，加上在场的洪荒元尊很多，里面的宝贝很难收取。”

风扬这才明白他们为啥只收一件混沌圣物，原来还有更好的事物。他问道：“能带我一道进去吗？”农皇天尊说道：“小子，你最好不要跟进去，非要强行进去的话，也只能在最外层寻找，圣藏之塔显露的时间不定，若不能及时退出，就彻底死了。”

羲皇倏然伸手抓向前方，他抢下的是一件赤红色的方形古瓶，上面布满了深红色的细碎纹路。他稍稍看了看，说道：“这件混沌圣物还不错，你留着玩吧。”他递给了风扬。娲皇看了一眼，也伸手一指，一件混沌圣物挣腾着落入她的手中，那是一条明灭着金光的棍子。她笑道：“这条棍子还可以，你收下吧。”风扬莫名其妙得到了两件混沌圣物。农皇天尊也出手，从半空吸下了一把奇形的兵刃，也送给了风扬。

腾厉忙到现在才抓住那条像蜈蚣一样的混沌圣物，他喜滋滋地收起来，大叫一声扑向另一件混沌圣物。

正在忙乱间，只听一声圆润的震响，娲皇娇声道：“小心，圣藏之塔出来了！”她手掐圣灵印，嘴角噙笑。风扬不由得一呆，他还从来没见过如此美妙的画面，似乎天地都静止了。

娲皇天尊、农皇天尊和羲皇天尊同时掐动圣灵印，每个人都凝神准备着。龙雀也停止追逐混沌圣物，回身看过来。腾厉落在地上，好奇道：“咦，你们在干啥？这些都是些什么玩意儿？”

似乎传来悦耳的铃声，在离地约一米高的地方，一点灵华逐渐闪亮，叮当作响的银铃声慢慢地清晰可辨，一股清幽的香味飘散在半空。风扬、腾厉和龙雀三人目瞪口呆地瞧着所谓的圣藏之塔。

那是由一个个像金字塔般的锥形三角叠加起来的塔，整个圣藏之塔是倒着显露的，塔尖向下，塔底朝天，一共由九个锥形三角组成，每个三角上布满了一排排整齐的三角形的门。圣藏之塔足有十几米高，它一显露，附近几米范围内的空间就被歪曲了。

风扬以前见识过这种手法，那还是在利物浦大陆的时候，在修罗海的幽冥岛下，大日如来宗的玄天镇妖七级浮屠也有某些类似圣藏之塔的地方。圣藏之塔上很多三角形的门已然被打开过，没有打开的门都闪着五彩的光华。

只听娲皇一声娇喝：“禁制它！”

农皇天尊封锁上面，羲皇封锁下面，娲皇将四面完全禁制，刹那间，圣藏之塔被掌控在离地两米左右的地方。羲皇笑道：“这次终于没让它飞起来，要不然我们可要忙活一阵子了……时间足够，我们轮流进去，我们还是按老规矩吧。”

娲皇笑道：“还是我沾光啊，这次我们联手合作，不用担忧了，只要我得到祭炼功法，肯定和大家分享。”风扬提醒道：“娲皇，若是有解救太元人的方法，肯定要取出来。”娲皇眼里闪过一丝惊异，笑道：“不用你们说，这我也知道，也是我们来这儿的主要目的之一。”她走向圣藏之塔的下方。

娲皇进入圣藏之塔的范围，圣藏之塔即刻发出夺目的光华，她被吸了上去，眼瞧着人越来越小。风扬发觉娲皇飞行的线路格外恍惚，他用神眼查看，这才清楚，圣藏之塔也是层层禁制的。

腾厉跃跃欲试道：“大哥，我们也进去玩玩？”

风扬笑道：“有这个时间，我们兄弟俩还不如去抓点现成的混沌圣物，里面的东西可不是我俩兄弟能对付得了的。”他现在很明智，晓得自己的见识和娲皇他们相比差得太远，倘若逞强进入，弄不好会连累大家。腾厉叹道：“可惜，没法去见识一下了。”

羲皇笑道：“不进去也不必遗憾，同样能够得到宝贝。”

农皇天尊也说道：“是啊，你们兄弟俩能够飞到上面去，我们在打开圣藏之塔法门时，会有一些混沌圣物被震出来，我们没有时间收取，你们能收就尽量收吧，往后很难再有如此的时机了。”

风扬也觉得千辛万苦地走到圣灵冢来，啥都没有拿到有些对不起自己，他拍了拍腾厉的肩膀，笑道：“好，师尊、农皇，你们进去以后，能不能特意放一点好宝贝出来，外面这些混沌圣物恐怕不如里面的好。”

羲皇和农皇天尊都点头同意，他们早已不需要打击性的混沌圣物了，他们需要的首先是祭炼功法，其次是记载各灵雎器的圣经，对混沌圣物本身的兴趣并不大。

风扬和腾厉飞到圣藏之塔上方等待着，整个禁制石台上只有龙雀一人来回跑动，忙着收取四处乱飞的混沌圣物，没多久，他就收取了三件混沌圣物。他倒是一点都不奢望收取圣藏之塔里的宝贝，晓得那里面的混沌圣物和自己没缘。

娲皇进入了圣藏之塔的第四层，她已然缩小到只有手指头大小，身上散发出大量的星光，远远看去美丽异常。腾厉叹道：“厉害！真了不起，嗯，做我的娲皇够格了。”除了风扬之外，他对其他人都是根据战斗力大小来看待的，娲皇展现的战斗力令他钦佩不已，至此他才心服口服地承认了娲皇的身份。

风扬小声说道：“有事物出来后我负责抵挡，你来收取，别让那些宝贝飞到上面去，不然就难找了。”腾厉说道：“靠谁近谁就收，见机行事吧。大哥，其实混沌圣物太多了也没啥用，你看他们三个，完全就不在乎啥混沌圣物……我只要真正合适的混沌圣物，其他的就算了。”

娲皇的身形在圣藏之塔里来回穿梭，她只在一个三角面上的大门出入。风扬大致计算了一下，一个三角面上有四十五个大门，要想全部进入是不可能的，只好寻找最有价值的进入，这就要看搜寻人的本事了，对于娲皇这样的高手来说，这不是问题。

龙雀已然盘膝而坐，他又收取了一件混沌圣物之后，再也无力接着，只好盘膝而坐休息。

腾厉指着圣藏之塔说道：“快看，娲皇手中拿的是啥？”

风扬早就看见了，娲皇手上像是捧了一束喷射火花的烟花，由于娲皇看上去很小，她手上喷射的亮晶晶的火光也就只有豆子大小，只见她飞入第四层中间的一个大门。风扬摇头道：“不晓得是啥玩意儿，也许是打开大门用的法宝吧。”

过了大约十来分钟，娲皇进入的那个大门里涌现夺目的暗金色光华，整个圣藏之塔都震动起来。风扬和腾厉对视一眼，两人都觉得不对劲。羲皇向农皇天尊说了一句啥，迅速跑向圣藏之塔的底部，随即就被圣藏之塔吸引了上去。

羲皇的速度非常快，不到一刻钟他就赶到娲皇进入的那个大门。圣藏之塔颤抖得越发厉害了，附近的禁制也开始激烈震荡起来。羲皇犹如一道青色的光剑，一下子就窜了进去。

农皇天尊在地上来回走动，看得出来他格外紧张。

圣藏之塔很快停止了震动，但娲皇和羲皇没有出来。

龙雀复原后也走了过来，他站在农皇天尊身旁，轻声询问：“天尊，发生了什么事情？”农皇天尊仰头盯着上面，说道：“有风扬他们在，应该不会出现什么问题。”

风扬一直盯着那个大门看，倏然他大叫道：“小弟准备！”腾厉被他吓了一跳：“我的妈呀……还真的出来啦……大哥……我们抢！”

只见那个大门里涌现一道奇亮的光，快速向上飞来。那道光一出圣藏之塔就发出嗡嗡声，声音如蚊蝇扇翅，尽管细微却清晰可辨。脱离圣藏之塔的禁制后，声音开始快速增大，似乎是从远处飞来的高速战机，呼啸着向风扬两人冲来。

风扬向上升了一段距离，弑圣刃化作一层光网在手边旋转，就像渔夫准备抛出的捕鱼网。他大声道：“小弟，你来收取！我在上面准备！”腾厉亢奋地叫道：“我来试试！”手中的狼牙棒爆起一团星芒。

呼啸声越来越响，那件飞出的混沌圣物终于挣脱了圣藏之塔的吸力，体积陡然变大，竟是一只古色古香的玉瓶，泛着青白两色光芒。狼牙棒飞出一颗星芒打在上面，只听一声脆响，腾厉大叫道：“怎样是个玉瓶！”他伸手抓去。

那只玉瓶在半空挣腾了一圈，倏然向边上射去。腾厉一把捞空，没等他接着捕捉，风扬大叫道：“小弟，你赶紧收取下面的，又出来了好多，这上面的就留给我了！”两人骤然间手足无措起来。

风扬放出弑圣刃，弑圣刃化作一张大网罩下去，将乱飞的玉瓶团团围住。他五指凌空虚抓，弑圣刃化作的大网即刻收拢，那只玉瓶犹如困在网中的游鱼般四处乱撞。风扬格外小心地收拢弑圣刃，生怕碰坏玉瓶毁掉这件宝贝。

就在风扬抓住玉瓶之时，圣藏之塔再次激烈抖动起来，一阵震荡之后，圣藏之塔骤然间膨胀开来。风扬察觉不好，他大叫道：“小弟快闪开！”腾厉也刚抓住飞出来的混沌圣物，闻言即刻向边上闪去。

只听轰然一声炸响，羲皇、娲皇和农皇天尊联手布下的禁制被圣藏之塔破开了，万丈金光犹如旭日初升般照射开来，一股力量将风扬撞得挣腾不休。农皇天尊连掐圣灵印放出，试图阻止圣藏之塔的暴涨。

龙雀连连后退，口中说道："有啥要我帮忙的……荒尊吩咐！"

风扬刚刚稳住身形，又被一件乱飞的混沌圣物砸了一下，他气得大叫一声，手中的弑圣刃化作数不清金芒散射开来。腾厉怪叫着落在地上，惊骇地瞧着变得铺天般的圣藏之塔。

圣藏之塔的光芒越来越盛，农皇天尊也失去了沉稳，他大喝道："用禁制将它压住！"

风扬即刻响应，他用的是七妙古经里记载的禁制。腾厉晓得大事不好，也用禁制去压，但他的禁制力是最差的。龙雀也随即发出禁制。四人同时出手短时间阻止了圣藏之塔接着增大，但圣藏之塔的庞大膨胀力并没有隐没，反制的力量将四人全部定在场中。

腾厉最先抵抗不住，发出的禁制轰然而散。他的禁制比较弱，受到的力量也比较大，他被反击过来的力量打得晕头转向，一头撞在外层禁制上。他哇哇大叫道："我的脑门呀！"说完就"扑通"一声摔倒在地。

第二个撑不住的是龙雀，不是他的战斗力不如风扬，而是他的禁制不如风扬。风扬用的是七妙古经中圣灵印的禁制，不论是禁制的能量还是奥妙，龙雀都是比不上的。

龙雀满脸通红，竭尽全力地苦苦撑持，也就一刻钟左右，他终于顶不住了，大叫一声向后倒去。他终究经验丰富，躺倒在地上后，即刻平移出去，让过冲击的力量。他连连气喘吁吁道："好强大的力量。"

风扬已然浑身发抖了，连续不断的力量让他有一种难以为继的感觉。在龙雀放弃几刻钟后，他也不禁叫起来："我真的快扛不住了……要死人啦！"跟着他的叫喊，轰然一声巨响，圣藏之塔以不可遏制的力量膨胀开来。

风扬安置的禁制化作片片金芒随即消散，同时，一股强大的力量将他撞飞。他虽然撑持的时间比腾厉和龙雀都要长，但受到的冲击也大得多。他趴在地上，偏过脑袋嘟囔道："唉，这玩意儿真厉害啊。"

腾厉刚刚清醒过来就看见风扬趴在地上感叹，骤然间觉得自己惬意多了。

第三十二章　圣藏隐迹

农皇天尊鼻翼边的那颗珠子都放出光华来，他大喝道："定！"

一阵"噼噼啪啪"的乱响，圣藏之塔再次被掌控住。农皇天尊左手竖起一根中指，对准左手的拳心，翻腕一振间，一团白光亮起，他骤然间大喝："封圣灵印——慑！"这是黄泥台记载的圣灵印，农皇天尊很少用到如此大能量的禁制，刹那间，圣藏之塔被强行压缩了一半。

风扬、腾厉和龙雀三人看得目瞪口呆，这种可怕的功力他们都是第一次见识，农皇天尊不愧有洪荒神灵的称号，战斗力确实比洪荒元尊强得多。

风扬小声道："不对，农皇也快不成了。"

农皇天尊晶莹如玉的脸庞闪过丝丝赤芒，风扬清楚，农皇天尊快要撑不住了，他大喝道："龙雀！腾厉！我们再来！"他再次掐动圣灵印禁制圣藏之塔，龙雀和腾厉也一道出手，三人同时发出禁制，使农皇天尊得到了宝贵的喘息时机。他只要稍稍缓解一下，就能接着撑持，所以他对风扬果断出手格外感激。

很快，风扬三人再次败下阵来。腾厉坐在地上无可奈何地说道："这玩意儿太难掌控了，师尊和娲皇在里面干啥？怎么还不出来？"风扬趴在地上苦笑道："也许真的寻到有价值的宝贝了。"

农皇天尊也快要到强弩之末了，圣藏之塔的能量着实太厉害，若有羲皇或者娲皇在，他就不会如此难受，只要两人轮换禁制就行了。风扬三人的本事只能让他略喘息片刻，还不足以让他完全复原。风扬咬牙道："不成，我们务必上前……"

龙雀的见识比风扬广，他也晓得务必帮助农皇天尊，一旦圣藏之塔无困禁地蔓延，不仅得不到需要的功法，还会彻底失去这次打开的圣灵冢，甚至连羲皇和娲皇都有可能封在圣藏之塔里。他也一咬牙说道："再上！"

风扬心里还忧虑另外一件事情，娲皇三人用大神通进入太元，肯定是和外面的太元洪荒元尊达成了某种协议，不然他们不会如此快速进入，倘若失去了整个圣灵冢，就有可能酿成洪荒元尊之间的大打斗，所以现在无论如何都要帮助农皇天尊。

三人持之以恒地放出禁制，随后连续不断地被圣藏之塔的力量反击打倒。农皇天尊没想到他们竟会如此拼命，他依靠三人禁制的间隙，得以平衡自己的力量，不知不觉中也就坚持下来了。

腾厉又不成了，他躺在地上连话都说不清，嘴里嘀嘀咕咕地嘟囔着啥。风扬觉得紫府元圣似乎要炸开似的，每鼓动一下浑身就觉得一阵刺痛。龙雀的面容都歪曲了，他半跪在地上不服气地瞧着圣藏之塔。

风扬浑身乏力地说道："奇怪，赶快出来呀，再不出来可是要死人的……"龙雀挺直腰站起来，凶暴地说道："再来！"

风扬也不甘示弱地吼道："好！"但吼声很弱，如此折磨人的运用禁制他还是第一次，圣藏之塔就像一个不知疲倦的巨人，消耗所有人的灵力。

风扬鼓起余勇再次掐动圣灵印，此时的圣藏之塔就像疯狂的野兽，明灭着夺目的光芒，一阵阵轰鸣声震得整个空间都颤抖起来。

龙雀的禁制刚刚打出就被破开了，他似乎被巨锤砸中，一跤跌坐在地，喷出一口鲜血。他已然无力接着了。

风扬鼓足勇气打出圣灵印，刹那间，他就像窒息了一样。不到一刻钟，禁制再次破裂，风扬身上的天焱圣衣黯淡下来，对冲击过来的巨力完全不能抵挡，正在这危急时刻，一道紫霞从他头顶飞出，硬生生地挡住冲击。他再也站不稳了，摇摇晃晃地向后退去，似乎醉汉一样，一屁股跌坐在地。

最后，农皇天尊也掌控不住了。一连串爆炸声天摇地动般响起，农皇天尊连退三步，脸上闪过一片赤芒，他需要有时间来复原。

圣藏之塔膨胀开来，倒悬着的圣藏之塔已然碰到娲皇布下的禁制。谁都晓得，只要圣藏之塔接着膨胀，娲皇的禁制就会瓦解，被禁制在这个空间里的混沌圣物将全部飞出。

风扬无可奈何地说道："这玩意儿不是我们能抵挡的……师尊和娲皇再不出来，可就惨了。"

农皇天尊的眼睛都红了，他再次打出圣灵印。

风扬勉强爬起来，一把捞起腾厉，说道："再来！"腾厉打了一个寒噤，求饶道："大哥，我快受不了……要死啦……浑身无力……四肢发软……啊。"

龙雀苦笑道："你……我们……"他不晓得怎样说才好，圣藏之塔的能量即将达到巅峰，已然不是他们三个人能够抵挡的了，纵使农皇天尊也只能略微迟滞一会儿。这不同于圣藏之塔初时的增大，那时候还容易掌控，一旦圣藏之塔增大，其包含的力量也成倍上升，最终爆发出来的灵力纵使是娲皇、羲皇和神农三人一道出手也不可能镇压了。

就在农皇天尊勉强定住圣藏之塔时，羲皇和娲皇终于飞出了圣藏之塔。风扬坐在地上，仰头大叫道："好！他们出来了。"

龙雀大叫一声跃起身来，竭尽自己最终一丝精力，打出一道禁制。风扬着实是钦佩，赞道："龙雀大人真的很厉害！"腾厉咧嘴小声道："厉害啥啊，还不是做给师尊看……"风扬细致一想，腾厉说得对，龙雀打出的禁制完全不起效用，他这是作秀给羲皇看的。

娲皇刚一落地就打出禁制，立刻羲皇也出手，两人同时发力，圣藏之塔开始激烈地震荡。农皇天尊这才停手，他即刻退到一边修炼起来。刚才他几近到了难以为继的地步，差一点就掌控不住圣藏之塔的增大了。

风扬心里松了一口气，他细致观察羲皇和娲皇的神色，发觉两人都是喜气洋洋的，晓得他们肯定得到了需要的事物。他不再接着看下去，也即刻开始修炼。

可是谁也没想到此时的圣藏之塔已然不是人力所能掌控的了。娲皇最先察觉不对，她说道：“不好，圣藏之塔要隐踪了，不能让它破空飞去，务必压到地下去！”羲皇赞同道：“好！你来压，我裂开地面，还是老规矩！”

风扬盘膝而坐在地上修炼，外面发生的事情他全然顾不上了。他被圣藏之塔耗去了所有的功力，这可是千载难逢的时机，这时候只要有时间修炼，就能够减少因超越境界带来的化道危险，天心狱境界是大荒圣玄功中最危险的，稍不留意就会彻底死去。风扬小心地运转功力，他可不想这时候出啥差错。

慢慢地，风扬有一个奇妙的发觉，他发觉体内多了一股奇怪的力量，混在自己的圣灵之气里，跟着紫府元圣的跳动平衡着自己的力量。那种感觉格外奇妙，似乎有一道紫流混杂其间，约束着圣灵之气爆炸般的力量，连他布在外面护身的弑圣刃也散发出淡淡的紫光，复原功力的速度快得让他匪夷所思，只过了一顿饭的工夫，他就完全复原了。

风扬神清气爽地睁开眼，发觉圣藏之塔已然有一半钻入地下了。农皇天尊复原得更快，他和娲皇两人用禁制强行将圣藏之塔向地下压去。羲皇手中一道金芒射在地上，地面上的禁焚火云石居然裂开一个庞大的口子。圣藏之塔发出使人畏怯的战栗，在三大绝世高手的联合镇压下，一点点地向下钻去。

羲皇说道：“好了，它要隐没了！我们准备停手！”三人的神色骤然间紧张起来。只见圣藏之塔骤然间向外蔓延了一圈后随即收缩，羲皇大喝一声：“收！”三人同时向后急退，农皇天尊顺手将靠得比较近的龙雀挪开。圣藏之塔发出一声接一声的霹雳，眼瞧着越来越小，附近飞舞的混沌圣物很多被它吸了进去。

最终一声巨响震得整个石台一阵乱颤，刹那间，圣藏之塔隐没得无影无踪，被羲皇裂开的地面也在这一声巨响中复原，看不出任何痕迹，半空只余下很少的混沌圣物还在四处乱飞。

农皇天尊问道：“是不是寻到了最关键的那个大门？”

娲皇显出一丝亢奋之色，那娇美的神态令风扬不禁一呆，羲皇和农皇天尊如同早已习以为常。风扬心里暗想，娲皇若是在逐仙者中间显露，恐怕没有人能在她面前站得住。他即刻低下头来，不敢再看。

娲皇娇笑道：“幸亏你们撑住了，不然这次又要失败……”

羲皇接着说道：“这次倘若失败，我们这些老家伙统统都得死！还是娲皇猜测得比较准确，唉，圣藏之塔完全不可预测，多亏娲皇潜心研究终获成功，呵呵。”他显得格外开心。

农皇天尊看了风扬一眼，说道：“要感谢的话，你们应该感谢他们三个，如若不是他们三个给我喘息的时机，我撑不到你们出来。娲皇肯定是碰到圣藏之塔的禁制了，没想到这次圣藏之塔如此难缠。”

羲皇说道：“徒儿过来。”风扬走上前去，问道：“师尊，啥事情？”羲皇指着风扬说道：“你们看他有啥变化，是不是和以前不一样了。”农皇天尊伸手搭在风扬的肩膀上，圣识稍稍一探，惊异道：“咦，这是怎么回事？圣灵之气居然完全平衡了，奇怪。”

娲皇没有说话，她闭目寻思一刻钟后，美目倏然睁开，摇头叹息道：“我们都没有福气得到的紫极天碟被他收取了，奇怪，我们是一道进来的，小子是在哪儿得到紫极天碟的？这件宝贝确实能够平衡你的力量，化道的危险已然解除了。”

风扬不想隐瞒啥，他坦然地说出了在第三层圣灵冢的际遇，还说到自己得到那颗气泡状混沌圣物的事情。羲皇说道：“原来如此！紫极天碟确实能够平衡他的境界和功力……你比我们都幸运，有了紫极天碟，你就能够接着祭炼下去了，但你往后的进境会极慢，需要耗费很长的时间祭炼。”

风扬笑道：“如此说来我没事了？”娲皇点头道：“不用担忧了，你没事了，等一会儿你师尊会传给你最终一部分的大荒圣玄功，还有这次得到的功法，往后也会传给你。”腾厉倏然跃起身来，叫道：“那我怎样办？我没有什么紫极天碟来平衡力量啊。”他尽管在祭炼，但众人说的话他听得很清楚，所以迫不及待地收功发问。

羲皇笑道：“你紧张啥，只要我们有解决的办法，你也就有了，你大哥是境界跨度太大了，不然他也不必如此紧张。”

风扬倏然想到一件事情，忙问道：“太元人的解决办法寻到了吗？”

娲皇摇头道：“没有，很奇怪，我测算中也许能够得到解决的办法，刚才在圣藏之塔里，我们细致寻找过，可惜没有发觉。”她的语气里有一丝忧虑。羲皇说道：“我来向他们解释吧。”农皇天尊叹道：“很难解释，也许这次真会发生洪荒元尊之间的大打斗。”

羲皇问道：“徒儿，你还得到一件气泡一样的混沌圣物？给我瞧瞧。”

风扬奇怪师尊这时候怎么关怀起自己得到了啥混沌圣物，他取出来说道：“很奇怪的事物，不晓得有啥用。”气泡状的混沌圣物刚刚显露在他的手中，羲皇就惊异地叫道：“咦，太初？是太初！我明白了！”

娲皇和农皇天尊也显出震撼的神情。腾厉急忙问道：“师尊，什么是太初？”

娲皇接过气泡状的混沌圣物，细致端详了一番，说道：“果然是太初……我明白了，原来解决太元人的方法，即是利用太初演化世界。”

风扬不禁问道：“什么是太初？”

羲皇慢慢地说道：“太初是啥？你炼化了就晓得了！”风扬倏然间想起了大日

如来宗，他们得到的混沌圣物大约也是这种事物。

羲皇神情威严地问道：“你愿意放弃这件旷世神珍吗？”

风扬无所谓地说道：“能够解决太元人的现状，我有啥不愿意的。”

农皇天尊说道：“小子，你要想清楚，别到时候懊悔。”

风扬奇道：“不是一件混沌圣物吗？我没有啥舍不得的。”

羲皇笑道：“我想徒儿还是没有清楚太初的含意。”

娲皇笑着解释：“小子，太初就是指你能够成为一界至尊，你还舍得吗？”

风扬毫不踌躇地点头。

羲皇、娲皇和神农相互对视一眼，对试探风扬的结果，三人都很高兴。

腾厉听到此处，眼睛都放出光来，他不禁插嘴：“还有这种好事？大哥，你索性做太元人的至尊吧，嘿嘿，反正他们有求于你。”

羲皇借着腾厉的话，顺势改变口吻，他微微点头：“这倒是不错的提议，太初一旦化成，确实是需要人来管束的。”

风扬连连摇头：“啥，让我来做太初之主？算了吧，那些太元人中有很多洪荒元尊，我一个都打不过，我做太初之主，还不被他们欺负啊？”

娲皇咯咯笑道：“小子不用忧虑，只要你来打开太初，你就掌控了太初的力量，在太初里面，纵使是我也打不过你，没啥好忧虑的。”

农皇天尊也说：“有了太初，你往后的修行就轻松了，而且……太初务必要由我们信得过的人来掌控，由你来掌控，我们和太元人就能够和平相处了。”

腾厉嬉皮笑脸地说道：“大哥若是不想要……就送给我吧，我来做这个啥太初之主，嗨嗨。”自从失去了魔神的身份后，他向来耿耿于怀，眼下有这种好时机，他当然不会放过。

羲皇、娲皇和农皇天尊几近齐声说：“不成！”

第三十三章　太初之主

腾厉眨巴着大眼睛，一脸可怜："为啥不成啊，我这不是给大哥分忧嘛。"

风扬笑道："我小弟喜欢当界主就让它来当吧，我不喜欢受到约束。"腾厉骤然间又亢奋起来，没等他说啥，羲皇的一句话就让他绝望了："腾厉的功力不够，此处只有你才能打开，尽管我们也能够打开，但我们都是快要踏上最终一步的人，纵使打开了也意义不大。"

其实，腾厉的功力完全能够打开太初，只是羲皇、娲皇和农皇天尊，都不愿意让腾厉做太初之主，所以羲皇索性借口腾厉的实力不够，来消除他的妄想。

风扬没想到打开太初还有这么多讲究。他踌躇了一下："那就让太元人自己启动太初……不成吗？"

这次的反应越发激烈，羲皇、娲皇和农皇天尊的神色都变了。

羲皇斩有截铁地说道："不成，完全不成！"

娲皇温言柔语道："小子，太初一旦化成，没有我们信得过的人掌控是不成的，倘若太初有意外，就会影响于到现在这一界……太初是你收取的，这说明留下太初的圣人看中的是你，倘若你放弃，肯定会有不测的。"

神农荒尊也劝道："无论如何，你务必启动太初，其他的事情可以交给你小弟去做。"

腾厉一听又来劲了，他亢奋地说道："我有大哥这个界主罩着，我这个副界主一样威风。"

风扬苦恼地直挠头，他不是那种喜欢高高在上的人，可是不答应又不成，让他管束太初，着实是强人所难。过了一刻钟后，他才说道："那就如此……我来启动太初，让小弟去管束，有事我就过问一下，没有啥大事就别来烦我，如此行了吧？"

羲皇三人对视一眼，都显出赞成的神情。羲皇说道："也只有如此了。"

娲皇笑道："启动太初的方法我来教你，很轻松的。"

看她满脸开心的模样，风扬觉得自己好像又掉进陷阱里了，他无可奈何地郑重地说明道："反正我不管太初的事情，就让小弟去管好了。"

腾厉即刻说道："嗨嗨，我来给大哥分忧，都交给我了。"他一副义不容辞的模样。

羲皇三人无可奈何地瞧着这个活宝，农皇天尊笑道：“只怕你管不了，去太初的太元洪荒元尊，比你厉害的人有很多，你怎么管？”

腾厉满不在乎地说道：“不是还有师尊、娲皇和你老人家嘛，打不过……我不会求援啊？哈哈，你们可都是最厉害的人，谁敢惹我……哼哼，我就要他……”

这家伙越说越不像话，风扬急忙打断他：“小弟，够了。”他心里也清楚，腾厉并不适合管束太初，但怎样才能挣脱这件缠上身来的麻烦事呢？他觉得十分烦恼。

娲皇见风扬的神色不对，忙劝道：“好了，别说了，你收好太初，出去后再讨论这个问题。”

羲皇也打岔道：“你们先退到一边，我们三人将石台上的混沌圣物挪移出去，呵呵，有这些混沌圣物……就够外面人忙的了。”

龙雀、风扬和腾厉退到一边。

羲皇招呼一声后，三人一道稳定外层布下的禁制，娲皇飞出七妙鼎，一道九色光霞的光华将整个石台笼罩，农皇天尊打出一手挪移的圣灵印，刹那间，石台开始抖动起来。

风扬只觉得眼前光华连闪，跟着一声霹雳震响，眼前的景色接连变换。也就是一眨眼的功法，四周倏然一暗，风扬再次看见了满天的星光和闪亮的太元，他惊异地发觉他们已然到了太元外面。

腾厉摇动着脑袋东张西望，他用肩膀拱了一下风扬，笑嘻嘻地说道：“大哥，你看，人真多啊，好家伙，都是洪荒元尊吗？”

不仅风扬吃惊，连龙雀也瞪大了眼睛，他也想不到会有如此之多的洪荒元尊，要晓得这些深隐的老先辈是很难得露面的，更别说成群结队地显露了。

风扬大约计算了一下，外面飞行的足有四五十位洪荒元尊，远处还有上百名葬圣军。

农皇天尊说道：“准备消除禁制。”

娲皇已然幻化成一个少年，点头道：“好。”扬手间就解除了禁制。霎时间，就像爆开一朵礼花，禁制圈里困住的混沌圣物都向外射去，骤然间，所有的洪荒元尊都扑了上去。

由于被圣藏之塔吸走了一大半混沌圣物，剩下的混沌圣物并不多，大约有二十来件，完全不够在场的洪荒元尊瓜分。

风扬看见山凰、克扶等人也在追逐着乱飞的混沌圣物，半空只有少数几个人悬停不动，其他人都各展神通，试图得到一件太元圣灵冢的混沌圣物。

飙璃仙王和碧蟾仙王飞了过来，他们俩并不在意这些混沌圣物。

立刻，夜鸢也飞了过来，他看见风扬出来，真是惊喜交加，刚和风扬打了一个招呼，就发觉了旁边的龙雀，他当场就愣住了。他尽管晓得会见到龙雀，可一旦见面还是觉得格外难堪。

龙雀的眼神在看见夜鸢的刹那间，变得十分凌厉，他的神色迅速阴沉下来。

羲皇把这一切都看在眼里，他冷冷地说道：“龙雀，我已然答应他，不再追究夜鸢的事情。”他指着风扬说道。

龙雀踌躇了一下，说道：“这……”

羲皇接着说道：“他往后不会再和你过不去了，此事就此了结。”

夜鸢现在并不怕龙雀，有了圣指，他觉得有信心和龙雀搏一搏了，但能不打斗当然最好，终究他还没有完全掌控圣指的能量，功力也比龙雀差一点。

夜鸢和龙雀的恩怨由来已久，尽管短时间被羲皇压住，但两人心里都有自己的盘算。龙雀后退一段距离不再说话，夜鸢也扭过头去不看龙雀，就像是啥也不晓得。

半空乱成一团，羲皇皱眉道：“如此容易出事，此处的古圣禁制太多了，让他们小心一点。”

碧蟾仙王和飙璃仙王答应一声，即刻飞了出去。

娲皇笑道：“别管他们，他们不会触动此处的禁制。”

说话间，飞舞的混沌圣物已被收取一空，也有个别的混沌圣物破空而去。

那些收到混沌圣物的洪荒元尊心满意足地离开了，还有一些太元洪荒元尊从远处围拢过来，为首的是泰星荒尊和有熊荒尊。一群人停在不远处，只有泰星荒尊、有熊荒尊和有虞荒尊三人上前来。

有熊荒尊抢先说道：“娲皇天尊，请问你们寻到解决太元人问题的办法了吗？”

农皇天尊笑着说道：“有熊还是急脾气。”

娲皇说道：“解决太元人的方法很简单……”

有熊荒尊喜出望外，大叫道：“啥方法？啥方法？快说啊！”

娲皇似笑非笑地反问道：“你是在和我说话吗？”

有熊荒尊顿觉自己很无礼，他竭力掌控自己，显出比哭还难看的笑容，说道：“对不起，事关整个太元人的命运，娲皇天尊原谅……是我太激动了。”他不得不服软，语音里带着浓浓的悲哀。

娲皇点点头，指着风扬说道：“你们太元人的命运掌控在他手中。”

有熊荒尊难以置信地看向风扬，泰星荒尊和有虞荒尊向前靠拢了一点。泰星荒尊问道：“如何才能解决？”

羲皇说道：“你们听过太初的传说吗？”

泰星荒尊显出震撼的神情，失声道：“太初？真的有太初？我以为那只是传说……若是真有太初，太元人就有救了。”

有熊和有虞显然没有听说过太初，有熊荒尊疑忌地问道：“太初是什么事物？”

泰星荒尊似还没有从惊骇中清醒过来。

羲皇解释道：“太初，只要打开太初，它就能够自成一界，据传说……太初最适合太元人的祭炼体质。尽管我们不清楚是否真能解决太元人的危机，但娲皇天尊以前花了大量的时间和精力推演，这次圣灵冢的打开，肯定会得到解决太元人危机的办法，因此我们都觉得，太初即是解决太元人危机的那件宝贝。”

无天和不可兄弟俩从远处飞来，停在农皇天尊身后，无天挤眉弄眼地朝风扬笑，风扬也不由得笑了。看到几个朋友都过来，他短时间抛开烦恼，心里觉得好受多了。

泰星荒尊终于显出了笑容，他开心地问道：“能将太初给我们吗？”

娲皇淡淡地说道：“不成。”

泰星荒尊刚刚显出的笑容骤然间凝结在脸上。有熊气得两眼发红，他似在竭力忍耐，慢慢地说道：“我们是有协议的，莫非娲皇天尊要反悔吗？”

风扬发觉，这些太元洪荒元尊着实不擅长谈判，他们只关注自己的问题，至于对方有啥要求，他们完全不予考虑。

若是按照风扬的想法，太初就索性送给他们，他才懒得管这些事情，但他现在也感觉到，若是让太元人掌控了太初，对于灵界来说，并不是一件好事。他很明智的保持了沉默。

娲皇摇摇头，笑着说道：“自有得宝人来打开，连我也不敢要太初，他是被选定的太初之主，给你太初……你会打开吗？”

泰星荒尊和有熊荒尊满脸通红，他们当然清楚娲皇的想法，尽管娲皇没有直接说他们不自量力，但意思是很明确的。

泰星荒尊硬着头皮问道：“请问谁是太初之主？”

腾厉迫不及待地跳了出来，大声叫道：“我是！”

娲皇、羲皇和农皇天尊同时瞪了他一眼，腾厉犹如被三把巨刃劈中，慌忙补充道：“呃，我是副的……”

风扬“扑哧”一声，急忙低下头来。

娲皇指着风扬说道：“他是太初之主。”

风扬显出难堪的神色，不知所谓地说道：“抱歉，一不留意就得到了太初，呃，这个……那个……你们瞧着办吧……”

羲皇笑道：“你真是不知福……好了，各位还有啥要说的？太初打开，我看还是离太元远一点，到空旷一点的地方吧。”

泰星荒尊死死盯着风扬，一刻钟后，长叹了一声，说道：“唉，既然你们已然安排好了，我们也只好遵从了。”

有熊荒尊张张嘴却没有说话，他心里在寻思，等到太初打开往后，太元人的事情就轮不到风扬来管了。他还没有意识到，只要风扬打开了太初，他就能掌控太初里所有生命的生存和灭亡。

有虞荒尊没啥意见，他只想能安静地修炼，太元人只要能生存下去就行了。农皇天尊吩咐道：“无天、不可，你们先回去，我们办完事情就来。”羲皇招呼飙璃仙王和碧蟾仙王过来，让他们带着腾厉、山凰、克扶、龙雀、少司命和夜鸢等人，一道去不可那里。

没等腾厉抗议，碧蟾仙王就靠上去，扶着腾厉的肩膀，笑嘻嘻地说道：“跟着师叔走，我还想瞧瞧小子这次得到了啥宝贝。”悄无声息中他就禁制了腾厉。

腾厉一句话都说不出来，就被碧蟾仙王拖到边上去了。

娲皇说道：“若是不让你们参与太初的打开，你们肯定会觉得其中有问题，如此吧，就由你们三个代表太元人参与这次太初打开。太元人的问题解决后，希望你们太元人不要显露在这一界，清楚吗？”

泰星荒尊被娲皇压得一点办法也没有，他嘟囔道：“莫非我们洪荒元尊也不能在这一界显露吗？”

娲皇说道：“你们？谁管得了你们？你们爱去哪儿都行。”

有熊荒尊飞回那群洪荒元尊中，大约去解释太初打开的事情了。泰星荒尊和有虞荒尊悬停在半空低声筹议着什么，有虞荒尊似在劝解泰星荒尊。泰星荒尊一副无可奈何的模样，显得十分颓唐，族人的命运掌控在别人的手中，他着实是不甘心。

风扬目送着无天等人离开，他着实不耐烦了，此处的事情很快就会了结，欲望在心里异常膨胀，倏然涌起的思念，强烈地烧灼着他的心。他觉得在此处浪费了太多的时间，不禁催促道：“我要走了。”

一行人在不算愉快的气氛中结束了谈话。泰星荒尊带着众人来到太元附近的一个小陨石上，那是葬圣军守护太元圣灵冢的地方，他在那里设置了一个挪移仙阵，从这个挪移仙阵能够直接到达外面的太元之地，这是一个只能出不能进的单向挪移阵。

挪移仙阵的出口是太元之地的中心地带，风扬出来后即刻传音道：“娲皇，如何打开太初？”

第三十四章　转世重修

羲皇说道：“就在此处打开吧，记住发生的一切。”

农皇天尊说道：“我们退开一段距离，太初打开的能量很大。”

娲皇也说道：“对，务必退远点。”他最先向外飞去，泰星、有熊和有虞三人只好跟着离开。

羲皇说道：“你等我们飞远一点再启动，记住，顺其自然！你是不能抗拒太初打开后的力量的。”他又嘱咐了一句后，才和农皇天尊离开。

很快附近就空无一人了，风扬挠挠头，自言自语道：“跑得真快，唉，早晓得就把太初送给小厉了……”但他内心深处对太初也充满了好奇，他想不到这个小小的气泡状事物，居然是一界。

他取出太初，抛在半空，双手开始掐动打开的圣灵印。

一道金光射在太初上，风扬连续三口圣灵之气喷出，刹那间，体内的圣灵之气像潮水般涌出，太初发出夺目的光华，响起一声圆润的破裂声。

风扬心里叫苦不迭，他完全不能动弹，四周全是夺目的光华，那种感觉就像是喝醉了酒，看啥都是朦朦胧胧的。立刻，数不清的景象在思绪里飞过，他觉得自己像是在做梦，有很多景象像梦境一样让人无法捉摸。

也不晓得过了多久，风扬骤然间清醒过来，他茫然地瞧着陌生的星空，心里微微一凉，心想：“此处莫非即是太初?”

又过了片刻，他再看四周的景色，似乎此处所有的一切都在心中。

心念动处，他已然落在一个陨石上，再次动念，他又显露在另一颗陨石上，奇怪的是此处的陨石全是光秃秃的石头和泥土，没有任何植物和动物。

风扬想起故乡，心想：此处着实没有意思，若是像故乡一样就好了。

只是如此一念动，眼前的景象骤然间急速变化，山川慢慢升起，数不清的植物从地上生根发芽，天半空倏然聚起了乌云，没多久，倾盆大雨从天而降。

风扬目瞪口呆地瞧着，没过好久，整个陨石就变得生气勃勃，面目一新了。

太初之大，出乎风扬的意料，但不管太初有多大，他只要一动念，就能够到达任何一个角落。

他现在彻底明白了，为什么娲皇说在太初里她也不是自己的对手，因为在太初，只要自己能够想到的事物都会显露。这已然完全超出了风扬对世界的认知。

风扬试着在一颗陨石上竖立起庞大的楼阁，只是短短的一盏茶时间，一座具有梦幻色彩的庞大楼阁就显露在眼前。

他被自己的本事吓住了，呆立了一刻钟后，他凶暴地拍了自己一巴掌，暗暗寻思道："只要敢想，在太初几近啥都能够实现。"他使劲晃晃脑袋，心想："我该怎样出去呢？"

站在楼阁里面，风扬有些不知所措了，他稀里糊涂地进到太初里来，如何出去他还搞不清。

他盘膝而坐，闭目寻思，霎时间，数不清的念头纷至沓来，他很快就晓得了太初的一切，尽管还不能完全理解，但他已然不怀疑太初的真实性了。

风扬打出一手圣灵印，一阵震荡后，他再次回到太元之地。

娲皇等人早已等待在那里，看见风扬出来，即刻围拢上来。

娲皇最先说道："你小子也是一界之主了。"

接着，羲皇和农皇天尊也向他道贺。

风扬条件性地拱手道："同喜，同喜……呃……"随即苦笑道："终于是完成了打开的任务。"

泰星荒尊、有熊荒尊和有虞荒尊一齐上前施礼，泰星荒尊说道："还请太初之主多看护我们太元一族。"

风扬心里话：谁愿意做啥太初之主？

他点头道："我会看护的，但我怎样才能将太元一族迁入太初？"

羲皇说道："你架设一条隧道，如何迁移，就是他们自己的事情了。"接着传音道："架设一条只能进不能出的顺行隧道，清楚吗？"

风扬倏然想到一个问题，"师尊，你们仙界也和太初一样吗？"

羲皇说道："差不多吧，但仙界的历史可就长了，而且我也不是仙界之主，仙界的规则是传承下来的。"

风扬这才清楚，为啥两界隧道封闭后，仙界的古仙就没有办法出来，倘若羲皇是仙界之主的话，就没有这个问题了。

风扬已然清楚了太初的掌控规则，他问道："就在此处架设隧道吗？"

泰星荒尊说道："只要在太元之地就好，随意哪儿都行。"

娲皇和农皇天尊也都传音给风扬，让他架设顺行隧道。

风扬想了想，也觉得架设顺行隧道比较好，但他还是保留了让洪荒元尊进出的可能，先决条件即是务必要有很强的战斗力，才能逆行出来。

风扬开始掐动圣灵印，随着圣灵印打出，远处亮起一点白光，刹那间耀出极强的光芒，一阵激烈的震荡后，显露了一个庞大的白色光壁，轰隆隆的声音随着震荡传了出来，附近一些陨石犹如飞蛾扑火般冲了过去。

一股庞大的吸力，开始吸引附近的一切，连娲皇等人都在抗御这股吸力。风扬一扬手涌现一道金光，几人周身的吸力骤然间消散。

神农荒尊笑道："终究是太初之主，一言一行间，就能够掌控太初发出的力量。"附近一些小的陨石已然偏离原来的轨迹，向着隧道飞来。

泰星荒尊呆呆地瞧着，惊异地说道："天哪，那些陨石是有太元人居住的！"

风扬思索了片刻，笑道："不妨事的，应该没有啥危险，太初打开以后，附近靠得近的陨石也许都会被吸进去的。"

众人神情各异地瞧着眼前的景象，风扬说道："这个隧道要有一段时间才能化成，我们在此处也做不了什么，现在能够离开了。"

有熊、泰星和有虞荒尊躬身答谢风扬，风扬笑道："往后太初的管束就交给你们三人，也许腾厉也会去，没有大事情就不要来找我，清楚吗？"

泰星荒尊心里骤然间轻松了许多，他清楚，太元人的事情还是由他们三人说了算，风扬并不打算插手。泰星三人脸上都显出了笑容，有虞荒尊说道："荒尊，太初终究是由你掌控，有时间还请回来帮帮我们。"

风扬不禁好笑，自己也成了荒尊了。他点头道："希望太初能彻底解决太元人的危机。"

神农带着娲皇、羲皇和风扬回到黄泥台。

这次太元之地之行，娲皇等人很高兴，不仅寻到祭炼的圣经，还解决了太元人的危机。

羲皇最得意的是收到了两个弟子，其中一个还是太初之主，仙界的战斗力再次大增，只是他对风扬有一点不高兴，这小子对什么都不在意，对太初的事情一点都不热心，除此之外，他看风扬还是满顺眼的。

不可荒尊的黄泥台里汇集了大批的古仙，众人在黄泥台里济济一堂。

仙界来的人以羲皇为尊，跟着他的古仙有碧蟾仙王和飙璃仙王，有大灵真仙龙雀、克扶、少司命、山凰和夜鸢，还有古仙西莉亚，农皇天尊身后跟着无天和不可两兄弟，娲皇是孤身一人，雾莲女在黑瞳被古圣禁制甩出去后就悄然离开了。

风扬和腾厉两人也跟着羲皇，黄泥台里显得很热闹。

腾厉向来黏着风扬，希望能进太初去瞧瞧，他的理由很简单：身为太初的半个主人，没有去过太初岂不是笑话。

风扬被他缠得不厌其烦，掐动圣灵印就将他送进太初里去了，至于这小子在里面会干些啥，他短时间不想去管。

腾厉倏然隐没，宫楼里的人都看见了。羲皇奇道："你们两个在干啥?!"

风扬毫不在心地笑道："小弟想到太初去瞧瞧，所以弟子就送他去了。"

羲皇大惊失色道："在黄泥台里也能将人送进太初?"

风扬这才发觉，送人进去容易，让人出来可就难了，务必自己进去寻到腾厉，带着他一道回来才行。他挠挠头笑道："呃，也许是能够……这样也好。"

羲皇不是忧虑这个，他惊骇的是风扬居然能够在黄泥台里将人送进太初，这也就是说，没有什么禁制能够抵挡得了他，倘若他想把人困禁到太初里去，连自己也不能抵抗，一旦他将人送入太初，在那里谁能是他的对手？

娲皇和农皇天尊也看出来了，两人对视一眼，不约而同地警惕起来，他们这才察觉到，风扬已然完全不受他们掌控了。

羲皇眼里闪过一丝忧虑，娲皇悄然传音给他道：“我们是不是有些粗心了？”

羲皇传音道：“但愿他不是个谬妄的人……天命如此，也就说不得了。”

腾厉尽管短时间被困在太初里，但他也得到了很多好处，由于他是第二个进入太初的，对于太初力量的体悟仅次于风扬，他在太初里呼风唤雨，扮神弄鬼，四处乱窜，直到风扬再次回太初，他才算安稳下来。

羲皇、娲皇和神农三人偷偷筹议了一会儿，最终还是决定用拉拢的办法，终究风扬现在是羲皇的徒弟，而且风扬表现出来的不以为意也让三人不用担忧很多。他们三人都看出，这个小子不是狼子野心之辈。

无天乘着神农荒尊讲话的间隙，偷偷走到风扬身旁，传音道：“小兄弟，有没有得到打开圣陨天宫的宝贝？”

风扬摇了摇头，传音道：“没有发觉啥，那是什么样的事物？”

无天不禁叹道：“我好激动啊。”接着又传音道：“你有没有收到混沌圣物？”风扬点头道：“收到了一些，但都不是的。”

这话只有无天听得懂，他清楚风扬没有得到打开圣陨天宫的混沌圣物，心里骤然间难受万分，一刻钟后，他传音道：“小兄弟，没有关系，我们能够去圣陨天宫搜寻一番，如何？”

风扬一口拒绝道：“不去！”

无天张嘴就是一句：“我好激动啊……”

没等他接着说下去，就听农皇天尊喝道：“无天，你说啥？”

无天吓得窜到一边，安安分分地站着，一句话都不敢说了。

风扬走到羲皇面前说道：“师尊，还有转世的事情怎样办？”

羲皇点头道：“小事一桩，但在黄泥台里面不能转世，我让龙雀陪你们出去，到黄泥台外面去转世。”

不可带着风扬和龙雀走出黄泥台，又派人叫来姬莫言和独孤刹。

没多久，姬莫言和独孤刹飞来，两人看见风扬都喜形于色。

独孤刹喜形于色地抓住风扬，说道：“我就说……我的弟子不会出事吧，哈哈，老哥，如何？我的预感最灵验了。”

风扬开心地说道：“师尊、姬大哥，龙雀大人帮你们转世，我们务必出去才行。”

独孤刹和姬莫言上前行礼，表示对龙雀的感谢，龙雀也客气地回礼，他现在清楚，风扬的身份之高，已然不是自己能比的了。

风扬耳际倏然响起娲皇的传音：“记住，别忘了用九天渡人水。”显然娲皇还是很关心风扬这件事情的，她在这一点上做得极好，风扬不由得对娲皇生出感激之意，他也传音过去向她表示道谢。

不可招呼道：“我们出去吧。”他是黄泥台的主人，能够随意出入，霎时间就将几人送到太半空。不可笑道：“我在远处等你们，结束后再跟我回去。”

风扬问独孤刹道：“那瓶九天渡人水还在吗？”

姬莫言在一旁说道：“九天渡人水我们已然用了。”

风扬还是有些不由得担忧，他问道：“龙雀大人，我师尊和大哥的功力行吗？转世没有危险吧？”

龙雀细致端详了两人一番，说道：“奇怪，他们的功力增进非常快，完全就像是渡过两次成仙劫的虚神，嗯，转世毋庸置疑……哦，还有一个问题，你要让他们在哪儿转世，这很重要，务必是有人的灵界。”

“转世的目的地就是我的故乡，此处有星识。”风扬边说，边把定星石递了过去。

第三十五章　成圣之路

龙雀在风扬的教导下寻到地球的方位，他沉吟了片刻，说道："好远啊，但问题不大，只是你可要留下一点记号，如此方便你去寻找。"

风扬一点都不懂如何转世，他问道："怎样留下记号，莫非转世后还能有啥记号显露？"

龙雀点点头，说道："如此吧，我来帮你们留下印记，转世后以便他去寻找。"说完他抬手涌现两道金光，在独孤刹和姬莫言的右手虎口上，留下了一个精美的碧绿星。

他示意风扬道："你也留下一个印记，如此寻找就越发方便了。"

风扬觉得有趣极了，他笑道："师尊，对不住了，嘿嘿。"说着，一把抓住独孤刹的左手，捏了一下他的臂膀，在他的臂膀上留下一道清晰的印记，随后笑道："往后就用这个印记来证明吧。"

独孤刹心里惊骇不已，风扬随手一抓，自己居然没法闪让，他晓得风扬比自己厉害多了。

姬莫言索性伸出手来，笑道："帮我也打个记号，这是我的须臾指环，等找到了我后，再还给我。"

独孤刹也拿出自己的指环递过去，笑道："呵呵，我还想说几句话……"

他尽管还在笑着，情绪却不由自主地低落下来。

风扬宽慰道："师尊，转世之后的事情，等以后再说，现在说这些话没什么意义。"姬莫言白眉微扬，说道："老弟说得对，有什么话等转世之后再说，非要弄得我们就像是生离死别一样。"龙雀奇怪地瞧着这三个家伙，完全不能理解这些人在想啥。他催促道："准备得如何了，好了的话我们就可以开始了。"

风扬还是有些担忧，"龙雀大人，转世往后会如何？我想了解得多一点。"

龙雀有些无可奈何了，风扬没完没了地追问细节，让他觉得很头疼，昆仑阴阳戳身为刑天仙器，转世只是它的一个辅助功能，它真正的效用是用于打击。

他说道："放心了，他们二人的转世会非常的顺利，只需要你及时的为他们觉醒前世的记忆，要是在三十岁之前不能觉醒的话，就基本上一辈子不能觉醒了。"

风扬奇道："唤醒他们？啥意思？"

龙雀吓了一跳，问道：“莫非你不懂？”

风扬的冷汗都要冒出来了，他紧张地说道：“我……我不懂啊，龙雀大人……有啥要留心的，你老人家千万要说啊，不说……会出人命的。”

龙雀不禁哈哈大笑，他看了姬莫言一眼，心里忽然有些懊悔，原来也许该认下这个徒孙的，姬莫言有风扬如此的兄弟，自己也能够沾光很多。

龙雀解释道：“他们转世之后，几乎不可能自己觉醒前世的记忆，必须要你亲自去帮他们觉醒，方法很简单，就是把你手中的印记与他们二人手中的印记轻轻触碰一下就行了。”

风扬苦笑道：“这个倒不是难事，只是……他们转世后，我怎样才能寻到他们？”他心知地球上有那么多人，要寻到转世后的独孤刹和姬莫言，犹如大海里捞针，是格外麻烦的事情。

龙雀摇头道：“务必要尽快寻到他们，你能够用圣识搜索，但大范围的搜索是不可能的，只能很小范围精确地寻找，倘若凑巧的话，很快就能寻到……”

风扬露出狐疑的神情，说道：“不对，龙雀大人原来也是依仗昆仑阴阳戳转世的，谁来唤醒你的？”

龙雀捺着脾气说道：“我不一样，我是古仙，他们是虚神，我转世后依旧保持神灵不灭，他们若是按照我的方法转世，那就太危险了，清楚吗？”他的语气已然有些不悦。

风扬点头道：“清楚了，龙雀大人，请开始吧。”又对独孤刹和姬莫言说道：“师尊、姬大哥，我会尽快赶回去的，我们兄弟在我的故乡再见啦，你们保重。”

姬莫言拍拍风扬的肩膀，说道：“兄弟，不用忧虑。”

独孤刹也宽慰道：“弟子，不用担忧，你师尊也是一个顶天立地的汉子，呵呵，再见了。”

龙雀示意风扬退开，风扬飞到龙雀身旁。向师尊和姬大哥扬手道别。龙雀飞出昆仑阴阳戳，一团青光从他手中跃起，犹如一轮明月慢慢升到半空，昆仑阴阳戳发出青蒙蒙的光。

风扬一言不发地瞧着，心中百感交集。自从误入紫霄星后，一路走来，结识了数不清的朋友兄弟，尤其是姬莫言和独孤刹两人，亦师亦友，对自己关怀备至，他们最大的心愿即是转世重修，自己最终能够帮助他们两人实现愿望，风扬心里觉得说不出的欣慰。

昆仑阴阳戳开始变幻，龙雀喝道：“不要抵抗昆仑阴阳戳的吸力，进入后顺其自然，一切由我做主，晓得了吗？”

姬莫言和独孤刹点点头，两人向风扬露出一丝微笑，立刻就被昆仑阴阳戳吸了进去。风扬心里骤然间紧张起来，他紧盯着昆仑阴阳戳化成的光团，暗自祈祷师尊和姬大哥能够顺利转世，那种有力无处使的感觉让他很难受。

龙雀如同察觉到风扬的不安，他边打出仙圣灵印，边笑道：“放心，我自己转世过，所以你不用忧虑。”

风扬小声道：“别说话，专心一点！”他真怕龙雀粗心中出差错。

龙雀集中精力，一手一手的印诀接连打出。

转世是很恍惚的事情，而且要运用大量的仙圣灵印为辅助，这不同于他自己转世，由于他精通掌控昆仑阴阳戳，因此纵使进入昆仑阴阳戳里，也有本事让自己顺利转世，而姬莫言和独孤刹两人是虚神，战斗力比较之下较弱，为了让他们两个顺利转世，他务必耗费大量的仙灵之气，这是一件格外难受的事情。

慢慢地，昆仑阴阳戳幻化出各种奇怪的形态。

又过了很久，昆仑阴阳戳幻化出一个陨石，风扬一眼就认出，那是地球。

他心里不由得一动，指着上面道：“转世在那里！转世在那里！”他可不想让姬大哥和师尊变成金发碧眼的白种人。

就听龙雀一声大喝，连串的爆炸声接连响起，昆仑阴阳戳化作满天星光消散在半空。龙雀手中显出昆仑阴阳戳，说道：“好了，转世很顺利。”

风扬发觉龙雀神色有些倦意，他道：“龙雀大人，你很累吗？”

龙雀笑道：“没啥，用昆仑阴阳戳转世，要耗去我一大半的实力，修炼一段时间就没有问题了。”

风扬毫不踌躇地拿出了一颗圣成丹，说道：“龙雀大人，真是感谢你，这是天夕丹中的圣成丹。”

龙雀也听说过这灵雎丹，他惊异道：“你从哪儿得来的这灵雎丹，是在圣灵冢收取的吗？呵呵，这是好宝贝啊。”

风扬笑道：“不是在圣灵冢收取的，是我祭炼的。”

龙雀吃惊地瞧瞧手中圣丹一刻钟后，道：“真想不到你能祭炼出如此的圣丹。”

说话间，远处的不可荒尊飞过来，问道：“结束了吧？我们快点回去。”

风扬其实也很着急，他现在务必从娲皇的玲珑湖回去，不然就来不及赶回地球了，他现在还不晓得太初的一些妙用。

三人回到黄泥台，发觉羲皇、碧蟾仙王、飙璃仙王、克扶、少司命和山凰已然离开，无天也不在宫楼里，只有农皇天尊、娲皇、夜鸢和西莉亚等着。

娲皇问道：“一切都还顺利吧？”

风扬躬身谢道：“谢谢娲皇关怀。”

龙雀说道：“辞别了，我务必赶回仙界。”他向众人微微一礼，在不可的陪伴下离开了。

娲皇递给风扬一只影灵玉道：“此处面记载的圣经是你师尊给你的，是大荒圣玄功最终一部分，另外还有他修行的要诀。还有，刚才我把七妙古经里有些深奥的圣灵印也记载在影灵玉里面，你留着作为参考吧……对了，把你的定星石给我。”

风扬接过影灵玉，取出定星石递给娲皇，他心里暗暗高兴，这个影灵玉记载的都是他最需要的事物，有了它，往后祭炼会少走很多弯路。

娲皇接过定星石看了看，笑道："我将仙界的星路留给你，往后你若是去仙界，能够直接寻到你师尊。"

去不去仙界风扬倒不在意，也许往后无聊的时候会去瞧瞧，但现在他可不想去那里。他点头同意了一声，转身向夜鸢和西莉亚道别，问道："夜大哥，你往后都在罗天宗吗？"

夜鸢点点头，苦笑道："我往后不能够回仙界，只好在这一界混了。"

风扬笑道："夜大哥往后倘若有兴趣，也能够到太初去祭炼，那里的灵气也许不次于仙界。"夜鸢同意。

风扬又对西莉亚说道："西莉亚，你往后还回仙界吗？"

西莉亚笑道："不去了，我就在这一界和夜大哥修炼，回仙界也没啥意思。"

农皇天尊说道："我先离开了，小子，往后有缘再见。"他向众人点头示意，霎时间就隐没无踪。

风扬取出在圣灵冢时娲皇帮他收取的混沌圣物，那把很怪异的棍子，递给西莉亚道："西莉亚，你陪我来圣灵冢，自己却没有进去，这是我在圣灵冢得到的一件混沌圣物，尽管不算很好，但祭炼好了比仙器要强。"

西莉亚惊异极了，她没有想到风扬会送给自己一件混沌圣物。一刻钟后，她不好意思地问道："你……你不记恨我原来为难你的事情了？"

风扬笑道："哈哈，我若是记恨，活得岂不是太累了，修行人哪来那么多怨恨？"

夜鸢说道："风老弟不是心胸狭隘的人，西莉亚，有一件混沌圣物是不一样的，你就收下吧。"

西莉亚心里感动不已，她显出娇美的笑容伸手接下，开心地道谢了一声。这是她第一件混沌圣物，依仗这根圣棍，她的战斗力得到极大的提高。后来，她和夜鸢一道，也去太初修炼了。

娲皇说道："小子，我从玲珑湖送你回去，走吧。"

风扬的脚刚落地球的地面，就只听一个破锣般的嗓音响起："我好激动啊！"

风扬一阵头皮发麻，他晓得无天荒尊到了。

无天荒尊早就在风扬身上留下了记号，为了拉风扬一道去圣陨天宫，他千辛万苦地寻到地球。

无天苦着脸，他只是条件性地叫了一句，并没有特意耍威风。见风扬不高兴，他露出招牌一样的无赖笑容，说道："小兄弟，我们不是约好了去圣陨天宫的吗，你看，我跑这么远来找你，这次无论如何都要陪我去了吧？"

风扬并没有答应他一定会去圣陨天宫，心里很不爽，眼睛一瞪，"不去！我现在没有时间，啥时候抽出空来，啥时候再说！"

无天骤然间大哭起来："你……你不能不守诺言啊，呜呜，我好激动啊，好不容易才寻到你……你……你又说话不算数……”

风扬大喝道：“不许哭！”

无天并不怕风扬发狠，他接着哭道：“呜呜，你说话不算数，我好激动啊！”

无天又是鼻涕又是眼泪地说道：“呜呜，你打不过我的，陪我去吧，在此处有啥想法……要不然……我毁掉此处行不行啊？”

风扬已然很久没有动怒了，这次被无天成功地挑起火来。他跃起来喝道：“你去死啊！无天，别觉得你是洪荒元尊，惹急了我……哼……”他忍住了没有接着说下去。

其实，无天只要好好说，风扬未必会拒绝，可是无天条件性地用上了胡搅蛮缠的手段，结果把风扬惹火了。

无天擦擦眼泪，说道：“你去不去？倘若不去……”他倏然想起风扬不是一个能够威胁的人，便哼哼唧唧地说道：“我好激动啊，倘若你不去，我就跟着你。”

第三十六章　圣陨天宫

无天最后停止胡闹，他一本正经地说道：“小子，你晓得我为啥这么着急？”风扬说道：“不晓得，你着急关我啥事？”

无天咧咧嘴，又是一副要哭的模样。风扬不厌其烦地说道：“无天，你倘若连二十年都等不及的话，你可以走了，我绝不会陪你去啥圣陨天宫。”

风扬说道：“无天，倘若我没有进过太元圣灵冢，我肯定不会拒绝你，现在……你务必等我了，我再说一遍，等我办完事情，去圣陨天宫的事情可以商量，现在完全不成！”

无天苦着脸说道：“圣陨天宫的关键在圣灵冢打开后就已然打开了，这时候进阵要轻松得多，我算不出来啥时候会封闭，唉，这是进入圣陨天宫的最好时机，小子……呃，小兄弟，小哥哥，大爷，你就陪我去吧！”

风扬无可奈何地说道：“无天，我叫你大爷！农皇天尊已然得到了需要的功法，你是他的晚辈，没必要再去圣陨天宫冒险，他们会传给你的。”太元圣灵冢里的事情他很清楚，最终打开神藏的时候他就在场。

无天苦恼地一屁股坐在地上，说道：“不成！他老人家的事物我可不敢去要，我……我可不想去见他，再好的功法我也不要，我要自己去寻找，这个世界里肯定还有解决的方法。”

两人一坐一站，默默地对视着。

一刻钟后，无天切齿痛恨道：“这是我最后的希望，你一定要帮我……”

他眼里明灭着红芒，风扬眼里也金光乱闪，两人似乎斗鸡般互相瞪视，两人之间爆起阵阵金色和赤色的火花，发出“噼啪”的脆响。

风扬冷冷一笑道：“无天，你也许还不晓得太初之主的厉害吧，对不起，既然你威胁到我的朋友，我就不能放过你了。”

无天也没想到会闹到这个地步，他心里有些懊悔，但他不相信风扬能把他如何，终究自己的实力比风扬高多了。

无天怪笑道：“哦，如此吧，我们打一架，我倘若输了就等你三年，我赢了……你即刻跟我去圣陨天宫，嘿嘿，你敢不敢赌？”

风扬觉得好笑，这个赌约完全是岂有此理，不论胜败结果是啥，自己都务必去圣陨天宫。如此无赖的赌约出自一个洪荒元尊之口，让风扬有种哭笑不得的感觉。

他摇头道："这个赌约太差劲了，赢了自然随意你处置，输了……那就由我来决定一切，约赌的地点由我决定，你敢吗？"

无天也是急糊涂了，风扬若是没有依仗怎么肯跟他赌？太初真正的意义只有娲皇、羲皇和农皇天尊三人清楚，无天还略逊一筹。

他点头道："好！我和你赌了，输了可不许赖皮！呜呜，我好激动啊，早就说好的事情还会改变，呜呜。"

风扬点头道："你再想想吧，我从来没有允诺过啥，好！那就到太初去约赌。"

无天细致回想了一下，心里不由得大骂，风扬确实没有给他任何允诺，完全是自己误认为他同意了。这个小子如此奸诈，一种强烈的挫败感不禁油然而生，他迟疑道："太初？怎样去？"他觉得有些不对，但哪儿不对他也说不上来。

风扬微微一笑，流露出来的自信，让无天有些毛骨悚然的感觉。一道夺目的金光闪过，会客室里骤然间空无一人。

两人落在太初的一颗陨石上。

无天的神色难看极了，他不是孤陋寡闻的人，能够霎时间就来到一个陌生的陨石，而且是他定星石里没有的陨石，风扬的战斗力已然不是他能探究竟的了。愣了一刻钟后，他大哭道："我上了你小子的当了，呜呜，我好激动啊。"这次他可是真的激动了。

这是一个赤凉荒芜的陨石。太初的陨石一切都是荒芜的，务必由太初之主来改变，只有少数是原生陨石，有丰富的资源，这一点风扬已然很清楚了，无天却一点也不晓得。

风扬眼球一转，眯起眼说道："无天，约赌不一定是打架比法宝，嗯，我在圣灵冢收到很多混沌圣物，若比试混沌圣物，你肯定没我的优势，咱们换一种约赌方法……如何？"

无天想了想，他也不想和风扬打斗，到了现在如此的境地，打斗是万不得已的办法。他点头道："好，换就换，但比啥由我决定。"

风扬晓得，比试的方法无论如何都不能由对方提出，以无天的实力和境界，自己是没法取胜的，只有靠着太初之力，才有可能赢得这场比试。

他连连摇头，一脸鄙夷地说道："你是先辈，一点胸襟都没有，比啥当然由我来说，要不然就别比了，我回去。"他作势欲走。

无天怪叫道："哇呀，你不能如此啊……"一个洪荒元尊被风扬摆布得毫无办法。

风扬嘿嘿笑道："成不成？"在太初他几近吃定了无天，无天完全没有任何时机。

无天生气地瞧着风扬，他晓得风扬很难缠，但如此难缠他还是第一次见识。他心里异常难受，可这时候没法用强。想想风扬的实力和境界也许不会比自己高，他切齿痛恨地说道：“好，就依你！你说约赌啥？”

风扬晓得自己已然赢了，他笑嘻嘻地说道：“其实古仙都会这一手的，我叫它开天辟地。”

他装模作样地打出几道圣灵印，跟着圣灵印飞出，轰隆隆的闷响连串响起，大地开始震颤，一座庞大的山峰从地下升起，速度之快使人瞠目结舌。

无天松了一口气，所谓的倒山填海对他们洪荒元尊来说着实是小意思，他笑道：“这个怎么比，莫非比谁隆起的山更高吗？”语气里充满了嘲弄。

风扬心里暗暗害怕，若是在别的地方，这场比试完全就赢不了。

风扬挠挠头，脸上显出一丝狡黠的笑容，说道：“大自然之道。”

无天目瞪口呆地跟着风扬升到半空，只见风扬随手比画，说道：“要拥有生命。”也就是几句话的工夫，整个大地起了翻天覆地的变化。

山跟着风扬的手势升沉，植物跟着他的语音生长，一切都显得那么真实自然。

风扬洒脱地说道：“创造生命也许是如此的……”他随手一划，数不清鸟类凭空显露，发出各种各样的鸣叫声四散飞去。

接着，他扣指连弹，“花鸟鱼虫……”

无天彻底清楚了，自己不仅败了，而且败得很惨，风扬所做的一切，只有圣人才能做到。他大叫道：“我要死了，你回太初原来是这么一回事啊，我好激动……”

风扬停下手来，歪着头笑嘻嘻地瞧着无天，毫不客气地说道：“你终于清楚太初之主的是干啥的了吧？”

无天跃起来，号叫道：“再给一次机会？”

风扬“扑哧”一声笑了，他是被无天气笑的。

他伸出一根中指，比画了一下，说道：“无天，你已然输了，在我的太初世界里，你不会是我的对手！”

无天泪眼汪汪地说道：“看我的绝招，小鸟觅食！”

一群五彩的小鸟，叽叽喳喳地从他身上飞出，每一只都是那么的美丽，明灭着明亮的灵华飞舞在半空，身后拖曳着长长的彩带虹光，显得异常美丽。

风扬只瞄了一眼，就晓得这是一件混沌圣物，尽管他不清楚是啥混沌圣物，但其中的震荡让他不寒而栗。但这是在太初，一切力量的本源都是由风扬掌控的。

那群小鸟刚刚环绕上来，风扬便失去了踪迹。

无天吓得浑身一颤，这件混沌圣物是他困人的最好宝贝，风扬居然能够无声无息地隐没，他不禁又惊又怕，圣识即刻搜寻出去。

瞬息间，风扬倏然显露在他身后。无天使劲向前窜去，大叫道：“你作弊！”飞舞的小鸟化作点点灵华，消散在半空。

风扬嬉皮笑脸地说道：“这世界公平吗？”

无天还是不甘心，他一副赖皮的模样，说道：“不成，你作弊，我要在太初世界之外和你赌！”

他一边说，一边靠近风扬，话音未落，小鸟再次飞出，这次的速度奇快，霎时间，飞舞的小鸟就化成了一个庞大的彩色天网，将风扬团团围住。

风扬这次没有闪让，他心里很清楚，只有让无天彻底绝望才行。

无天得意地大笑起来，说道：“收！老弟，偷袭也算数吧，现在你可是输了！”

一个精致犹如鸟笼的罩子，将风扬困在其中，明灭着的灵华映照着风扬的脸，看不出他是悲还是喜。

风扬淡淡地说道：“现在不行！”

无天苦恼地抓着脑袋，说道：“唉，怎么会如此？”他真的苦恼了，他心里很清楚，去圣陨天宫务必要风扬自愿，否则是没有任何意义的。

他天生胡搅蛮缠的性格，不经意间惹恼了这个唯一能够帮助自己的人，他不禁有些懊悔。

风扬再一次隐没在半空。无天的神色变得格外难看，他终于清楚，风扬在太初即是无所不能的神，在此处跟他斗，恐怕农皇天尊都未必是对手。

他无可奈何地收回混沌圣物，没等他说话，风扬倏然显露在他身后。

这次，风扬不客气了，一脚踢在他的屁股上，只听一声惨叫：“我好激动啊……”无天飞上了天。

无天这才晓得，不管怎样约赌，自己都是输。他心灰意冷地飞了回来，很绝望地说道：“罢了，只好再等你二十年了！”看见风扬眼中爆闪的金芒，他即刻绝口不叫了，可是想想又不甘心，他眨巴着眼睛说道：“老弟，你那两个朋友转世的事情就交给我了吧，我一定把他们照顾得高高兴兴的！”

找寻了整整二十年，转世的姬莫言和独孤刹仿佛是人间蒸发了一样，任凭二人将地球翻过来也不见其踪影，风扬心中骤然间有了一种不好的预感。不得已，风扬只好求助三位天尊，但是就连三位天尊合力推演也丝毫没有头绪，姬莫言和独孤刹就像是没存在过一样，在这世间没有留下一丝一毫的痕迹。

风扬看着脸皮比城墙还厚的无天荒尊，叹气道：“算了，我陪你去圣陨天宫，但之前还有一件事情要办。”

无天神色微红，他晓得自己是用死缠烂打的办法让风扬同意的，圣陨天宫正殿的凶险他很清楚，纵使拥有洪荒神灵战斗力的人都不愿意去，风扬肯去，算是舍命相陪了。

他终于露出笑容，巴结道：“老弟，圣陨天宫肯定有很多好东西的。”其实，究竟能从圣陨天宫里得到啥好处，他也不是很清楚。

风扬无所谓地咧咧嘴，再不理会无天，乘着这次来太初的时机，他详细盘算一下此处。圣识微动，太初的一切犹如流水般在风扬心里淌过，他发觉太元人已然进入了太初，并且开始改造太初里的陨石，只是速度很慢。

他试图寻到腾厉，这家伙被扔进太初后，风扬牵挂着他。

很快，风扬就搜寻到腾厉的方位，这家伙躲在一个陨石的地下。

风扬喝道：“腾厉，你在干啥？”

无天吓了一跳，问道：“腾厉在此处？”

风扬摇头道：“不在，但他能听到我的话。”

腾厉已和太元洪荒元尊打斗了好几次，他不是太初之主，战斗力稍弱，所以打斗起来吃了很多苦头，好在这次在太元圣灵冢得到几件混沌圣物，靠着这几件混沌圣物他才没有吃大亏。

这次他又去骚扰那些太元人，结果陷入有熊安排的陷阱，被揍了一顿，还算他心思灵动，逃到一个陨石躲藏起来，刚刚复原，耳际就响起风扬的声音。

腾厉又惊又喜，大叫道：“大哥，你在哪儿？”耳际再次响起风扬的语音：“放松身体，别动。”

忽然，他被一股奇妙的力量包裹起来，眼前一花，他看见风扬和无天站在一座山峰上，这小子开心地哈哈大笑：“大哥！”

风扬察觉到腾厉的实力又提高了很多，他好奇地问道：“莫非太初是修炼的好地方？”

第三十七章 天宫禁制

腾厉得意地一笑："此处着实是太好玩了。"他回身问无天道："卑鄙的胖子，你来这儿做啥？"一不留意他又说出了心里话，他向来在心里称呼无天为胖子。

无天叹道："我是来找你大哥帮忙打架的。"

腾厉骤然间兴趣大增，他眼睛发亮，问道："和谁打架，我帮你！"

无天一脸无可奈何地笑道："我和你大哥打架，你帮谁？"

腾厉眼睛一瞪，一副大义凛然的模样，说道："我帮大哥揍你。"

风扬笑道："别闹了，腾厉，你可会调用太初的力量。"

腾厉亢奋地大叫："快教我！"

无天心里很清楚，这次厚颜无耻拖着风扬去圣陨天宫，不论成功与否，这份情义自己都务必还的。

风扬问道："里面的禽兽厉害吗？"

腾厉终于缓过气来，说道："只要不主动打击他们就没啥大问题。"

他心有余悸地瞧瞧无天，说道："大哥，圣陨天宫我不去了。"说完也不等风扬回答，一眨眼就隐没了。

风扬大叫道："哎，你跑啥啊？"

腾厉不晓得从哪儿传音过来："终于挣脱这个混蛋了。"

风扬暗想："腾厉怎会这么怕无天？"他转念一想，觉得如此也好，圣陨天宫未知的玩意儿太多，腾厉留在太初就不用冒险了。

无天哈哈大笑，他显得很得意。腾厉想跟他斗，还嫩了一点。

夜鸢和西莉亚都是晚辈，战斗力又相差很大，自然不敢说啥。

风扬叹了口气道："无天，圣陨天宫还没有人进去过，倘若能在圣陨天宫寻到凌墨圣天宫的关节，我也敢接着往里面走了。"

夜鸢和西莉亚对视一眼，风扬看出他们的踌躇，忙说道："夜大哥、西莉亚，你们可要一道去？"

他心思灵动，盘算在万不得已的情况下，让夜鸢和西莉亚两人缠住无天至少也能够有人打打岔，倘若意见和无天不统一，他还能够争取这两人的支持，所以无论如何也要让他们两人一道去。

无天心里有些犯嘀咕，凭着夜鸢和西莉亚的实力，圣陨天宫还是能去的，但他总觉得有些不高兴。

想了想，他又释然了，倘若是腾历去的话他会觉得更头疼，夜鸢、西莉亚两人去就无所谓了，反正他们是晚辈，功力实力比自己差得远，也许能够掌控得住他们。

可是他漏算了风扬，倘若夜鸢、西莉亚两人站在风扬的立场上，他就争不过风扬了。

最让无天觉得不可理解的是，风扬没有得到那件他推演出来的混沌圣物他很是不甘心，又推演了一次，可是他满腹心事，哪儿推算得出来？无可奈何之下，只好设法去圣陨天宫查看，也许到了那边才会有结果。

风扬将圣识入定星石里，寻到圣陨天宫宫楼的方位，随后取出在地球购买的手表，将时间定在十年后的今天，又小心地在上面安置了一个小小的防备禁制，这才将手表套在臂膀上，用天焱圣衣将其覆盖。

他生怕错过回地球的时间，在圣陨天宫那样的地方，很容易忘记时间的流逝。

无天问道："好了吗？走吧。"他倏然发觉风扬隐没了，自己居然还站在那里，不由得一声惨叫："我好激动啊，你不能扔下我不管呀……"

夜鸢劝解道："先辈，风扬一定会回来的。"

夜鸢对风扬十分有信心，他晓得风扬的为人，倒是无天太在意圣陨天宫了，心里反而乱了分寸，他跳着脚叫道："哇呀呀，他是不是寻到里面宝贝了，自个儿去……我好激动啊！"

不远处的逐仙者一阵混乱，无天的一句话撂倒一片逐仙者。胡闹，洪荒元尊的叫喊能有多少逐仙者能够抵御？

夜鸢不禁说道："无天先辈，请你闭嘴！"

无天一声大喝："混蛋，你是在和我说话吗？"

没等夜鸢回答，风扬再次显露在众人面前，说道："好了，我已然有信心带大家直接进入圣陨天宫了……呃，他们是怎么回事？"他指着那些瘫在地上的逐仙者问道。

夜鸢冷笑道："无天先辈心头火大……"

无天忙不迭地止住他人话头，抢着说道："小事情，也许是血压过高的缘故吧！"他讨好地赔着笑脸。

夜鸢无可奈何地摇摇头，一个先辈高手，传说中的洪荒元尊，居然如此无赖，着实让他无话可说。

风扬心中有数，晓得肯定是无天闯的祸，他也懒得追究，说道："我们走！"

无天站在圣陨天宫上使劲揉揉眼，倏然大叫道："我……我好激动啊，我终于清楚了，太初世界被你得到并炼化了。"

眼瞧着古圣禁制一阵震荡，风扬的身影逐渐隐没。

能在古圣禁制里来去，是所有洪荒元尊的梦想，风扬凭着太初身为转折处，很轻松地达到这个目的。

在打开太初后，只有娲皇、羲皇和神农三人清楚风扬现在的厉害，连风扬自己都是懵懵懂懂的。

风扬奇道："无天，你啥想法？"

无天满脸亢奋，他一把拉住风扬，语气温柔得让人直起鸡皮疙瘩："小兄弟，这次肯定能进入圣陨天宫店的正殿了，有太初身为传送终点，你只要在定星石里留下星识，我们就不会迷失在里面，就算不成功，我们往后还能常来。"

风扬神色微沉，说道："我晓得。"

无天这时候可不敢对不住风扬，他连连点头道："也许要不了多久，我们就能够解开圣陨天宫的关节。"他指望能得到凌墨圣天宫的关节，纵使得不到任何宝贝，有了关节，他也能够悟出很多事物。

圣陨天宫的广场还是原来的老模样，无天和夜鸢以前都来过，只有西莉亚是第一次来，她觉得很新奇。

羲皇严格掌控古仙回到这一界来，能够再次回到这一界的古仙，都是战斗力比较厉害的，她是偷跑过来的古仙，战斗力不算差，但她向来是孤家寡人，凭她一个人的战斗力，是很难进入圣陨天宫的。

圣陨天宫正殿左边是偏殿，风扬以前进入过偏殿，晓得里面禁制重重，右面是进入凌墨圣天宫的关节。他瞧着圣陨天宫正殿说道："我们怎么进去？无天，仅仅是入口处的圣禁就密密麻麻的数不清……"

无天一脸讨好地笑道："对啊，我晓得有很多的圣禁！"

他瞧着风扬的神色，踌躇了一下说道："小兄弟先进去试试，若是能行的话，再来太初世界接我们进去。"

夜鸢倒吸一口凉气，说道："先辈，太冒险了。"

无天板起脸来，呵斥道："蠢蛋，人越多才死得越快，一人进去才是最好的打算。"

风扬想了想，承认无天说得有道理，他点头道："我先进去采集点圣血试试，你们在外面等待。"

眼瞧着古圣禁制一阵震荡，风扬的身影逐渐隐没。

无天一屁股坐在地上喃喃自语道："这小子胆子还真大"

夜鸢和西莉亚厌恶地走到一边，两人都不理会无天，觉得这个家伙没有一点洪荒元尊的风范，行为举止格外令人讨厌。

广场上一阵震荡；夜鸢惊异道："咦，龙雀？娲皇天尊？"

无天吓得蹦了起来，娲皇和龙雀显露在广场上。没等他说话，就听龙雀问道："腾厉在哪儿？"

夜鸢和西莉亚急忙走到娲皇面前，夜鸢行礼道："夜鸢谒见荒尊。"

他已然不再自称是大灵真仙了。

西莉亚也跟着施礼谒见。

娲皇问道："风扬和腾厉在哪儿？"

娲皇天尊和龙雀的显露，着实让人吃惊。

无天心里想不通，如此隐秘的事情，娲皇天尊怎么会晓得？他用手指着圣陨天宫正殿，很激动地说道："腾厉在太初，风扬进去了，荒尊找他们有事吗？"

娲皇天尊一愣，难以置信地说道："风扬进入了圣陨天宫正殿？"龙雀也傻了，一个人进入圣陨天宫正殿完全就是找死，他不禁连连摇头。

夜鸢说道："荒尊，风老弟确实进入圣陨天宫正殿了，我们在此处等待他。"娲皇天尊叹了口气，说道："无天，风扬若是出了啥事，你今后就不用再叫激动了……"

无天的头皮都发麻了，他颤抖着问道："那，那我该叫啥？"

娲皇天尊淡淡地说道："他是羲皇弟子，是你怂恿他进去，若是没出事还好，若是他在里面有啥不测，你就等着自己跟伏羲交代吧！不要觉得他有太初世界就没危险，若是如此简单的话，我们这些老怪物早就进去了。"

无天低着头，嘴里叽叽咕咕的也不晓得在说啥。

夜鸢心里觉得有些不安，他问道："荒尊，风扬刚刚进去没多久，可要进去找他？"

娲皇天尊摇头道："圣陨天宫里面的圣禁格外强大，不晓得有多少荒尊死在了里面。算了，我还是推演试试！"

龙雀迈前一步，好像想要说些啥又憋了回去，很显然他不敢打扰娲皇天尊。

过了一刻钟后，无天倏然反应过来，娲皇天尊和龙雀并不是为圣陨天宫正殿而来，他们是来找风扬和腾厉的，也就是说和自己没有任何关系。腾厉现在在太初，他们完全不晓得腾厉的行踪，因而只好来找在这一界的风扬。

无天骤然间好奇起来，是啥重要的事情，连娲皇天尊都惊动了？

娲皇天尊睁开眼，苦笑道："圣陨天宫正殿的古圣禁制太厉害了，阻隔了我对风扬的感应"

龙雀急得从地上跃起，还好他没有窜到半空，离地十米以上的空间也是被禁制的。他急切说道："那咋办？"

无天满脸堆笑地说道："娲皇天尊，不晓得你找他有啥事情？"龙雀在一旁说道："先辈……"

娲皇天尊扬手道："这件事和无天没关系，你只需要听我的就行了。"龙雀躬身道："是。"

无天气得"激动"两声后就不说话了，娲皇天尊完全不想告诉他。

按照无天的脾气，本该即刻厚颜无耻地缠上去，可是他十分忌惮娲皇天尊的七妙鼎，只好忍气吞声地在一边发呆。

夜鸢和西莉亚是晚辈，他俩静静地站在旁边，尤其是夜鸢，他和龙雀的关系比较微妙，越发不愿意多说啥。

娲皇天尊考虑了一会儿，说道："哎，不晓得风扬会不会陷了进去，希望他能尽快出来。"

无天无精打采地说道："他在寻找正确的路径，但他只要不强行进去，就应该没有啥危险。"

娲皇天尊点头道："龙雀，你等风扬来吧，我先走了，记得要好好和他筹议筹议。"

龙雀施礼道："龙雀恭送荒尊。"

娲皇天尊扫了无天一眼，一阵震荡后便隐没无踪。

他依仗玲珑湖也是能够任意进出这一界的，只是进入不了厉害的古圣禁制，寻常的古圣禁制对他没有啥阻碍。

无天眼见娲皇天尊隐没，不禁长叹一声："唉，我好激动啊。"

风扬一踏上圣陨天宫正殿的台阶，即刻就被禁制住了，一股无匹的巨力推着他快速向前，他完全不能掌控自己的身体，只好用弑圣刃护住全身。

四周忽暗忽明，他察觉到弑圣刃外有一股股撕扯的力量，幸运的是他现在的实力极高，由晶核平衡了圣灵之气后，他的力量已然和原来的完全不同了，能够很好地应付古圣禁制带来的力量。

第三十八章　圣兽珈蓝

风扬没有执意挣扎，他晓得这种禁制越挣扎收得越紧。

第一层古圣禁制只是将人带到不同的地方，风扬推断这还不是真正厉害的禁制，只要顺其自然，就肯定能够出去，至于会到啥地方，就完全不可预知了，他觉得自己像是在随波逐流。

过了不到一小时，风扬倏然觉得力量骤减，眼前一亮，他已然站在一座庞大的石台之上，身后的禁制像水纹一样震荡着，慢慢地平复下来。

纯墨色的石台表面粗糙凹凸不平，上面纵横交错着一道道拳头粗细的刻痕，还有数不清的坑坑洼洼的小洞，石台上滋生着淡淡的雾气，一眼望不到边际。

风扬用圣识扫视了一刻钟后，发觉石台上没有任何禁制，也没有任何活着的生物。

石台极大，风扬用神眼目测了一下，这个石台足有方圆十公里，如同一个长方形的石台，四周完全被禁制了。

在这种地方他是不敢乱用大挪移的，有过去太元的经验，他晓得古圣禁制的能量深不可测。

附近一片宁静，风扬小心翼翼地向石台中央走去，他没有触碰地面，在离地半尺的半空向前走去。

由于没有显露任何变化，他的速度逐渐加快起来，没多久就来到石台中央。

石台中央是一块方圆万米凸起的圆台，高约一米，上面也是空荡荡的。

风扬落在圆台上，刚走了两步，就听圆台外面传来一声尖利的嘶吼声，他心里微微一惊，回头看去，不知何时冒出一头妖兽正死死地盯着他。

那是一头全身闪着金光的妖兽，它叫珈蓝圣兽。

一阵震荡传来，风扬即刻明白了它的想法，它是在说："这里是圣域，不可擅入。"

风扬一阵苦笑，他才不想到啥圣陨天宫正殿来，如若不是有人死缠烂打，他绝不会进到这个地方。

风扬已然掌控了那些所谓的圣文，他将自己想要说的话转换成震荡传出："不，我一定要进去。"

珈蓝圣兽发出震天狂吼。

风扬淡然一笑："别冲我吼！小心揍你！"

随着震荡的传出，珈蓝圣兽恼怒了，同时它也很疑忌，这人的气势着实太厉害了。它向后退了两步，仰天一声吼叫，声音犹如滚雷般震响。

倏然，另一声吼叫响起，淡淡的雾气里又冒出一只珈蓝圣兽。

风扬叹了口气道："这次居然被禽兽欺负了。"

其实他心里并不紧张，大不了就回太初去，随后再拉无天他们几个进来，别说是两个珈蓝圣兽，就是再来一个也不怕。

珈蓝圣兽从两边包抄过来，风扬烦恼地自语道："打架我可不喜欢，我好激动啊！"不知不觉中他也用上了无天的口头禅。

风扬不敢怠慢，他晓得在圣陨天宫正殿显露的圣兽一定不好惹。他催动天焱圣衣，同时唤醒正在修炼的焱莫。

圣衣外即刻冒出一朵庞大的橄榄色火焰。这是他偷学的仙王的防御方法，有了先仙焰灵，他完全不用专门祭炼仙焰，直接用先仙焰灵提供的紫阳仙焰就行了。

弑圣刃收摄在他的右手侧边，吞吐的金光蓄势待发。风扬可不想在圆台上打斗，他飞快地窜到圆台下，倏然心里微动，急忙向旁边闪去。

眼角边闪过一道金光，风扬回身一瞧，不由得惊叫起来："还有！"

又一个珈蓝圣兽显露在石台上。

瞧着三个几近一模一样的圣兽，风扬晓得不好了，他觉得自己也许能对付一个以至两个，但完全没办法对付三个。

他凝神准备，一旦三个圣兽一齐打击，就即刻逃回太初去。

奇怪的是三个珈蓝圣兽都站着不动，只是将风扬围在中间。

风扬说道："不想开打就快点走，我可没多少时间和你们磨蹭。"

他很自然地将三个珈蓝圣兽当成人类，因为它们是能够通过圣识震荡来沟通的。

四周的空间开始歪曲。

风扬一呆，他觉得格外惊异，这三个人不像人、兽不像兽的事物，居然会合力安置禁制。

他不禁一声怪叫："啥乱七八糟的东西！"

他终归出手了。

他可不想太被动，谁晓得这三个怪物会搞出啥玩意儿来，若是不留意吃了亏，可没地方申冤诉苦去。

风扬现在的打击办法很单调，除了各种能量极大的禁制外，只有弑圣刃和仙焰算是武器了，在圣灵冢得到的混沌圣物他完全没有时间祭炼，而且他体会到，花样越多的打击功效往往越差，因此他采用最直接的方法开始打击。

弑圣刃化作一道金光，垂直笔陡地劈向一个珈蓝圣兽。

那个被打击的珈蓝圣兽，完全没有闪让，它随手一划，尖利的手爪上飞出五道金芒，金芒脱手后陡然增大，化作五道水桶粗细的金色光柱，犹如龙卷风一样急速旋转着迎上来。

风扬心里很不是滋味，他看出那个圣兽并不在乎自己。被这种半人半兽的怪物看不起，他不禁有些恼火，大喝道："可恶!"

弑圣刃的金芒微微一顿，即刻分出六道金光，其中五道准确地撞击在那道急速升起的龙卷风上，另外一道犹如一杆金色的长枪，凶猛地捅了过去。

珈蓝圣兽没有想到风扬如此厉害，它忽然在原地隐没了。

一连串的爆响，弑圣刃化作的五道金光已然斩落在地，另一道金光穿过圣兽的虚影，打在半空。

风扬扬手召回弑圣刃，只见墨色的地面上留下痕迹。

风扬心里暗暗吃惊，这种地方居然经得起混沌圣物的冲击，而且珈蓝圣兽的快速挪移，也让他觉得难以对付。

风扬明白不能和这三个圣兽缠斗，他可耗不起时间和精力。

眼球一转，风扬想到一个主意，那即是想办法把这些圣兽扔到太初去。

和仙王打斗的时候他就晓得，只有等到对手疏匆时，才能顺利地将对手扔进太初。风扬向后急退。

倏然，怪啸声震耳欲聋，三个珈蓝圣兽各站一个方位，同时打出数不清道金芒，金芒快速在半空交叉，化成一张金色的大网，铺天盖地地压了下来。

墨色的石台倏然震荡起来，风扬觉得脚下一沉，石台居然化成墨色的黏液，连绵不断的吸力犹如流动的沸流一样，迟滞了他试图移动的身体。

三个珈蓝圣兽完成了围困的禁制。

弑圣刃化作光壁，抵挡落下的金色大网，那朵橄榄色的仙焰沉到风扬脚下。

风扬心里涌起奇怪的感觉，这三个圣兽的智慧着实是太高了，它们完全不像兽类，倒是和人类很像。

光网和弑圣刃相撞，发出一阵霹雳般的爆炸轰响，夺目的光华将石台上的雾气一扫而空，沉重的力量将风扬的半截身形打入石台。

由于有仙焰紫焰沉在他的脚下，刹那间，仙焰在石台上逼出一个大坑，墨色的黏液在仙焰高温烧灼下迅速凝结。

风扬闷哼一声，仅仅是这么简单的一击，就让他觉得有些吃不消。

风扬拼命撑住弑圣刃，他不停地调用太初之力来抵御这股铺天般的力量。

慢慢地，光网从天地四极包裹上来，将他牢牢地箍住。

风扬暗暗叫苦不迭，他腾不出手来将圣兽送入太初，这三个圣兽太厉害了，几近相当于三个洪荒元尊的战斗力。

其实，三个珈蓝圣兽也难受万分，它们也许也没想到风扬能够抵抗如此之久。

三个圣兽同时嘶吼起来，每一次吼叫就给风扬增加一分力量，奇怪的是每次增加的力量，风扬总能勉强抵御，它们不晓得风扬能够调用太初之力来帮助抵抗。

双方僵持不下。

拼到现在，已然完全是战斗力相当了，啥技巧和混沌圣物都不重要，重要的是看谁能坚持到最后。

风扬无暇多想，只是苦苦撑持。三个珈蓝圣兽也不敢停手，只要让风扬反击过来，它们同样也吃不消。

风扬觉得越来越难调用太初之力了，更不用说这时候逃到太初去，他有些懊悔刚开始时的粗心。

三个圣兽再次狂吼。

风扬一眼瞥见，又一个圣兽显露在石台上，他骇然大叫道："我好激动啊，还来……"这下他真的紧张了。

只见那个珈蓝圣兽不急不忙地掐动圣灵印，风扬的眼珠子差点掉出来，圣兽居然会掐圣灵印！

他懵了，怪叫道："这是啥玩意儿？太厉害了！"无可奈何之中，他只好加强天焱圣衣的防备。

光网开始快速收缩，风扬疯狂挣扎了三次，每次将光网撑开一点，可是依然没有脱困的希望。

三个珈蓝圣兽都是双手合拢，一道金芒从手中涌现，就像拽着一根金色的绳索，另一端连在那团光网上。

眼瞧着光网将风扬包裹起来，三个圣兽默契地低头弯腰，背脊上的尖刺涌现一道晶莹的洛洛，三道洛洛连接在一起，只听"波"的一声脆响，碧绿的光华向下射去，正好落在光网外面。

最终显露的那个珈蓝圣兽终于完成了一套恍惚的圣灵印，她狂吼一声，将圣灵印释放出来，骤然间，四周的一切急速旋转起来。

风扬只是苦苦撑持，外面的变化他已然不能看清，刚才的三次挣扎耗去了大量圣灵之气，他只好以不变应万变了。

风扬发觉那个圣兽打出的圣灵印，并没有给自己增加多少力量，他细细瞧着光网外面，各种各样的景色飞速地逝去。

风扬倏然明白了，这是一种挪移加禁制的圣灵印，大约是将自己带到啥地方去。

他心里叹了口气，暗自祈祷，千万别出来一个啥圣人，那自己可就惨了。

他下定决心，只要有时机就即刻逃到太初去，此处太厉害了，凭着这四只珈蓝圣兽，仗着此处的天时地利，就是娲皇那些人来，也不一定能讨到好处。

原来觉得进来只要对付古圣禁制，没想到会遇见如此厉害的圣兽。

倏然间，风扬觉得自己在向上飞升，那四个珈蓝圣兽也同时向上。

风扬一眼瞥见下方逐渐变小的墨色石台，这才发觉，下方的地面很像黑白相间的国际象棋棋盘，自己刚才打斗的地方，居然是其中的一小块墨色的方格。

除了黑白两色外，还能看到五颜六色的格子夹杂其间，凭着神眼，他看到了圣陨天宫正殿的格局。

风扬即刻停止挣扎，只是还保持着弑圣刃的张力，不让光网完全收拢。

他想通了一个道理，倘若这些圣兽不来，自己在格子里面是很难寻到啥关节的，这些乱七八糟的格子，足以耗去自己数不清的岁月。

第三十九章　兽血之战

停止挣扎后，风扬又发觉一件不可思议的事情，光网的力量也开始减轻。

他明白了，只要不挣扎，光网的效用只是困住他，它们好像要带自己去某个地方。

风扬打算静观其变，他稍稍放松心情，等待着前方未知的目的地。

大约过了半个小时，风扬察觉身体开始下降，同时光网倏然收紧，猝不及防下，金色的光网将弑圣刃的金芒压缩了一半。

风扬暗骂对手奸诈，他急忙喷出一口圣灵之气，弑圣刃勉强蔓延了一点。

眼前一花，风扬落在一个庞大的石台上。

这个石台完全是金黄色的，闪着夺目的金光，珈蓝圣兽如同和整个石台融合在一起，如若不是有一双神眼，风扬完全不能在夺目的金光中看清任何事物。

三个珈蓝圣兽松开双手，光网失去撑持后，在风扬的弑圣刃蔓延中化作万点金星隐没在半空。

风扬好奇心起，他想不通对手为何放弃困禁自己，这时候他反而不急于逃到太初去了，他想瞧瞧这几个怪物究竟准备干啥。

四个珈蓝圣兽站立四方，石台上夺目的金光倏然隐没，显出金色地面，整个石台的地面就像是熔化的黄金液，似乎在慢慢地流动，可地面却是平整光滑的。

风扬一时不知如何是好，他试着用圣识的震荡问道："你们想对我做啥??"

一阵震荡传来："你可以成为第十个天宫守护者，由你自己决定是生还是死。"

风扬发觉又出来三个人形怪物，他胆寒地问道："你们是人还是圣兽?"

又是一阵震荡："我们是谁并不重要，倘若你愿意成为第十个天宫守护者，我们会告诉你一切。"

风扬才不会轻松允诺啥，他奸诈地问道："我要先弄清楚你们究竟是人还是圣兽再做打算。"

他已然确定了，这些怪物完全不是啥妖兽，但他还不能搞清楚，它们究竟是啥事物。

令人惊骇的一幕显露了，七个珈蓝圣兽身上的金色圣衣开始收缩，石台上显露了七个人。

风扬怪叫道："咦，居然是人？好好的人不做，装成圣兽做啥?"

这七个人个个都是彪形大汉，浑身如同蕴藏了无穷无尽的力量。

圣衣缩回去后，他们的身形挺拔威严约有两米左右，腰间都有一根金光闪闪的宽带，半截碧绿的裙状物遮盖到大腿，左手臂上是四只金色的环，赤裸着的身上全是精细的花纹，也不晓得画的是啥。

其中一个人走向前来，站在风扬面前，面无表情地说道："我们是陷落在圣陨天宫正殿的洪荒元尊，侥幸成为守护珈蓝圣兽，你也可以成为第十个珈蓝圣兽。"

风扬听得头皮发麻，第十个珈蓝圣兽？那就是说自己往后不能做人了。

他眼珠一转，说道："你们不想出去吗？"

那人仍然面无表情地说道："你务必马上做出回答！"

冷冰冰的语调差点让风扬抓狂，他想不通这些洪荒元尊为啥会心甘情愿当一个圣兽。

风扬晓得，只要拒绝，即刻就会引发打斗，他可打不过七个洪荒元尊，而且他们还是天宫守护者的身份，在此处它们也许能够借助天宫的力量了。

为了拖延时间，风扬特意说道："呃，先让我考虑考虑吧！"

那个洪荒元尊踌躇了片刻，大约是仗着人多，附近又有厉害的古圣禁制，他点头道："好，最好快点，我可没啥耐性。"

风扬悄然在定星石里留下定位星识，他打算逃了，但有一件事情让他很踌躇，是不是要将这七个洪荒元尊扔进太初去？

他总觉得这几个洪荒元尊承担天宫守护者的职责很勉强，他们也许不是心甘情愿的。

最后，风扬下定决心，他倏然大笑道："我想好了！"

那个洪荒元尊淡淡地说道："考虑完了没有？你还是留下来吧！"

其他六个洪荒元尊都放松下来，他们好像很有信心的模样。

风扬歪歪头，笑道："我要带你离开这里！"

那个洪荒元尊神色急速变化，他狂喝一声："你要做啥？"

附近的空间开始激烈歪曲起来，风扬身上扩散的金芒将那个洪荒元尊罩住，两人身形逐渐透彻。

那个洪荒元尊惊恐地吼道："快阻止他！"其余六个洪荒元尊同时出手，可是已然来不及了。

风扬心里紧张极了，他发觉从此处回太初的速度相当慢，不像在别的地方，一动念就能够走，在此处还要先放出挪移的圣灵印，才能强行回到太初。

眼瞧着六个洪荒元尊打击过来，风扬露出一丝诡异的笑容，他晓得自己成功了。

那个洪荒元尊在太初显出身形，他还在吼叫："赶快阻止他！"

风扬在他不远处冒出来，笑道："来不及了。"同时用弑圣刃护着身形，防备那个洪荒元尊逃走。

风扬问道："你已然离开天宫了?"

洪荒元尊露出惊慌失措的神情，连声叫道："我要回去!"

风扬一声断喝："赶快抱守心神!"他似乎察觉到洪荒元尊在害怕着啥。

洪荒元尊四下张望，他们站立的地方是一处赤凉荒芜的陨石表面，他绝望地瞧着风扬，说道："我们只要离开圣陨天宫正殿就会化道……"他觉得浑身的劲力犹如炽烈的岩浆，正急速向脑袋里涌去。

风扬一惊，他对化道最敏感了，自己以前就走到过化道的边缘。他忙说道："别慌！你现在不是没有化道吗?"

那个洪荒元尊哪儿能听进风扬的话，他恼怒地吼道："我和你拼了!"

洪荒元尊还是暴走了，他搞不清风扬是怎样把自己搞到这个陌生地方来的，但有一点他很清楚，倘若不能及时回去，要不了多久，身上被下的禁制就会发作。他快要急疯了。

圣衣再次展开，这是圣陨天宫正殿守护者专用的圣衣，名字叫圣血，是一种格外厉害的防备混沌圣物。

他的左手臂边多了一只斗大的锤子，这只锤子没有锤柄，也没有锁链相连，只有一个锤头，浮在他手臂边上下浮动。

暗金色的锤子上雕刻着密密麻麻的红色印记，菱形的锤头上下都有一尺长的尖刺，看上去很怪异。

风扬没有主动打击，在太初他啥也不怕，别说是一个洪荒元尊了，再来几个他也不在乎。

那个洪荒元尊的圣衣完全包裹住身体后，即刻变成一个三米高的大家伙，他发出一阵震荡："赶快放我回去，否则别怪我不客气了。"

再次变回珈蓝圣兽后，那个洪荒元尊好像恢复了自信心，他狂吼一声，声音震天动地，音调里饱含着绝望。

他向前跨了一步，这一脚踏在了实处，整个荒地都震动起来。

圣血的能量是开放的，丝毫不加节制地向外压迫，地上的碎石泥土像被高压水枪击中一样四散飞射。

风扬笑道："我陪你玩玩……"这种不公平的打斗风扬很高兴玩，既没有危险又能长见识，顺便还能够晓得一下珈蓝圣兽有哪些厉害的手段。

在圣陨天宫正殿里他还有些放不开，到了太初，他就无所顾忌了。

珈蓝圣兽完全是为了战斗而存在的，看到那种毁天灭地的态势显现出来，风扬不禁暗暗吃惊。

他倏然明白，自己在圣陨天宫正殿没有受到古圣禁制的作用，是由于自己调用了太初之力，基本抵消了古圣禁制的牵制，因此能够同时抵御三个洪荒元尊的冲击。

而珈蓝圣兽则是依仗圣血，才能在圣陨天宫正殿里来去自如的，倘若寻常的洪荒元尊进入圣陨天宫正殿，他的战斗力至少会减去一半。

风扬倏然隐没在原地，连一点痕迹都找不到。

珈蓝圣兽骤然间茫然了，它东张西望，心里觉得纳闷，只要被它镇定的目标通常是很难闪让的，想不到风扬居然会隐没不见。

圣血有一种特别的功能，若是被主人锁定的目标，纵使是大挪移，它也能跟着大挪移，所以风扬的隐没让它觉得手足无措。

一块庞大的巨石从地下隆隆升起，足有网球场那么大的巨石，看上去有些吓人。

珈蓝圣兽还是找不到风扬的踪迹，它莫名其妙地瞧着巨石飞到半空，倏然，巨石向它凶狠地砸下来，呼啸声惊天动地。

它试图大挪移出去，没想到附近的空间歪曲起来，它完全动弹不得，只好眼睁睁地瞧着巨石当头落下。

珈蓝圣兽身旁的那个锤头放出暗金色的光华，急速升到头顶上，一圈圈红芒扩散开来，硬生生地撞在飞落的巨石上。

巨石凶暴地砸了下来，轰然巨响中，巨石爆炸了，烟尘冲天而起，网球场大小的巨石碎成粉末。

一声恼怒的咆哮从地下传出，珈蓝圣兽狼狈地从地下飞起，还没有升到半空，又是一块巨石从天而降。

风扬笑嘻嘻地停在半空，刚才他并没有大挪移，而是直接出了太初，随后再次进去，至于用太初之力从地下挖出巨石，对他来说着实太轻松了，动念间就能够办到。

他短时间还不想直接拼斗，先用巨石杀去它的威风，所以当第一块巨石砸中珈蓝圣兽时，几十块同样大小的巨石，已然飞升到半空等待了。

一口气连续砸下十几块巨石，轰隆隆的巨响连成一片，整个大地犹如被万炮轰击一样，不论珈蓝圣兽闪让到哪儿，都有一块巨石及时地砸中它。

珈蓝圣兽的咆哮声越来越响，尽管巨石伤不到它分毫，但连续不断地毁去巨石，它的战斗力被慢慢地消磨掉了，很快它就觉得吃不消了。

风扬觉得浑身舒爽，他仰天长笑道："这里是太初，谁能相抗？"

珈蓝圣兽终于冲到半空，它不再说话，那只锤头化作数不清道荧光垂直笔陡地冲击过去。

风扬一瞧就晓得它气糊涂了，用这种手法打击着实太幼稚，能量尽管极大，但他不可能硬接。

转眼间，风扬又隐没了。

一击而空，珈蓝圣兽在半空疯狂地咆哮，它也不收回锤头，而是掉转锤头的方向，向着下方的地面冲去。

霹雳一声巨响，地面升起一朵庞大的蘑菇云。

风扬在不远处又冒出来，他鼓掌道：“哗，真是宏伟啊。”

珈蓝圣兽听到风扬的调侃，掉转身体再次冲击过来，它怎么也想不通，镇定的目标居然会失踪。

就在锤头就要击中风扬的时候，它又一次失去了风扬的踪迹。

但这次风扬显露得很快，霎时间他就从珈蓝圣兽身后一米处冒出来，同时凶暴击出一拳，包含着圣灵之气的这一拳非同小可。

珈蓝圣兽再也没想到风扬会在身后显露，这一拳将它砸向地面，锤头失去掌控后，急速向远处一座高山飞去。

“轰！”

珈蓝圣兽一头扎进地下。

风扬这一拳很有分寸，他并不想重伤对手，终究双方没有任何怨恨。

立刻，远处的高山也炸开了。那个锤头可是件混沌圣物，尽管失去了主人的掌控，但自身包含的庞大劲力，也足以轰掉一座高峰。

风扬笑嘻嘻地等在半空，没多久，珈蓝圣兽摇摇晃晃地飞了上来。

风扬问道：“在我的地盘上谁也不是我的对手！”他晃动着手指，一副气人的模样。

珈蓝圣兽收拢圣血，显出洪荒元尊的面目，垂头丧气地说道：“不打了，打不过你。”说完一屁股坐在碎石地上。

风扬笑道：“咱们还是谈谈的好。”风扬落在洪荒元尊的对面，坐下来说道：“我叫风扬，请问先辈怎样称呼？”那个洪荒元尊长叹了一声，一刻钟都不说话，只是死死地盯着风扬。

第四十章　无名老人

风扬面带微笑，目光真诚地瞧着他。

洪荒元尊垂下眼睑，说道："咦，不对……"他倏然陷入寻思。

风扬急忙问道："有啥不对？"

那个洪荒元尊摆摆手，脸上露出不解的神情，使劲仰首问道："奇怪，没有化道？这是怎么一回事？"

他跃起身来，来回走动了几步，目光茫然地瞧着风扬，好像在等风扬的解答。

风扬也搞不清楚他的状况，他寻思："我这个地方有些特殊，他不在灵界了。"

他说道："这里是太初世界，也许这即是不会化道的原因吧。"

他解释得不清不楚，但那个洪荒元尊已然喜出望外了，他惊喜地叫道："真的？完全匪夷所思……哈哈，我居然没有化道就离开了天宫。"

瞧着像孩子一样欢呼雀跃的洪荒元尊，风扬忽然觉得一阵悲哀，看来这些洪荒元尊为了修圣，日子也一样不好过啊。

他问道："先辈，你们是啥时候陷入圣陨天宫正殿的？"

那个洪荒元尊很快就平复了狂喜的心情，他再次坐下来，思索了片刻，说道："太久远了。"

风扬对圣陨天宫正殿还是很好奇的，他笑道："跟我讲一讲吧？"

洪荒元尊低头沉默不语，似在整理着思绪，过了一刻钟后，他才说道："圣陨天宫正殿，我们一共去了十人，只有我一个成为珈蓝圣兽，其他人全都死了！"

他微抬头来瞧着风扬，眼里流露出浓浓的哀伤。

风扬问道："先辈，你是怎样成为珈蓝圣兽的？"

洪荒元尊道："珈蓝圣兽被杀掉后，它身上的圣血能化解这里的古圣禁制，我们才能在这里活下去。"

他说不下去了，低下头呆呆地瞧着地面。

风扬心想："幸亏无天和夜鸢没有进去。"他问道："先辈是因为圣血的关系，才逃过一劫的吗？"

洪荒元尊点点头，说道："在圣陨天宫正殿，倘若不能成为珈蓝圣兽是不能生存的，那将必死无疑……"

风扬不以为然地说道："我不是逃出来了吗？先辈，你真的记不起自己的名字了?”

洪荒元尊好像不愿意说出自己的姓名，他说道：“太久了，我也记不清楚自己叫啥了!”

“嗯，我不清楚太初是啥？你为啥能够从圣陨天宫正殿进入太初，在圣陨天宫正殿，任何试图用大挪移离开的人，都会触动最厉害的古圣禁制。”

风扬说道：“你晓得仙界吗？太初和仙界是差不多相同的存在，只要你不去圣陨天宫所在的那一界，你也许就不会化道了……之所以我能随意进出太初，因为我是太初之主。”

无名老人不可思议地瞧着风扬，喃喃自语道：“太初……仙界……我明白了，天哪，你居然是一界之主，原来你是有大神通的人物，唉……我失礼了，怪不得打不过你……”

洪荒元尊对战斗力的崇拜是格外直接的，无名老人一旦搞清了状况，即刻对风扬刮目相看。

他又说道：“我们困在圣陨天宫的洪荒元尊一共有七个人，现在都侥幸成为珈蓝圣兽，你……你能不能将他们也救到太初来?”

风扬奇道：“侥幸成为珈蓝圣兽?”他完全被搞糊涂了，成为珈蓝圣兽居然还是侥幸的事情，这真是太滑稽了。

无名老人一声长叹，他虽然说自己是无名老人，相貌却很年轻，但这声长叹包含了太多的岁月沧桑，太多的无可奈何，完全和老人家的叹息一模一样。

他说道：“我们十个人去的时候，进入的石台是灭楼，你进入的那个石台是造殿，每一个灭楼里都有一个珈蓝圣兽，那是原本就有的真正的珈蓝圣兽。”

“在圣陨天宫正殿，只有消灭一只珈蓝圣兽，才能继承它的圣血，成为次代珈蓝圣兽，如此才能在圣陨天宫正殿里生存，其他人就只好面对能量无穷的古圣禁制，那是死路一条，要不然就只有你们一界之主才能离开。”

风扬问道：“你们现在七人都是因为消灭了珈蓝圣兽后，继承了圣血而存活下来的？为啥要让我也成为珈蓝圣兽……哦，我清楚了，你们是在保护我!”

他倏然清楚了，让他成为珈蓝圣兽是为了让他得以生存，这些洪荒元尊完全是好意。

他骤然间感觉格外歉疚：“谢谢先辈，请原谅小子无礼。”

无名老人没想到风扬会道歉，他说道：“其实你也不用谢我们，因为你的战斗力够强，否则我们纵使有心也帮不了你。当时，只要你同意，我们会合力送你去一个灭楼，让你杀死一个真正的珈蓝圣兽，取得它的圣血，你就能够成为第十个珈蓝圣兽!”

风扬想起一个很重要的问题，他踌躇了片刻，问道：“先辈，圣陨天宫正殿的关节你们见识过吗？和凌墨圣天宫是啥关系?”

无名老人一愣，风扬急忙补充道：“圣陨天宫正殿在没有进去之前，所有的一切都是猜测。”

无名老人思索了一会儿，说道：“前殿的落戈宫楼即是掌控前殿的关节，掌控凌墨圣天宫的关节在中殿，我们也去不了，除非获得暗金色圣珠，让圣血强化，否则进去也是死，我们七个人的战斗力不够。”

风扬没有想到关节如此恍惚，他心里涌起一丝明悟，不禁说道：“若是再加上两个高手，就应该能够取到暗金色圣珠了吧？”

无名老人连连点头：“没错，以前来过几名古仙，但他们的实力着实是不堪入目，还没等我们几人出手相救，就应经被圣禁杀死了。”

风扬笑嘻嘻地说道：“我们先回去，你去向他们解释解释。”

他觉得很开心，不论圣陨天宫正殿里有啥，他等于邀请到了七个厉害的高手来太初，让他们来守护太初，岂不是绝妙的好主意？

无名老人哪儿能猜到风扬的心思，他开心地问道：“我们可以从这里进入圣陨天宫正殿？”他有一种梦幻般的感觉，风扬的战斗力在他的心目中再次提升。

风扬神态自若地说道：“小事情，是要你能确定方位，我就能到达那处地方。”

一道金芒闪过，两人隐没在半空。

风扬带着无名老人准确地回到原来的方位，刚一露面，六道绚烂夺目的金光就袭上身来。

风扬早有准备，弑圣刃化作护体金光，他大喝道：“慢着！”

无名老人显出身形，也大叫道：“住手！”

六道金光刚刚化作光网，听到无名老人的喝喊后，即刻消散。

六个洪荒元尊收起圣血，其中一个洪荒元尊惊异道：“格纹，你究竟去了啥地方？我们都感应不到你的存在了。”

风扬不禁好笑，这个名字确实不一样，看模样有格纹就有二老，下面排序恐怕即是三老、四老。

他没有说话，想看格纹是如何回答的。

无名老人说道：“宁中，我真真实实的是离开了这里，但没有化道。”

风扬却在胡思乱想：“奇怪，人还很多。”

六个洪荒元尊惊骇了，宁中结结巴巴地说道：“你说我们就算不进入中殿的关节，也能够离开圣陨天宫正殿？”

另一个洪荒元尊疑忌道：“不可能？”他露出难以置信的神情，又问道：“能做到带我出去吗？”

格纹说道：“由于他是太初之主，和仙界之主一样，我被他带入了太初。”

宁中睁大眼睛，眼里明灭着少见的绿色光华，他惊骇道：“仙界之主？太古年间的事情了，没多少人晓得那个时代的秘闻……”

风扬笑道：“呵呵，前辈，现在的外面世界已然不是你们那个时代了，古仙能够通过两界通道来去仙灵世界了。”

格纹说道："这是太初之主风扬。"

他将六人叫到身旁，逐一介绍道："这是宁中，这是鸿宇、白饶、顾云、梁旧和包杜，我们都是陆续进入圣陨天宫正殿的洪荒元尊，我们都已然快绝望了。"

他向风扬施礼道："多谢太初之主。"

其他六老也向风扬表示感谢。

风扬摆手道："去太初很轻松，我想晓得能不能进到圣陨天宫正殿的中殿关节？"

格纹说道："白饶才是我们里面了解最深的人！就由他来给你们详细的解说一下吧！"

这七个洪荒元尊穿着一模一样，连长相都有三分相同，尤其是脸型和眉眼都很相像，似乎是七个亲兄弟。

白饶和众人最大的不同点在于他的鼻子，他有一只醒目的鹰钩鼻，一副精明的模样。

白饶咳嗽一声说道："圣陨天宫正殿前殿叫作落戈宫楼，有不计其数的节点，你以前去过造殿，每一个节点都有不同的禁制和妙用，最多的一种节点叫灭楼，里面都有一只真正的珈蓝圣兽，此外还有风堡、幻屋、冰房、火鼎等很多种，都是被层层叠叠禁制着的，不论来人进入哪个节点，后果都很严重。

"中殿是圣陨天宫正殿的中央宫楼，名字叫镇韵天宫，我们的战斗力不足以进去，就算有圣血附身也是十分危险的，我们几个就差点死在了里面。"

风扬暗暗咋舌，此处和圣灵冢的环境一样厉害。他说道："倘若再加上一个像你们一样的荒尊，能不能进入镇韵宫楼？"

宁中插话道："倘若有八个珈蓝圣兽，我们也许能够进入镇韵宫楼，但不肯定能寻到凌墨圣天宫的关节，据说，只要能得到关节的星图，就能够在凌墨圣天宫里纵横了，而且关节上可能标明了很多想不到的事物……只是第十个圣血由谁来得到？"

他们都很清楚，风扬是完全不会去做珈蓝圣兽的。

格纹也说道："是啊，谁有这个战斗力去得到圣血？"

风扬倏然露出一丝诡异的笑容，他想到了一个人，那即是等在外面的无天，他完全有战斗力得到圣血。

想象无天变成珈蓝圣兽的模样，风扬就不禁要笑，他暗下决心，无论如何也要拖无天下水。

七尊发觉风扬一脸使坏，都绝口不说话瞧着他。

过了一刻钟后，见他还在笑，而且越笑越诡异，格纹不禁问道："你可以寻到一个像我们一样的荒尊？"

风扬骤然间省悟过来，自己笑得有些过分，他掩饰着搓搓手，一本正经地说道："我既然能如此说就一定没问题，但你们要应承我一件事情。"

格纹说道：“任何事情我们都能应承下来。”其他六老也点头允诺。

风扬说道：“有关珈蓝圣兽的事情……要凑齐九个珈蓝圣兽才行，如此才有足够的圣血化解圣禁。”

他盘算把无天拖进去，凑齐八个珈蓝圣兽，去关节后，也许能够解开化道的禁制，纵使不成功，把他带到太初也就没问题了，省得他老是出来捣乱。

风扬觉得这个主意格外不错。

七尊清楚了风扬的想法，白饶笑道：“若能到达镇韵宫楼，寻到凌墨圣天宫的关节，就能解开圣血的化道禁制了，其实圣血若能强化，就可以解决化道的危机。”

风扬心想：“也该给无天一点教训了，要不然这人不知天高地厚。”他笑道：“我去请他来，你先等着。”说完就隐没在半空。

无天一直在圣陨天宫正殿外的广场上转圈，他从小即是个不安分的人，纵使实力深厚了，也还是一副老模样，自从被娲皇禁制在七妙鼎里以后，表面上他稳重了很多，但遇到真正的大事，他还是心神不宁。

夜鸢和西莉亚被他绕得头都晕了，两人只好静坐祭炼，对他不闻不问。

龙雀不愿意和夜鸢说话，所以也坐在，远处静修。

第四十一章　七尊之困

无天绕圈子不算，嘴里还叽哩咕噜地说着啥，时不时地还喊上一句“我好激动啊”，搞得在场三位古仙烦恼异常。

这家伙的声音不仅难听，穿透力还特别强，纵使在修炼也能听见他的喊叫，犹如讨厌的蚊蝇一样在耳际鸣响。

三人谁也不敢说他，终究这家伙的战斗力摆在那里，而且脾气古怪，谁也不肯去得罪他，只好装聋作哑地闭目打坐。

风扬悄然显露在广场上，他装模作样地盘膝而坐，无天一眼看见，大叫道：“成功啦？”

他也盘膝而坐，眼巴巴地瞧着风扬。

龙雀站起身，快步走上前来。

足足等了有半个小时，风扬长出了一口气，他抬眼看见龙雀，惊异道：“龙雀大人？你来这里做啥？”

龙雀刚要说话，无天一把将他推开：“你这小子，一边去待着，等你家大爷先问。”

龙雀无可奈何地站在一边，心里暗自臭骂无天。

无天问道：“有没有遇到啥麻烦？”

风扬叹了口气，无天心里七上八下的不晓得是啥滋味，他说道：“兄弟就别吊我的胃口了。”

风扬说道：“尽管有些小小的磨难，但一切都还是正常，但是……”

无天急道：“你快说呀……”

风扬忍住笑，说道：“但我还差一个大大的高手从旁协助才行。”

无天跳了起来，大声道：“你说的不正是我吗？除了三大天尊，还有比我更厉害的人吗？”

风扬说道：“不成吧，这个高手务必要做出一定的牺牲，这个……我可不愿意让你为难……”

无天说道：“你说，是啥为难之事？”

龙雀、夜鸢和西莉亚都竖起耳朵听，他们也好奇，不晓得是啥事情让风扬觉得为难。

风扬不急不忙地说道：“其实也没啥大问题，就是杀一只圣兽，取出圣血附着在自己身上……但圣血有些小小的副作用。”

有啥不良效果他没有说，无天也不关心，他关注的是风扬前一句话，那就是圣血能让古圣禁制失效。

无天满不在乎地笑道：“就这点小事情？走，我们进入圣陨天宫正殿吧。”

龙雀急忙说道：“等等，我还有一件事情。”

无天心里很不爽，如若不是看在娲皇也出面的分上，他早就一脚踹出去了。他喝道：“小子，你没看见你家大爷正忙着吗？磨磨叽叽的做啥？赶快说！”

龙雀差点被无天气死，这个老家伙着实是太过分了。

他咬牙低头，忍气吞声地说道：“我在圣灵冢收到一个指环，里面有件东西不见了。”

风扬觉得莫名其妙，“什么意思？”

无天现在是一心一意向着风扬，他板着脸解释道：“他是说你偷了他的东西。”他挑拨离间，随后义愤填膺地破口大骂龙雀：“你也不瞧瞧我老弟是这样的人吗，简直就是狗嘴里吐不出象牙……”

风扬对龙雀存有很深的感激之心，尤其他还是姬莫言的挂名祖师，尽管他自己不肯承认，但风扬心里对他自有一份尊敬。他很诚恳地说道：“龙雀大人，我发誓，我真的没有偷过指环里面的东西。”

他倏然间想起腾厉，脸上不由得露出难看的神情，说道：“你等我从圣陨天宫回来，我去问问腾厉。”

龙雀被无天气得差点要翻脸，但风扬的话又让他冷静下来，他也猜测是腾厉搞的鬼，娲皇也是如此猜测的。

他点头道：“好，我等你回来，这件事物对羲皇和娲皇都十分重要。”

风扬惊异不已，点头道：“如此也好，但你们还是先回太初吧，圣陨天宫正殿太凶险了，你们没必要掺和进来。”

西莉亚笑道：“呵呵，我又白忙活了。”

风扬挠挠头笑道：“西莉亚，倘若有啥发现……我们大家一道分享。”

夜鸢说道：“没问题，老弟，你送我们回太初，天枢星的逐仙者也许到了很多了，我们去安排安排。”

风扬笑道：“对了，西莉亚，你能寻到森楠吗？我想让他进太初修炼。”

西莉亚不屑地说道：“管他干啥？我讨厌他！”

夜鸢劝道：“西莉亚，森楠尽管性格有些阴柔，但心地还不错，遇到了他还是带他进太初吧。”

他和西莉亚不同，考虑问题要客观、周全得多，终究森楠是古仙，战斗力比逐仙者强太多了，让他到太初来修炼，对太初的逐仙者只有好处没有坏处。

无天又开始不耐烦了，他催促道：“你们有完没完啊，唠叨了这么久，快点……”

风扬只是扫了他一眼，无天就心惊肉跳地不敢再说下去了。不晓得为啥，他觉得自己越来越怕风扬了。

夜鸢可不想对不住无天，他说道：“先辈，你们保重，我们就先走一步了。”

西莉亚也说道：“小心了，你倘若没把握就别去了。”

两人已然将风扬当作真正的朋友了，语言里透出他们的忧虑。

风扬笑道：“不用担忧，全部都交给无天去做实验。”

风扬又对龙雀说道：“龙雀大人不用忧虑，倘若真是腾厉拿了指环里的事物，我会让他奉还。”

龙雀感激地说道：“好，着实是感谢啊。”

风扬急忙扶住他，说道：“千万别客气。”

龙雀再一次懊悔，上次若是顺势收下姬莫言这个弟子就好了。他点头道：“你去圣陨天宫正殿要提高警惕。”

无天在一旁嘀咕道：“为啥没人提醒我呀！”可是没人理会他的抱怨。

风扬将夜鸢和西莉亚送到天枢星逐仙者汇集的那个陨石后，又将龙雀送到另一个无人的陨石，这才对无天说道：“我们走。”

再次回到落戈宫楼，无天惊异地揉揉眼睛说道：“这不是羽飞吗？”

他脸上闪过一丝慌张的神情。

风扬没想到无天了解这些洪荒元尊，他想想也正常，也许他们洪荒元尊之间的联系，远比逐仙者要密切。

鸿宇和白饶同样异常惊异，两人几近齐声道：“无天？”

无天连连点头道：“没错，是我……”他强笑着，满脸都是难堪的神情。

鸿宇和白饶对视一眼，两人不约而同地拳脚相向过去。

无天怪叫道：“此处不是打架的地方……”

风扬喝道：“都住手！要打出去打！”

格纹问道：“你们要做啥？”

白饶气愤地说道：“只有我和羽飞还活着，其他人都死在圣陨天宫正殿了，这事情全部都是你搞出来的！”

无天一脸委屈地说道：“我又没有让你们来，原来盘算让方小初等我一道去圣陨天宫的，可是我被禁制在娲皇的七妙鼎里……”

“五个洪荒元尊陷落在圣陨天宫正殿里，这也怨我吗？”他一边叫冤，一边偷窥他们的神色。

鸿宇和白饶两人显出无可奈何的神情，他俩也是一时气愤，冷静下来想想，这件事并不能责怪无天。

原来听说方小初晓得圣陨天宫所在方位，他们完全没有考虑其中的风险，凭着五人的战斗力，在这一界几近没有敌手，就信心十足地闯进了圣陨天宫，结果全都失陷在里面。

白饶说道："灭楼是能进不能出，除非杀死里面的圣兽，要不然就别想出来了，而且我们只能在一旁观战，而不能直接出手。"

无天自信地说道："没问题，圣兽对我没有啥威胁力。"

风扬说道："这也就是说，我不能进去?"他倏然觉得很奇怪，问道："我刚进来的时候是进入造殿，你们合力将我送到落戈宫楼来，为啥不直接送入灭楼?"

格纹解释道："落戈宫楼，此处是前殿少数几个安全之地。"

风扬嘿嘿笑了两声，说道："你们带着无天去取圣血，取得圣血后，就在落戈宫楼等着，我很快就回来。"

无天大叫道："你可要对我负责呀……"

风扬咧嘴一笑道："无天，你就不用担忧了，去吧。"

无天还真是不太相信风扬，他嘀咕道："你们笑得好贱。"

他看出风扬笑得有些居心叵测，只是他想歪了，风扬显出的怪笑，是他在想象无天穿上圣血的模样——有一只兽头的无天，那肯定很好玩。

风扬不等无天再唠叨，向七尊拱手辞别，霎时间就隐没在半空。

无天瞧着风扬隐没，心里忽然觉得格外不安，他使劲眨眨眼，问道："呃，我怎么去灭楼?"

白饶和鸿宇尽管不再怨恨无天，但两人都想让他尝尝苦头，鸿宇使了一个眼色，白饶心领神会地微微点头，说道："珈蓝圣兽很好对付的。"

鸿宇也说道："哈哈，我们看好你喔。"

两人唱唱嘘嘘地吹捧起无天的战斗力，目的很明确，即是要让他大意吃亏。

格纹道："你们……"

白饶急忙阻拦道："好了，我送你去最近的灭楼。"说完，不容无天有任何表示，就掐动圣灵印将无天送了进去。

就听无天的声音在落戈宫楼回荡："你们好过分!"

鸿宇大笑道："也该让这家伙尝尝苦头了。"

格纹不禁说道："你们搞啥？没有斗过珈蓝圣兽的人是要吃亏的。"

白饶说道："不用担忧，这家伙的战斗力比我们都厉害，伤不到他的。"

格纹做事很小心，他责怪道："无天是你们脱困的希望，以前的恩怨就让它过去吧!"

鸿宇苦笑道："我来吧。"

风扬回到太初，即刻搜寻腾厉，很快就寻到了腾厉的踪迹。

第四十二章　紫青雨蝶

他无声无息地将腾厉挪移到面前，腾厉苦笑着说道："我还想是谁能把我像死狗一样拖过来呢？原来是老大，您有啥事吗？"

风扬一句话都不说，只是死死地盯着他，腾厉莫名其妙地低头瞧瞧身上，伸手在身上摸了摸，说道："大哥，我身上没啥奇怪的地方吧？"

风扬摇头，绕着腾厉飞了一圈，一只手托着下巴，若有所思地瞧着他。

腾厉被他看得毛骨悚然，不禁吼道："大哥，你想做啥！"其声如霹雳般炸响。

风扬皱皱眉头，淡淡地说道："你嚷嚷啥？"

腾厉哭丧着脸说道："大哥，我不会你们那些弯来折去的一套，有啥话就直说吧。"

风扬说道："有人来找你了，说你偷了别人东西。"他轻描淡写地说着。

腾厉眼睛一瞪，说道："是谁在冤枉我？以我的人品。怎样会干这种缺德事情？"

倘若是不晓得腾厉的人，听到他如此理直气壮的话，也许真的会相信。

风扬微微一笑，他太晓得这个家伙了。

腾厉格外委屈地说道："我在太初里能偷别人的东西吗？"

风扬轻声说道："龙雀。"

腾厉咳嗽了一声，很可怜地说道："龙雀？与我何干？"

风扬抬脚踢去，喝骂道："正常点！龙雀在圣灵冢里有一个指环的东西被你拿走了，连师尊和娲皇都惊动了，里面一定有格外重要的东西。"

其实腾厉也忘记了，他当时出于好奇拿走的紫青雨蝶，一直都没有再看过。被风扬提醒后，他一拍脑袋，说道："奇怪。"

风扬晓得，事物确实是被腾厉拿走了，他追问道："啥玩意儿？"

腾厉嘿嘿笑着，掩饰着脸上的难堪，说道："紫青雨蝶？"

他一边说一边寻找，很快就拿出那只紫青雨蝶递给了风扬。

风扬试着用圣识探入，这只紫青雨蝶和灵界常用的影灵玉不同，里面充满了各种各样的震荡，这种震荡风扬很熟悉，那是圣语，但里面记载的震荡格外难以理解。

沉默了片刻，风扬说道："紫青雨蝶要还给龙雀，但我们也不能吃亏，先记下来再说。”

腾厉嬉皮笑脸地说道：“好东西？还好我英明，把它抢了过来。”

风扬瞪了他一眼，说道：“等一等。”他即刻用圣识默记紫青雨蝶里记载的内容。

足足花了三天时间，风扬才算全部记忆下来。

他将紫青雨蝶还给腾厉，说道：“这东西很重要，赶快记下来。”

腾厉心里十分赞同风扬的做法，嘴里说的话却变了味道：“哈哈，我赢了！”话没说完就被风扬一脚踢飞，人在半空哇哇乱叫，圣识已然探入紫青雨蝶中。

他一点都不傻，既然晓得这个紫青雨蝶重要，那就肯定不会放过这个时机。

腾厉飘浮在太半空，竭尽全力地记忆着紫青雨蝶里的震荡。

风扬等在一边，细细回忆紫青雨蝶里记载的震荡。

这灵雎之语言很难以理解，他猜测也许是由于境界上存在反差。有些震荡似乎能引起自己的一丝共鸣，但另外一些震荡都没有任何感觉。

又过去三天，腾厉也完全记下了紫青雨蝶里的震荡，他笑道：“大哥，你给我记的究竟是啥东西呀，我搞不清楚，啥乱七八糟的东西都朝我的脑子里丢。”

风扬说道：“你自己向龙雀说吧，我也不清楚是啥事情？”

他不由分说将腾厉扔到龙雀那里，随后再次进入圣陨天宫正殿的落戈宫楼。

刚在落戈宫楼现身，风扬就不禁大笑起来。

只见七尊和一个珈蓝圣兽站在一起，那只珈蓝圣兽只有两米高，比穿上圣血的七尊矮了一米，风扬一瞧就晓得那是无天。

一阵嘶吼声传来，立刻一阵震荡，风扬即刻就清楚了，那是一句“我好激动啊”，只不过用的是圣语罢了。

风扬笑得连连跺脚，格纹莫名其妙地问道：“你笑得这么淫荡做啥？”

风扬好不容易忍住笑，摆手道：“我忽然间想到了一处好玩的地方。”

他很想装出一本正经的模样，无奈无天的模样着实太好玩了，他还是不禁低下头，发出“扑哧”的怪声。

白饶说道：“无天还没完全炼化圣血，要不然就真会变成珈蓝圣兽了。”

无天晃动着三角形的兽头，显得很颓唐，不时地发出阵阵吼叫声。

风扬啧啧有声道：“无天荒尊这么快就寻到了圣血变身成了无天圣兽，着实是厉害呀！”

一阵激烈的震荡传来：“你居然拿我做实验！”无天已然清楚圣血是怎样回事，可这时候懊悔也没有用了。

风扬还没来之前，鸿宇和白饶先将圣血的好处叙说了一遍，等无天高兴了一会儿之后，他们又将得到圣血后的坏处，添油加醋地描述了一遍。

无天差点没气疯掉，他这才晓得，除非寻到解除禁制的办法，否则自己就再也出不去了，当然，他还不晓得只要去太初就能够安然无恙。

风扬好不容易平息下来，他说道："无天，你一直想去圣陨天宫的关节，不入虎穴焉得虎子？想要除去圣血的变身只有进入关节点后，才能解除。"

无天沉默了，他呆呆地站了一会儿，圣血一阵明灭，眼瞧着被他收摄到身体里。

他蹲在地上，大口大口地喘着粗气。

七尊露出惊异的神色，格纹叹道："无天的战斗力确实比我们要高很多，收取圣血的时间竟然这么短。"他对无天赞不绝口。

风扬笑道："无天，向你道喜啊，变身为珈蓝圣兽很爽吧，这可是圣人才有的手段喔。"

无天哭笑不得地瞧着风扬，说道："兄弟啊，你这句话听上去怎么那么不受听呢？我都变身成圣兽了，还恭喜……"

包杜淡淡地说道："圣血是在这里生存的下去的唯一保证，除非有太初之主本事，否则十死无生。"

风扬不想再接着这个话语，他问道："我们现在能进去吗？"

格纹踌躇了片刻，他对风扬能不能进入中殿一点信心都没有。他说道："没有取得圣血，里面着实是太危险了。"

风扬对进入中殿的关节兴趣并不大，如若不是无天死缠烂打，他完全就不会来圣陨天宫，尤其是现在天枢星的逐仙者正在大规模迁移，需要他在太初坐镇才行，还有为一帮弟子朋友架设的修炼地，他也要去照看。

风扬笑道："落戈宫楼是我们的会合点，你们呢去忙自己的事情吧，三天后我来接你们回太初！"

无天大叫反对，他可不想让风扬回去，有他在，战斗力要强得多。

风扬摊开双手道："与其在这里浪费时间，还不如去干点别的啥事情。"

七尊也晓得风扬的重要性，只要到了太初，他们就能够脱困了，万一风扬不回来，他们又没有寻到化道的解决方法，一切又将回到起点。七人回想起在圣陨天宫正殿的漫长岁月，倘若这次不能脱困，往后着实是不可忍受了。

白饶盘算了一下，说道："我们也许能够去关节之处。"

无天和众人骤然间大喜，格纹问道："白饶，说说你的方法！"

白饶说道："将圣血上身，大部分禁制都会失灵，但其中最难的就是过瀑金台，依仗我们的战斗力也许能够闯过去了，进去之后即是关节点了。"

停顿了一下，白饶接着说道："瀑金台没有古圣禁制，因此我们都能安全的出入，我们带着你就能寻到安全的落脚点。"

风扬说道："我倒是很轻松呀。"

无天嘟囔道："等我变身成圣兽，却寻到了进入关节的路径……"他又拉长调门喊了一嗓子。

风扬凶暴拍了他一巴掌："疯子！"

格纹点头道：“瀑金台之后的该怎样走，我们都不清楚，遇到危险我们就立马回太初，我真的很讨厌待在圣陨天宫。”

很少说话的梁旧和顾云默然点头。

包杜说道：“对，我不想进去了。”

风扬笑嘻嘻地说道：“要不我们回太初了？”

无天大叫道：“我一定要进去！”

格纹说道：“人多了危险会增大，梁旧、鸿宇、包杜，我们前去瀑金台，白饶你们三人带着无天走，前面会和。”

七尊迅速变身成珈蓝圣兽，格纹四人同时涌现五道金光，金光在风扬头顶交汇成一张金色的光网，落下后紧紧裹住风扬。

格纹一声嘶吼，四人带着风扬向里面闯去。

他凝神向外看去，附近忽明忽暗，景象快速变换。他心里暗惊，若是自己进来闯关，不肯定危险有多大，但能够肯定，要想到那个啥瀑金台，必定会耗去数不清的岁月和精力，绝不可能如此轻松到达。

第四十三章　瀑金临月

中途停顿数次后，几人终于到达瀑金台。

格纹说道：“这就是瀑金台了，我们要小心了。”

风扬站立的地方是一个墨色月牙石台，这是一个很大的空间，除了半月台凸出地面外，上下左右前后都是这种流动着的晶体，由于泛着灵华，空间里的色彩显得光怪陆离。

一阵震荡后，无天几人也到达半月台。

无天东张西望，惊异道：“咦，这么多灭焱洪流，那是瀑金台？”

风扬晓得灭焱洪流也是炼器的材料，他这是第一次见识，这种炼器材料格外罕见，纵使是仙界也少有产出。

他笑道：“格纹，灭焱洪流能不能收取？”

格纹哭笑不得地瞧着风扬，他没想到风扬居然还有如此的闲情逸致，不禁苦笑道：“这里可是九死一生啊，你们难道就不紧张吗？”

白饶说道：“再紧张，我们也要通过前面的瀑金隧道。”

风扬最先将半月台的准确方位记载在定星石里，随后说道：“接下来怎么做？”

无天说道：“灭焱洪流就如此浪费了吗？”

风扬不以为意地说道：“我们随时都能来收取，不急在一时。”

他已然顺利地寻到了两个落脚点，随时能够从太初进入。仗着是太初之主，他觉得自己能够来去自由了。

七尊和无天无话可说，风扬确实是有资格说这个话。

一刻钟后，格纹说道：“从此只能硬闯，瀑金隧道里面障碍重重，我们以前闯到了最底层，就差一点就能通过了。”

风扬幻出天焱圣衣，弑圣刃环身缭绕。他轻松地笑道：“无天殿后。”

无天气呼呼地说道：“你们又想偷懒！”

格纹点头道：“尽量镇压出手的次数，这里面很危险。”

风扬笑嘻嘻地说道：“无天，你们可要自己努力呀，我能帮你们的着实是有限得很。”无天尽管心里很不爽，但也清楚风扬说得有道理，他大叫一声：“我好激动啊，又要变成圣兽了！”

说完他就变成珈蓝圣兽，冲着风扬嘶吼了一阵，随后转身瞧着瀑金隧道。

风扬微微一笑，并不在意无天的态度。

七尊也跟着变身，八只珈蓝圣兽一道升到半空。

风扬不敢大意，即刻飞到八人中间。

格纹传出一阵震荡："你们跟着我走，无天殿后。"

风扬悄然飞到格纹身后，这时候他显得很乖。

七尊排列成一个简单的冲击阵法，一阵震荡传来，行动开始了。

七人同时嘶吼一声，迅速向前飞掠。

风扬紧跟着格纹，他表面上看好像无所谓，心里却很小心，在天宫里的任何行动都务必小心，在此处可不能有任何闪失，那会害死人的。

飞近了风扬才发觉，那条隧道似乎隐约地显露在灭焱洪流化成的表面上，这是格纹他们长时间探索才寻到的，这条隧道会随着时间不停地变幻，有时候会倏然隐没，有时候会显露在别的方位，只有目前的方位才是正确的。

九人快速冲入瀑金隧道，刹那间，风扬身上的天焱圣衣大放光明，灭焱洪流化成的隧道倏然开始歪曲，他心里一惊。

冲在最前面的格纹传来一阵震荡："糟了，有人进瀑金台！"

这时候退回去已然来不及了，风扬早已学会圣语，他发出一阵震荡后，忽然隐没在半空。

他告诉众人自己先回太初等待了。好在他的行动非常快，瀑金隧道失去目标后慢慢冷静下来。

风扬逃回太初，无可奈何地摇摇头，他晓得除非像无天一样取得圣血，不然自己是到不了关节的。

想想又不甘心，他再次回到半月台上，细致观察了一会儿，发觉瀑金隧道已然封闭了。

瞧着半月台下流动的灭焱洪流，风扬索性开始收取，他蹲在石台的边缘，伸手凌空虚抓，一团圣灵之气探入灭焱洪流里，轻巧地吸起一团拳头大的灭焱洪流。

他随手向上空抛去，灭焱洪流失去圣灵之气的包裹后，即刻化成一个坚硬的晶壳，没等落入地下，风扬便将它吸入手中。

原本有拳头大的灭焱洪流，收缩到只有鸡蛋大小。这是一个淡红色的晶体，里面慢慢流动着犹如液体一样的物质，薄薄的晶壳上有数不清的细碎结晶，显得格外漂亮。

风扬微微皱眉，这个灭焱洪流的品质不够纯粹。他放眼望去，只见不远处的地面明灭着异样的赤芒，他试着飞到赤芒的上空，悬停在离地一尺的高度，细致观察起来。

风扬看见一道鲜红色的细流在地下两尺深的地方慢慢流动。

他对炼器材料有很深的研究，灭焱洪流虽然是第一次见到，有关它的记载却很多，他看出地下流动的是灭焱洪流的精华——著名的赤色流晶。

除此之外，还有一种形态的灭焱洪流越发珍贵，那是暗金色流晶。

风扬很想操纵禁制，但最终还是放弃了，在此处操纵禁制的风险太大，他只好用最平常的手法，用圣灵之气探入流动的表面将其挖出来。

这道赤色流晶有两尺长，约手指粗细，连续凝结了十几个结晶，他才将赤色流晶收取完。

风扬在半月形石台附近不停地绕着圈子，试图寻到暗金色流晶，可是没有寻到，他只好尽情收取平常的灭焱洪流。

灭焱洪流是祭炼仙甲的主要材料，再配上其他一些材料，就能够架构祭炼仙甲了。

祭炼一副仙甲，寻常需要三十个灭焱洪流结晶，足足收取了一百多个结晶，加上前面收集的赤色流晶，风扬觉得足够了。

他再次飞回半月台，等了一段时间，附近一点变化也没有，他失望地叹了口气，晓得等不到七尊和无天回来了，便又返回太初。

风扬寻到龙雀的时候，腾厉早已离开了，龙雀在太初太半空四处游荡，他找不到出去的路，见风扬到来，他苦笑道：“我先回圣陨天宫了，娲皇天尊在那里等我。”

风扬问道：“紫青雨蝶到手了吗？”

龙雀点头道：“腾厉越来越跋扈了，把紫青雨蝶丢给我就闪了。”

风扬晓得腾厉很烦龙雀，他笑道：“紫青雨蝶寻到了，你先去圣陨天宫吧。”

龙雀点头说道：“太初的灵气着实是太浑厚了，我也想来你这里修炼了。”

风扬笑道：“好啊，欢迎龙雀大人来太初游玩，今后你只要去天枢星就能挪移到我的太初世界了。”

龙雀惊奇地说道：“天枢星？”他想不通风扬为啥要在天枢星架构挪移阵，一刻钟后，他倏然清楚了，问道：“你要让逐仙者迁入太初？”

风扬笑道：“是啊，天枢星的一些逐仙者都会迁入太初的。”他想了想又问道：“紫青雨蝶，你怎么晓得的？”这个问题一直让他疑惑不解。

龙雀说道：“紫青雨蝶是啥我也不清楚，是娲皇天尊和羲皇派遣我来的……娲皇天尊在圣藏之塔里取得的东西，讲到这紫青雨蝶是他们最终一步的关键。”

风扬这才清楚，龙雀又说道：“等娲皇天尊勘破其中的奥秘，会与界主一道分享。”

在风扬所知的各界中，顶级的人物只有四个人——娲皇、羲皇、神农和黑冥王，其中黑冥王的战斗力略微差一点，而且他是太元人，不愿意和他们三人走到一道。

实际上，娲皇、羲皇和神农三人已然结成互助的小集团，风扬由于拥有太初，也被他们纳入这个小集团里，同样分享他们的成果。

风扬说道："娲皇的美意，小子心领了，这是进出太初的玉符，只要捏碎了随即可以进来，清龙雀大人收好！"

他随手取出一块玉符，即刻祭炼好，递给龙雀。

龙雀点头辞别，能够顺利得回紫青雨蝶他已然心满意足了，娲皇天尊和羲皇都允诺，功法破解后也有他的一份。

风扬在一个月的时间里，第二次来到落戈宫楼，他在宫楼里等了两天，还是没有看见无天和七尊回来。

风扬尽管表面上对无天不满，但内心还是将他看作朋友的，朋友有事他绝不会袖手旁观。

眼瞧着一直都没有消息，他不禁忧虑起来。

考虑了很久，风扬终于下定决心，准备亲自去探察一下。

再次回到太初，随后再次进到瀑金隧道前段的那个半月台上，风扬用神眼观察，瀑金隧道的方位已然不在前方，而是在左侧壁上。

瞧着忽隐忽现的瀑金隧道，风扬为难了，他晓得隧道务必在正确的方位才行，现在的瀑金隧道不晓得会通向啥地方。

足足等了三天时间，瀑金隧道的方位才偏移了一点。风扬终于失去了耐心，他还有许多事情等着去做，没有时间耗在此处，想想又不愿意放弃，他决定冒险试一试。

风扬比以前要小心得多，随着实力境界的提高，想得越多胆子反而越小，尽管他有太初能够随时脱身，但还是决定先试探一下再说。

他从指环里寻到一把平常的飞剑，用圣灵之气将其融化，快速用仙焰将飞剑里的杂质去除，随后用圣灵之气塑形。

很快，飞剑变成一根针状的法宝，大约巴掌长、火柴梗粗细，闪着淡淡的青光。

他高兴地看了看，抖手向外打出。

针状法宝脱手即是一溜荧惑星，在风扬周身盘旋一圈后，发出一声圆润的震鸣声。

风扬一扬手，轻喝道："起！"青光一闪，那件法宝射入了瀑金隧道。

风扬分出一丝圣识紧紧贴在法宝上，他慢慢坐下，用那点圣识细致观察瀑金隧道。

很快，隧道就开始歪曲了，从隧道壁上爆起一阵阵明亮的闪光。好在这件法宝速度奇快，体积又小，没等禁制发动就已然穿越过去。

慢慢地，风扬的那点圣识开始消散，前方的影像也变得模糊。他打出一道圣灵印，那件法宝陡然爆炸开来。

风扬的目的很明确，即是要让瀑金隧道发生一点意外，如此才能快速引起隧道的变化。

霎时间，整个半月台都撼动了。

瀑金隧道即刻封闭了，灭焱洪流不再静静地流动，一点点的气泡从地下升起，慢慢地，气泡越来越多，灭焱洪流沸腾了。

第四十四章　灭焱洪流

除了半月台以外，天地四极都是灭焱洪流，炎气犹如惊涛骇浪般向半月台喷涌。

风扬晓得瀑金隧道发生了变化，他不惊反喜，不慌不忙地将弑圣刃布在身外，又让先仙焰灵出来吸收那股可怕的热浪。

他盘膝而坐在半月台上，盘算先观察一下隧道被触动后的变化，静静地等待瀑金隧道的再次打开。

有太初为后盾，他不怕这些稀奇古怪的变化了。

灭焱洪流逐渐化成密集的光壁，风扬发觉半月台开始快速缩小，外面由灭焱洪流构成的空间变得庞大无比。他感觉就像坐在一只小舟上，附近是由灭焱洪流化成的火海，炎气的升腾发出轰隆隆的巨响。

风扬晓得自己也跟着半月台变小了，他以前经历过几次如此的意外，所以并不觉得奇怪。

倏然，半月台开始上升，就像是一根半月形的柱子从地下升起，风扬就坐在柱子的顶端。柱子升到半空停下，很快，半月形的柱子变成半透明状，灭焱洪流似乎海水般掀起铺天盖地巨浪，阵阵呼啸声震耳欲聋。

风扬冷静地连续打出几手防备圣灵印，这种场面他见得多了。他依旧坐在半月台上，等待着更大的冲击，他晓得这才是刚刚开始。

半透明的柱子里面慢慢升起一道金丝，向上一点点地拓展，金丝的顶端发出夺目的光亮，整个空间被照得一片通明。

风扬倏然察觉不对，他迅捷地平移出去。霎时间，那个光点升到半月台上，犹如礼花喷射般涌现数不清暗金色光针。

风扬大叫一声：“吓死我了！”尽管不晓得是啥事物，但被那玩意儿打中，滋味肯定不好受。

灭焱洪流从天地四极涌向半月台顶端，风扬也连带着受到冲击。

灭焱洪流是一种黏稠的物质，风扬觉得弑圣刃一沉，他心里暗暗吃惊，灭焱洪流居然有如此大的力量，真是想不到。

弑圣刃现在的能量可不同于从前，自从风扬的境界稳定在天心狱以后，弑圣刃也稳定下来。最基本的混沌圣物运用，风扬已然烂熟于心，更高级的就需要慢慢触摸索了。

弑圣刃又称为九变，他目前最多只能掌控二变，正在探索三变的可能。

黏稠的灭焱洪流将风扬裹住向下拖曳，风扬不慌不忙地将第一个布在身上的禁制炸开。

一声雷鸣，从他身上涌现数不清道金芒，灭焱洪流被炸得四散飞射。没等风扬让开，立刻又一股涌起的灭焱洪流扑了上来。

风扬随手掐动圣灵印，左手陡然亮起，他闪电般地向下打出，涌起的灭焱洪流使劲炸开。灭焱洪流化成的巨浪短时间还威胁不了他。

不远处倏然传来尖锐的呼啸声，那是从半月台传来的啸叫声。

风扬百忙中瞄了一眼半月台，吃惊地发觉半月台完全变了。

半月台的缺口处也升起一根圆形的柱子，柱子的顶端蹲着一只很小的圣兽，很像是以前见过的珈蓝圣兽，但体形只有一米多高，也是人形，长着一个鸟头，有一个很长的尖喙。

它手中执着一根银白色的棍子，棍头一圈圈的银芒射向半月台。半月台上有一颗珠子，在半空沉浮，发出格外夺目的光芒。

风扬心里灵光一闪："莫非是暗金色圣珠？"他完全没有多想，扬手涌现弑圣刃，身形微微一顿，跟着弑圣刃就扑了过去。

他几近能够肯定这个珈蓝圣兽不是洪荒元尊，而是一种越发厉害的珈蓝圣兽。

初代珈蓝圣兽足有三米高，无天取得的也许是次代珈蓝圣兽的圣衣，现在显露的这只一米高的珈蓝圣兽也许即是三代了，也即是说这只珈蓝圣兽具有更强的战斗力。

风扬的心神完全被那颗银白色的珠子吸引住了，他推断那纵使不是暗金色圣珠，也是一个罕见的宝贝，先抢下来再说。

弑圣刃化作一张光网罩向那颗宝珠，风扬随手发出一道金色的霹雳，垂直笔陡地撞向珈蓝圣兽。

那颗宝珠骤然间向上窜去，夺目的荧光化作万千银针，劈头盖脸地向风扬射来。

珈蓝圣兽尖声鸣叫，它好像离不开那个圆形石台，手中的棍子轻微震动，一个弧形的护罩显露在它周围。

护罩随即被金色霹雳击中，轰然声中化作数不清光点消散一空。可惜风扬来不及打出第二道霹雳了，宝珠涌现的银针已然撞上弑圣刃。

弑圣刃分化为两截，一截护体，一截追着宝珠。

风扬没想到宝珠爆出的银针力量如此厉害，差一点跌落到灭焱洪流里。

他大叫一声，紫阳仙焰喷涌而出。这可是仙王祭炼过的仙焰，纯度极高，包含了庞大的灵力。银针一触到仙焰即刻飞散。

弑圣刃化作的光网已然罩住乱飞的暗金色宝珠，就在风扬要收回的时候，珈蓝圣兽发出一声尖利的鸣叫，它终于动了。这只珈蓝圣兽身穿暗金色圣血，动起来就像一条流动的金丝。风扬迅速向后退去。

在珈蓝圣兽飞出的同时，沸腾咆哮的灭焱洪流倏然平复下来，半月形和圆形柱子迅速落下。

风扬清楚，是他打断了这只珈蓝圣兽正在做的事情。

珈蓝圣兽异常恼怒，尖鸣着疯狂打击风扬，它的尖喙从明亮的暗金色，迅速转变成幽幽的暗碧绿，刹那间，尖喙连续击出上千次，每一次击出都发出一根和尖喙一模一样的三角形长刺。

尖喙的冲击一气呵成。也许冲击一次并不算厉害，但瞬间的上千次冲击就非同小可了，而且每次冲击的方位都是一样的，就像用冲击电钻打洞一样。

风扬没想到珈蓝圣兽会只打击一点，弑圣刃的护体光罩即刻被击穿，风扬犹如遭电击一样向后跌去。

没等他反应过来，尖喙涌现的刺就炸开了。

风扬被炸得晕头转向，尽管没有受伤，但这是他修圣后第一次如此狼狈，珈蓝圣兽只是一击，就让他尝到了厉害。

风扬稍一清醒，急忙闪让。他晓得自己大意了，在凡人世界里住了一段时间，警惕性不经意间削弱了很多。

他使劲摇摇头，快速收回弑圣刃，那颗宝珠也顺势收入指环里。

珈蓝圣兽暴怒了，看来那颗宝珠对它很重要。它手中的尺把长棍子朝四周一指，灭焱洪流再次沸腾起来。

风扬正好向下落去，即刻被灭焱洪流淹没。

用仙焰将灭焱洪流逼开一个大洞，风扬急速掐动圣灵印，二十几手圣灵印几近在一秒钟内完成。他终于发怒了。

随着圣灵印的完成，珈蓝圣兽好像察觉不对，它倏然尖吼起来，手中的棍子在半空急速画着，一个个金色的咒文从画过的地方凭空产生，霎时间，密密麻麻的咒文环绕着它的身体，发出呜呜的呼啸声。

风扬放出手中的圣灵印时，珈蓝圣兽的咒文也差不多快要完成了，可是还差一点，它急得疯狂鸣叫。

由于珈蓝圣兽察觉到风扬用的是圣禁，它深知这种禁制的可怕。

眼瞧着附近沸腾的灭焱洪流慢慢平复下来，尚未完成的咒文也开始消散，珈蓝圣兽绝望了，迅速化作一道荧光窜到半空闪避。

终于，禁制发动了，整个空间都明灭着夺目的金光，空间被凝滞了。珈蓝圣兽就像被凝结在冰块里。

风扬大喝一声，弑圣刃两截合二为一，化作锋利的战刀横扫过去。

涌起的灭焱洪流也被固定在半空，就像立体雕塑一样。弑圣刃破开灭焱洪流，发出刺耳尖厉的破空声。

风扬并不想杀掉珈蓝圣兽，他晓得在天宫里杀掉珈蓝圣兽，就是代表自己就要替代它，他可不想成为一米高的圣兽，那也太没有面子了。

刚才他是被圣兽激怒，一时间怒火上冲，才打出七妙鼎特有的圣灵印。那是炼丹时专门用来困禁丹室的圣灵印，他还加了一手古圣禁制在其中，在这个不算太大的空间里操纵，功效着实惊人。

珈蓝圣兽的鸟头急速摆动，尖喙向上方快速涌现尖刺，它要打出一个闪让的空间。

无奈弑圣刃的速度着实太快了，它的身体向上只升了一半，弑圣刃的金芒就已然到了。这一击打在它的小腿部，夺目的金光一闪，珈蓝圣兽发出一声尖厉的惨鸣。尽管弑圣刃破不开圣血，但这一击也让它元气大伤。

珈蓝圣兽倏然将手中的暗金色棍子扔出来，那玩意儿垂直地打在半月台上，只听一连声的爆响，一圈圈荧光扩散开来，风扬安置的禁制即刻破碎。

与此同时，灭焱洪流壁上似乎显出一圈圈涟漪。

风扬心知有变，他收回弑圣刃，目不转睛地看过去。

风扬骇然发觉，从灭焱洪流壁上冒出三个暗金色的珈蓝圣兽，他清楚这次打斗自己输定了。四个暗金色的珈蓝圣兽，战斗力之强完全不是自己能够应付的，尤其是在圣陨天宫正殿里，此处是它们的地盘。

风扬倏然笑了起来，说道："呵呵，还好我有太初!"

若是一对一的打斗，风扬尽管面对极厉害的暗金色珈蓝圣兽，也不会耍赖退回太初，但四个珈蓝圣兽一道出来，他也就不客气了。

掐动圣灵印放出，一点金光向四面散开，刹那间，他带着四个圣兽来到了太初。

四个珈蓝圣兽被吓蒙了，它们发觉自己倏然和圣陨天宫正殿失去了联络。它们不同于洪荒元尊，离开圣陨天宫正殿后，不论到啥地方，对它们来说都是完全致命的。

风扬带它们直接显露在一个赤凉荒芜的陨石表面，他淡淡地说道："在圣陨天宫正殿我拼不过，可到了太初，生死就不由得你们了!"

风扬傲然站立在四个圣兽面前，只要到了太初，四个珈蓝圣兽就像出水的鱼儿，哪怕它是鲨鱼，在陆地上也只有死路一条。

四个珈蓝圣兽都呆立不动，身上冒起浓浓的白雾，急速环绕周身旋转。四只珈蓝圣兽同时发出阵阵悲鸣。

风扬还不晓得这几个圣兽挣扎在死亡的边缘，他接着说道："都化成畜生了，还在要打要杀的，真替你们觉得丢脸!"

他自己都觉得奇怪，居然唠唠叨叨地教训起四个圣兽来。

风扬整整说了好几刻钟，才发觉自己是在自言自语，他难堪地挠挠头，说道："奇怪，你们怎样这么安静啊，着实不像是圣兽……咦，你们怎么了？"

他骤然间觉得不对，四个珈蓝圣兽身上的白雾慢慢消散，"当"一声响，一个珈蓝圣兽跌倒在地，一道荧光从它的鸟头上涌现，随即它快速缩小到只有拳头大小。

风扬惊呆了，他一把抓起地上的那个"珈蓝圣兽"，这才发觉，那只是一套勾连在一起的圣血，圣识扫过，里面居然是空的。

立刻，又是三声响，另外三个珈蓝圣兽也收缩起来。

风扬不禁叹了口气，他并不想杀掉这些珈蓝圣兽，只想在太初困住这四个战斗力强悍的圣兽，可惜它们完全就不能到圣陨天宫正殿以外的地方。

收起四套圣血，风扬意外地发觉每一个圣血里都有一个黄豆大小的暗金色宝珠，和他在瀑金隧道前段密室里收到的一样。

他用圣灵之气吸出一粒来，黄豆大小的珠子飞出圣衣，即刻膨胀起来，一颗闪着夺目光彩的银珠，在他手掌中不停地滚动，充满了难以言语的灵性。

以风扬的见识居然看不出这是用啥材料化成的，他将银珠再次放入圣血里，取出在半月台抢到的银珠，放在唯一空着的圣血里，随后再次收入指环。

凭空得到四套圣血，风扬觉得喜忧参半，他叹了口气，再次进入瀑金隧道前端。

再次落在半月台上，风扬惊喜地发觉瀑金隧道显露在正确的方位上，和以前不同的是隧道不再是忽隐忽现，而是一个很大很清晰的隧道。

瀑金隧道一共有四个极厉害的圣兽掌控，它们被风扬无意间带到太初消亡后，整个瀑金隧道就失去了掌控，所有的变化全部隐没，显出了瀑金隧道的真实面貌。

风扬还不晓得自己已然毁去瀑金隧道的最大阻碍，他稍稍踌躇了一下，向着瀑金隧道飞去。

失去了圣兽掌控的瀑金隧道，平静得就像一个平常隧道，风扬一路飞下去，如同啥危险也没有，慢慢地，他放松了警惕。

瀑金隧道很长，风扬的速度非常快，可是飞了十多分钟还没有看见尽头。风扬不由得疑忌起来，按照他的速度，十多分钟还没有飞到尽头，肯定是隧道本身有问题了。

风扬骤然间停下来，他经历过太多的幻阵、迷阵之类的玩意儿，倘若此处有幻阵，那肯定是神级幻阵，飞行速度再快也没有用，停下来探索才是最明智的做法。

瀑金隧道很平静，风扬用圣识细致察看，很快他就发觉，这个隧道确实是一个幻阵，由于失去了圣兽的掌控，所以不可转变为杀阵，只要毁去幻阵就能够进入里面了。

风扬现在的圣识能够搜寻很大的范围，只是这个幻阵太奇妙了，如若不是他进入天心狱后境界得到极大的提高，他可能连这是幻阵也看不出来。

风扬考虑了一会儿，晓得凭自己现在的见识，还不足以破开幻阵，唯一的办法就是仗着能够从太初逃脱，能够无所顾忌地用禁制来开路，想办法触发幻阵，让幻阵动起来才能搞清楚如何出去。

他取出一块玉符，那还是在霖明星的时候祭炼的。用玉符来触动幻阵，功效比直接用弑圣刃去触动好，他能够清楚地看见其中的变化，而不用分心去掌控弑圣刃。

这是一块雷符，包含了五道霹雳。风扬扬手涌现，雷符打向隧道壁上，刺眼的白光耀起，连续五声巨响，瀑金隧道骤然间歪曲起来。

第四十五章　一步之遥

风扬小心地将弑圣刃环绕周身，手中开始掐动圣灵印。

这是一个大能量的圣灵印，他在极玄极阴寒眼以前操纵过，即是三百六十手的破灭印，能够挣脱一切束缚的大神通。

风扬并不打算将全部的圣灵印打出，他准备打出一百零八手圣灵印，那是破灭印启动的圣灵印，能量尽管很大，但他还能掌控得住。若是将三百六十手破灭印完全打出，所爆发的能量纵使是风扬也不得不闪让，那玩意儿太厉害了。

风扬猜测得不错，这个幻阵没有人触动时是无害的，但也无法寻到出路，只要触动了幻阵，纵使没有圣兽的掌控，幻阵也能成功地转换成为杀阵。

但风扬已然掌控了先机，在幻阵转变为杀阵的间隙，他顺利地完成了一百零八手圣灵印。每一手圣灵印完成，都飞出一道金芒。

如此的大神通着实有些小题大做了，缺乏了珈蓝圣兽的掌控，破灭印一出，瀑金隧道哪儿还能挡得住如此厉害的打击。

一百零八手圣灵印刹那间爆发，瀑金隧道里就像埋了成千上万吨炸药，以风扬为中心向四周炸开。

风扬心里仍然觉得吃惊，上次用破灭印是在生死关头，当时只觉得格外刺激和痛快，这时他才察觉到破灭印的能量居然如此惊人，才用了一百零八手圣灵印，一阶的破灭印真有横扫一切的能量。

每一手圣灵印都发出惊天动地的爆响，一共一百零八响，炸得隧道里昏天黑地。

风扬也觉得头晕眼花，他暗暗提醒自己，往后还是少用破灭印，这玩意儿杀伤力太大。

一条弯弯曲曲的道路显露在眼前，风扬晓得这才是真正的瀑金隧道，可是破灭印已然将隧道完全毁掉了，留下的这条路只是原来的基石，看上去十分诡异。

上空是繁星点点，下方是星光夺目，这条路凌空架设在太半空，四周闪着幽暗的青光。此处依然是圣陨天宫正殿，破灭印硬生生地将圣陨天宫正殿炸开了一个空洞。

风扬心里不由得一阵胆寒，倘若圣陨天宫正殿里有圣人，他肯定会暴躁起来，自己现在的做法就像是打家劫舍的强盗，冲到陌生人家里去拆房子。

他苦笑着摇摇头，顺着道路向前去，很快就来到尽头。

一团暗金色的光壁慢慢地旋转着，风扬晓得这就是出口，他先在定星石里记下标志，这才飞入那个不大的光壁里。

暗金色光壁不是厉害的古圣禁制，只是一个灵巧的挪移阵法，风扬刹那间被传了进去。在进入的刹那间，风扬好像察觉到无天他们，但随即就被远远地隔开了，他晓得瀑金隧道被毁掉后，挪移的方位也变了。

激烈的震动让风扬觉得极不惬意，他想不通这次挪移怎么如此怪异，尽管没有圣禁挪移那么厉害，但感觉格外古怪，凭他的战斗力只能勉强抵御。

挪移的速度非常快，大约过了三刻钟，就到了目的地。

这是一个封闭的空间，约有太阳系一半大小。

风扬用圣识快速扫视一遍，发觉没有任何隧道能够出去，但有太初在，他并不忧虑。

风扬取出定星石开始标识方位，他骇然发觉自己居然在凌墨圣天宫的中央方位，定星石的这个方位附近是一片空白。

风扬倏然觉得大事不好，他没有多想，即刻掐动圣灵印欲回太初。

出乎意料的是，百试百灵的挪移，居然失败了。

风扬骤然间傻了眼，他又试了两次，终于明白，在此处是进入不了太初的，至于是啥原因，他还搞不清楚。

细致回想了一下，他不禁苦笑起来，自己不该毁掉瀑金隧道，圣陨天宫正殿的圣禁是环环相扣的，毁掉里面任何一样事物，其结果就是被送到此处来，看模样，这是圣陨天宫正殿对触犯它的人给予的最高惩罚，此处是绝地。

这是一个菱形的空间，一眼望不到边际，四周飘着金色的云彩，天地四极部是金光闪闪，感觉整个世界都是金色的。

空间的中央有一大两小三颗陨石，中间是一颗泛着五灵神华的大陨石，附近环绕着一黑一白两颗小陨石，大约是大陨石的卫星。

风扬无路可走，只好向着大陨石飞去。

落到陨石表面，风扬再一次傻眼了，整个陨石上有数不清的人形妖兽，身形都是人形，脑袋却是五花八门的鸟头，个个都有三米多高，都穿着墨色的甲胄，只有极少数是其他色彩的。

风扬落下的地方如同一个战场，两拨人形妖兽正在疯狂地厮杀。他发觉这些人形妖兽的本事和圣陨天宫正殿的珈蓝圣兽相比，相差得很远。

两拨正在战斗的人形妖兽足有十万以上，平坦的大地上密密麻麻的全是人形妖兽，半空浮着一个不大的石台，上面居然悬着三套淡金色的灵甲，和圣血格外相同。

风扬心里猜测："有意思，居然在抢圣血？"

风扬现在的模样十分显眼，他穿着天焱圣衣，弑圣刃化作一抹金光环绕周身，显得格外另类。

一大群人形妖兽气势汹汹地冲了过来，为首的是一个身穿淡金色圣衣的人形妖兽，它发出一声声怪异的吼叫。风扬无奈地摇摇头，他完全就听不懂。

一声嘶吼，围拢过来的人形妖兽杀了上来。

风扬发出一声长啸，刹那间似乎半空都黯淡下来，靠近的人形妖兽被震得踉跄后退。骤然间，十来万人形妖兽一齐看了过来。

风扬倏然想起无天的名言，不由自主地一声大吼："我……好激动啊！"

风扬真的着急了，被困在这个绝地里面出不去，耽误了寻找心鉴之花得主还暂且无妨，但姬大哥和师尊的转世，倘若自己不去接引，那后果可就严重了。

又急又悔之际，瞧着如潮水般冲杀过来的人形妖兽，一股无名火直冲他的脑门。

闪着各色光芒的兵器呼啸着斩向风扬，弑圣刃即刻自动反击过去。

风扬的神色越来越冷，最后，他爆发了。

一声尖啸之后，风扬疯狂大喝道："啥事物！都给我去死！"

恼怒打破了晶核平衡的力量，他不顾一切地再次发出破灭印。

在他的潜意识中，好像觉得只有这一招才能发泄自己的恼怒。

风扬飞到半空开始盘旋，一百零八手圣灵印霎时间就完成了，速度比原来快得多。随着圣灵印的完成，飞出数不清道金芒，立刻，他又掐动后续的一百零八手圣灵印，尚未完成之际，一阶破灭印就爆发了。

破灭印是挣脱一切束缚的大神通，但风扬目前的实力，还不足以毁去困住他的空间。

破灭印的打出，将整个空间都撼动了。最终一百零八手圣灵印释放出去后，风扬自己也不敢待在陨石表面了，在涌现破灭印的同时，他大挪移到远处。

一阶破灭印，将方圆十公里以内的所有事物一扫而空，那些人形妖兽完全抵抗不住如此的打击。

紧随其后的二阶破灭印，一波接一波的金芒，顺着地表扩散开来，遇到的任何阻碍都被炸得粉碎。

最厉害的是三阶破灭印。大地开裂，山河破碎，除了陨石背面，几近半个陨石都受到波及，冲天的烟尘将金色的半空都遮挡住了。

风扬的恼怒慢慢平息下来。

也算这些人形妖兽倒霉，倘若它们不发起攻击，风扬尽管恼火着急，也不会这么轻易发出破灭印。

风扬这一击，不晓得杀掉了多少人形妖兽。他竭力掌控自己，尽可能不要大开杀戒。如此的杀戮让他觉得很不惬意，晶核的力量向来在试图平衡他的圣灵之气。

就在风扬悬停在高半空发呆的时候，从陨石表面忽然升起数不清光点。

天半空犹如礼花盛开，泛着赤、橙、黄、绿、青、蓝、紫的七灵华点，飞快地向他聚拢过来。

风扬放眼望去，天半空密密麻麻的全是人形妖兽，他大约计算了一下，足有十来万人形妖兽包围过来，一瞧就晓得，这些都是高级的人形妖兽，因为它们都能飞行。

率先飞过来的，是一群身穿淡金色圣衣的妖兽。

风扬还不晓得，这些妖兽若再祭炼一段时间，就要成为最低等的天宫珈蓝圣兽了。此处是珈蓝圣兽的产生地，只要它们的圣衣再进化一次，它们就能够飞升到天宫里去。

其实风扬想要脱身很轻松，只要穿上得来的圣血，就能够飞升到天宫，但由于他事先晓得了圣血的弊端，而且又有天焱圣衣在身，所以完全没有想到要穿上圣血。这条逃生的路对他而言形同虚设。

风扬心里清楚，刚才的一击让人形妖兽发疯了，这些人形妖兽是来报复的。

打出破灭印后，风扬的功力消耗很大，在此处调用不到太初之力，复原起来特别缓慢，但纵使如此，他的战斗力也不是那些准圣兽能够对付的。

很快，那些准圣兽就包围了风扬，从它们声嘶力竭的吼叫声中，能够清晰地觉察到它们的恼怒和畏怯。

风扬歪着头细致倾听，他完全不懂这些妖兽的语言，不可和它们沟通。他晓得不可沟通的结果就是打架。

迫不得已，风扬试着用圣语发出一阵震荡，问道："这是哪儿？"

围绕他的那些准圣兽倏然向后退去，同时发出惊恐的尖鸣声。它们尽管不懂圣语，但对如此的震荡却很熟悉，晓得只有天宫才能传来如此的震荡。

随着准圣兽的尖鸣，所有的人形妖兽都匍匐在半空，使劲地伸长脖子。那如同是一种礼节，它们居然屈服了。

风扬松了口气，他不想再杀这些妖兽，由于它们像蚂蚁一样微不足道。他再次用圣语发出震荡，问道："有能懂我说话吗？"

没有一个妖兽能清楚风扬的话，它们仍然匍匐在半空。

风扬无可奈何地瞧着这群妖兽，一时不知该怎么办才好。一个人面对着十几万只妖兽，双方都呆立不动，面面相觑，场面很是奇妙宏伟。

为首的那群准圣兽相互嘶吼了几声，如同在筹议着啥，没多久，除了十几个身穿淡金色圣衣的准圣兽，其他的人形妖兽统统飞了回去。

留下的那群准圣兽，紧紧跟跟着风扬。

风扬扬手让它们离开，由于不可沟通，纠缠了很久，那些准圣兽才清楚他的想法。它们又筹议了一番，匍匐行礼后这才离开。

风扬再次用圣识搜索了一遍这个空间，随后又掐动圣灵印，试图回到太初。连续失败了两次之后，他绝望了。

漫无目的地飞行了一段距离，风扬看到右侧有一颗流星飞过，不禁好奇心起，掉转身形追踪过去。他不是发觉了啥，而是为了找点事情做。

流星的方位靠近禁制空间的边缘，风扬连续两次挪移才寻到，由于禁制的关系，大挪移是不可用了。

风扬晓得不远处就是禁制边缘，他想瞧瞧流星是否能够穿越。

一盏茶的工夫转瞬而逝，那颗由陨石碎冰构成的流星开始融解，很快就隐没了。风扬不禁苦笑起来，看来此路不通。

再次退回圣陨天宫正殿，风扬没有直接进入，他先来到天宫的广场。刚一露面他就傻眼了，广场上站着三个人。他惊异地问道："师尊，娲皇，农皇？不会如此凑巧吧！"

三人都用奇怪的眼神瞧着他，风扬被看得浑身不自在，他勉强笑道："这个世界真小啊！"说着来到三人面前。

娲皇嫣然一笑，刹那间的美丽让风扬觉得头晕目眩。她说道："我们正在等你出来！"

风扬苦笑道："算出来的？你们还真能算！这天下还有啥事情是你们不能算出来的？"

羲皇和神农脸上显出笑容，娲皇笑嘻嘻地说道："你能帮我们解决问题，这是我们共同推演的结果。"

风扬举起双手道："你们来这不会是和圣陨天宫正殿有关吧？"他想来想去，除了圣陨天宫正殿，没有任何缘由让这三个绝顶高手一道出动。

羲皇说道："不错，我们三人正是为圣陨天宫正殿而来。"

风扬问道："不会是……"他灵光一闪，说道："不会是圣灵冢里……成圣的关键是假的？如此也不对啊……"他即刻又否定了这个想法。

第四十六章　化身万千

娲皇三人交换了一个眼神。

农皇天尊说道："小子，你猜的还不错，娲皇确实是得到了成圣最关键的一步，但经过我们三人共同参悟，觉得还差一个关节，那就是龙雀身上的一件混沌圣物。"

羲皇笑道："百名荒尊共同参悟出来能够翻译的宝贝，那就是龙雀携带的紫青雨蝶，还好，我很小心……因此派龙雀过来找你，得到紫青雨蝶后才发觉，最终一步就是要亲自到凌墨圣天宫的关节，只有在里面才能参悟出其中真正的奥秘。"

风扬呻吟道："老天啊，我在里面绕了漫长居然又绕到了原点。"

他已然进过圣陨天宫正殿，由于有七尊在里面，他晓得要想通过圣陨天宫正殿准确到达关节，就务必取得圣血，而他不愿意穿上圣血，由于只要到这一界来，那玩意儿就会化道。

娲皇笑道："不用忧虑，杀死圣兽之后，将圣血附在身上就能安全地抵达目的地了，这是里面的线路图，你好生记下。"她胸有成竹地说着。

风扬大为惊异，他问道："你们怎么晓得要取得圣血？"

羲皇笑道："不光晓得这点，我们还晓得随着深入，我们还需要换更高级的圣血。"

风扬目瞪口呆地瞧着他们，心里不得不钦佩，他们没有进去过，却比他这个进去过的人晓得的还要多。

他倏然笑了，说道："我这里正好有四套圣血，一人一份。"说着他取出三套圣血，随后拿着娲皇给的路线图走到一边去记忆。

羲皇、娲皇和神农都吓了一跳，农皇天尊摇头道："圣血没有凝结在身上，你居然还能在里面钻来钻去的。"

见农皇天尊如此惊异，风扬也觉得很爽，他得意地说道："运气好。"

风扬瞧着路线图，发觉这是一条拼杀之路，走的基本上都是灭楼。

他不解地问道："师尊，有了线路图，我们完全能够避开圣兽，何必杀死它们呢。"

娲皇插话道："小子，不是我们三人嗜杀，而是经过我们的推演，这是一条必经之路，否则风险是太大了。”

“由灭楼串起来的路线尽管凶险，但凭我们四人的战斗力完全能够过得去，尤其有了圣血，里面绝一些的禁制都失效了，如此我们能够强行通过。”

看到娲皇显现出的强大气势，风扬暗想，娲皇完全比男的还要霸气。

羲皇点头道：“这是我们祭炼的圣物，名叫圣引，能相互联系，而且一旦发生不可测的危险，我们也能第一时间跟着你回到太初。”

他们早就算计好了要利用风扬的太初，如此纵使遇到啥问题，也能够退回来再想办法。

风扬说道：“无天已然和七位以前困在里面的荒尊进去了，我来这里就是为了找他们的。”

农皇天尊眼睛一瞪，大声道：“畜生，竟然真的敢背着我偷偷摸摸地往里面钻……”

风扬急忙阻止道：“农皇，其实我觉得无天的推演还是蛮准的，至少他寻到了切入口。”

农皇天尊叹道：“依他境界就算是见到了星图也不可能闯进最深层次的地方，这小子太不争气了！”

瞧着农皇天尊气急败坏的模样，风扬倏然清楚了，神农尽管对无天很严厉，以至让娲皇禁制他，其实对他还是格外关怀的。

他劝说道：“农皇，能闯一闯这处地方，对无天的实力还是很有帮助。”

羲皇也劝道：“你先降降火，无天也是很积极的，只不过这小子有些机灵过头了。”

娲皇笑道：“若是能把无天带出来就更好了。”

农皇天尊的神色缓和下来，“希望都能平安出来吧。”这次他没有掩饰自己的关怀。

风扬说道：“师尊、娲皇、农皇，我们走吧。”有了三个大高手陪伴，风扬骤然间信心百倍起来。无天他们进去的时间太长了，他心里有些着急。

娲皇说道：“等一等，我们要确定一件事情。”

羲皇和农皇天尊都点头不语。

风扬只觉得头皮发麻，他疑忌道：“你们在打啥哑谜？”他不禁开起玩笑来。

羲皇说道：“这里的线路你记住了没？”

风扬轻松地说道：“小问题啦，这都记不住，我还修啥圣人？”他心里有些不解，尽管这条路线格外恍惚，但凭他的实力这只是小菜一碟。他想：“里面还有啥秘密不成？”

娲皇说道：“你瞧瞧路线，有啥不一样的地方。”

风扬奇道：“我瞧瞧。”

他盘腿坐下，试着将路线图的节点换成星座，刹那间，一种熟悉的感觉涌入心间。

他倏然睁眼道："奇怪？"

娲皇三人瞧着风扬，神色有些紧张。

羲皇脸上闪过一丝喜色，问道："你发现了啥吗？"

风扬奇道："我好像在啥地方见过一样，是啥呢……"他陷入寻思。

羲皇、娲皇和神农神色越发紧张了。

羲皇说道："你在圣灵冢发现过像是星图一样的东西？"他提醒了一句。

风扬使劲睁开双眼，两道金芒在眼中明灭。他一拍大腿，跳了起来："我记起来了，那是一幅神秘的图纸，还好我都把内容全部记住了。"

他取出定星石，在定星石里隔出一个区域，将整个星图标识出来。尽管只用了一会儿功法，他却耗费了大量的圣灵之气，这是一件格外劳心的事情。

娲皇好像松了口气，她笑道："我们推算得还算靠谱。"

羲皇点点头道："小子真是我们的福星。"

他拿起一副圣血，察看了一番，笑道："用上替死之法后，基本上就没啥危险了。"

风扬问道："啥是替死之法？"

娲皇说道："等会教你分身之术，学会你就晓得了。"

羲皇接过风扬的定星石，很快就记忆下来。他将定星石递给神农，随即闭目寻思。

三人看过后都不再说话，一个个神情威严地在思考着啥。

风扬收起定星石，他尽管有星图，却不晓得其中的奥秘。

羲皇最先说道："太难勘悟了，你们试试？"

娲皇说道："有了圣血，我们这一路上会化去很多的危险。"

神农笑道："我们都不成，那就再也没人能行了。"

风扬问道："能不能推算一下我们这次行动能否成功？"

娲皇三人都笑了，她笑道："变数太多了。"

风扬问道："推算到一个时辰之后吗？"

羲皇摇头道："算不出来，人太多，而且实力也太高了。"

风扬并不理解他们的话，也从来没有在推演方面下过功夫。他笑道："不用啦，有你们在哪会有啥危险。"娲皇问道："身法在这里起了重要的效用，要不然会很危险的。"

风扬摆手道："不会。"瞧瞧臂膀上的金傀儡，风扬晓得自己的身外化身属于初学阶段，金傀儡化成的分身是骗不过古圣禁制的，而且也穿不上圣血，倘若用真身穿上圣衣，那顾忌就太多了。

羲皇微微皱眉道："这……时间上好像来不及。"

风扬对身外化身的功法格外感兴趣，他一直都想学，有了如此的功法，战斗力增进可不是一点点。他笑道：“请师尊教导，我学东西很快的。”他没有告诉他们自己已然学会了基础的身外化身功法。

羲皇递给风扬一只白色的影灵玉，说道：“这是修炼之法，好好参悟。”

“分身之术对你此行十分重要。”

风扬查看白色的影灵玉，心里不禁喜出望外。这是完整的身外化身功法，前面一部分他早已学会，之后各种各样的分身法术应有尽有，还有羲皇的心得体会在里面。

身外化身的功法能够算是顶级的祭炼法门，看模样羲皇对风扬已然毫无保留了。

寻到替死之法后，风扬只闭目寻思了片刻，身上就开始浮现出淡淡的影子，就像有一圈光霞套在身上。

羲皇、娲皇和神农都显出惊异的神情，这种学习速度也太快了。

风扬的身体倏然移动，一个虚影留在原地，他的真身已然在外。

风扬开心地笑道：“好厉害的身法呀。”

羲皇奇道；“学的太快了？你以前学过……不对，这不是分身之术！”羲皇不愧是一界至尊，一句话就说到关键处。

风扬说道：“我只会最基础的分身方法，和师尊给的功法有些反差，呵呵，由于以前学过，所以很快就上手了，大家不用奇怪。”

羲皇露出微笑，说道：“呵呵，怪不得学得很不错。”

风扬说道：“等我一下，我还要练习练习。”他也不管三人着不着急，再次闭目寻思。

大约过了五六个小时，他倏然说道：“我晓得了。”刹那间，三个一模一样的风扬显露在广场上，但所做的动作都是一样的。

娲皇笑道：“不成，差了很多。”她的话刚说完，就有三个娲皇显露在广场上，而且每一个分身所做的动作都不一样。

其中一个分身站在风扬面前，说道：“每个分身都应该有自己独立的想法。”她用手一指场中的其他分身，只见一个分身在场中漫步，另一个则盘腿端坐。

风扬钦佩得五体投地，这也太神奇了。他问道：“娲皇，好难学啊？”说完，他幻化的三个分身逐渐淡去。

娲皇说道：“自己思考思考，能行的。”

第四十七章　圣灭之阁

风扬沉默不语，在广场上来回走动，细致回想影灵玉上的记载。

这是祭炼身外化身的一个瓶颈，和实力无关，纯粹是运用的窍门，只可意会不可言传，别人只能提点，却不能明确告诉他该如何去做，务必自己想通才行。

神农小声说道："这么短的时间哪能一下子就完全领悟的？"

娲皇微笑道："我们帮他一把吧！"

羲皇摆手道："不，还是靠他自己领悟。"

风扬在广场上绕着圈子，嘴里还叽叽咕咕地念叨着啥。随着他的走动，一个虚影从他身上脱出，迅速凝结成实体，模样也和他的真身一样，低着头，嘴里也在嘀咕着啥。

又是一个虚影脱出。三人排成一队向前走着，模样显得格外诡异——羲皇叹了口气，小声道："没有完全领悟。"

倏然，排在最后的那个分身微抬起头来东张西望，面露笑容说道："啊，我清楚了，我清楚……"接着，另一个分身也挠挠头，说道："原来如此。"

霎时间，两个分身犹如活了一样。

风扬笑嘻嘻地走过来，施礼道："感谢师尊的传授，感谢娲皇、农皇教导。"身外化身的功法是他梦寐以求的大法，现在能化出五个分身，就等于凭空增加了五倍的战斗力，甚至可能更多。

羲皇格外高兴，这么快就悟通身外化身大法，风扬的悟性之高非比寻常。他不晓得风扬曾对大日如来宗的功法有所涉猎，那也是需要靠悟性来学习的。

娲皇说道："我们走。"

羲皇扬手打出一道白光，白光化作一颗星形法宝贴在风扬的手臂上，那是羲皇他们祭炼的圣引，专门用来相互联络的宝贝。

羲皇说道："这两手圣灵印传你，这是圣灵印聚拢，这是方便说话，有这层圣血在，古圣禁制不会抵挡。"

这两手圣灵印很简单，风扬一学就会："有保障了。"

他心里暗自感叹，羲皇他们行事周密，一旦要有行动，几近所有的事情都算计好了，计划得滴水不漏，这才是真正的高手。

进入圣陨天宫正殿后，四人迅速穿上圣血。圣血一穿上身，每人都变得只有一米多高。

风扬不禁笑道："不好看。"话音迅速转换成震荡传出。

神农惊奇道："咦，居然会转化成圣之震荡，有想法的圣衣。"

羲皇喝道："快靠拢。"四人迅速靠在一道，随即被挪移进一个节点里。

这是一个灭楼。

一声咆哮传来，一个挺拔威严的珈蓝圣兽恼怒地吼叫着。

羲皇说道："我们必须寻到起点，否则到不了目的地。"

神农说道："我来处理这头圣兽。"

他使劲扑过去，一把捏住那个圣兽的脖子。由于他穿着圣血，他的手实际上就是一只银白色的爪子，爪尖涌现一道道暗金色的光芒。

只听"啪"一声爆响，那只圣兽发出惊天动地的吼叫，瞬间就被神农杀死。

风扬的冷汗都要流下来了，神农下手之重、之快令他目瞪口呆，只一击，就杀掉了一只战斗力比寻常古仙还要高的圣兽。

圣兽头上飞起一道淡淡的青烟，直接就被神农的圣衣吸收了。

风扬恍然道："我晓得了，想要深入进去，我们的寻到更强的圣血才行。"他发觉自己的弑圣刃不能用了，只好运用圣血所拥有的本事和各种禁制。

羲皇说道："很好，不用很久我们就能寻到起点了。"

风扬急忙取出定星石，再次隔开一个区域，将现在的方位标识好，说道："我们接着走，来的路程我都已然记好了。"

他晓得现在所用的方法就像是盲人摸象，只有先一点点的探索，随后比照得到的星图，才能寻到开始进入的地方。可惜的是落戈宫楼不在路线图上，不然能够省去很多麻烦。

又接连闯了七个节点，其中有五个灭楼、一个造殿和一个幻阁。

在灭楼中，羲皇出手两次，他的圣衣吸收了两次灵力，从银白色转换成极淡的金色，似有进化的征兆。风扬也出手两次，圣衣也发出淡淡的金芒。娲皇出手了一次。

为了得到圣衣包含的灵力，借此躲过古圣禁制，他们决定轮番出手，杀掉珈蓝圣兽，让身上的圣衣强化。

幻阁里的幻境，对于娲皇这些见多识广的人来说，完全毫无意义。从幻阁出来，他们闯入了另外一个节点。

风扬已在定星石里记载了八个标识，可是数量还不够，不能和星图对应起来。

进入这个节点后，风扬也顾不上看这是啥阁，即刻将方位标识出来。他细致地和星图对照，倏然亢奋地大叫起来："我们所处的坐标寻到了。"

他有落戈宫楼的方位，加上记载的其他一些方位，拼凑起来，终于寻到了现在的方位。

羲皇问道："到起点还需要多长的路程？"

风扬细致寻找起始方位，一刻钟后，他倒吸一口凉气，说道："啥？还要穿过二十一个节点，这得要走多久？"

他寻到落戈宫楼，又计算了一下，问道："师尊，一定得从起点开始吗？从落戈宫楼能够插进很多近一点的路线，我们可以节约很多时间。"

羲皇无言地点点头，否定了风扬取巧的盘算。

娲皇解释道："我们不能改变一丝一毫的路线，那样会产生很多变数和危险。"

风扬叹道："着实是可惜了。"

农皇天尊笑道："破解这些东西，我们需要耐性，这可是人命关天的大事情。"

风扬苦笑着挠挠头，他晓得师尊这些人为了成圣，已然熬过了数不清时间，他们没有太多时间等待了，所以没有十足的信心，他们是完全不肯冒险的。

他想了想，毅然决然道："我倒要瞧瞧圣陨天宫正殿的凶险。"语音中透出一股豪气。

风扬心想，自己祭炼的时间很短，现在居然能够和三个最厉害的高手并驾齐驱，一道闯荡最神秘的圣陨天宫正殿，这种时机着实是难得。

二十一个节点果然如神农所说，一点都不难走，其中只有一个节点费了点时间。

那是一个虚阁，犹如海市蜃楼般让人触摸不着头脑，风扬完全是靠羲皇他们带着才过去的，他完全连路都不晓得怎样走。

终于进入起始点。这是很平常的一个造殿，颜色很特别，是此处很少见的嫩绿色。

四人停在造殿中，羲皇提醒道："之后的路就要小心了，会越来越危险。"娲皇说道："最终一段路程了，不晓得这次能不能抵达。"

神农笑道："我们这么多年的准备足以撑持我们寻到星图，我对此有信心。"

风扬小声嘀咕道："若是我一个人就好了，行动自由。"

顺着造殿的路，四人慢慢向前飞去。

第二个点是灭楼。

这次轮到风扬打击，他身上的圣衣变成淡金色，手爪也发出深红色的光华，那是他将仙焰的灵力充入其中。幸好是圣衣，仙焰能够顺利通过，若是寻常的法宝可能早就烧毁了。

风扬晓得这些圣兽是从哪儿来的，他也去过那里，差一点就回不来了。他并不想杀掉这些圣兽，可是他也晓得，倘若不杀掉灭楼里的圣兽，灭楼就不会开放，下一个点也就不会显露。为了圣衣强化，他务必痛下杀手。

他叹了一口气，直冲过去。霎时间，显露了三个风扬。

就在圣兽踌躇不决的瞬间，风扬已然得手。瞧着隐没在半空的珈蓝圣兽，他觉得有些无可奈何。

娲皇看出风扬很不愿意这么做，她说道："小子，这些东西都是对你的考验。"

风扬叹道："这地方我真的不想再来了。"

羲皇说道："小子，现在的经历可要好好珍惜，对你今后的成圣之路十分重要。"他有些不满风扬的态度。

风扬机灵得很，他当然清楚羲皇的想法，急忙笑道："师尊，我只是发发牢骚而已。"

接着他又催促道："又是灭楼，走吧，去下一处。"

羲皇等人对风扬觉得无可奈何，这小子到了圣陨天宫正殿还惦记着找宝。

羲皇无可奈何地说道："保管好手中的圣引，不要走丢了。"他一马当先向前飞去。

珈蓝圣兽被灭掉后，灭楼就变成了造殿。面对显露的七个隧道，由于有风扬的星图，只要寻到对应的陨石，就能确定下一个点的方位。圣陨天宫正殿并不是一个平面，实际上整个圣陨天宫正殿就像是一幅星图，完全是立体的。

下一个节点是冰阁，里面是极寒之地，但对羲皇这些绝世高人完全构不成威胁，很快就顺利通过了。

他们接连闯过一道道关口，也见识了各种各样的节点。

又穿过一个造殿后，娲皇说道："你要小心了，下一处，我们都不晓得究竟会去啥地方?"

风扬心想，也许就像瀑金台一样，下一个点是进入中段的关节。

想到瀑金台，他心里一动，忽然间清楚了，无天他们也只是进入了中段，真正要闯进关节还远着呢，怪不得等了那么久，也不见他们回到落戈宫楼。

就在风扬胡思乱想之际，四人已然冲到下一个点。

刚刚进入就听到一连串的霹雳声，羲皇大喝道："留心了!"声音化作震荡传出，四人身上的圣衣即刻大放光华。

风扬叫道："那是啥东西?"

娲皇居然放出一件混沌圣物，那是一个暗金色的玉瓶，造型很像是瓷器中的梅瓶。只听她娇声喝道："这是劫难石方!"

整个空间里一道道弯曲扭动的雷电，犹如瀑布般向下倾泻，暗金色玉瓶飞出后，雷电如同寻到了宣泄口，接连不断地劈上去，场面蔚为宏伟。所有的雷电都聚拢起来，化成的闪电像个漏斗般连接在银瓶上。

风扬想不通娲皇怎么还能运用法宝，他问道："娲皇，你的混沌圣物怎样能够操纵，而我的却不成呢?"

娲皇无暇回答，她正全力运转着银瓶。

神农说道："防御性的混沌圣物可以操纵，但不能用他们打击，不然后果可不是我们能抗得下来的。"

羲皇惊叹道："劫难石方！上面是九劫天雷!"

风扬心里一颤，让羲皇都觉得惊异的劫雷肯定很厉害。他不禁问道："师尊，九劫天雷是成圣的劫难吗?”

羲皇目光注视着一道道雷电，说道：“只是寻常的成仙劫。”

农皇天尊说道：“这处地方不会显露圣难的，不然天宫早就化成青烟了。”他否定了羲皇的说法。

圣陨天宫正殿是这一界最神秘的地方，强如羲皇和神农之流，也看不透天宫的奥秘。

娲皇不慌不忙地说道：“我这只大净玉瓶可以收集大量的劫雷。”

大净玉瓶发出夺目的荧光，一道道霹雳击中银瓶后随即隐没。

娲皇转换一个圣灵印放出，大净玉瓶陡然涨大到一人高，颜色也变得透彻起来，一道道闪电弧光在瓶体上忽隐忽现，瓶口处犹如太阳般夺目。

半空的雷电慢慢弱了下来，但霹雳闪电的颜色却开始变换。

风扬心想：“九劫天雷就这个样子?”

只听娲皇娇喝道：“你们快点冲过去，九劫过后也不晓得还会有啥危险显露。”

能够遇到劫雷，对娲皇而言是一件幸运的事情，劫雷的伤害力极强，倘若有本事收取，也是一件奇宝。

羲皇喝道：“起!”他向前急速飞去。

第四十八章　九劫天雷

风扬和神农两人一左一右紧随其后，时间掌控得分毫不差，正好是雷电霹雳转成九劫天雷的空隙间，满天霹雳最弱的时候。

由于劫难石方里空间的困禁，他们的飞行速度大受阻力，好在三人都是高手，领先的羲皇更是神通广大，三人顺利地到达下一个隧道口。

羲皇骤然间停下，说道："祭出圣引，等九劫完后，我们就开始发动。"话音刚刚转换成震荡传出，九劫天雷终于蓄积成功，仙劫开始了。

由于娲皇正在用大净玉瓶收集雷电，所以九劫天雷便针对娲皇而发，羲皇三人基本上没有受到波及。

风扬对如此的仙劫很感兴趣，他目不转睛地观察劫难石方。

地面和上空都是雾茫茫的，但风扬晓得那不是雾气。上空是黑沉沉的，泛出一点点墨碧绿，夺目的闪电不时地掠过，闪耀着刺亮光华。下方是灰蒙蒙的，仿佛是鬼界，一点色彩也看不到，霹雳落在下方很快就隐没了，看上去格外怪异。

劫难石方有一个闪电状的石台，突兀地悬在半空，深橄榄色的石台上青光溢彩，大净玉瓶就悬停在它的上方，无形中抵挡住劫雷直接落到台上。

原本黑沉沉平稳的半空忽然发生震荡，一团团墨碧绿像乌云一样滚动起来，一道暗金色的闪电掠过蒸腾的半空，霹雳一声震响，拉开了九劫天雷的序幕。

风扬忧虑地问道："师尊，娲皇扛得住吗？"

羲皇目不转睛地瞧着仙劫开始，说道："这种劫雷对她一点威胁都没有。"

只见娲皇飞临到银瓶左侧，她虽然穿着圣血，但身影已然显露在外面。风扬晓得她是用身外化身的法门来对付仙劫的冲击。

神农笑道："小子，想去体验一把仙劫吗？想试试的话就站上去。"

风扬不禁想翻他一个白眼，可惜穿着圣血，长着一只鸟头，翻白眼神农也瞧不见。他说道："我可不想被雷劈。"神农哈哈大笑。

羲皇沉声道："第一劫暗金色天雷到了……"

仿佛是为了印证他的话，一声震天动地的巨响炸开，三人纵使有圣血防御，也被震得向后飘退。风扬大声叫道："厉害啊！"

神农不以为然地说道："这是小意思了，只有最后一道劫雷才有些样子。"

风扬只好摇头叹息了，对于这些阅历丰富的老家伙来说，仙劫也不算啥。羲皇一开始的惊异，大约是因为联想到了谁也没有见识过的圣难。

风扬终究祭炼的时间最短，见识也比较之下要少，他把注意力再次集中在暗金色天雷上。

九劫天雷的第一劫暗金色天雷十分好看，由于有娲皇的大净玉瓶抵御，三人除了觉得雷声有些震耳外，并没有觉得别的不适。

暗金色天雷不是一道道的闪电，而是球状的闪电，一串串的连续接连落下，奔腾咆哮着向下冲击，夺目闪亮的光芒照亮了整个空间。

大净玉瓶越长越大，球状的闪电霹雳刚刚落下就被吸入瓶内。银瓶已然完全透明，能够看见落下的天雷迅速缩小，很快被凝成一颗颗细小的银珠，沉淀到玉瓶的底端。银瓶里盘旋着一股淡金色的光霞，仿佛是流动的金色液体。

娲皇神态自若地用手指定大净玉瓶，悠然等待着暗金色天雷的结束。

风扬惊叹道："娲皇娘娘真厉害！师尊，大净玉瓶也是从圣灵冢得到的混沌圣物吗？"

羲皇笑道："嗯，这大净玉瓶是从圣灵冢得到的，而且是从圣藏之塔里得到的，其实厉害的混沌圣物往往都是圣人祭炼过的，呵呵，我们尽管也能祭炼混沌圣物，但发挥不出应有的效用……你在圣灵冢得到的混沌圣物，还没祭炼好吗？"

风扬摇头叹道："我才修圣没多久，混沌圣物不是那么好祭炼的。"

他心里有些遗憾，明知道这些混沌圣物的能量庞大，却没有时间去祭炼。

暗金色天雷逐渐增多，密集的球形闪电发出的声音犹如百筝弹奏，震耳欲聋。

风扬这才理解天雷的想法，他双眸怒睁，两道金芒涌现，清晰地看见娲皇围绕着大净玉瓶飞转。

大净玉瓶已然来不及收取天雷，一部分暗金色天雷直接砸向娲皇，都被娲皇避开了，圣血也耀出光华，荡开零星的霹雳。

风扬暗想，若是换成自己在上面，现在肯定手足无措，娲皇的战斗力终究不凡。

终于等到第一劫暗金色天雷结束，第二劫还没有来到之际，风扬说道："劫难石方不会是专门为我们几人准备的吧？"

神农笑道："在圣陨天宫正殿有如此的地方很正常，显露仙劫也没有啥好奇怪的。"

羲皇心里一动，自言自语道："这是……？"

风扬倏然叫道："糟了！"

羲皇也反应过来，他来不及解释，即刻向娲皇喝道："看住劫难石方，那是珈蓝圣兽天人五衰的地方！不要让劫雷落在石方上面！"

可是他们提醒晚了，第一劫暗金色天雷中有少数几个已然落在台上。

风扬毫不踌躇地化出一个分身扑向劫难石方。羲皇和神农凝神观望，他俩都是经验丰富的人，不会冲动行事，所以都没有出手。

恰在这时，第二劫黄色箭雷爆发了。

风扬的分身刚到，娲皇就喝道："谢了，我只是收取一些劫雷而已，伤不到我的。"

风扬的分身还有些笨拙，他说道："娲皇，我帮你瞧着劫难石方。"

娲皇清楚风扬的想法，他是为了给自己争取一点时间。

娲皇说道："留心了，劫雷很厉害的。"

没等风扬回答，第二劫黄色箭雷落下。风扬这才晓得仙劫的能量，尽管他过来的是分身，但觉察和真身没有啥差别，头顶上就像有一颗炸弹爆炸，震得他头晕目眩。

风扬的分身下沉到和劫难石方平行。反正是分身，纵使被灭掉，也只损耗真身的五分之一圣灵之气，何况分身的效用是牵制，并不容易被灭掉。

悬在劫难石方不远处，风扬的分身仰首仰视。

黄色箭雷没有暗金色天雷那么气势磅礴，它是庞大的尖形雷电，每次只落下一道，速度却奇快，一道立刻一道，密如狂风骤雨寻常。

大净玉瓶的颜色也变了，整个银瓶涌现金色光华，就像是一只金色的玉瓶，每一道箭雷落入瓶中即刻隐没无踪。

风扬不禁暗赞这个宝贝混沌圣物真好，不仅能够抵御仙劫，还能收集仙劫化成的劫雷。他猜测，这些收集的劫雷只要祭炼过，就能够释放出来。如此的劫雷若是放出来，可不是寻常古仙能够抵御的，他想想都不寒而栗。

倏然，风扬察觉有些不对，劫难石方的颜色开始逐渐变得透彻。他想起在瀑金台的遭遇，晓得要有珈蓝圣兽出来了。

他急忙喝道："娲皇小心，珈蓝圣兽来了！"他稍稍向后退去。由于真身穿上了圣血，分身不能借用真身的武器，他只好用寻常禁制来打击，战斗力下降了很多。

果然，劫难石方上冒出一个珈蓝圣兽，那是一头两米多高的圣兽，手中提着一把像刃头一样的武器，它的圣血居然是红色的，冒着热腾腾的火流。它一显露就举起刃头，一圈红芒向上射去。

这个圣兽好像有些傻，它居然打击上方的大净玉瓶。

风扬也是措手不及，他没想到珈蓝圣兽刚一现身就乱打。

娲皇一声轻喝，大净玉瓶陡然缩小，与此同时，她的身形向外飞退。

风扬心念一动，分身即刻向一边闪去。

黄色箭雷倏然失去抵挡，骤然间爆发开来。一团金色的光芒使劲爆开，数不清火花喷射而出。只听珈蓝圣兽震天狂吼，刹那间，就被打得魂飞魄散。

风扬惊异极了，仅仅一道黄色箭雷就灭掉了一只珈蓝圣兽。没等他清楚过来，又一道黄色箭雷劈向他的分身，风扬快速掐动圣灵印，抬手捣出一团金光，轰然巨响中，分身居然耗去他二修圣灵之气。

娲皇再次用大净玉瓶挡住劫雷，问道："劫雷的力量好受吗？"

风扬心有余悸地说道："啥玩意儿啊？"

劫难石方上一把古怪的巨刃来回挣腾，珈蓝圣兽的圣衣却隐没了。

这只珈蓝圣兽也是倒霉，按照它的战斗力，只要渡过第一劫暗金色天雷，就会被挪移走，不用等到第二劫，但其战斗力完全不能抵御黄色箭雷。

由于娲皇用大净玉瓶收集劫雷，致使劫难石方不可打开，等到打开的时候，劫雷已然是很厉害的第二劫了，这只倒霉的珈蓝圣兽被劈得魂飞魄散，只留下一把巨刃似的武器。

风扬好奇地让分身飞到劫难石方上，一把抄起巨刃。

娲皇喝道："赶快下来！"

一道箭雷闪过大净玉瓶轰向风扬的分身，风扬吓得抬手举起巨刃，一圈红芒向上飞出。

倘若细致看的话，这圈红芒和珈蓝圣兽发出的有些不同，红芒中夹杂着丝丝金光。

巨响声中，风扬的分身倒飞出劫难石方。

风扬对羲皇说道："师尊，这件混沌圣物有些奇怪。"分身尽管被震退，风扬的真身却不受影响。分身手中的巨刃闪着金色的光华，居然将刚才那道箭雷的灵力完全吸收。他心念一动，分身隐没，那把巨刃显露在他手中。

羲皇顺手拿过巨刃，扫了一眼后说道："好东西，能吸收一定的劫雷，留着备用。"

他将巨刃还给风扬，说道："九劫马上就要来临了，赶快吞下归元丹，复原圣灵之气。"

归元丹是天夕丹中的二集丹，还不算真正的圣丹，用来补充功力是足够了，凭风扬现在的实力，吃下这种灵丹后，几近不用运功炼化，直接就能够吸收。

风扬依言吃下一颗归元丹，紫府元圣即刻快速鼓荡起来，不到一刻钟就完全复原了圣灵之气。风扬笑道："好丹药，七妙鼎出品的就是不一样。"

神农踌躇了一下，想说啥，可又忍住了。

风扬是察言观色的好手，他笑着取出一些归元丹，说道："师尊，我这里还有一些七妙鼎炼制的圣丹。"

羲皇和神农脸上都显出笑容。神农本来就是想要的，只是不好意思说，他们都是心高气傲的人，很难向别人讨要物品，风扬如此说正好给了他们一个台阶，他们也就顺势接了下来。

归元丹能快速复原功力，是现在最需要的灵丹了。他们尽管也有类似的灵丹，只是没有归元丹那么好用。

劫难石方的空间倏然安静下来，上空"哗啦啦"地掠过一些细碎的火花。

羲皇骤然间仰首，说道："怎么和九劫的样子不一样？"

神农和风扬也仰首观望，只见娲皇快速收回大净玉瓶，娇喝道："跑，那不是九劫……"

风扬忽然说道："道路封闭了!"原本留下的隧道在劫难结束的时候悄然隐没，四周完全是雾蒙蒙的一片，纵使用神眼观察也看不到任何事物。

有羲皇如此的高手在，风扬并不害怕，天塌下来有大个子顶着，再不济，还能够带着他们进入太初避让。

风扬苦笑道："莫非是圣难?"

娲皇飞到三人身旁，正好听到风扬的话，她笑道："小子，不要开玩笑了，这种时候可不要粗心，若是遇上了传说中的圣难，我们几人都要跑路的。"

羲皇说道："着实是奇怪!"

农皇天尊喝道："我搞不懂这是啥?我们靠拢点，以防万一!"他一边说着，一边放出禁制。

禁制出手后，神农惊异道："古圣禁制!"四人罩在光罩里。

神农发出的禁制原本是看不到的，被周边瞧不见的力量所激，一个淡青色的光罩显现出来，就像一个透彻的空心鸭蛋。

四人被古圣禁制向中心地带挤压过去，风扬惊异道："呵呵，我们去劫难石方!"羲皇笑道："除了圣难，我啥劫难都不怕!"他不禁豪兴大发。

娲皇也满不在乎地说道："你们都是老油条了，可是小子一次劫难都没渡过。"

风扬很有自知之明，他晓得在四人中间自己是最弱的，何况有厉害的高手在，他往往会表现得很懒惰，能不出手就尽量不出手，有人担着是最惬意的事情了。他笑嘻嘻地说道："娲皇、师尊、农皇，我就躲在之后看你们表演了。"

羲皇笑道："小子，这次可要机灵点喽，我们的命都掌控在你的手上啦。"他也做好了退走的盘算。

风扬心里暗暗钦佩，羲皇如此的超级高手，最先考虑的不是抵御雷劫，而是先寻到退走的捷径，随后才去抵御雷劫，如此就不会陷入绝境，真不愧是老奸巨猾的家伙。

风扬点头道："不用担忧，一显露危险，我带你们去太初。"

四人站在劫难石方上，附近的环境完全变成黑沉沉的星空，数不清的星光在遥远的地方明灭，羲皇说道："好家伙，以宇宙为天地，不晓得这次会面临啥……"

娲皇冷静地说道："我们这次估计是九死一生了。"

风扬有些紧张了，胡闹，连仙劫他都觉得很难抵御，倘若真是圣难，自己还是早点跑回太初去的好，留在此处和送死没有啥两样。他并不是怕死，而是觉得抵御圣难犹如和自然之力抗争，着实不是一件明智的事情。

第四十九章　圣人之心

等了足足有一刻钟，附近依旧十分平静。风扬疑忌地问道："发生啥事情了？"

农皇天尊摇头道："这个地方怎会显露幻境呢？"他也疑忌起来。

娲皇和羲皇也有些摸不清状况，两人一言不发地戒备着。

一刻钟后，娲皇说道："没有退路了吗？"

羲皇说道："我们已然到了最深处空间，想走都不成了！"

风扬觉得头都晕了，由于在凌墨圣天宫里不能回到太初去。他忙说道："我试试看能不能回到太初去。"

羲皇阻止道："别去，这时候去太初已经迟了，我们务必闯过去，不然这条路永远也别想走通。我们只有这唯一的一条路线，这条路线浪费了，我们就再也到不了关节。"

风扬细致回想自己闯关的遭遇，不禁对羲皇的推断钦佩得五体投地，姜还是老的辣。

附近的星空开始动起来，劫难石方犹如飞行的滑板向前快速移动，四人从来没有见识过如此怪异的景象。

神农最先问道："奇怪，我们这是去往啥地方？"他收掉外围安置的禁制，闪身来到太半空。

他越发惊异了，说道："莫非我们可以离开石方？"

风扬在刹那间也清楚了，他叹道："走，我们去试他一试！"他不敢一个人走，由于劫难石方是移动的，离开后就找不到羲皇他们了。

羲皇再次阻止道："别动，离开石方后，我们可能再也找不到它了。"

娲皇赞同道："不能显露任何的失误。"

风扬心想："还好，我有太初。"其实他心里清楚，真正到了危急时刻，也不一定能顺利回到太初，他以前被困在凌墨圣天宫中的一个空间里，连太初之力都不可借用。

大片的星云慢慢地移动，风扬晓得如此的速度已然很快了，只是搞不清劫难石方会飞向何处，靠得比较近的陨石几近是一晃而过。

慢慢地，大家都有些失去耐心，羲皇小声道："奇怪，怎么没事情发生？"

娲皇倏然收起圣血，神色微沉，淡淡地说道："糟了，前方是圣心？"

羲皇神色微微发白，说道：“还好，我们只须抵抗圣心的吸引力就行了。”

风扬心里一动，眼前的景象让他想起了黑洞，那玩意儿很像是宇宙中的黑洞。究竟是不是黑洞他并不清楚，但看羲皇他们的神情，那玩意儿肯定格外难对付。

劫难石方逐渐靠近圣心，附近的力量也随之增大，一股奇异的吸力压迫着四人。

劫难石方的速度更快了。风扬说道：“照这个路线前进，我们都会被吸进圣心之中的。”他对黑洞没有多少了解，只晓得黑洞能够吞噬一切，光也不可逃逸。想到此处他不禁心惊胆战。

羲皇观察了一会儿，说道：“无须担忧，石方会带我们进去的。”

风扬问道：“劫难石方很厉害？”他觉得难以理解。

娲皇笑道：“当然啦，劫难石方不可能隐没，没有了它，整座天宫就失去了任何依仗，我想我们不会真的进入圣心之中，可能只是擦着边进去。”她好像很有信心的模样。

风扬小声嘀咕道：“希望如此。”接着问道：“娲皇，你将圣血脱下来做啥？”

娲皇微微一笑，说道：“我想我们也许可以收起圣血了。”

羲皇点头道：“嗯，有道理，圣血已然没有啥效用了。”说着，他收起圣血。

风扬也跟着退去圣血，问道：“师尊，你的圣衣呢？”

羲皇扬手间，身上显显出深碧绿的长袍。他笑道：“我正穿着呢。”

神农说道：“小子，你师尊的战衣叫作龙辰圣衣，所有圣衣里面最厉害的一件。”

风扬笑道：“师尊的混沌圣物应该很多吧。”

羲皇笑道：“小子，混沌圣物在这地方没有任何的用处。”

慢慢地，吸引力越来越大，附近明亮的星光也开始歪曲。风扬晓得要进入圣心的范围了。

娲皇说道：“脚上运圣灵之气，抓住石方，千万不要被吸进圣心之中。”她的语气显出少有的谨慎。

不动圣灵印大家都会用。风扬的实力最弱，他即刻掐动圣灵印，跟着圣灵印的释放，他的身形和劫难石方连成一体。

羲皇对风扬说道：“无论显露了啥状况，你的脚都不能离开脚下的石方。”

娲皇也说道：“圣难不会主动降临，只能我们自己去寻找。”

风扬并不理解他们说的话，圣难居然是自找的，那不是自己找死吗？

他不禁苦笑，也许这次圣难即是他们修圣的最终一步，可是里面夹着自己这个浑水摸鱼的人，也许鱼没有摸到，人却被淹死了。

他不禁问道：“圣难若是渡不过会如何？”

羲皇一脸威严地说道：“不清楚。”

风扬差点昏过去，他惊叫道："你也有弄不清楚的东西？"

农皇天尊说道："小子，我们几人也从来没见过啥圣难，你要保护好你自己，在危难的时候，也许我们也腾不出手来救你。"

风扬清楚圣禁有咫尺天涯的功能，确如娲皇他们所说，哪怕他们就在身旁，自己也可能啥都瞧不见。怪不得羲皇叮嘱自己不可离开劫难石方，那是他们保命的根，离开了就会被吸入圣心，那就彻底死了。

娲皇倏然说道："我晓得了！"这句话没头没脑，令大家莫名其妙。

风扬问道："怎么了？"

接着，羲皇和神农也露出恍然大悟的神情。风扬越发郁闷了，此处只有他啥都不清楚。

羲皇说道："圣心才是圣难的关键。"

娲皇说道："千万别祭出任何宝物，那样做的话，劫难石方会将你打落下去。"

风扬心惊胆战地说道："天啊！我一次劫难都没渡过，竟然第一次就摊上了圣人劫难，呜呜。"他不禁哀叹起来。

神农微微皱眉道："你的潜力也许自己都不清楚，不用忧虑。"

三人轮番宽慰，风扬却越发没有信心了。胡闹，连羲皇之流都没有经历过的圣难，自己凭啥能渡过去？但现在也不是懊悔的时候，他打起精神，准备和圣难拼一拼。

劫难石方的去势越来越快，四人神色凝重地瞧着越变越大的圣心。

风扬逐渐体会到一股瞧不见的撕扯力，这股力量犹如一个狂暴的巨人，自己在它面前就像蚂蚁一样觉得无力。

天焱圣衣上一圈圈的金光明灭，数不清咒文的虚影急速旋转，弑圣刃化作金色光笼罩在风扬周身。

羲皇身上的龙辰圣衣化作一层深蓝的光，里面明灭着数不清的星辰，就像是深邃宇宙的星空。

娲皇显出原形，一袭白衣飘洒，数不清七灵华点绕身，就像飞舞的萤火虫，煞是好看。

农皇天尊的护身神光却很简单，只是一层夺目的金色宝光。他和风扬一样都是穿着圣衣，他的圣衣也如同是一件奇宝。

一个庞大的流星被吸引过来，离劫难石方只有千万里，能够清晰地看见，那是由陨石群构成的流星，其速度和劫难石方差不多，两者几近并排着向圣心冲去。

随着劫难石方的靠近，四人已然不可接着沟通了，不仅因为速度奇快，而且那股撕扯力已由单方面的拖拽，变成了瞧不见的巨压。

四人的防备还能勉强坚持，只是风扬觉得有些难受了。

瞧着仍在飞驰的劫难石方，他心里涌起一种大难临头的感觉。照娲皇他们所说，这绝不只是简单地应付圣心的吸力，肯定还有别的玩意儿。

他越想越觉得可怕，倘若不能脱离劫难石方，那就务必迎接即将到来的考验，可是谁也不晓得圣难是啥模样的。

圣心看上去已然有托盘那样大小，形状显得有些怪异，使劲看上去像一只眼睛的形状。从风扬这个角度看，那只眼睛是斜着的，散发着淡淡的邪气，让人从心底里觉得胆寒。

四人一动不动。风扬忽然听到一句话，那是在他思绪里响起的声一首。

“站稳，我们在渐渐靠拢圣心，劫难石方随时都会发生变化，小心不要是掉下去了！”这是心音之声，是羲皇发出的提醒。

心音一般只在特殊情况下操纵，是格外耗费功力的。由于已然接近圣心边缘，寻常的传音完全不可发出，只有心音才可能操纵。

四人中只有风扬不会心音，他尽管早就晓得心音圣技，但没有得到过相关的功法。

风扬连续掐动圣灵印，悄然给自己加上几重禁制。很快他就发觉，布下的禁制在庞大的力量下有瓦解的迹象。

他心里越来越吃惊，如此可怕的撕扯力，他还从来没有见过，尤其是附近没有一点灵力能够提供，太初之力也不可调用，他完全是靠自身的圣灵之气在撑持。相较而言，娲皇三人则显得游刃有余。

羲皇所料不错，速度快如闪电的劫难石方，开始发出强烈的光芒，颜色也慢慢透彻起来。

心音声再次响起：“小心，劫难石方开始动了！”这次是娲皇的声音。

风扬不由自主地放低身形，其实如此毫无用处，能够不被这股巨力甩出去，全靠他先前发出的禁制，以及维持禁制的功力。

劫难石方并不是慢慢停止下来，而是戛然而止，巨大的惯性与圣心的吸力合而为一，风扬布下的禁制在瞬间就被毁去三层。

弑圣刃的金芒被拉出一个长长的三角，尖角正对着圣心的方向。

风扬忽觉圣灵之气犹如惊涛巨浪般向外喷涌，霎时间，他便觉得难以为继。

他不假思索地吞入一粒徭砜圣丹。在外面没有灵力提供的情况下，他只好凭借圣丹的灵力来快速补充圣灵之气。

紫府元圣疯狂地跳动，迅捷无比地将圣丹的灵力转化为圣灵之气。

风扬再次打出禁制，谁知刚刚安置好，即刻又被毁去。他心里格外清楚，只有连续不断快速释放护身禁制，才能保持目前的平衡，仅凭不动圣灵印，已不可抵御如此强大的力量。

眼瞧着原来并排飞行的流星快速远去，风扬这才掌控住自己的身形，牢牢地站在劫难石方上。他心里寻思，这也许是刚刚开始，不晓得下面还会发生啥，他完全不晓得圣难会如何开始。

让大家都没想到的是，劫难石方再次启动了。

风扬在心里哀叹道:“不要进去了吧，再往里面走，我们都要死了。”

羲皇的心音在大家的思绪里响起:“打起精神来，圣难很可怕，都做好万分的准备。”

随着劫难石方再次快速飞掠，风扬毫不踌躇地将一粒元魄丹徭矾圣丹含在口中。

刚才圣灵之气被一下子抽干的感觉着实可怕，他晓得自己本身的功力不足，只好依靠圣丹来弥补圣灵之气的消耗。

好在风扬的圣丹很多，又有晶核平衡力量，他能够不用担忧大胆地操纵。只有渡过这次圣难，他才能接着活下去。

劫难石方一共停顿了三次，每次都是在速度最快的时候倏然停止。

第五十章　无边圣难

四人中，风扬是最觉得难受的一个，娲皇、羲皇和神农依然是不慌不忙的模样，风扬已然吞服了四粒徭砚圣丹，每次都是勉强站住，最终一次差点连不动圣灵印都掌控不住了。他心里叫苦连天，凭他的实力，已然是尽了最大的努力。

风扬怎么也想不通，劫难石方为啥能在圣心的范围内做到动静自如，他想询问，却不可传音，又不会心音圣技，只好一个劲地胡思乱想。

心音又一次响起："都准备好，下一轮圣难马上就要开始了!"这次是神农在说话。

风扬心里不得不钦佩他们三人，在这种地方依然能够镇定自若。迄今为止，所谓的圣难好像只是一道开胃小菜，大菜还没有端上来。可是开胃小菜就让他觉得吃不消了，大菜上来后还能不能坚持下去，他一点信心也没有。

这次停下后，足足等了半个小时，劫难石方一点动静也没有，但圣心的强大吸力却没有减弱。风扬苦苦撑持着，脑子里一片空白，只晓得一次又一次的布下禁制，随后再瞧着禁制层层破碎。

在短短的时间里，他居然又吃了两粒徭砚圣丹。倘若没有圣丹，他的圣灵之气就要被完全抽干了，风扬开始觉得有些绝望，劫难石方的方位处在圣心的边缘，倘若再深入一点，他肯定就扛不住了。

娲皇三人短时间没有问题，他们布下的禁制还没有破碎过，而风扬的禁制最多能撑五刻钟，有的禁制仅撑持了一刻钟就被毁去。风扬这才晓得，自己和羲皇这些高手的差距有多大。

羲皇的心音在风扬的思绪里响起，他开始指导风扬如何变化护身禁制。

他早晓得风扬的实力不足，可是想瞧瞧风扬究竟能够撑持多久。

出乎意料，风扬的强韧让他很是惊异，按照他的猜测，在第一次冲击的时候，风扬就要耗尽百分之九十的圣灵之气，谁知他居然坚持到现在。

羲皇没有看见风扬偷偷服用圣丹，所以想不通他为啥还能坚持。

风扬得到羲皇的教导喜出望外。对于护身禁制他晓得的不多，以往向来是依仗天焱圣衣和先仙焰灵的帮助，还有弑圣刃混沌圣物的护身，在护身禁制方面他是比较之下欠缺的。

羲皇并没有传授他护身禁制，而是教导他如何运用禁制。

慢慢地，风扬打出的护身禁制不会很快被毁去，能够坚持十来刻钟了，如此就给了他喘息的时间。

羲皇又提点了几句后便不再说话，终究用心音是很累人的，现在还要耗费大量的功力抵御圣心的吸力，因此羲皇也不敢粗心。

圣心的力量着实厉害，狂暴的撕扯力犹如榨汁机，要将人身上所有的一切榨干。

风扬发觉元魄丹已然不能满足需求了，他无法抑制圣灵之气的快速消散。

元魄丹带来的灵力不足，使得紫府元圣的跳动缓慢下来，一种无力的感觉充斥心间，风扬无可奈何之下拿出了百节丹。

百节丹的能量他很清楚，那是以前害得他差点走火化道的圣丹。

风扬心里寻思，反正圣灵之气耗光了也是死，用了百节丹也许还能勉强维持一会儿，只要脱离了圣心，他不信羲皇他们会救不了自己。

他豁出去了，随手将百节丹塞进嘴里。

再次体会灵力爆炸的感觉。刹那间，风扬满脸通红，天焱圣衣发出夺目的金光。

忽听娲皇用心音提醒道："小心！"她只发出短短两个字的心音，便目不转睛地防御起来。

羲皇和神农也紧张起来，劫难石方接着深入，他们也觉得有些吃不消。

风扬发觉百节丹并不可怕，有圣心的存在，他几乎即刻就平衡了爆发出来的灵力，再多的圣灵之气也会被快速消磨掉，完全不用忧虑功力的反噬。

借着圣灵之气狂涌之际，他打出多道护身禁制。依靠百节丹提供的灵力，他终于能够略微轻松一点了。

劫难石方又向前飞行了一段距离，好在这次飞行得很慢，而且距离也不算远。这时候再看圣心，已然有磨盘大小了，那种阴冷和吞噬一切的感觉，让人很不好受。

尽管吸力加大，但风扬吃过百节丹后，终于能够勉强保持平衡。

劫难石方忽然闪起丝丝雷光。风扬吓了一跳，劫难石方这时候发出雷电来，那可不妙。

他没法说话，只好眼睁睁地瞧着劫难石方发生变化。过了一会儿，他察觉到外面的力量开始减弱。

羲皇的心音响起："有状况了。"

风扬闻言即刻稳固周身的护身禁制。

劫难石方仿佛一摊融化的液体，快速向四周扩散，四人快速缩小下去。

风扬眼瞧着娲皇等人飞速远去，惊异道："发生啥事情了？"

就听羲皇在远处喝道："小子，你的脚千万不能离开地面！"

风扬这才知道又能够讲话了，但附近已瞧不见一个人影。

一道夺目的白光闪过，附近的环境完全改变，圣心仿佛隐没了。

大地一望无际，地面是半透彻的淡碧绿，仿佛冰晶一样，没有一条缝隙，半空也是淡淡的碧绿，深色的宇宙不知隐没在何处。

风扬心里清楚，此处虚实难辨。他试着走动了几步，发觉没有啥危险。想到羲皇的提醒，他不敢尝试飞行。

思索了片刻，风扬骤然间省悟，这时候绝不能无所事事地等待。他试着调用太初之力，可是很快就失望了，太初完全觉察不到。

风扬不晓得圣难啥时候开始，他考虑了一下，决定要么就等待圣难的降临，全力以赴拼搏一番，要么就安置一个圣禁，因为寻常的阵法完全抵抗不住圣难的冲击。

圣禁不是容易架构的，好在风扬以前得到过一只神奇的玉瓶，那是在圣灵冢得到的混沌圣物至阳盒，用它做圣禁的心眼格外适宜，能够最大限度地发挥出圣禁的效用。

风扬决定安置一个最简单的圣禁，那是记载在天焱圣衣上的一个防御圣禁，是他无意中学到的，这个圣禁有个特点，就是能够平面安置。

圣禁寻常都是立体架构的，但在此处完全做不到，因为半空的瞧不见吸力会卷走架构圣禁的材料。

将至阳盒放在脚边，风扬开始安置第一个圣禁。好在他各种各样的材料都有，而且本身就是炼器大宗师，处理起材料来速度奇快无比。

很快阵法就架构完毕，仅仅花了二十几刻钟，加上调整的时间，不到三十刻钟就全部完成，圣禁只须启动就可以了。

附近还是静悄悄的，圣心的吸力在进一步减弱。风扬似乎感觉到，一旦圣心的吸力和撕扯力隐没，可能就是圣难的开始。他一点都不敢浪费，即刻启动圣禁。

风扬不晓得这个圣禁原有的名称，他给它起名叫“天人五衰圣禁”

不管这个圣禁能不能天人五衰，有一个圣禁来保护终究不一样，他觉得有些信心了。

圣禁启动后，数不清的金色圣痕浮到半空。这些虚影圣痕和天焱圣衣上的很相像，但越发清晰明亮，尤其是有至阳盒为心眼，圣禁里飘浮的圣痕也带上了极端的属性。

为了尽快熟悉天人五衰圣禁，风扬连续地运转阵法，试图寻到更多的防御和打击办法，最终他总结出两种比较好的防御方法和一种打击法门。

可惜他没有更多的时间接着探索，通过圣禁的感应，他晓得外面的吸力和撕扯力快要隐没了，也就是说，圣难快要到了。

风扬心里哀叹不已，原本想浑水摸鱼，夹杂在羲皇他们中间蒙混过关的，现在却必须靠自己的战斗力，独自面对可怕的圣难。现在的情况就像是赶鸭子上架，他已然身不由己了。

黑暗来的是如此倏然，霎时间，一切都黯淡下来，只有天人五衰圣禁浮起的圣痕还在明灭着金光。地面腾起阵阵白雾，在圣痕金光的照耀下显得十分怪异。一阵细碎的呼啸声慢慢响起，仿佛从地狱里吹来的阴风，让人感觉毛骨悚然。

风扬晓得，圣难开始了。

浓浓的白雾蒸腾而起，随着呼啸声的接近，白雾倏然消散，一股无与伦比的狂风横扫过来，风扬急忙将圣禁的防御转到最大。

位于心眼的至阳盒倏然喷出一道紫光，接着一道白光闪过，浮在圣禁里的圣痕符纹化作团团金光，向圣禁的边缘飞去。

几近同时，狂风凶暴地撞在圣禁上，发出一连串激烈的震响。

圣痕符纹幻生幻灭，无穷无尽地涌了出去，化解着狂风带来的力量。

风扬心里稍稍轻松了一点，他不时打出几手圣灵印，只是为了补充圣禁运转所需的灵力。

现在他体会到圣禁的好处，这玩意儿比禁制管用多了。禁制完全要靠圣灵之气凝结，没有任何实物为依托，安置起来格外迅速，但却没有圣禁管用。他倏然想到，倘若用禁制加固圣禁，也许功效会更好。

他试着打出几手禁制，果然，禁制和圣禁结合后，能量加强了很多。

风扬不禁大喜，只要圣禁牢固实用，圣难对自己的伤害就会小得多。尽管他还不晓得真正的圣难是啥模样，目前的狂风还不算是圣难。

整个空间阴沉沉的，狂风一直没有停止。

风扬心里疑忌，这算是啥圣难？可是随即他就明白这是啥狂风了。

风是没有色彩的，而他却看见了淡碧绿的风，里面还夹杂闪闪发光的事物，一丝丝的，看不出是啥。

淡碧绿的风撞到天人五衰圣禁的刹那间，风扬觉得圣禁晃动了一下，他急忙运转阵法，快速化解狂风带来的力量。

这种淡碧绿的风阴寒无比，若没有圣禁防备，被风触到以后，虽然不会有太大的危险，却会使他的行动迟缓下来。

圣禁转换之际，淡碧绿的风居然变成像液体一样的物质，并且很快凝结起来，好在有圣禁抵御，化成的固体中被圣禁挤出一个空洞。附近骤然间安静下来。

风扬完全摸不清状况，只好死守圣禁等待变化。

忽然，风扬发觉圣禁有脱离地面的征兆，心里不由得一阵慌乱。他略一思索，随即明白，原来狂风化成的固体是要将自己抓住，随后拔离地面。

他毫不踌躇地将阵法转换，一阵“霹雳哗啦”乱响，圣禁发出庞大的力量。这是唯一的打击法门。

轰然一声巨响，罩在圣禁上的固体就像一个窝头，挣腾着隐没在半空。风扬看得一阵心悸，若是和那玩意儿一道飞出，自己就要直接面对圣心的能量了。

连续经历几次冲击后，风扬觉得圣难还没有仙劫可怕，凭借圣禁很轻松就挡过去了，并没有受到多大的伤害。

他心想，也许刚才经历的完全就不是啥圣难，自己也没有达到能够天人五衰的程度，现在发生的一切也许是圣难的余波，自己并没有真正地面对圣难。

由于风扬所处的方位格外好，他站在羲皇、娲皇和神农的中间，圣难产生的能量都被三人抵御了，能够波及风扬的只是很少的一部分，加上他抢先安置了一个防御圣禁，因此圣难对他几近没有啥伤害。除非羲皇三人被圣难打垮，否则他就不会有啥危险。

风扬心情好多了，他晓得凭着现在的实力，倘若圣难全力发动，自己几近死定了，纵使有不朽肉身也没有用。所谓不朽肉身都是比较之下而言的，若是被圣心吸入，也许连圣人都逃不出去，何况他只是一个逐圣者。

又一次冲击过后，风扬已然确定，圣难绝不是针对他而来的，他是被牵连的人。

现在的状况像是城门失火殃及池鱼，他就是池子里的那条鱼，池子里的水都被用来救火了，现在他只好指望城门的火小一点，不然水被抽光了，他这条鱼也就倒霉了。

羲皇三人经历了啥，风扬瞧不见、也听不到，有几次他不禁想过去瞧瞧，这种时机着实很难得，可是对于圣难的畏惧，阻止了他的冒险想法。

圣难的余波越来越轻，这就意味着圣难正在全力对付羲皇三人。

风扬盘腿坐在心眼方位，身前放着至阳盒，他索性祭炼起来。

有了圣禁的防御，他基本上不用忧虑了。刚才连续吃了那么多圣丹，弄不好离开圣心后会爆发起来，尽管有晶核平衡力量，但他很清楚，晶核也不是万能的。

在这种时候祭炼，也只有风扬敢这么做。他开始鼓荡紫府元圣，骤然间，大量的灵力疯狂地涌入圣脏，这是沉积在他体内的灵力。

由于吃了很多圣丹，大量没有来得及转换的灵气化为灵力，在他身上沉淀下来，如若不是有晶核在帮助平衡，他早就化道死了。

风扬开始用紫府元圣转换灵力，沉淀的灵力即刻爆发开来。

格外幸运的是，风扬坐在圣禁的心眼，圣禁正在运转中，多余的灵力被圣禁及时吸走了。风扬的实力再次被强行提升。

圣禁得到庞大的灵力后，开始急速运转。

这个圣禁本来就是从圣衣上变化而来的，它有着天焱圣衣的某些特性，随着圣禁的运转，天焱圣衣居然也发生了变化。风扬在无意间启动了圣衣的祭炼。

天焱圣衣发出璀璨的光华，衣面上的圣痕快速向圣禁涌去。

风扬没有在意圣衣的变化，他正在极力化解沉积的灵力，化解不了的，他就努力驱赶到体外，这种祭炼方法着实是奢侈，好在有圣禁吸收，大量的灵力才没有浪费。

随着功力的快速增进，沉积在体内的灵力，基本上都转化为圣灵之气。

外面的圣禁由于和天焱圣衣互相作用，居然化成了一个虚形圣禁，主体依附到天焱圣衣上，当风扬收功站起的时候，圣禁也随之隐没在天焱圣衣上，至阳盒也附上他的背心。圣难刚好停止下来，大地一片光明。

第五十一章　太元圣界

风扬觉得莫名其妙，心里嘀咕道："完了吗？"想想也不对，圣难绝不会这么简单。

心念一动，圣禁又再次显露。风扬等于有了一个能够随时显露的圣禁，他不由得信心大增。

半空倏然呈现黑碧绿，星空再次显露，圣心依然挂在太半空。风扬的身形开始增大，脚下的大地迅速缩小。

眼瞧着娲皇、羲皇和神农再次显露，庞大的撕扯力又肆虐起来。

风扬惊异地发觉，羲皇三人显得有些狼狈，三人仿佛经历了一场激烈的打斗。

风扬不会用心音，他不能询问羲皇等人是如何渡过圣难的。

羲皇的心音响起："自己照顾自己了，我们分不得心，一不留意就是身死道消。"看情况，圣难的能量着实是狂暴。

风扬点头示意，表示不用羲皇他们劳神，他现在正是信心十足的时候。

娲皇露出一丝很罕见的苦笑，她发觉风扬有些粗心，便用心音提醒道："圣难可不是那么好过的。"

不管圣难是啥样，在场的每个人，都不希望劫难石方再向圣心靠近了。纵使没有圣难，仅仅是接近圣心，四人就已觉得吃不消。脚下的劫难石方有圣陨天宫正殿的圣禁为后盾，完全能够抵御圣心的吸力，但石方上的人却要直接面对这股吸力，着实是苦不堪言。

羲皇向来没有听见过风扬说话，思索了片刻他才明白，风扬不会用心音。他简单地将心音圣技告诉了风扬。

凭着风扬现在的实力，只要记住圣技功法，即刻就能够学会了。他用心音问道："这么快就结束圣难了？"

羲皇摇头，用心音回答："还未开始，何来结束？千万别粗心，这里面任何东西都是要命的。"

风扬说道："你们别管我，我实力还弱，圣难降临不到我的头上来。"他暗自祈祷，但愿圣难别找上自己。

这次羲皇三人各自为政，圣难务必自己抵御，但劫难石方并不大，三人展开防御后，风扬就孤立了。

劫难石方现在的形状已然改变，成为一个四方形的石台。羲皇小心地走到一角，娲皇和神农也分别各占一角，只有风扬还站在正中间。

娲皇告诉风扬道："赶快去另外一个角落，中心处危险，不是你能够应付过来的。"

风扬吓了一跳，慌忙准备移动。

羲皇的心音响起："脚步挪动的幅度要均匀，一点点的试着前行！"

风扬暗自苦笑，他发觉挪动一下要耗费大量的圣灵之气，好在刚刚进入天心狱的第二境界，功力又狂涨了一截，勉强能够抗御圣心的吸力。

他缓慢地挪移到了左后边的一角，即刻放出圣禁，抵御着能够撕裂一切的吸力。

劫难石方又向前移动了千万里，静静地停在半空，好像在等待着啥。

风扬疑忌地瞧着附近，千万里的距离并没有加大多少吸力。他看见羲皇三人的模样都很紧张，心想："就如此无尽地等下去吗？"

劫难石方发出柔和的赤芒，没多久又转成碧绿的光霞。风扬经过刚才的变化，晓得这是圣难开始的征兆。

他心里微微一动，劫难石方也不是能够抵御一切的，务必有灵力支持，才不会被圣难破坏。他用圣识扫去，即刻察觉了劫难石方的奥秘。

风扬的圣识顺着劫难石方拓展，一触之下，察觉劫难石方好像是一个活动圣禁的心眼。他不敢用圣识接着跟踪，以免圣识受损。

风扬猜测，劫难石方可能是凌墨圣天宫中的一环，凭借凌墨圣天宫的能量，它才能不怕圣心的吸力，也许等圣难过后，劫难石方就能够回到关节了。

在角落上固定好圣禁，风扬盘膝而坐，等待着圣难的到来。

天人五衰圣禁依附在天焱圣衣上的好处有很多，其中有一项功能格外实用，就是风扬能直接体会到圣禁外面的变化。

他通过圣禁，感觉到外面的吸力时强时弱，不停地震荡。慢慢地，劫难石方的外围又起了变化。风扬睁大眼睛，他的神眼发觉有数不清尖形的灰影在远处显露，心想："这些东西是啥？"

灰影逐渐明亮起来，仿佛流星一样闪亮夺目。风扬细致观察，终归看清楚了，他吓得魂飞魄散，不由得哇哇大叫，可是在圣禁里却一点声音也发不出来。

灰影之后居然是一颗不算太大的陨石，风扬计算它有月球的一半大小。

这颗陨石已然被圣心的撕扯力击碎，沿着一条垂直笔陡的路线向圣心飞去，而劫难石方刚好就挡在其中间。

风扬瞄了眼羲皇，他感觉到羲皇好像松了口气。破碎的陨石并不可怕，羲皇他们畏怯的是圣禁化成的力量冲击，那会化成稀奇古怪的打击力量，比陨石碎块难对付得多。

风扬却如临大敌，他的战斗力最弱，由于祭炼的时间比较之下较短，他还存有凡人的记忆，这些记忆令他对这颗撞击过来的陨石，有着不可言喻的畏怯。

和那颗小陨石一道飞来的是数不清墨色尖影，风扬看不出那是啥玩意儿。

随着小陨石的靠近，圣心的撕扯力也显出极大的能量，小陨石完全破碎了，在庞大的吸力下，小陨石的碎片掠过太空，闪起夺目的白光。

风扬瞧着越来越近的碎片，心里暗暗咒骂，圣难居然用一个小陨石来撞人，这着实有些岂有此理。

心音在风扬的思绪里响起，这次居然是娲皇、羲皇和神农同时发出的：“那不是圣难，是随机显露的陨石……”

“劈碎它们！”

“护住劫难石方！”

风扬不禁打了个哆嗦，他用心音问道：“我要做啥？”他的方位刚好是之后的一角。四方形的石台，靠近圣心的两个角分别是羲皇和娲皇，之后两个角是风扬和神农，小陨石正从之后呼啸而来。

羲皇心音道：“镇守你那个方位……”

娲皇也提醒道：“七妙圣经里面的破灭印你可曾全部学会？记住一定要抵挡住所有的陨石碎片！”她的心音显出一点焦躁。

羲皇说道：“你千万要护住石方，否则我们全都要迷失在圣心之下。”

风扬心里还有些希望，倘若不在圣心的范围里，就有可能回到太初。

瞧着飞奔而来的小陨石，风扬用心音说道：“我来破开无尽的碎片！”他的心音充满了信心，其实他并没有信心，在如此的地方，本事够要上，本事不够也要上，躲是不可能的，也没有地方能够躲。

神农倏然说道：“圣难降临了！”他的心音声就像闪电霹雳一样在众人心里炸响。

风扬回身看去，娲皇、羲皇和神农已然出手，三人身上都是光华明灭。风扬惊异道：“在哪儿？”

羲皇勉强用心音提示道：“圣难即心结……你……要小心，护住劫难石方，我……”他浑身一颤，倏然停止操纵心音。

风扬差点没有疯掉，胡闹，最厉害的三个人开始渡圣难，留下最弱的一个对付撞击过来的小陨石碎片，还要保护劫难石方。他的眼睛都要红了，羲皇三人的命居然都交在自己手中。

不管风扬愿不愿意，他都必须面对撞击过来的陨石碎片，而且是刻不容缓。

破灭印圣灵印属于挣脱一切束缚的大神通，风扬以前在极玄极阴寒眼用过一次，那次的操纵功效出奇的好，风扬对破灭印也寄予很大希望。

他开始连续掐动圣灵印，一百零八手圣灵印迅速完成。立刻又是一百零八手，他身上开始发出夺目的光华。

小陨石快要接近了，劫难石方本身有圣禁的庇护，也发出夺目的光华。

劫难石方其实并不用风扬来保护，它本身就受到圣陨天宫正殿的圣禁保护，羲皇他们只是为了预防万一。但风扬已然没有多余的力量来保护它了，他只好破开撞击过来的碎片，其他的就顾不上了。

最终一百零八手圣灵印完成，风扬压住圣灵印，等待着碎片的撞击。

随着小陨石碎片的靠近，附近的空间快速歪曲。

碎片大都是庞大的巨石，风扬原先看到的灰影尖角，是大片的泥土迸裂后，被庞大的吸力牵引而成的。

由于有劫难石方的阻碍，那些碎片化成一个奇怪的形状，中间是凹下去的，外面凸出一圈圆形，就像一只无名妖兽的大嘴，凶暴地咬了过来。

劫难石方的表面很小，仿佛是一个针尖，相比较而言，冲击过来的碎片就像是一个足球。

由于劫难石方停滞在半空，圣心的吸力在石方之后化成了庞大的光壁，碎片一接近，就被这股旋转的吸力带动，也激烈地旋转起来。由此带来的好处是，一些碎片被甩到外围，只有少部分冲击过来。

如此凶猛的景象，风扬还是第一次见识。

一块像山一样的庞大巨石挣腾着撞击上来，风扬抬手放出破灭印。

被镇压的圣灵印陡然打出，爆发出来的力量和上次大不相同。他手中仿佛拿着一把金色的光剑，一道夺目的金光垂直笔陡地射了出去。

刹那间，巨型的巨石爆炸开来，细碎的巨石块犹如狂风暴雨般横扫过来。

这股力量是成倍的，因为还有圣心的吸力。

风扬打出破灭印后，圣灵之气疯狂地涌了出去，他仿佛被一下子抽空了，盘膝而坐的身体掌控不住向后滑去。

破灭印能够撑持相当长时间，代价就是不停调用风扬的圣灵之气。

风扬慢慢觉得越来越难受，天焱圣衣放出的圣禁也向后收缩，而巨型的巨石毁去一块又一块，无穷无尽地涌过来，庞大的力量使劫难石方慢慢移动。

风扬竭尽全力维持破灭印的稳定，但巨大的冲击不是他能够抵挡的，能保证劫难石方和上面的人避开巨石的直接撞击，就是他的极限了。对于劫难石方移向圣心，风扬毫无办法。

风扬心里觉得侥幸，倘若自己也开始渡圣难的话，几人可就难逃这一劫了，夹击之下，估计谁也抵抗不住。正在风扬最危急的时候，大幻佛珠一阵佛光明灭，灵儿破开了风扬的禁制，挡在了风扬的身前……七妙鼎自动飞出，装下了灵儿的残魂，同时带着风扬撕裂空间飞向了未知的世界……

“不……”

……

啥是太元圣界！

这是在仙佛魔灵鬼五界上几近每一个修行之人，数不清人拥有的疑问，即便是巅峰荒尊，对于太元圣界究竟是啥模样，万古向来的谜题，没人能够解答。

虽说有几人都曾破开一角进入过太元圣界，可他们回来后，却是自己也说不清，那是一个啥地方。风扬揩干眼角的泪水，看着手中那一丝灵儿的残魂，再瞧着四周……虚无，除了虚无还是虚无。

在此处，他的圣识受到了困禁，不可扩散至整个空间，他只能看到附近一处处山峰交错其间。

漫步在这大地上，风扬沉默地向前走去，就像前面有啥东西在吸引着他一样，眼中尽是迷惘与疑惑。沟壑裂痕边缘，风扬止步，他低头瞧着那大地裂痕，这裂痕垂直笔陡，没有丝毫的弯曲如神刃倒错。阵阵青气飘荡，升空后又隐没了，最终又重归于虚无。

第五十二章　通天之路

风扬沉默了，一步跨出，跨越了这条庞大的裂痕，向着更远的地方走去，时间慢慢地流逝，也不知过去了多久，风扬看到了更多的裂痕，更多的山峰，那些裂痕的模样大都相同，均为垂直笔陡。

沉默中，他的目光从大地上扫过，最终凝结在了此地的正中心，那里有一座山，一座高耸入云，但却飘着九色艳霞的山。

瞧着那座山，风扬眼中显出了恍惚，此山，他在自己的师尊武岩房中见过一个一模一样的法宝。于虚化中，他看到的此山上，有一个他熟悉的人盘膝坐在那里，这时，正望着自己。

脸上似哭似笑，全身滋生了九色光霞，目中带着夺人的神光，此人正是武岩。在这身影的之后，有一座桥，直通天际。

于虚幻中，隐约显露一道庞大的身影。

武岩瞧着风扬，大笑起来："你终于来了！"

风扬收回眼光，看向武岩，沉默地迈着脚步，一步步走来，片刻后，他站在了那飘着九色艳霞的山上，瞧着九色艳霞落在身上，风扬轻轻一叹。

"本尊等你很久了，风扬，当你来这以后，你的轮回就已然完成！"

武岩笑声中，双手微抬向外猛地一挥。这一挥之下，爆发出了无尽的青气，这些青气席卷缓缓升空。

于瞬间，这青气就遮盖了苍穹，在风扬的前方，在那老迈武岩的身后，这些青气相互凝聚，化作了一个庞大的身影。

那身影极为挺拔威严，似乎顶天立地的盘古，遥望间，此身影好像穿着松垮的青衣，神情歪曲狰狞起来，但风扬还是能认出，此身影的模样，与武岩一模一样。

"风扬，即便你前世是唯一接近圣人的人，但在这分界珠内，本尊即是无敌的圣人，整个六界，此地，是本尊唯一能够吞噬你成圣的地方！"

"从此往后，你就是我，我就是你了，我们的力量合二为一后足以以力成圣！"

那庞大的身影传出了低吼，隆隆响起。

风扬瞧着武岩，瞧着其身后那虚影，神色冷静地说道："真的吗……"

"让你做个明白鬼吧！"那武岩起身，退后一步间，与虚半空的影子融合在了一起，显现出一副妖娆的脸孔。

“六界只是你以轮回幻化出来，实际上，此处是一片假象，是属于诸天的一部分而已。”

“假象吗……”风扬沉默。

“你终究也是我的一缕分神在灵界寻找的接圣者，本尊寻找你的目的即是等你来到此处，破开太元圣界的壁障，我们以前是矗立于世界巅峰的两人，也是最有可能成圣的两人，但很可惜的是，只能有一个人成圣，所以你必须成为我的垫脚石，而我则能成就万古第一圣！吞噬六界后，本尊则统御诸天，向来主宰。”

“这太元圣界，就是诸天至宝！”

武岩所化那庞大的身影，双眼显出激动之意。

“至于你，在前世时为天地第一人，可惜为情所困，转世寻找心中的挚爱，值得肯定的是，你寻到了，可惜，她最终还是为了你而死去。即便是本尊，对于你如此疯狂的举动，也深感钦佩！”老迈的武岩瞧着风扬，语音铿锵。

风扬闭上眼，片刻后睁开，望着那铺天般的身影，慢慢说着：“原来是这个模样，你是谁？有些熟悉的味道！”

武岩悠悠说道：“本尊即是元，你也能够叫我一声师尊……武岩！”

风扬沉默。

那武岩双眼淡淡地一闪，右手微抬，一挥之下，其身体内的青气倏然飘荡而出一部分，在这半空上化成了一个墨色的光壁，慢慢地，那墨色的光壁内，似有一幕幕画面出来。

“我让你亲眼见一见你的前世。”

那墨色的光壁中，风扬看到了另一个自己，抱着一具尸身，仰天长呼。

风扬瞧着那光壁内的画面，那一幕幕往事，在他的思绪内浮现出来，好像这些记忆本就存在，只是他遗忘了。

风扬沉默了片刻，瞧着那武岩，慢慢说道：“这就是你想要告诉我的吗，谢谢了，没有你，我也不能觉醒前世的记忆，真心感谢您……师尊……虚虚实实，谁又能想的清楚呢？”

“莫非你还想成就至尊，但你没有这个时机了。”

见风扬至今依旧神色冷静，居然没有半点惊讶的反应，这让武岩内心有些猜忌，这时听到风扬的话，他踌躇了一下，没有轻举妄动，他似乎觉得好像有些啥地方不对劲。

风扬右手微抬，指着那武岩由青气化成的身影之后：“那是什么桥。”

“通天之桥，成圣的最终一步。”

武岩内心那种不妙的感觉越来越沉重，就算他对自己的算计十分自信，也不得不迟疑起来。

风扬微微一笑，瞧着武岩，冷静地说着：“你是在畏怯啥吗？”

武岩面色骤然间一变，其铺天般的身形倏然后退了几步，盯着风扬，细致地看了几眼后，显出了难以置信之色。

“你……不对，你就算是早就晓得了前世的记忆，但只要来到这分界珠内，你就会从轮回中苏醒!”

“不……你不是元，我才是元，你只是诸天滋生的一缕残识……也是我成圣之路的终点!”

风扬瞧着武岩，慢慢说着。

在其语音刚落的刹那，那武岩内心忽然咯噔一声。

“本来未知的一切，我现在终于有了答案!”

风扬瞧着手中的通天之桥，目中显出了恍惚。

“寻找了万世，你终于显露了出来!”

“你……”武岩那铺天般的身形，这时青气不停地蒸腾，他瞧着如此冷静的风扬，听着其冷静的语音，内心深处一股畏怯滋生。

他发觉，自己所晓得的一切，竟与现在显露了极大地反差，有了一种大难即将来临的感觉。

“你还在等什么?是在等它发作吗?”风扬手中浮现出一团紫金色的火焰，“方舟”在其手中上下沉浮，“算计得很巧妙，你用这件东西吸收了我万世的本源，就是为了这一天吧!”

风扬瞧着武岩，神色如常，头顶处显出那颗发动圣难的圣心虚影，最终渐渐真实起来，融进了风扬的心脏部分，“砰砰砰”的心脏跳动声音炸响，一件件混沌圣物从六界的各个地方射来，成旋涡状地投进了圣心之中重新组成了一副坚不可摧的圣体，渐渐与风扬的身躯融合，在整片空间荡起了汹涌的能量，一波波的律动辐射开去。

“同时，你给了我一个让灵儿复活的方法!也就是你的本源。”

风扬瞧着武岩，对方在听到这一切后，身形激烈的颤抖，眼中显出不可思议之色，更包含了不可形容的畏怯。

“不可能，这不可能!!”

何为本?你能感应到，却不能看到。

“螳螂捕蝉，焉知黄雀在其后……圆的终点还是一个点，但我这个点在你之后，你却一直没察觉到。”

武岩如同疯癫地吼道：“不可能!我亲眼见到了你的前世，你的成长都是在我的安排下正常的进行着!”

“你该死!”

武岩凄厉道，其铺天般的身形化作了一团遮盖半空的青烟，凶相毕露地直奔风扬而去，好像要将其吞噬!

风扬摇头道：“见到的事物就是真实的吗?不，从你显露在我面前的那一刻，我就感觉到你的虚假，一世又一世地重复着，你不累吗?”

他想要夺舍，他要夺舍风扬！趁着风扬此时刚刚融合万世前的肉身，还很虚弱。

机会只有一次！

他疯狂地冲向风扬，那铺天盖地的青烟发出尖锐的呼啸，在临近风扬的一刹那，他看到风扬脸上露出了淡淡的微笑。

风扬微抬了右手，瞧着罩在前方扑来的青烟，轻飘飘一挥，七妙鼎慢慢飞出，鼎口朝下，发出无尽炼化之力。他手中一阵眼花缭乱地变换着手印，一眨眼间便完成了所有的七妙圣灵印。

“当我万世轮回之后已然通天，何须登天路?”

风扬看着七妙鼎，冷静说着，扬手间，却见那铺天盖地的青烟在其面前立刻发出“嗤嗤”的声音，以肉眼可见的速度大范围的消散。

“本尊才是最伟大的元，你不是……”

武岩凄厉的惨叫，那消散中的雾气挣腾，这一切只是刹那就散去，头骨散开，卷动了这时残存的所有青烟，于霎时间，化作了一只庞大的灵龟。

那灵龟仰天哀叫，直奔风扬冲来！

在其临近的刹那，风扬亮眸显出寒光，他身形向前迈出一步，右手倏然微抬，在那青烟所化之龟袭来之时，一把掐住了此龟的头颅。

那灵龟不停地挣扎，嘶吼中，风扬眼中精光一闪，右手凶暴的一握，只听轰的一声巨响，这整个太元圣界大地激烈一颤，半空更是浑浑噩噩起来。

那灵龟，逐渐瓦解。

“六界本源！没想到七妙鼎才是打开轮回记忆的钥匙……”

风扬瞧着手心内的雾状气体，目中不再冷静，而是显出了激动，他猛一吸气，左手虚空一挥，骤然间注入了灵儿的残魂之中。

她相貌并非绝美，但却透出一股温柔，她闭着眼，一动不动。

只是他的神色，却是带着在他身上极为罕见的紧张，风扬这时很紧张，他咬着下唇，望着那女子残魂在缓缓生出肉身。

“灵儿，醒来……”

风扬潸然泪下，轻飘飘摩挲着灵儿的秀发，小声地呼唤着。

“不哭……”

在风扬仰首惨呼的刹那，一只带着温暖的玉手，慢慢地微抬，触摸到了风扬的脸。

风扬不禁身子微颤。俯首间，他惊喜地看到了一双微微睁开的双眸，晶莹的泪气滑落他的掌心。

正当此时，两道鬼魅般的凶光划破虚空狠狠地扎进了风扬的前胸和后背，直接插入了他的圣心，黄金般的血液骤然间呈柱状从他体内喷散而出……

“不……不……”刚刚复活的灵儿悲愤欲绝，悲恸的惨呼荡漾着血色的涟漪，震荡整片空间，她的双手紧紧地搂住风扬。

“为什么?”

风扬没有转身，只是搂住灵儿平静的询问道，仿佛溅射在地下的血液并不是他身上流出的一样。

“不为什么？因为我们奉命必须得到你的圣人本源，交出你手中的方舟，我们可以饶你一命。”于虚空黑暗之中，显出两道熟悉的身影，正是无天寻找了多年也无法找到，已经转世的姬莫言和独孤刹。

“真是好计谋啊……感情原来才是最大的毒药……虽然隐藏得不错，就连觉醒了本源的我也没发现你们身上的奇怪，但不可否认的是你们也是可怜之人，不知道你们的主人还在我身旁留下了什么样的棋子?”

“灵儿……你就是那颗最重要的棋子吗?”风扬静静的抚摸着灵儿的秀发，温柔地问道。

“曾经是……但现在不是了……因为我爱你!”

“如此我就放心了!”

“等过了今天，我带你一起看日出……”

……

身处于圣难之中的三位天尊目瞪口呆地看着圣心在消亡……

六界发生了巨变，各界缓缓融合着，阻隔它们的界限在消融。不久后，它们完全合成了一个整体，向着另一片更大的空间飘去，用不了多久就会与那里的空间交汇……